KB210436

스트레인저

THE STRANGER
스트레인저

할런 코벤 HARLAN COBEN 지음
공보경 옮김

문학수첩

사촌 스티븐 라이터를 추억하고

그의 자녀 데이비드, 사만다, 제이슨에게 축하를 보내며

오 나의 영혼이여, 낯선 자의 방문을 대비하라.

질문하는 법을 아는 자를 대비하라.

너의 문으로 가는 길을 기억하는 자가 있다.

너는 삶을 피할 수 있을지 모르나, 죽음을 피할 수는 없을 것이다.

— T. S. 엘리엇

1

낯선 자stranger는 애덤의 세상을 단박에 산산조각 내진 않았다.

훗날 애덤 프라이스는 그렇게 중얼거릴지 모르지만, 사실이 아니다. 애덤은 그자의 입에서 나온 첫 문장을 듣자마자, 한 여자의 남편이자 두 아이의 아버지로서 만족스럽게 살아온 교외에서의 삶이 영원히 사라질 것임을 예감했다. 단순한 문장이지만 말투가 예사롭지 않았다. 삶이 결코 예전으로 돌아갈 수 없으리라는 것을 애덤에게 깨닫게 해주는 말투, 진실을 알기에 염려하는 말투였다.

그 문장은 바로 "그 여자와 계속 같이 살 필요는 없습니다"였다.

애덤이 낯선 자를 만난 곳은 뉴저지주 세더필드의 미국재향군인회관이었다. 세더필드는 돈 많은 헤지펀드 매니저와 은행가, 금융계의 신적인 존재 들이 모여 사는 마을이지만, 이 마을 사람들은 편안하게 슬럼가 구경을 나온 듯한 기분을 느낄 수 있다는 이유로 허름한 미국재향군인회관에 모여 맥주를 마시곤 했다. 거기서 그렇게 맥주를 마시고 있으면 닷지 램 픽업트럭 광고에 나오는 사람들처럼, 세상의 소금같이 선량하고 고귀한 존재들처럼 느껴지기 때문일 것이다. 물론 실제와는 거리가 멀지만.

애덤은 끈적이는 바 앞에 서 있었다. 등 뒤에는 다트판이 있었다. 가게 밖 네온사인은 밀러 라이트 맥주를 광고하는데, 애덤의 오른손에는 버드와이저 맥주가 들려 있었다. 애덤은 방금 전 옆으로 슬금슬금 다가선 낯선 자에게 고개를 돌렸다. 그자의 입에서 어떤 대답이 나올지는 예상했지만 그래도 물었다.

"나한테 한 말입니까?"

낯선 남자는 이곳에 모인 대부분의 아버지들보다 젊고, 수척하다 싶을 정도로 날씬했으며, 크고 푸른 눈동자는 사람 속을 꿰뚫어 보는 듯 날카로웠다. 반팔 소매 안쪽으로 희고 가느다란 두 팔에 새겨진 문신이 언뜻 보였다. 머리에는 야구 모자를 썼다. 최신 유행을 좇는 부류라기보다는 기술 부서를 이끄는 팀장 같은, 햇빛이라곤 못 보며 일만 하고 사는 일벌레 같은 남자였다.

속을 꿰뚫어 보는 듯한 그 푸른 눈동자가 애덤의 두 눈을 어찌나 진지하게 바라보는지, 애덤은 그 눈길을 피해 고개를 돌리고 말았다.

"부인이 선생께 임신했다고 말했죠?"

술병을 쥔 애덤의 손아귀에 힘이 확 들어갔다.

"그래서 선생은 떠나지 않고 남았고요. 부인이 임신했다고 말해서요."

그 말에 애덤의 가슴속 스위치가 켜졌다. 영화의 한 장면처럼, 누군가 폭탄과 연결된 붉은 디지털 숫자 타이머를 건드려 폭발까지의 시간이 점점 줄어드는 것 같았다. 째깍, 째깍, 째깍, 째깍.

"나를 알아요?"

낯선 남자는 대답 않고 하던 말을 계속했다.

"부인은 임신했다고 말을 했죠. 그러고서 얼마 후에 유산을 했고요."

오늘 미국재향군인회관에 모인 마을 아버지들은 칠부 소매가 달린 흰색 야구 티셔츠에 헐렁한 카고 반바지 혹은 아저씨 티를 물씬 풍기는 펑퍼짐한 청바지 차림이 대부분이었다. 그리고 거의 모두 야구 모자를 썼다. 오늘 밤 그들은 여기서 4학년, 5학년, 6학년 라크로스 팀과 A팀 선수 선발을 할 예정이었다. A형 행동 양식(성취욕이 강하고, 경쟁심이 지나치며, 조급하고, 업무에 대한 책임감이 과도하며, 격한 언행과 함께 공격적 성향을 보이는 행동 양식—옮긴이)인 사람이 자연 서식지에서 어떤 식으로 행동하는지 알고 싶으면 자식들이 다니는 학교의 운동 팀 선발에 관여하는 학부모들의 행동을 보면 된다, 라는 게 애덤의 지론이었다. 그런 면에서 여기는 디스커버리 채널이 와서 A형 행동 양식을 촬영하기에 완벽한 장소였다.

"당신은 떠날 수 없다고 생각했습니다. 그렇지 않나요?" 낯선 자가 물었다.

"도대체 무슨 말을 하는 건지……."

"부인은 거짓말을 했습니다, 애덤."

그저 아는 정도가 아니라 확신을 가진 말투였다. 그날 하루가 다 지나도록 그 낯선 자만큼 애덤의 관심을 끈 사람은 없었다.

"다 지어낸 얘기입니다. 그녀는 임신한 적도 없습니다."

그자의 입에서 나오는 단어들에 가격당하기라도 한 것처럼 애덤은 정신이 아뜩해지면서 저항할 힘을 잃었다. 속이 떨리고 혼란스러웠다. 권투 심판이 8을 셀 때까지 멍하게 기다리는 기분이었다. 반격하고 싶었다. 아내를 모욕한 이 낯선 자의 멱살을 붙잡아 방 저편으로 던져버리고 싶었다. 그러나 두 가지 이유로 그럴 수 없었다.

첫째, 머릿속이 아뜩해질 만큼 강력한 심리적 펀치를 맞아 저항할 기력이 사라졌다.

둘째, 그자가 말하는 방식, 자신감 있는 말투, 목소리에 담긴 빌어먹을 확신 때문에 그의 말에 귀를 기울여야 한다는 생각이 들기 시작했다.

"당신 누굽니까?"

"그게 중요한가요?"

"중요하죠."

"그저 낯선 자입니다. 중요한 정보를 가진 낯선 자죠. 그 여자는 당신에게 거짓말을 했습니다, 애덤. 커린 말이에요. 그 여자는 임신을 한 적도 없습니다. 모든 게 당신을 다시 붙잡아두려는 계략이었습니다."

애덤은 고개를 저었다. 어떻게든 정신을 차리고 이성적으로 차분하게 대처해야 했다.

"임신 테스트 결과를 내 눈으로 봤습니다."

"가짜였죠."

"초음파 사진도 봤어요."

"그것도 가짜였습니다."

애덤이 반박하려 하자 남자는 손을 들어 막으며 말을 이었다.

"차츰 불러온 배도 마찬가지였습니다. 하나만 쓴 게 아니니 배가 아니라 '배들'이라고 해야겠죠. 부인의 배가 불러오기 시작했을 때부터 선생은 그녀의 벗은 몸을 본 적이 없죠? 부인이 뭐라고 했습니까? 늦은 밤 입덧 때문에 속이 메스꺼워 섹스를 못 하겠다고 하던가요? 대부분 그런 핑계를 댑니다. 그러다 아내가 아이를 유산했다고 하면, 남편은 지난날을 찬찬히 돌아보다가 애초에 임신이 어려웠다는 사실을 문득 깨닫게 되는 거죠."

회관 저편에서 쩌렁쩌렁한 목소리가 사람들을 불러 모았다.

"자, 여러분, 신선한 맥주를 들고 모여주세요. 쇼를 시작해봅시다."

라크로스 위원회 회장이며, 매디슨가에 소재한 광고 회사의 임원으로 일한 적 있는 꽤 괜찮은 남자 트립 에번스의 목소리였다.

아버지들은 선반에 쌓인 알루미늄 의자를 하나씩 집어다가 회관 안쪽 가장자리에 둥글게 배치했다. 학교 음악회를 참관할 때 학부모들이 앉는 의자였다. 애덤을 쳐다본 트립 에번스가 애덤의 창백해진 안색이 걱정되는지 미간을 찌푸렸다. 애덤은 고개를 돌려 낯선 자를 바라보았다.

"당신 도대체 누굽니까?"

"선생의 구원자로 생각하시면 될 겁니다. 선생을 감옥에서 풀어주려는 친구쯤으로요."

"헛소리 작작 해요."

주변에서 들려오던 대화가 확연히 줄어들었다. 다들 입을 닫았다. 의자 끄는 소리만이 조용해진 회관 안을 채웠다. 아버지들은 선수 선발을 앞두고 결의에 차 있었다. 애덤은 이런 분위기가 마뜬잖았다. 원래 이 자리에 참석해야 할 사람은 그가 아니라 아내 커린이었다. 고등학교 교사인 커린은 라크로스 위원회의 회계 일도 맡아 하고 있는데, 학교 측이 애틀랜틱시티에서 열리는 교사회의 일정을 변경하는 바람에 애덤이 어쩔 수 없이 대신 참석하게 됐다. 오늘은 세더필드 라크로스 팀의 연중행사 중 제일 중요한 행사가 열리는 날이고, 커린이 지금껏 라크로스 위원회 활동을 열심히 해온 것도 바로 오늘을 위해서인데 말이다.

남자가 말했다.

"저한테 고마워하게 될 겁니다."

"무슨 소립니까, 그게?"

처음으로 남자는 미소를 지었다. 선한 의도가 어린 미소였다. 이 남자가 옳은 일을 하려 하며 상처를 치유해주고 싶어 한다는 사실을 그 미소를 통해 알 수 있었다.

"선생은 자유입니다."

"그러는 당신은 거짓말쟁이겠지."

"저보다 더 잘 알잖습니까. 안 그래요, 애덤?"

방 저쪽에서 트립 에번스가 그를 불렀다.

"애덤?"

애덤은 사람들이 모여 앉은 쪽으로 고개를 돌렸다. 애덤과 낯선 자만 빼고 다들 착석해 있었다.

남자가 나지막하게 말했다.

"이만 가봐야겠습니다. 증거를 보고 싶으면, 선생의 비자카드 결제 내역을 확인해보세요. '신기방기재미'라는 곳에서 결제한 내역이 있을 겁니다."

"잠깐—."

남자는 그에게 가까이 다가와 말했다.

"한 가지 더 말씀드리죠. 제가 선생이라면 두 아들의 유전자 검사를 해보겠습니다."

째깍, 째깍, 째깍…… 펑.

"뭐요?"

"그 부분에 대해서는 저도 확실한 증거는 없습니다만, 임신에 대해 거짓말을 한 여자라면 그런 짓을 처음 한 게 아닐 가능성이 높으니까요."

이 난데없는 고발에 애덤이 아연실색한 사이, 낯선 자는 서둘러 문을 나섰다.

2

애덤은 후들거리는 다리를 부여잡고 낯선 자를 쫓아 나갔다.

하지만 늦었다.

낯선 자가 조수석에 올라타자마자 회색 혼다 어코드는 주차장을 떠났다. 애덤은 좀 더 가까이서 자동차 번호판을 확인하려고 뛰어갔지만 뉴저지주 번호판이라는 것만 알아냈을 뿐이었다. 다만 혼다가 주차장 출구를 향해 방향을 틀 때 한 가지를 더 확인할 수 있었다.

그 차를 운전하는 사람이 여자라는 것.

긴 금발의 젊은 여자였다. 가로등 불빛이 여자의 얼굴에 닿은 순간 애덤은 그 여자가 자신을 쳐다보고 있음을 알았다. 짧은 순간, 그들의 눈이 마주쳤다. 여자의 얼굴에 어떤 감정이 떠올랐다.

애덤을 향한 걱정과 동정이었다.

혼다는 우웅 소리를 내며 멀어졌다. 누군가 뒤에서 그를 불렀다. 애덤은 돌아서서 회관으로 들어갔다.

홈팀 선수 선발부터 시작했다.

애덤은 집중하려고 애썼지만, 모든 소리가 부연 샤워실 문을 통과하는 것처럼 먹먹하게 들렸다. 커린은 애덤이 이 일을 쉽게 할 수 있도록, 6학년 팀에 지원한 소년들의 점수를 표로 만들어주었다. 애덤은 그 표를 보면서 선수 선발 작업에 참여하면 되었다. 중요한 것은 6학년인 차남 라이언이 원정팀의 A팀에 선발되게끔 하는 것이었다. 그가 이 자리에 참석한 진짜 이유도 바로 그것이었다. 10학년인 장남 토머스는 라이언 나이 때 A팀에 들어가지 못했다. 커린은 그 이유를 그들 부부가 라크로스 팀 일에 제대로 관여하지 않아서라고 여겼다. 애덤도 동의하는 바였다. 오늘 저녁 이 자리에 모인 대부분의 아버지들도 라크로스 경기를 특별히 좋아해서라기보다는 자식들의 이익을 지키기 위해 온 것이었다.

애덤도 마찬가지였다. 한심한 노릇이지만 어쩔 수 없었다.

애덤은 조금 전 낯선 자에게 들은 얘기를 무시하려 했다. 누군지도 모르는 작자가 한 얘기일 뿐이다. 그러나 도저히 무시할 수가 없었다. 커린이 정리해준 '선수 선발 참고 자료'를 보려는데 눈앞이 부옇게 흐려졌다. 커린은 지나칠 정도로 꼼꼼하게 정리정돈을 하는 성격이라, 지원자들에 관한 정보를 점수에 따라 순서대로 배열해놓았다. 그중 한 명이 선수로 선발되면 애덤은 멍하니 그 소년의 이름을 펜으로 지웠다. 아내의 필기체 글씨는 3학년 교사가 칠판 꼭대기에 본보기로 붙여놓은 글자체처럼 정갈하고 완벽했다. 커린다웠다. 교실로 들어와 친구들 앞에서 시험을 망칠 것 같다고 엄살을 떨어놓고는 제일 먼저 답안지를 제출하고 A를 받아버리는 소녀가 바로 커린이었다. 똑똑하고, 투지 넘치고, 아름답고…….

거짓말을 하는 여자?

"자, 그럼 원정팀 선발로 넘어가겠습니다."

트럽이 말했다.

한바탕 의자 끄는 소리가 또다시 회관 안에 울려 퍼졌다.

여전히 안개에 휩싸인 듯 멍한 상태로 애덤은 원정팀의 A팀과 B팀을 선발하기 위해 둘러앉은 네 명의 아버지들 사이에 끼어 앉았다. 이제부터가 진짜 중요했다. 홈팀은 이 마을 안에서만 경기를 하고, 실력이 뛰어난 선수들은 원정 A팀과 B팀으로 나뉘어 뉴저지주 곳곳을 다니며 토너먼트로 경기를 치르게 된다.

'신기방기재미. 어디서 들어본 이름 같은데?'

6학년 수석 코치의 이름은 밥 베임이었다. 애덤은 그를 볼 때마다 디즈니 만화영화 〈미녀와 야수〉에 나오는 '개스톤'을 떠올렸다. 섬뜩할 정도로 환하게 웃는 덩치 큰 남자. 시끌벅적하고 자존심이 세며 멍청하고 비열한 남자. 밥 베임이 가슴을 내밀고 두 팔을 흔들며 거들먹거들먹 걷는 모습을 보고 있으면 개스톤의 주제곡 "아무도 개스톤처럼 번드르르하지 않아, 싸우지 못해, 총을 못 쏴……"가 들릴 것만 같았다.

'무시하자. 낯선 자가 널 갖고 논 거야…….'

사실 선수 선발은 몇 초면 끝날 일이었다. 커린이 정리해놓은 선수 선발 참고 자료는 각 선수들을 스틱 다루기, 속도, 힘, 패스 능력 등의 항목별로 1점부터 10점까지 점수를 매기고 그에 따른 총점과 평균값까지 기재하고 있었다. 이론적으로는 이 참고 자료에 적힌 점수에 따라 최상위부터 열여덟 명을 원정 A팀에, 그다음 열여덟 명을 B팀에 넣고 나머지는 불합격 처리하면 되는 일이다. 그런데도 평소에 보조 코치 노릇까지 해가며 다들 여기 모인 이유는 본인 아들이 팀에 반드시 선발되도록 압력을 넣기 위해서였다.

그래요. 좋습니다. 넘어가죠.

그들은 점수에 따라 일사천리로 선수들을 선발했고, B팀 마지막 선수를 선발할 차례가 되었다.

"지미 호크를 뽑겠습니다."

개스톤이 선언했다. 논의가 아니라 거의 제 뜻대로 선언해버리는 식이었다.

그러자 애덤이 이름을 모르는 소심한 보조 코치 중 한 명이 이의를 제기했다.

"잭과 로건이 지미보다 점수가 높은데요."

"글쎄, 그건 그렇지만 제가 지미를 잘 압니다. 지미 호크, 얘가 잭이나 로건보다 잘해요. 테스트 점수를 낮게 받아서 그렇지."

개스톤은 주먹에 대고 헛기침을 한 후 계속해서 말했다.

"지미가 올해 참 힘들었어요. 부모가 이혼하는 바람에 말이에요. 우리라도 지미를 너그럽게 봐주고 팀에 넣어줘야 한다고 봅니다. 반대하는 분이 없으면……."

개스톤이 지미의 이름을 적기 시작했다.

애덤은 저도 모르게 말했다.

"반대합니다."

모두의 시선이 애덤에게 쏠렸다.

개스톤이 움푹 들어간 턱을 애덤에게 내밀었다.

"뭐라고요?"

"반대한다고요. 잭과 로건의 점수가 지미보다 더 높습니다. 둘 중에 누가 더 높죠?"

보조 코치들 중에 한 명이 대답했다.

"로건요."

애덤은 참고 자료에 적힌 명단과 점수를 쓱 훑어보았다.

"그렇군요. 그럼 로건을 팀에 넣어야죠. 테스트 점수도 더 좋게 받았고 순위도 더 높은데요."

보조 코치들은 숨까지 헐떡이진 않았지만 다들 놀란 얼굴이었다. 개스톤은 이의를 받는 데 익숙한 사람이 아닌지라, 커다란 치아를 드러내며 몸을 앞으로 기울였다.

"기분 나쁘게 듣지는 마세요. 애덤은 단순히 여기에 부인 대신 참석하신 것 아닌가요?"

부인 땜빵을 하러 온 놈은 진짜 남자도 아니라는 듯, 개스톤은 '부인'이라는 단어를 비꼬듯이 발음했다.

"보조 코치도 아니시고 말이죠."

"예. 하지만 저도 숫자는 읽을 줄 압니다, 밥. 로건의 합계 점수는 6.7이에요. 지미는 6.4점이고요. 현대의 신수학을 적용하더라도 6.7은 6.4보다 높은 숫자죠. 필요하다면 그래프를 그려 보여드릴까요?"

개스톤은 애덤의 빈정대는 말투가 거슬리는 표정이었다.

"아까 설명했다시피 가외로 참작해야 할 상황이라는 게 있습니다."

"부모의 이혼요?"

"그렇죠."

애덤은 보조 코치들을 쭉 돌아보았다. 보조 코치들은 그의 눈길을 피해 각자 발치에 대단한 물건이라도 떨어진 양 괜히 바닥만 내려다보았다. 애덤이 개스톤에게 물었다.

"그럼 잭이나 로건의 가정 상황이 어떤지는 아십니까?"

"그 애들 부모가 헤어지지 않았다는 건 압니다."

"바로 그 점이 결정적인 요인이군요? 결혼 생활은 잘 영위하고 계시나요, 개스⋯⋯." 애덤은 하마터면 그를 개스톤이라고 부를 뻔했다. "밥?"

"뭐요?"

"코치님과 멜라니 말입니다. 최고로 행복한 부부 맞으시죠?"

멜라니는 아담한 키와 금발에 활기찬 성격을 가진 여자로, 누가 뺨을 후려치기라도 한 것처럼 늘 눈을 깜박이는 버릇이 있었다. 개스톤은 남들 보는 앞에서 멜라니의 엉덩이를 쓰다듬길 좋아했는데, 아내에 대한 애정이나 욕정을 표현한다기보다는 그의 소유물임을 과시하고 싶어서였다. 개스톤은 몸을 뒤로 젖히고 짐짓 진중하게 대답했다.

"우린 결혼 생활을 잘 영위하고 있습니다. 그럼요. 그런데⋯⋯."

"음, 그럼 코치님 아들의 점수를 0.5점 깎아야겠군요? 그러면 점수가 6.3점이 되네요. 지미의 부모가 이혼했다고 지미의 점수를 높여야 한다면, 코치님 부부는 사이가 끝내주게 좋으시니 아드님의 점수를 낮추는 게 타당하지 않겠습니까?"

보조 코치 중 하나가 그를 말렸다.

"애덤, 괜찮아요?"

애덤은 그 목소리가 들린 쪽으로 재빨리 고개를 돌리며 대답했다.

"물론입니다."

개스톤은 주먹을 이리저리 돌리며 풀기 시작했다.

"다 지어낸 얘기입니다. 그녀는 임신한 적도 없습니다."

애덤은 덩치 큰 개스톤의 눈을 똑바로 쳐다보았다.

'덤벼, 이 몸집만 큰 놈아.'

오늘 밤에 아주 끝장을 볼 작정이었다. 개스톤은 허세나 떨어 대는 근육 덩어리였다. 개스톤의 어깨 너머로 트립 에번스의 놀란 얼굴이 그들을 쳐다보는 모습이 보였다.

개스톤은 치아를 번뜩이며 말했다.

"여기가 법정도 아니고, 그렇게까지 말한 건 없잖습니까."

애덤은 지난 4개월 동안 법정에 들어가지도 않았지만 굳이 개스톤의 말을 고쳐주고 싶지 않았다. 애덤이 참고 자료를 들어 올리며 말했다.

"선수 평가 점수표는 이유가 있어서 만든 겁니다, 밥."

개스톤은 검은 갈기 같은 숱 많은 머리털을 손으로 쓸어 넘겼다.

"우리가 코치로서 평가하는 부분도 있습니다, 애덤. 이 아이들을 수년 동안 지켜본 우리가 최종 결정을 내리는 거예요. 수석 코치인 내가 최종 결정을 내린다, 이 말입니다. 지미는 태도가 좋아요. 그것도 중요한 요소죠. 우린 컴퓨터가 아닙니다. 숫자 말고도, 팀에 들어갈 자격이 되는 아이들을 선발하는 데 필요한 요소들을 우리 나름으로 전부 살펴본 다음에 결정한다고요."

개스톤은 애덤을 제 편으로 포용하겠다는 듯이 커다란 두 손을 펼쳐 보이며 말을 이었다.

"B팀 맨 마지막으로 누굴 뽑느냐를 놓고 이렇게까지 길게 이야기할 필요가 있는지 모르겠군요. 이게 뭐 그리 대단한 결정이라고."

"로건에겐 대단한 결정일 겁니다."

"수석 코치는 나예요. 최종 결정은 내가 내립니다."

분위기가 어수선해지면서 아버지들은 차츰 자리에서 일어나 회관을 떠나기 시작했다. 애덤은 더 반박을 하려다 말았다. 그래 봤자 무슨 소용이지? 어차피 논쟁에서 이기지도 못할 텐데, 무엇 때문에 이렇게 떠들고 있을까? 그는 로건이라는 아이를 알지도 못 했다. 낯선 자가 머릿속을 헤집어놓은 바람에 정신을 다른 데 돌릴 건수가 필요했던 것뿐이다. 그게 전부다. 애덤도 잘 알고 있었다. 마침내 애덤은 의자에서 일어섰다.

개스톤이 덤벼보라는 듯이 턱을 쭉 내밀며 물었다.

"어딜 가요?"

"라이언은 A팀에 들어간 거 맞죠?"

"맞습니다."

애덤이 이 자리에 온 이유는 그것뿐이었다. 필요할 때 아들을 지원하기 위해서. 여기 온 목적은 완수했고, 나머지는 어떻게 되든 알 바 아니었다.

"다들 좋은 저녁 보내세요."

애덤은 인사를 하고 바 쪽으로 돌아와, 바텐더 노릇을 하고 있는 렌 길먼에게 고개를 끄덕였다. 세더필드 마을의 경찰서장인

렌은 음주 운전자 수를 줄이는 효과가 있다며 바텐더 역할을 즐겨했다. 렌은 고개를 마주 끄덕이고는 버드와이저 한 병을 내밀었다. 애덤은 쓸데없이 힘을 주어 뚜껑을 돌려 땄다. 트립 에번스가 조심스럽게 옆으로 다가왔다. 렌은 트립에게도 버드와이저를 내주었다. 트립은 버드와이저를 손에 들고 애덤과 병을 살짝 부딪쳐 건배했다. 그들이 조용히 맥주를 마시는 동안 모임이 파하고, 사람들은 서로 잘 가라는 인사를 나눴다. 개스톤은 보란 듯이 일어서서 애덤을 쏘아보았다. 몸집이 커서인지 의자에서 일어서자 극적인 효과가 났다. 애덤은 개스톤을 향해 맥주병을 들어 올려 건배를 보냈다. 개스톤은 문을 박차고 나갔다.

"이런 식으로 친구를 사귀나?"

트립이 애덤에게 물었다.

"내가 사교성이 좋잖아."

"저 친구가 라크로스 위원회 부회장인 건 알지?"

"그래. 다음에 저 사람을 보면 무릎이라도 꿇고 굽실대야겠다."

"나는 회장이야."

"그럼 네 앞에선 더 꿇어야 되니 무릎에 패드라도 대야겠네."

트립은 그의 농담에 고개를 끄덕였다.

"밥은 요즘 힘든 시기를 보내고 있어."

"진짜 짜증 나는 놈이야."

"그렇긴 하지. 내가 왜 라크로스 위원회 회장 자리를 꿰차고 있는지 알아?"

"젊은 여자들 꼬시려고?"

"그런 것도 있는데, 내가 사임하면 밥이 회장 자리를 차지할 거라서 그래."

"소름 끼치네." 애덤은 맥주병을 그만 내려놓으려 했다. "이만 가야겠어."

"그 친구 요즘 백수야."

"누구?"

"밥. 1년쯤 전에 실직했어."

"안됐네. 하지만 그건 핑곗거리가 못 돼."

"핑계가 된단 뜻은 아니고, 참고하라고."

"그래."

"밥은 요즘 일자리를 찾기 위해 헤드헌터의 도움을 받고 있어. 꽤 유능하고 영향력 있는 헤드헌터라더라."

애덤은 맥주를 내려놓았다.

"그래서?"

"그 유능한 헤드헌터가 밥에게 새로운 일자리를 찾아주려고 노력하고 있대."

"방금 그렇게 말했잖아."

"그 헤드헌터의 이름이 짐 호크야."

애덤은 멈칫했다.

"지미 호크의 아버지?"

트립은 그 질문에 대답하지 않았다.

"그래서 지미를 팀에 넣어준 거야?"

"그게 아니면 뭐, 밥이 지미의 부모가 이혼한 게 정말 마음이 아파서 그랬겠냐?"

애덤은 고개를 저었다.

"넌 그걸 알면서도 가만히 있었어?"

트립은 어깨를 으쓱했다.

"여기서 무슨 순수함을 찾아. 자식들 일에 관여하는 부모들일 뿐인데. 새끼 사자 주변을 맴도는 어미처럼 말이야. 옆집 사는 아이라는 이유로 선수로 뽑고, 경기 때 자극적인 옷을 입는 섹시한 엄마를 두었다는 이유로 뽑기도 하고……."

"네 얘기야?"

"유죄를 인정합니다. 가끔은 일자리를 찾는 데 도움을 주는 아버지를 두었다는 이유로 선수로 뽑을 때도 있어. 다른 이유보다는 그나마 납득이 가지."

"쳇. 광고 책임자치고는 너무 냉소적이네."

트립은 미소 지었다.

"그래, 알아. 우리가 늘 얘기한 대로지. 넌 네 가족을 어디까지 보호할 수 있어? 넌 남을 해친 적이 없잖아. 나도 그렇고. 그런데 누가 네 가족을 위협한다면, 네 아이를 구해야 한다면……."

"살인을 할 수도 있다?"

트립은 두 팔을 펼쳤다.

"주변을 둘러봐, 친구. 이 마을, 이 학교, 이 프로그램, 이 아이들, 이 가족들……. 생각해보면 믿기지 않을 만큼 대단한 행운이잖아. 우린 꿈같은 삶을 살고 있어."

애덤도 알고 있었다. 어느 정도는. 국선 변호사로 일하던 시절에 애덤은 벌이가 시원찮았다. 토지수용(공익사업을 위해 법률이 정하는 바에 따라 강제적으로 토지소유권 등을 취득하는 것—옮긴이)

전문 변호사로 변신하면서 수입이 높아져 이런 꿈같은 생활을 할 수 있게 되었다.

"그래서 로건이 희생돼야 한다?"

"인생이 공평한 적이 있었나? 한번은 대형 자동차 회사에서 광고 의뢰를 받은 적이 있어. 너도 어떤 회사인지 알 거야. 그리고 그런 회사가 자기네 자동차 조향축에 문제가 생겼을 때 그걸 덮으려고 어떤 짓을 하는지도 최근 신문에서 읽어서 알겠지. 조향축 문제로 수많은 사람이 다치거나 죽었어. 그 회사 사람들은 개인적으로는 선량해. 정상인들이고. 그런데 어떻게 그런 짓을 할까? 어떻게 비용 대비 이익만 따져 결함 있는 자동차를 만들어 사람들을 사지로 몰아넣지?"

애덤은 이 얘기가 어떤 방향으로 흘러갈지 짐작했다. 그러나 트립의 청산유수 같은 말은 늘 듣기 좋았다.

"그들이 부패한 개새끼라서?"

애덤의 말에 트립은 미간을 찌푸렸다.

"아니라는 거 알잖아. 그 사람들은 담배 회사 직원들과 마찬가지야. 그들이 과연 모두 사악한 인간들일까? 교회에서 일어난 추문을 덮으려 드는 독실한 신자들이나 강물을 오염시켜놓고 감추려 드는 사람들은 또 어떻고? 그들이 전부 부패한 개새끼들이겠어, 애덤?"

교외 지역에 거주하는 아버지이자 철학자 트립다운 말이었다.

"결론을 얘기해."

"입장에 따라 다르다는 거야, 애덤."

트립은 미소 지었다. 그는 야구 모자를 벗고, 점점 숱이 줄어드는 머리카락을 쓸어 넘긴 뒤에 다시 모자를 썼다.

"우리 인간들은 똑바로 보지 못해. 늘 한쪽으로 편향돼 있어. 항상 자신의 이익을 보호하려고 하지."

"그 예시들의 공통점을 하나 찾았어, 트립……."

"뭔데?"

"돈."

"그래. 돈은 모든 악의 근원이지, 친구."

애덤은 조금 전에 만난 낯선 자를 머릿속에 떠올렸다. 지금쯤 집에서 숙제를 하거나 비디오게임을 하고 있을 두 아들, 그리고 애틀랜틱시티에서 열리는 교사 회의에 참석하러 간 아내를 생각하며 대답했다.

"모든 악까지는 아니야."

3

미국재향군인회관 주차장은 어두컴컴했다. 열린 차 문에서 흘러나오는 조명등 불빛, 스마트폰 화면에서 작게 흘러나오는 빛이 검은 커튼처럼 드리워진 어둠을 파고들었다. 애덤은 차 문을 열고 운전석에 앉았다. 몇 분 동안 아무것도 안 하고 가만히 앉아 있기만 했다. 주변에서 차 문이 닫히고 엔진 돌아가는 소리가 들렸다. 애덤은 꼼짝하지 않았다.

"그 여자와 계속 같이 살 필요는 없습니다."

주머니에 넣어둔 휴대전화가 부르르 진동했다. 커린이 보낸 문자메시지일 것이다. 커린은 팀 선발 결과를 알고 싶어 안달했다. 애덤은 휴대전화를 꺼내 메시지를 확인했다. 역시 커린이었다.

저녁에 그 일 어떻게 됐어?

생각대로였다.

숨겨진 의미를 찾기라도 하듯 그 메시지를 뚫어져라 보고 있는데 누군가 차창을 손가락 관절로 딱딱 두드렸다. 애덤은 화들짝 놀랐다. 개스톤의 호박만 한 머리통이 조수석 차창을 온통 가리고 있었다. 개스톤은 싱긋 웃으며 차창을 내리라고 손짓했다. 애덤은 시동부에 차 키를 넣고 버튼을 눌렀다. 차창이 미끄러지듯 내려갔다.

"아, 서로 악감정 갖지 말자는 말을 하려고요. 의견이 다른 것뿐이니까요. 그렇죠?"

"알겠습니다."

개스톤이 창문 안으로 손을 쑥 집어넣었다. 애덤은 그 손을 마주 잡고 악수했다.

개스톤이 말했다.

"이번 시즌에 일이 다 잘 풀리길 바랍니다."

"예. 그쪽도 구직 활동이 잘되길 바라겠습니다."

개스톤이 일순간 얼어붙었다. 두 남자는 그대로 서로를 쳐다보았다. 개스톤의 몸집이 창문을 온통 가로막는 것처럼 느껴졌지만 애덤은 가만히 앉아서 눈을 피하지 않았다. 마침내 개스톤은 손을 창밖으로 빼내고 물러섰다.

웃기는 놈이네.

휴대전화가 또 진동했다. 커린이었다.

여보?!?

애타게 답장을 기다리며 휴대전화 화면을 들여다보고 있을 커린의 모습이 그려졌다. 애덤은 상대를 혼란스럽게 만들어 심리적으로 조종하는 짓을 별로 좋아하지 않았다. 당장 답장을 하지 않을 이유 따윈 없었다.

라이언은 A팀에 들어갔어.

즉각 답장이 왔다.

얏호!!! 30분 안에 전화할게.

휴대전화를 치운 애덤은 시동을 켜고 집으로 차를 몰았다. 집까지는 정확히 4.16킬로미터였다. 커린은 처음 운전하던 날 본인 차의 주행 기록을 살펴 거리를 측정했다. 애덤은 사우스메이플가에 새로 생긴 던킨도너츠와 배스킨라빈스 복합 점포 앞을 지나 모퉁이에 있는 서노코 주유소 앞에서 좌회전했다. 꽤 늦은 시간에 집에 도착했는데, 언제나 그렇듯 집 안의 조명등이 죄다 켜져 있었다. 요즘은 학교에서 학생들에게 자연 보호와 재생 가능 에너지에 관해 열심히 교육한다는데, 그의 두 아들은 방을 나갈 때 불을 꺼야 한다는 사실을 아직도 숙지하지 못했다.

현관문으로 다가가자 집에서 기르는 보더콜리 암컷 저지가 짖어대는 소리가 들렸다. 애덤이 열쇠로 현관문을 열고 들어가자 저지는 귀환한 전쟁 포로를 반기듯이 격하게 그를 맞았다. 흘끗 보니 저지의 물그릇이 비어 있었다.

"나 왔어."

아무도 대꾸하지 않았다. 지금쯤은 라이언이 잠들어 있을 시각이다. 토머스는 숙제를 마쳐가고 있거나, 그렇다고 말만 하고 딴 짓을 하고 있을 것이다. 토머스는 비디오게임을 하는 중이라거나, 게임을 끝내는 중이라거나, 그냥 노트북을 들여다보며 노는 중이라고 말한 적이 없었다. 애덤이 방에 들어가면 늘 *이제* 숙제를 끝마치는 중이라고, 비디오게임을 막 *시작*했다고, 노트북을 방금 켰다고 말하곤 했다.

애덤은 저지의 물그릇에 물을 채웠다.

"아무도 없어?"

토머스가 계단 꼭대기에서 그를 내려다보았다.

"오셨어요."

"저지 산책 시켰니?"

"아직요."

'아직요'는 10대들 용어로 '하기 싫어요'란 뜻이다.

"지금 산책 시키고 와."

"숙제하던 거 마저 끝내고요."

이것도 10대들 용어로 '하기 싫어요'란 뜻이다.

애덤은 "지금 해"라고 말하려다가—10대 청소년과 부모 사이의 흔한 줄다리기를 하려다가—그만두고 토머스를 가만히 올려다보았다. 애덤은 눈물이 나올 것 같았지만 눌러 참았다. 토머스는 애덤을 꼭 닮은 아들이었다. 다들 그렇게 말했다. 걸음걸이며 웃는 모습, 검지발가락이 엄지발가락보다 긴 것까지 쏙 빼닮았다.

그렇다. 그의 아들이 아닐 리 없었다. 낯선 자가 아무리 뭐라고 지껄여도…….

'생전 처음 본 사람 얘길 뭐 하러 신경 써?'

애덤과 커린은 두 아들에게 낯선 사람들을 가까이하지 말라고, 낯선 사람은 위험하다고 가르쳤다. 낯선 사람을 굳이 나서서 도와주지 말라고, 모르는 어른이 접근하면 소리쳐서 주변에 알리라고, 안전을 위해 미리 암호를 만들어두라고 누구이 이야기했다. 토머스는 바로 알아들었으나 라이언은 토머스보다 천성적으로 사람을 좀 더 믿는 편이었다. 커린은 어린이 야구 리그 경기장 주변을 어슬렁대는 사람들, 본인 자녀가 선수로 참가하지 않았거나 심지어는 자녀가 없는데도 병적으로 남의 아이에게 코치 노릇을 하려고 드는 사람들을 경계했다. 애덤은 그런 쪽으로 커린보다 느슨한 편이었는데 어쩌면 더 암울한 이유 때문일 수도 있었다. 그는 자식들 일에 관한 한, 일반적으로 의심스러운 자들뿐 아니라 어느 누구도 믿지 않았다.

그렇게 사는 게 더 편하지 않나?

아버지의 표정에서 심상치 않은 기색을 읽었는지 토머스가 얼굴을 찡그렸다. 그리고 마치 보이지 않는 손이 뒤에서 밀기라도 한 것처럼 불만스럽게 터덜터덜 계단을 내려왔다.

"지금 저지 데리고 산책 갔다 올게요."

토머스는 아버지 옆을 지나 가죽끈을 손에 쥐었다. 저지는 당장 나가고 싶어서 문 옆에 붙어 서 있었다. 다른 개들처럼 저지도 늘 바깥바람 쐬는 걸 좋아했다.

저지가 그렇게 현관문 앞에 진을 치고 외출하고 싶은 마음을 한껏 드러내면 산책을 데리고 나가지 않을 수가 없었다. 개들이란.

"라이언은 어디 있어?"

"자요."

애덤은 전자레인지의 시계를 보았다. 밤 10시 15분. 라이언의 취침 시간은 10시였다. 집 전체를 소등하는 10시 30분까지는 책을 읽어도 된다고 했는데, 라이언은 취침 시간을 고수했다. 커린과 마찬가지로 규칙을 지키는 습관이 몸에 배어 있었다. 그래서 애덤과 커린은 9시 45분쯤, 이제 자야 할 시간이라고 라이언에게 잔소리를 할 필요가 없었다. 아침에는 알람이 울리자마자 침대에서 일어나 샤워를 하고 옷을 입고 아침을 직접 차려 먹었다. 토머스는 동생과 달랐다. 애덤은 아침마다 큰아들 토머스를 깨우기 위해 전류가 흐르는 소몰이 막대라도 사야 할지 몇 번이나 고민했다.

'신기방기재미라……'

토머스가 저지를 데리고 나간 후 현관 방충망 문이 닫히는 소리가 들렸다. 애덤은 위층으로 올라가 라이언의 방을 들여다보았다. 라이언은 릭 라이어던의 최신 소설을 가슴에 얹고 불을 켠 채 잠들어 있었다. 애덤은 발소리를 내지 않으려고 살금살금 들어가 책을 들어 올리고, 책갈피를 찾아 펼쳐진 책장 사이에 꽂은 후 옆으로 치웠다. 램프 스위치를 끄려는데 라이언이 뒤척이며 고개를 들었다.

"아빠?"

"응."

"저 A팀 들어갔어요?"

"내일 이메일로 결과가 올 거라네, 친구."

선의의 거짓말이었다. 공식적으로 애덤은 아직 결과를 알면 안 되었다. 애덤을 비롯한 코치들은 내일 아침 공식 이메일로 모든 사람에게 동시에 결과가 통보될 때까지 자녀에게 결과를 발설할 수 없게 돼 있었다.

"알았어요."

라이언은 다시 머리를 베개에 대기도 전에 눈을 감고 잠에 빠져들었다. 애덤은 잠시 아들을 가만히 바라보았다. 라이언은 제 엄마를 참 많이 닮았다. 여태까지는 그 사실이 크게 와 닿지 않았는데—사실 엄마를 닮아 다행이라고 늘 생각했다—지금은 문득 의아했다. 그런 의문을 갖는 게 멍청한 짓이지만 어쩔 수 없었다. 마음이 그쪽으로 기울자 되돌릴 수 없었다. 머릿속에서 자꾸만 의심이 치밀었다. 하지만 그래 봤자 뭘 어쩔 텐가? 이론적으로 따져도 마찬가지였다. 라이언을 바라보는 애덤의 가슴속에서 감정이 벅차올랐다. 아들들을 보고 있으면 가끔씩 드는 감정이었다. 순수한 기쁨, 이 잔인한 세상에서 두 아들이 겪어야 할 일들에 대한 두려움, 소망과 희망이 한데 뒤섞여 이 행성에서 가장 순수한 감정으로 화했다. 진부하지만 어쩔 수 없었다. 순수. 그것이 바로 우두커니 자식을 보고 있을 때 차오르는 감정이었다. 진실하고 무조건적인 사랑에 바탕을 둔 순수.

애덤은 라이언을 너무도 많이 사랑했다.

라이언이 친자가 아니라는 사실이 밝혀지면 이토록 사랑하는 마음이 없어질까? 전부 사라질까? 친자 여부를 따지는 게 정말 중요할까?

애덤은 고개를 흔들며 시선을 돌렸다. 오늘 저녁, 아버지 노릇에 대한 철학적 사색은 이만하면 충분하다. 달라진 건 없다. 어떤 또라이가 가짜 임신에 대해 헛소리를 지껄였을 뿐이다. 그게 전부다. 애덤은 법조계에 오래 몸담아온 터라 어떤 단서든 당연하게 받아들이면 안 된다는 사실을 잘 알았다. 미심쩍으면 몸을 움직여 조사해야 한다. 사람들은 거짓말을 하니까. 선입견으로 인해 진실을 보지 못하는 경우가 너무도 빈번하므로 철저히 조사해야 한다.

직감적으로 그 낯선 자의 말이 사실로 느껴지기는 했지만, 그게 바로 문제였다. 직감에만 귀를 기울이다 보면 어설픈 확신에 휩싸여 어리석은 판단을 내릴 수 있다.

몸을 움직여라. 조사를 해라.

어떻게?

간단하다. 신기방기재미부터 시작해보자.

애덤 가족은 데스크톱 컴퓨터 한 대를 공동으로 쓰고 있었다. 한때는 그 컴퓨터를 거실에 두었다. 커린의 아이디어였다. 금지된 인터넷 사이트(포르노 사이트)에 몰래 접속하지 못하도록 하기 위해서였다. 애덤과 커린은 자녀 양육에 관한 이론에 훤했고, 성숙하고 책임감 있는 부모가 되고자 했다. 그러나 애덤은 이런 식의 감시가 헛짓거리일 뿐임을 곧 깨달았다. 아들들은 마음만 먹으면 얼마든지 포르노를 비롯한 온갖 불건전한 것들을 휴대전화로 볼 수 있었다. 친구네 집에 가서 봐도 되었다. 집에서도 노트북이나 태블릿 PC를 이용해 어느 사이트든 들어갈 수 있었다.

어떻게 보면 태만한 부모 노릇이 아닐 수 없었다. 본래는 엄마 아빠가 어깨너머로 감시하고 있기 때문이 아니라, 그런 사이트를 보지 않는 것이 옳기 때문이라는 판단을 스스로 내리고 바르게 행동하도록 가르쳐야 한다. 그러나 어떤 부모든 처음에는 자녀가 알아서 판단하게끔 유도하려 하지만, 곧 부모 노릇의 지름길이 괜히 있는 게 아니라는 사실을 깨닫는다.

거실에 데스크톱 컴퓨터를 놓고 살자니 불편한 점이 또 있었다. 아들들이 공부나 숙제를 하는 등 유용하게 컴퓨터를 사용하고자 할 때 주방 소음이나 텔레비전 소리 때문에 집중하기가 어려웠다. 그래서 애덤은 그들 가족이 '가정용 사무실'이라고 부르는 2층의 좁은 구석방에 데스크톱을 옮겨다 놓았다. 가족들은 각자의 쓸모에 따라 여러 가지 용도로 가정용 사무실을 이용했다. 커린은 학생들이 제출한 숙제들을 채점하기 위해 방 오른쪽에 쌓아놓았다. 두 아들은 숙제를 여기저기 흩어놓았는데, 에세이 초고가 전장에서 부상당한 군인처럼 프린터 안에 널브러져 있기도 했다. 애덤이 온라인으로 결제해야 할 청구서들은 의자 위에 쌓여 있었다.

드디어 인터넷 브라우저가 떴다. 화면에 박물관 사이트가 떠 있었다. 두 아들 중 누군가가 이 컴퓨터로 고대 그리스에 관한 공부를 한 모양이다. 애덤은 어떤 사이트들을 방문했는지 확인하기 위해 인터넷 방문 기록을 살펴보았다. 아들들도 요령이 생겨 부모에게 꼬투리 잡힐 만한 흔적을 남겨놓지 않았지만, 그래도 모르는 일이었다. 예전에 토머스가 페이스북에 로그인한 상태로 컴퓨터 앞을 떠난 적이 있었다. 그때 애덤은 컴퓨터 앞에 앉아 토머스의 페이스북 첫 화면을 바라보면서 메시지함을 들여다보고 싶은 유혹을 이겨내려 애를 썼다.

하지만 결국 그 유혹에 넘어갔다.

메시지 몇 개를 들여다보다 그만두기는 했다. 다행히 토머스는 안전한 범위 안에서 살고 있었다. 중요한 건 그거였지만, 애덤은 아들의 사생활을 온당치 않게 침해했다. 알면 안 되는 부분까지도 알아버렸다. 심각한 내용도, 땅이 무너질 만큼 대단한 내용도 아니었지만 아버지라면 아들과 필히 대화를 나눠야 하는 사안이었다. 하지만 메시지함에서 얻은 정보로 뭘 할 수 있을까? 그 문제를 거론하려면 아들에게 사적인 정보를 몰래 들여다봤다는 사실을 털어놓아야 했다. 그럴 만한 가치가 있을까? 애덤은 커린에게 얘기해야 할지도 고민했다. 그러나 차분히 시간을 들여 생각해보니, 그가 읽은 메시지들은 비정상적인 내용이 아니었다. 그도 10대 시절엔 부모님이 몰랐으면 하는 일을 한 적이 있었고 그런 과정을 거쳐 성장했다. 만약 부모님이 그의 뒤를 캐 알아낸 정보로 꾸중했다면 반항심에 엇나갔을지도 모른다.

그래서 그냥 내버려두기로 했다.

전전긍긍하면서 자식을 감시하는 게 부모 노릇은 아니니까.

'시간 끌 구실을 만들고 있구나, 애덤.'

그렇다. 사실이다. 어서 할 일을 해야 한다.

오늘 방문 기록에 특별히 눈에 띄는 사이트는 없었다. 두 아들 중 하나가—아마 라이언이—고대 그리스에 관한 공부를 했거나릭 라이어던의 신화 판타지 소설에 나오는 내용을 검색해본 것 같은 흔적만 남아 있었다. 제우스, 하데스, 헤라, 이카루스에 관한 사이트로 이어지는 링크들뿐이었다. 좀 더 구체적으로 말하자면 그리스 신화에 관한 사이트들이었다. 애덤은 방문 기록을 밑으로 쭉 내려 어제 기록을 보았다. 애틀랜틱시티의 보가타 호텔과 카지노로 가는 운전 경로를 검색한 기록이 있는데, 현재 커린이 머물고 있는 호텔이라 이해가 됐다. 커린이 교사 회의의 일정을 검색하고 관련 사이트를 열어본 흔적도 남아 있었다.

여기까지다.

더는 조사를 미룰 수 없다.

애덤은 거래하는 은행 사이트를 열었다. 애덤과 커린은 비자카드 계좌를 두 개 보유하고 있는데, 공식적으로 정해놓지는 않았지만 그중 하나를 개인용으로, 다른 하나를 업무용으로 썼다. 가계부 정리를 편하게 하기 위해서였다. 이를테면 애틀랜틱시티의 교사 회의에 쓰이는 비용 같은 업무용 지출에는 '업무용' 카드를, 그 외 다른 곳에는 '개인용' 카드를 쓰는 식이었다.

애덤은 개인용 카드 계좌를 먼저 열어봤다. 전체 검색으로 지출 내역을 찾을 수 있게 되어 있었다. '신기'라는 단어를 검색창에 넣었다. 결과물은 나오지 않았다. 좋아, 그래. 그는 로그아웃하고 업무용 카드 내역을 검색했다.

결과물이 떴다.

2년보다 조금 더 전에 신기방기재미라는 회사에 387달러 83센트를 결제한 내역이 있었다. 낮게 웅웅대는 컴퓨터의 소리가 애덤의 귓가에 맴돌았다.

어떻게? 도대체 어떻게 낯선 자는 이런 결제 내용을 알고 있을까?

짐작조차 할 수 없었다.

2년쯤 전에 카드 청구서의 요금을 내면서 이런 결제 내역을 본 적이 있었나? 있었던 것 같다. 분명하다. 그는 머릿속을 싹싹 훑어 자투리 기억까지 모조리 긁어모았다. 당시 그는 바로 이 자리에 앉아 비자카드 요금을 확인했다. 그리고 이 결제 내역에 대해 커린에게 물어봤다. 커린은 아무렇지 않게, 그 사이트에서 교실을 꾸미는 데 필요한 장식품을 샀다고 대답했다. 장식품치고는 가격이 센 것 같아 의아했는데, 커린은 나중에 학교에서 그 돈을 줄 거라고 했다.

신기방기재미. 비윤리적인 물품을 파는 사이트 이름 같지는 않은데?

애덤은 다른 창을 열어 구글 검색란에 '신기방기재미'를 써 넣어보았다. 구글이 결과물을 뱉어냈다.

수정된 검색어에 대한 결과: 신기한 장난감
'신기방기재미'에 대한 검색 결과가 없습니다.

음, 이상하다. 구글에는 모든 정보가 뜨는데 어째서 없을까? 애덤은 등받이에 기대앉아 어떻게 할지 생각해보았다. '신기방기재미'에 대한 검색 결과가 어떻게 단 한 개도 없지? 그 회사는 실제로 존재하고, 비자카드로 결제한 내역도 분명히 화면으로 보았다. 장식품이라든지, 재미있고 신기한 물건들을 파는 회사 같았다.

애덤은 아랫입술을 잘근잘근 씹었다. 이해가 되지 않았다. 낯선 자가 접근해서 커린이 임신과 관련해 거짓말을 했다고 그에게 알렸다. 그것도 정교하게 조작한 거짓말을 했다고. 그자는 누굴까? 도대체 왜 그랬을까?

그래. 이 두 가지 질문은 일단 잊어버리고, 제일 중요한 문제에 집중하자. 그자가 한 말이 사실인지부터 확인해보자.

마음 한편으로는 그만 됐으니 그냥 잊고 살고 싶었다. 18년 동안 결혼 생활을 해오면서 부부 사이에 어떤 문제가 있든, 어떤 상처가 남았든 그는 커린을 믿었다. 그들은 세월의 흐름 속에서 수많은 일을 함께 겪으면서 결이 삭고 서로에게 녹아들었다. 좀 더 낙관적으로 말하자면 상대에게 맞춰 스스로를 고치면서 변화했다. 시간이 갈수록 서로를 보호하게 됐고 가족으로서의 유대감은 더욱 든든해졌다. 부부는 한 팀이다, 라는 결속감이었다. 부부는 등을 마주 대고 서서 서로를 지켜주는 같은 편이다. 내 승리는 아내의 승리이며, 실패도 마찬가지다.

애덤은 인생을 걸고 커린을 믿었다. 그러나…….

변호사 일을 하면서 그는 이런 일을 수만 번 목격했다. 사람들은 늘 상대를 속이려 든다. 애덤과 커린은 한마음으로 살아가는 가족이기도 하지만 각자의 의사를 가지고 있는 개인이기도 하다. 상대를 무조건 믿고 낯선 자가 무어라 지껄였건 잊어버리는 게 상책이다. 애덤도 그러고 싶었다. 그러나 손바닥으로 하늘을 가리는 짓이었다. 머릿속에 자리 잡은 의심의 목소리는 시간이 지나면 잠잠해지겠지만 결코 사라지지는 않을 것이다.

진상을 확실히 확인하기 전까지는.

낯선 자는 겉보기엔 별것 아닌 것 같은 비자카드 결제 내역 안에 증거가 있다고 했다. 그 카드의 소유자는 애덤이고, 커린은 (아마도 카드 회사에서 오는 전화를 받기 싫다는 이유로?) 그 카드를 함께 사용했다. 애덤은 비자카드 회사의 수신자 부담 번호로 전화를 걸었다. 녹음된 목소리가 카드 번호, 유효기간, 카드 뒷면의 CVV(카드인증) 코드 번호를 입력하라고 안내했다. 녹음된 목소리는 당장 정보를 줄 것처럼 이것저것 요구하더니 결국 대표 상담원과 연결을 원하느냐고 물었다. 대표 상담원이라니, 누가 들으면 대단한 사람이랑 통화하는 줄 알겠네. 그가 "예"라고 대답하자 전화 연결 신호음이 들렸다.

잠시 후 연결된 상담원은 애덤에게 똑같은 정보를 요구했다. 카드 회사는 왜 늘 이럴까? 애덤은 사회 보장 번호 끝 네 자리와 집 주소까지 불러주었다.

"무엇을 도와드릴까요, 프라이스 씨?"

"제 카드로 신기방기재미라는 회사에 결제한 내역이 있어서 확인하려고요."

상담원은 회사명을 정확히 다시 불러달라고 요구했다.

"거래 금액과 거래 일자를 알고 계십니까?"

애덤은 그 정보도 말해주었다. 2년도 더 전에 결제한 것이라 자료가 없다고 할 줄 알았는데 상담원은 그런 말은 하지 않았다.

"어떤 정보를 원하십니까, 프라이스 씨?"

"신기방기재미라는 회사에서 물건을 산 기억이 없어서요."

"흠."

"예?"

"흠, 어떤 회사들은 실제 회사명으로 대금 청구를 하지 않습니다. 고객의 사생활 보호를 위해서요. 가령 고객께서 호텔에 묵으셨을 때, 객실에서 보신 영화 제목이 객실 전화 요금 고지서에 기재되지 않도록 호텔 측에서 배려하는 것과 같습니다."

포르노 영화라든지 섹스 관련 서비스 이야기다.

"이 결제 건은 그런 것과는 관계없습니다."

"잠시 확인해보겠습니다."

전화기 너머로 상담원이 키보드를 두드리는 소리가 들렸다.

"신기방기재미는 온라인 소매 업체로 등록되어 있습니다. 통상적으로 온라인 소매 업체는 고객의 사생활 보호를 중요시합니다. 도움이 되었습니까?"

그렇기도 하고 아니기도 하다.

"그 회사에 상세한 내역이 적힌 영수증을 요청할 수 있을까요?"

"물론입니다. 다만 몇 시간 소요될 수 있습니다."

"기다리겠습니다."

"고객님 명의로 등록된 이메일이 있군요." 상담원이 그의 이메일 주소를 불러주며 물었다. "이 이메일 주소로 영수증을 보내드릴까요?"

"그래 주면 고맙겠습니다."

상담원은 더 도움이 필요하냐고 물었다. 그는 없다고, 고맙다고 답했다. 상담원은 좋은 밤 보내시라고 말했다. 애덤은 전화를 끊고 결제 내역이 떠 있는 화면을 응시했다. 신기방기재미라. 가만히 생각해보니 섹스 관련 용품을 파는 회사에서 표 안 나게 붙이는 이름 같기도 했다.

"아빠?"

토머스였다. 애덤은 얼른 컴퓨터 모니터의 전원 버튼으로 손을 뻗었다. 마치 아들들이 포르노를 보다가 들켰을 때처럼.

"어, 그래. 왜?"

애덤은 애써 태연하게 물었다.

토머스는 이상하게 여겼을 수도 있지만 겉으로 드러내지는 않았다. 10대 청소년들은 가끔 보면 어이없을 만큼 눈치가 없고 자기 자신 외에는 무관심한데, 지금 토머스가 그런 상태라면 애덤으로선 다행이었다. 아버지가 인터넷으로 뭘 하고 있었는지 토머스는 별 관심이 없어 보였다.

"저스틴네 집까지 차로 데려다주실 수 있어요?"

"지금?"

"걔가 제 반바지를 갖고 있어서요."

"무슨 반바지?"

"라크로스 연습용 반바지요. 내일 연습 때 입어야 해요."

"다른 반바지 없어?"

토머스는 아버지의 이마에 뿔이라도 돋은 것처럼 쳐다보았다.

"코치님들이 연습 땐 꼭 연습용 반바지를 입으라고 했어요."

"저스틴이 내일 학교로 가져오면 되잖아?"

"오늘도 학교에 갖고 오겠다고 했는데 까먹고 안 가져왔더라고요."

"그럼 넌 오늘 뭘 입었어?"

"케빈이 반바지 하나 더 있는 거 빌려줬어요. 걔네 형 반바지라는데 저한테는 너무 컸어요."

"저스틴한테 전화해서 지금 당장 가방에 넣어놓으라고 해."

"아마 알았다고 대답만 하고 안 넣을걸요. 우리 집에서 고작 네블록 떨어진 곳이에요. 주행 연습 삼아 제가 운전할게요."

토머스는 일주일 전에 임시 운전면허증을 받았다. 부모에게 있어 심전도 기계 없이 시행하는 스트레스 테스트와 마찬가지인 바로 그 이름이다.

"알았어. 금방 내려갈게."

애덤은 인터넷 방문 기록을 삭제하고 아래층으로 내려갔다. 애덤과 토머스가 서둘러 지나가자 저지는 또 산책을 나가는 줄 알고 '설마 나를 안 데리고 나가진 않겠죠?'라는 뜻이 담긴 애처로운 눈빛으로 그들을 쳐다보았다. 토머스는 차 키를 쥐고 운전석에 앉았다.

조수석에 앉자 애덤은 비자카드 결제 내역에 대한 생각을 떨칠 수 있었다. 커린은 뭐든 자기 통제하에 둬야 직성이 풀리는 성격이다. 커린이 만약 조수석에 앉았다면 운전대를 잡은 토머스에게 온갖 지시와 경고를 했을 것이다. 조수석에 있지도 않은 브레이크를 발로 밟는 시늉까지 해가면서. 토머스가 차를 운전해 도로로 나가는 동안 애덤은 고개를 돌려 아들의 옆모습을 찬찬히 바라보았다. 양 뺨에 여드름 몇 개가 돋았고, 에이브러햄 링컨처럼 무성하진 않지만 수염도 몇 가닥 자라났다. 어느새 면도를 해야할 나이였다. 매일은 아니겠지만, 일주일에 한 번 이상도 아니겠지만, 그래도 면도를 해야 할 것이다. 토머스가 입은 카고 반바지 아래로 털 많은 다리가 보였다. 아름다운 푸른 눈을 가진 그의 아들이었다. 사람들은 그들 부자의 눈이 반짝이는 푸른 얼음 같다고 말했다.

토머스는 저스틴네 집 진입로로 들어가 오른쪽 연석 가까이에 차를 세웠다.

"금방 갔다 올게요."

"그래."

토머스는 기어를 주차 모드에 놓고 차에서 내려 현관문으로 달려갔다. 저스틴의 모친인 크리스틴 호이가 현관문을 열어주었다. 크리스틴의 금발이 빛을 받아 번쩍거리자 애덤은 깜짝 놀랐다. 크리스틴은 커린과 같은 고등학교에서 교사로 근무했다. 두 여자는 어려서부터 친구로 자랐다. 애덤은 크리스틴도 애틀랜틱시티에 가 있을 줄 알았는데, 생각해보니 그 회의에는 역사와 언어 과목 교사들만 참석하기로 돼 있었다. 크리스틴은 수학 교사였다.

크리스틴이 미소 띤 얼굴로 손을 흔들자 애덤도 손을 마주 흔들었다. 토머스는 집 안으로 들어갔고, 크리스틴은 그들이 타고 온 차를 향해 진입로를 내려왔다. 정치적으로 올바르지 않은 표현인 줄 알지만, 크리스틴 호이는 이른바 섹시맘이었다. 애덤은 토머스의 친구들이 그렇게 말하는 걸 지나가다 들었다. 틀린 말은 아니었다. 지금도 바디페인팅처럼 몸에 착 달라붙는 청바지에 흰색 톱 차림으로 몸매를 뽐내듯 걸어오고 있으니까. 크리스틴은 수학 교사이면서 보디빌딩 선수였다. 어떤 부문의 선수인지 애덤은 잘 알지 못했다. 이름 뒤에 붙는 수식어가 잔뜩 있었는데, 정확히는 몰라도 그 분야에서 '프로' 자격을 얻었다고 했다. 애덤은 역기로 몸을 근육화한 중년 여성의 모습을 별로 좋아하지 않았다. 대회 사진을 보면 크리스틴은 몸에 힘줄이 툭툭 불거져 나온 깔끔한 고깃덩어리 같은 모습이었다. 사진 속에서 크리스틴의 머리카락은 과하게 노란 금발에 미소 지을 때 보이는 치아는 지나치게 새하얗고 피부는 오렌지색에 가까울 정도로 심하게 태닝을 했지만, 직접 대면해서 보면 꽤 괜찮은 외모였다.

"어서 와요, 애덤."

그는 차에서 내려야 할지 고민하다가 그냥 앉아 있기로 했다.

"안녕하세요, 크리스틴."

"커린은 출장 갔죠?"

"예."

"내일 돌아오나요?"

"예."

"그럼 이따가 연락을 해봐야겠네요. 같이 훈련해야 되거든요. 2주일 후에 주립 대회가 있어서요."

크리스틴은 페이스북 페이지의 자기소개란에 '피트니스 모델', 'WBFF 대회 프로'라고 적어놓았다. 크리스틴의 몸을 부러워하던 커린은 얼마 전부터 크리스틴과 함께 운동을 시작했다. 좋은 일이든 나쁜 일이든, 처음엔 즐거운 습관으로 시작한 일도 시간이 흐르면 강박으로 변하게 마련이다.

어느새 토머스가 연습용 반바지를 들고 돌아왔다.

"잘 가렴, 토머스."

"안녕히 계세요, 아줌마."

"둘 다 좋은 밤 보내요. 엄마 없다고 너무 즐거워들 말고요."

크리스틴은 다시 뽐내는 걸음걸이로 집으로 올라갔다.

토머스가 말했다.

"저 아줌마 짜증 나요."

"무슨 말이 그러냐."

"저 집 주방을 보시면 알걸요."

"왜? 주방이 어떤데?"

"저 아줌마가 냉장고에 자기 비키니 사진들을 붙여놨더라고요. 토 쏠리게."

반박할 수가 없었다. 토머스는 차를 출발시키면서 슬그머니 웃음 지었다.

"왜?"

"카일은 얼짱몸짱녀라고 불러요."

"누구를?"

"저 아줌마를요."

얼짱몸짱녀도 섹시맘 같은 신조어인가 싶었다.

"무슨 뜻이냐?"

"얼굴은 별론데 몸매는 좋은 여자요."

"잘 이해가 안 되는구나."

"얼짱몸짱이요. 얼굴은 꽝인데 몸은 짱이라고요."

애덤은 못마땅한 듯이 고개를 가로저으며 웃지 않으려고 애썼다. 아들에게 따끔하게 한마디 해야겠다고 생각하며, 어떻게 해야 웃지 않고 정색한 얼굴로 혼을 낼 수 있을까 고민하는 중에 전화벨이 울렸다. 고개를 숙여 발신자를 확인했다.

커린이었다.

수신 거부 버튼을 눌렀다. 지금은 아들의 운전을 봐주는 데 신경을 집중해야 하니 커린도 이해할 것이다. 주머니에 휴대전화를 집어넣는 동안 휴대전화가 부르르 진동했다. 커린이 음성메시지를 남겼다고 생각하기엔 너무 빨랐다. 확인해보니 은행에서 보낸 이메일이었다. 열어보았다. 상세한 구매 내역을 볼 수 있는 링크가 기재되어 있었지만 애덤은 흘끗 보기만 했다.

"아빠? 괜찮으세요?"

"도로에 시선 고정해, 토머스."

집에 도착하면 더 자세히 살펴보겠지만, 당장 이메일 상단에 적힌 내용만으로도 알고 싶던 것 이상의 정보를 얻었다.

신기방기재미는 이하 온라인 소매 업체의 청구서 발송명입니다:

Fake-A-Pregnancy.com (가짜임신.com)

4

집으로 돌아온 애덤은 가정용 사무실로 들어가 컴퓨터를 켜고 이메일을 열어 화면에 뜬 웹사이트를 보았다.

Fake-A-Pregnancy.com (가짜임신.com)

애덤은 섣불리 반응하지 않으려 애썼다. 인터넷에는 온갖 자잘한 실수와 취향이 존재하며 감히 상상조차 할 수 없는 곳도 있다는 걸 알고 있지만, 임신 조작을 전문으로 하는 웹사이트까지 있다는 사실에 경악하고 말았다. 제정신인 사람이라면 누구나 엎드려 울부짖으며, 최악의 본능이 이성을 이기고 말았다고 통탄할 일이었다.

커다란 분홍색 글자 밑에 약간 작은 폰트로 핵심 문구가 적혀 있었다.

가장 재미있는 장난이죠!

장난?

애덤은 '수많은 고객이 구입한 인기 상품'이라는 링크를 클릭했다.

맨 위에 배치된 상품에 '새로 나온 대박 가짜 임신 테스트기!' 라는 설명이 붙어 있었다. 애덤은 고개를 절레절레 흔들었다. 정상 가격 34.95달러에 빨간 줄이 그어져 있고 할인 가격 19.99달러가 적혀 있었다. 그 아래에 검은색 이탤릭체로 '고객님은 *15달러를 아끼셨습니다!*'라고 되어 있었다.

'그래, 할인해줘서 퍽이나 고맙다. 나 같아도 아내가 정상 가격에 이따위 걸 구입하기를 바라지는 않을 테니까!'

이 상품은 '신중하게 포장되어' 24시간 내에 배송된다고 했다. 그는 아래로 읽어 내려갔다.

진짜 임신 테스트기와 같은 방법으로 사용하세요!
길쭉한 부분에 소변을 묻히고 결과를 읽어보세요!
항상 임신으로 나온답니다!

애덤의 입안이 바짝 말랐다.

남자친구나 인척, 사촌, 교수님을 놀라 자빠지게 만들 수 있어요!

사촌과 교수? 도대체 누가 임신한 척을 해서 사촌이나 교수를 기겁하게 만들고 싶어 할까…… 상상하고 싶지도 않았다.

하단에 조그맣게 경고 문구가 적혀 있었다.

주의: 이 상품은 무책임하게 사용될 소지가 있습니다. 아래 양식을 채워 제출하시면 고객께서 이 상품을 불법·부도덕·사기 혹은 타인에게 상처

를 줄 의도로 사용하지 않겠다는 점에 동의한 것으로 간주됩니다.

믿을 수가 없었다. 애덤은 상품 이미지를 클릭해 포장지를 확대했다. 임신 테스트기의 길쭉한 흰 부분에 빨간 십자가 무늬가 생기면 임신이라고 했다. 애덤은 기억을 더듬어보았다. 커린이 이 임신 테스트기를 썼던가? 기억나지 않았다. 커린이 임신 테스트기를 보여줬을 때 제대로 보기는 했나? 알 수 없었다. 임신 테스트기는 전부 그게 그거 같아 보인다.

그가 집에 있는 동안 커린이 임신 테스트를 했던 것만 기억났다.

커린답지 않았다. 토머스와 라이언을 임신했을 때 커린은 문 앞에 서서 환한 미소로 그를 맞으며 임신 소식을 전했다. 그런데 지난번에는 임신 테스트를 하면서 애덤에게 방에서 기다리고 있으라고 했다. 그랬다. 애덤이 침대에 누워 텔레비전 채널을 이리저리 돌리고 있는 동안 커린은 욕실로 들어갔다. 임신 테스트가 몇 분은 걸릴 줄 알았는데 그렇지 않았다. 커린은 얼마 안 있어 임신 테스트기를 들고 욕실에서 달려 나오며 외쳤다. *"애덤, 이거 봐! 나 임신했어!"*

그때 그 임신 테스트기가 이렇게 생겼었나?

확실히 기억나지 않았다.

두 번째 상품의 링크를 클릭했다. 화면을 본 순간 그는 고개를 숙이며 두 손으로 머리를 감쌌다.

가짜 실리콘 임신 배!

임신 초기(1~12주), 중기(13~27주), 말기(28~40주)에 따라 실리콘 배의 크기가 달라졌다. 특대 사이즈도 있고 쌍둥이용, 세쌍둥이용, 심지어 네쌍둥이용까지 있었다. 아름다운 여성이 자신의 '임신한' 배를 사랑스럽게 내려다보는 사진이 화면에 걸려 있었다. 흰 웨딩드레스를 입은 여성은 손에 백합을 들고 있었다.

화면 상단에 적힌 판매 문구는 이러했다.

임신만큼 당신을 주목받게 하는 것은 없습니다!

그리고 그 밑에는 더 노골적인 문구가 적혀 있었다.

더 좋은 선물을 받을 수 있어요!

'의료용 실리콘'으로 만들어졌으며, '지금까지 개발된 소재 중 실제 피부에 가장 가까운 느낌!'이라고 광고하고 있었다. 맨 하단에는 '페이크-어-프레그넌시Fake-A-Pregnancy의 상품을 실제로 구매한 고객들'의 추천 영상이 있었다. 애덤은 그중 하나를 클릭했다. 예쁘장한 갈색 머리 여성이 카메라를 향해 미소 지으며 말했다. "안녕하세요! 저는 제 실리콘 배를 사랑해요. 정말 자연스러워요!" 이 여성은 상품을 영업일 기준 이틀 만에 받았다고(배송 속도가 임신 테스트기만큼 빠르진 않은데, 실리콘 배는 비교적 빨리 입수할 필요가 없기 때문이 아닐까?), 그녀와 남편은 친구들 모르게 아이를 입양하고 싶어서 이 상품을 사용했다고 했다. 두 번째 영상의 여성은 마른 체격의 붉은 머리였다. 그녀와 남편은 친구들 모르게 대리모를 써서 아이를 낳을 생각이라 이 상품을 썼다고 했다. (애덤은 부디 이 두 부부의 친구들이 괴상한 취향을 가져 이 웹사이트를 들락거리다가 이들의 모습을 보는 불상사가 일어나지 않길 바랐다.) 마지막 영상에는 친구들에게 '제일 웃기는 장난'을 쳐보려고 가짜 임신 배를 사용했다는 여성이 등장했다.

이 여성의 친구들은 상당히 이상한 사람들임이 분명하다.

애덤은 상품 목록 페이지로 돌아가 맨 아래 상품을 클릭했다. 맙소사…… 가짜 초음파 사진이었다.

2차원 초음파 사진이든 3차원 초음파 사진이든, 원하는 대로 선택하세요!

가짜 초음파 사진의 판매 가격은 29.99달러. 유광이냐 무광이냐, 투명도를 어느 정도로 할 것이냐를 선택할 수 있었다. 의사 이름, 병원 혹은 진료소의 이름, 초음파 사진 촬영 날짜도 직접 해당 칸에 타이핑해서 적어 넣게 돼 있었다. 태아의 확정된 성별 혹은 특정한 성별일 확률(예를 들면 '남성일 가능성 80%'라든가), 임신 몇 주차인지, 쌍둥이인지 등도 선택할 수 있었다. 추가로 4.99달러를 내면 '가짜 초음파 사진에 홀로그램을 넣어 더 진짜처럼 보이게' 만들 수도 있었다.

속이 메스꺼웠다. 커린이 초음파 사진에 홀로그램을 넣었던가? 기억나지 않았다.

이 웹사이트는 사람들이 재미난 장난을 치려고 이런 상품을 사는 것처럼 광고하고 있었다. "총각 파티 때 쓰면 좋습니다!"라는 문구도 적혀 있었다. 그래, 오지게 웃기는 장난이겠다. "생일 파티와 크리스마스 농담으로 완벽하죠!" 크리스마스 농담이라고? 가짜 임신 테스트기를 포장해서 엄마 아빠를 위해 크리스마스트리 밑에 놓아두라고? 웃음이 잘도 나오겠구나.

물론 '농담'이라고 써놓은 것은 법적 소송에 휘말리지 않기 위한 장치였다. 사람들이 이런 상품을 누군가에게 사기 칠 용도로 쓰리라는 걸 이 사이트의 판매자가 모를 리 없었다.

'바로 그거야, 애덤. 계속 쓸데없이 분노하면서 정작 뻔한 사실은 외면하라고.'

다시 머리가 아찔해졌다. 오늘 밤은 더 이상 아무것도 할 수 없었다. 그만 침대로 가 누워서 생각을 하는 게 낫겠다 싶었다. 경솔하게 굴지 말자. 너무 많은 것이 걸려 있다. 침착하자. 필요하다면 모든 생각을 차단하자.

애덤은 아들들 방 앞을 지나 그의 방으로 걸어갔다. 가족의 방들, 이 집 전체가 문득 달걀껍데기로 만들어진 것처럼 취약하게 느껴졌다. 신중하게 처신하지 않으면 낯선 자가 한 말로 인해 이 모든 것이 무너질 수 있었다.

애덤은 아내와 함께 쓰는 침실로 들어갔다. 어느 파키스탄 여성 작가가 쓴 첫 소설이 커린의 침대 옆 탁자 위에 놓여 있었다. 대형 페이퍼백이었다. 책갈피 삼아 몇 군데 페이지 끝을 접어놓은 《리얼 심플》 잡지 한 부가 그 옆에 있고, 독서용 돋보기도 한 세트 더 추가로 놓여 있었다. 의사의 처방을 받아 산 돋보기지만 눈이 약간 나쁜 정도라 커린은 남들 앞에서는 쓰지 않았다. 시계 달린 라디오는 커린의 아이폰을 충전하는 용도이기도 했다. 애덤과 커린은 음악 취향이 비슷했다. 둘 다 브루스 스프링스틴을 좋아해서 열 몇 번 라이브 쇼도 보러 갔었다. 라이브 쇼 공연장에서 애덤은 어느 시점부터 음악에 훅 빠져들어 거의 통제력을 잃는 편이고, 커린은 가만히 집중하고 몰입하는 성격이라 제자리에서 몸을 약간씩 움직이기는 해도 시선은 대부분 무대에 꽂아두곤 했다.

반면에 애덤은 바보처럼 몸을 흔들며 신나게 춤을 춰댔다.

애덤은 욕실로 들어가 양치질을 했다. 커린은 미국항공우주국에서 만든 것 같은 최신 유행 음파 전동 칫솔을 사용했고, 애덤은 구식 칫솔을 썼다. 로레알 염색약 통 하나가 밖에 나와 있었다. 욕실 안에 염색약의 화학 약품 냄새가 살짝 풍겼다. 커린이 애틀랜틱시티로 가기 전에 흰 머리카락을 염색한 모양이다. 커린의 머리에는 흰머리가 한 번에 한 가닥씩 길게 났다. 한동안 커린은 흰머리가 보일 때마다 그걸 뽑아 자세히 들여다보면서 인상을 찡그리고는 이렇게 말하곤 했다. "감촉이며 색깔이 꼭 철수세미 같아."

휴대전화 벨이 울렸다. 발신자를 확인하려고 화면을 들여다보기도 전에 누구인지 짐작이 갔다. 애덤은 치약을 뱉은 후에 얼른 입 안을 헹구고 전화를 받았다.

"응."

"애덤?"

커린이었다.

"응."

"아까 전화했는데." 그녀의 목소리에서 약간 놀란 기색이 느껴졌다. "왜 안 받았어?"

"토머스가 운전 중이었어. 집중해서 봐주느라고."

"아."

수화기 너머로 음악과 웃음소리가 들렸다. 커린은 아직 동료들과 술집에 있는 모양이었다.

"오늘 저녁 일은 어떻게 됐어?"

"잘됐어. 팀에 들어갔어."

"밥 코치는?"

"그 사람이 뭐? 우습게 굴더만. 다른 때랑 똑같지."

"그 사람한테 잘해야 해, 여보."

"아니, 별로 그러고 싶지 않아."

"그 사람이 라이언을 후보 선수로 내려보내고 싶어 한단 말이야. 그래야 라이언이 자기 아들하고 경쟁을 못 할 테니까. 그런 짓을 할 구실을 주지 말아야 해."

"커린?"

"응?"

"시간이 늦었어. 아침에 출근해서 중요한 업무를 봐야 돼. 내일 얘기하자."

전화기 너머에서 누군가―남자 목소리―가 시끌벅적하게 웃어댔다.

"아무 일 없지?"

"없어."

애덤은 전화를 끊고 칫솔을 헹군 뒤 세수를 했다. 2년 전, 토머스가 열네 살이고 라이언이 열 살이었을 때 커린은 임신을 했다.

깜짝 놀랄 일이었다. 나이를 먹으면서 애덤의 정자 수가 적어져 그들 부부는 특별히 피임을 하지 않아도 자연 피임이 되고 있었다. 그런데 임신이 되었다고 하니 피임을 제대로 하지 않은 탓이라 여겼다. 당시 애덤과 커린은 아이를 더 낳지 않는 쪽으로 확실하게 논의하지는 않은 상태였다. 그저 그러기로 무언의 합의를 이룬 것처럼 살았다.

애덤은 거울에 비친 자신의 모습을 바라보았다. 머릿속에 들어앉은 의심의 목소리가 다시 떠들기 시작했다. 애덤은 조용히 복도를 걸어갔다. 가정용 사무실로 들어가 인터넷 창을 띄우고 '유전자 검사'를 검색했다. 맨 위에 월그린 쇼핑몰에서 파는 유전자 검사 상품이 떴다. 주문하기 버튼을 클릭하려다 다시 생각했다. 집으로 배송되면 식구들 중 누군가가 상자를 열어볼 가능성이 있다. 내일 직접 나가서 사 오는 편이 낫다.

침실로 돌아가 침대에 걸터앉았다. 커린의 체취가 남아 있었다. 오랜 세월 함께 살았지만 여전히 강력한 페로몬이다. 어쩌면 지나치게 왕성해진 상상력 탓에 그렇게 느끼는 것일 수도 있었다.

낯선 자의 목소리가 다시 귓가에 맴돌았다.

"그 여자와 계속 같이 살 필요는 없습니다."

애덤은 베개에 머리를 대고 누워 천장을 바라보며 눈을 깜박였다. 고요한 집 안에 흐르는 잔잔한 소음이 온몸을 휘감았다.

5

아침 7시 정각, 애덤은 눈을 떴다. 라이언이 침실 문 옆에서 기다리고 있었다.

"아빠……?"

"응."

"베임 코치님이 선수 선발 결과를 보냈는지 이메일 확인 좀 해 주세요."

"확인했어. 너 A팀에 들어갔더라."

라이언은 겉으로 드러내놓고 기뻐하지 않았다. 원래 그런 녀석이다. 가만히 고개를 끄덕이고는 미소를 자제하며 말했다.

"학교 끝나고 맥스네 놀러 가도 돼요?"

"날씨도 좋은데 걔네 집에서 뭐하게?"

"컴컴한 데서 비디오게임이나 하려고요."

애덤은 인상을 썼지만, 라이언이 농담한 것임을 알고 있었다.

"잭이랑 콜린도 온댔어요. 같이 라크로스 하려고요."

"그래." 애덤은 침대 밖으로 다리를 뻗었다. "아침 먹었니?"

"아직요."

"아빠표 달걀 요리 만들어줄까?"

"그걸 아빠표 달걀이라고 부르지 않겠다고 약속하시면요."

애덤은 웃었다.

"좋아."

잠시 동안이지만 애덤은 어젯밤 일, 낯선 자와 신기방기재미와 가짜 임신 용품 사이트에 관해 완전히 잊었다. 어제 일이 전부 상상이 아니었을까 싶을 정도로, 마치 꿈처럼 느껴졌다. 꿈이 아닌 건 물론 알고 있었다. 그저 그런 쪽으로 생각을 차단하고 있을 뿐이었다. 그는 어젯밤에도 푹 잘 잤다. 꿈을 꾸었는지 모르겠지만 기억나지 않았다. 애덤은 평소에도 잠을 잘 자는 편이었다. 온갖 근심 때문에 늦게까지 잠을 못 이루는 쪽은 커린이었다. 언제부터인지 몰라도 애덤은 통제할 수 없는 부분에 대해 걱정하기보다는 마음에서 놓아버리는 방법을 터득했다. 이렇듯 생각을 구분 짓는 능력은 건강에 유익했다. 지금도 그렇게 생각을 구분 지어 마음에서 놓아버린 것인지, 아니면 일시적으로 생각을 차단했을 뿐인지는 알 수 없었다.

그는 아래층으로 내려가 아침을 만들었다. '아빠표 달걀 요리'는 달걀에 우유, 머스터드, 파르메산 치즈를 섞어 만드는 음식이다. 여섯 살 때 라이언은 아빠표 달걀 요리를 무척 좋아했는데, 자라면서 여느 아이들처럼 입맛이 바뀌었는지 어느 날 그 요리를 '맛없다'며 다시는 안 먹겠다고 했다. 그러다 얼마 전 새 코치가 라이언에게 고단백 아침 식사로 하루를 시작해야 한다고 조언한 후로 아빠표 달걀 요리는 향수를 불러일으키는 뮤지컬처럼 식탁 위에 부활했다.

애덤은 싫지만 억지로 먹는다는 얼굴로 달걀 요리를 와구와구

먹는 라이언을 바라보았다. 같은 방에서 같은 요리를 먹었던 여섯 살배기 라이언의 모습을 떠올려보려 했지만 잘 되지 않았다.

토머스는 다른 차를 타고 가기로 해서 애덤은 라이언을 차에 태우고 부자간에 편안하고 조용하게 학교로 출발했다. 베이비갭 매장과 타이거 슐만 가라데 스쿨을 지나 모퉁이에 차를 세웠다. 그곳은 어느 마을에나 있는, 가게 앞에 애매하게 위치해 있어 그저 놀리는 땅이었는데 어느새 서브웨이 샌드위치점이 들어서 있었다. 그 옆으로는 베이글 가게, 보석 판매점, 고급 매트리스 체인점, 블림피 샌드위치점이 입점해 있었다. 애덤의 입맛에는 블림피 샌드위치나 서브웨이 샌드위치나 그게 그거였다.

"잘 들어가세요, 아빠. 고마워요."

라이언은 뺨에 뽀뽀도 안 해주고 차에서 폴짝 뛰어내렸다. 언제부터 라이언이 아빠 뺨에 뽀뽀를 안 하게 됐을까? 기억나지 않았다.

애덤은 오크로路를 가로질러 차를 돌렸다. 세븐일레븐 편의점 앞을 지나가는데 월그린 매장이 눈에 들어왔다. 한숨이 나왔다. 주차장에 차를 세워놓고 몇 분 동안 차에 앉아 있었다. 어떤 노인이 쭈글쭈글한 손과 지팡이 손잡이 사이에 처방 약이 담긴 약봉지를 단단히 끼우고 절뚝절뚝 지나가면서 애덤을 쏘아보았다. 어쩌면 쏘아본 게 아니라 세상을 바라보는 시선이 원래 그럴지도 모른다.

애덤은 월그린 매장 안으로 들어가 작은 장바구니를 집어 들었다. 집에서 쓸 치약과 항균 비누를 담았지만 남들 눈에 보이기 위한 용도일 뿐이었다. 어렸을 때 콘돔 산 걸 감추려고 이런 장바구니에 세면 용품을 잔뜩 담았던 기억이 났다. 그때 사서 지갑에 넣어뒀던 콘돔은 오래돼서 갈라질 때까지 쓸 일이 없었다.

유전자 검사 상품은 약국 매장 근처에 비치돼 있었다. 애덤은 최대한 태연하게 그리로 걸어가 왼쪽과 오른쪽을 번갈아 살폈다. 유전자 검사 상품이 담긴 상자를 집어 들고 뒷면을 읽어보았다.

이 검사기를 고른 '아버지들'의 30퍼센트는 현재 양육 중인 자녀가 친자가 아님을 알게 됩니다.

그는 상자를 도로 선반에 내려놓고, 상자가 그를 손짓해 부르기라도 하는 것처럼 서둘러 매장을 빠져나갔다. 다시는 그 상자 앞으로 가지 않을 작정이었다. 적어도 오늘은.

세면 용품을 계산대에 올려놓고 껌 한 통을 집은 후 계산했다. 17번 도로를 타고 매트리스 체인점을 몇 개 더 지나(대체 왜 뉴저지주 북부에 매트리스 가게들이 줄줄이 자리하고 있을까?) 체육관으로 들어가 운동복으로 갈아입고 웨이트 운동을 시작했다. 어른이 되고부터 애덤은 온갖 운동 프로그램을 섭렵했다. 요가(유연성 부족으로 그만둠), 필라테스(혼란스러워서 그만둠), 부트 캠프(차라리 군대에 가고 말지), 줌바 댄스(묻지도 말길), 아쿠아틱스(익사할 뻔함), 스핀 사이클(엉덩이가 쓸려서 그만둠)을 다 해봤는데 결국 단순한 웨이트 운동으로 늘 돌아왔다. 근육에 힘을 가하는 게 좋은 날엔 이 운동을 안 하는 걸 상상조차 할 수 없다가도, 몸이 지독히 힘든 날에는 운동 후에 마시는 땅콩버터 단백질 셰이크를 입으로 가져가는 것 말고는 아무것도 들어 올리고 싶지 않았다.

근육을 수축시켜 끝까지 버텨야 한다는 걸 명심하면서 동작을 하나하나 해나갔다. 좋은 결과를 내기 위한 비결이었다. 단순히 팔을 구부리고만 있으면 안 된다. 팔을 구부려 이두박근을 쥐어짜면서 1초간 버틴 후 팔을 풀어야 한다. 운동을 마치고 샤워를 한 뒤 출근복으로 갈아입고, 패러머스시 미들랜드가에 위치한 사무실로 향했다. 겉면이 매끈한 유리로 된 평범한 4층 건물이었다. 어디서나 볼 수 있는 틀에 박힌 사무용 건물이라 오히려 눈에 띄어서 주변의 특이한 건물들과 헷갈릴 일이 없었다.

"어이, 애덤. 시간 좀 있어?"

애덤이 데리고 있는 최고의 법무사 앤디 그리블이었다. 앤디가 처음 여기서 일을 시작했을 때 다들 그를 듀드(멋쟁이)라고 불렀다. 후줄근한 외모가 〈위대한 레보스키〉라는 영화에 출연한 배우 제프 브리지스와 닮아서였는데, 그 영화에서 제프 브리지스의 별명이 바로 듀드였다. 앤디는 다른 법무사들보다 나이가 많고—애덤보다도 많았다—로스쿨에 진학해 변호사 시험을 통과하는 것은 일도 아닐 정도로 실력이 좋았다. 그런데 누가 그런 얘기를 하면 앤디는 "내가 원하는 길이 아니야"라며 일축해버렸다.

그랬다. 앤디는 그렇게 말했다.

"무슨 일인데요?"

"린스키 씨 때문에."

애덤의 전문 분야는 토지수용, 즉 정부가 고속도로나 학교 같은 공공 시설물을 짓기 위해 개인의 토지를 취득하는 행위에 관련된 업무였다. 이 사건은 정부가 캐설튼 마을의 슬럼가를 고급 주택화하겠다며 린스키 씨의 집을 취득하려는 건이다. 린스키 씨의 집이 있는 곳은 정치적으로는 '바람직하지 않은 구역'이라는 꼬리표가 붙어 있고, 비전문가들 용어로는 '쓰레기장'이며, 기존 주택들을 밀어버리고 반짝이는 새 집과 점포와 레스토랑을 지으려는 부동산 개발업자 입장에선 구미가 당기는 곳이었다.

"그 사람이 왜요?"

"그 집에 가보려고."

"그러세요."

"그런데, 음, 유력 인사들을 대동하고 가야 할까?"

그건 애덤이 꼭 필요할 때 쓰는 필살 방책 중 하나였다.

"아직은 그러지 마세요. 다른 일도 있어요?"

앤디는 의자 등받이에 등을 기대고 책상 위에 실내화를 턱 올렸다.

"오늘 밤에 공연하는데, 올래?"

애덤은 고개를 저었다. 앤디 그리블은 뉴저지주 북부에서 제일 유명한 술집 몇 군데에서 70년대 명곡을 모방해 부르는 커버 밴드로 활동하고 있다.

"못 가요."

"이글스 노래 안 부른다고 약속할게."

"이글스 노래는 원래 하지도 않잖아요."

"내가 이글스 팬이 아니긴 하지. 이번에 〈보스턴으로 와요 Please come to Boston〉라는 노래를 처음으로 부를 예정이야. 그 노래 기억해?"

"그럼요."

"어떻게 생각해?"

"별로예요."

"뭐? 애끓는 노래인데. 자네 애끓는 노래 좋아하잖아."

"전혀 애끓지 않잖아요."

앤디가 노래를 불렀다.

"이봐요, 떠돌이 씨, 정착해 사는 게 어때요?"

"노래에 나오는 여자친구가 짜증 나요. 남자는 여자에게 새로운 도시로 함께 가자고 여러 번 요청하는데, 여자는 계속 싫다면서 남자더러 테네시주에 정착해서 살자고 징징대기나 하잖아요."

"그건 그 여자가 테네시주 출신인 그 남자를 제일 아끼는 팬이라 그런 거지."

"그 남자에게는 팬이 아니라 평생의 반려자이자 연인이 필요해요."

앤디는 턱수염을 쓰다듬었다.

"무슨 말인지 알겠어."

"남자는 '봄이 오면 보스턴으로 와요'라고 노래하죠. 봄요. 당장 테네시주를 떠나자고 하는 것도 아닌데, 여자 반응은 어떻죠? '싫어요'라고 했잖아요. 남자와 의논도 하지 않고, 남자 말을 끝까지 들어보지도 않고. 그냥 싫다는 거예요. 그래서 남자는 덴버나 로스앤젤레스에서 같이 살자고 제안하죠. 여자의 대답은 똑같아요. 싫어요, 싫어요, 싫어요. 이봐요, 아가씨. 날개를 좀 펼쳐보라고. 인생은 한 번 뿐이야."

앤디는 미소 지었다.

"역시 자넨 별나."

애덤의 언성이 점점 높아졌다.

"게다가 여자는 보스턴, 덴버, 로스앤젤레스 같은 대도시에는 자기 같은 여자가 없다고 말하잖습니까. 잘난 척도 정도껏 하라고 하세요."

"애덤?"

"예?"

"생각을 너무 과하게 했어, 형제."

애덤은 고개를 끄덕였다.

"그렇긴 하죠."

"다른 많은 것들에 대해서도 자넨 늘 과하게 생각하는 편이야, 애덤."

"맞아요."

"자네가 내가 아는 최고의 변호사인 이유도 그래서지만."

"고맙습니다. 그래도 공연 때문에 조퇴하는 건 안 됩니다."

"아, 좀. 그러지 말자."

"미안해요."

"애덤?"

"왜요?"

"그 노래에 나오는 남자 말이야. 여자에게 보스턴으로 오라고 청하는 떠돌이."

"그 남자가 왜요?"

"자네는 그 남자가 말하는 여자에 대해서도 공정하게 볼 필요가 있어."

"어째서요?"

"남자는 자기가 곧 일하게 되길 바라는 카페를 언급하면서 여자에게 그 카페 앞 길가에서 그림을 팔아보라고 하잖아." 앤디는 두 손을 펼치며 덧붙였다. "그게 말이 되는 재정 계획이야?"

애덤은 희미하게 미소 지었다.

"졌습니다. 역시 그들은 헤어져야 마땅하겠어요."

"아니. 그들은 다른 좋은 걸 갖고 있어. 남자의 목소리를 들으면 알 수 있잖아."

애덤은 어깨를 으쓱하고는 사무실로 들어갔다. 목소리를 높여 한바탕 떠들었더니 기분 전환이 됐다. 다시 그는 머릿속 생각과 대면했다. 하지만 그런 생각을 하기에 사무실은 별로 좋은 장소가 아니었다. 그는 전화를 몇 통 했고, 고객 두 명을 만났으며, 법무사들과 사건 관련 사항을 확인했고, 소송사건적요서를 챙겼다. 잔인하게도 세상은 여느 때와 다름없었다. 아버지를 갑작스러운 심장마비로 잃은 열네 살 때, 애덤은 세상이 그렇다는 걸 이미 깨달았다. 애덤은 커다란 검은 차 뒷좌석에 어머니와 함께 앉아 창밖을 내다보며 그들을 제외한 세상 사람 모두가 일상을 살아가는 모습을 보았다. 아이들은 여전히 학교에 다녔고 부모들은 여전히 일을 하러 갔다. 자동차들은 여전히 경적을 울렸다. 태양은 여전히 빛났다. 아버지가 사라졌는데 세상은 전혀 달라지지 않았다.

오늘 그는 다시금 그 이치를 되새겼다. 세상은 우리에 대해, 우리가 겪는 문제에 대해 신경 쓰지 않는다. 전혀 말이다. 그렇지 않은가? 우리 삶이 산산이 부서져도 남들은 알아채지 못하지 않나? 그렇다. 세상 사람들에게 애덤은 평소와 다름없는 모습이고, 평소처럼 행동하는 듯이 보일 것이며, 평소와 똑같은 감정으로 사는 듯이 보일 것이다. 우리는 운전 중에 다른 차가 끼어들거나, 스타벅스에서 주문하는 데 너무 오래 기다려야 되거나, 상대에게 기대한 반응을 얻지 못할 때 화가 치민다. 그러나 그 사람들이 남 모르게 지독한 시련을 겪고 있을지 모른다는 생각은 하지 않는다. 어쩌면 그들의 삶은 산산이 부서졌을 수도 있다. 심각한 비극과 아수라장 한가운데 서서 겨우 끈 하나에 의지해 제정신을 유지하고 있을지도 모른다.

하지만 우리는 상관하지 않는다. 당장 눈에 보이는 것밖에 볼 수 없으니까. 그저 앞으로 밀고 나갈 뿐이다.

애덤은 집으로 가는 길에 라디오 채널을 이리저리 돌리다가 아무 생각 없이 떠드는 스포츠 라디오 채널에 고정시켰다. 세상에는 불화와 싸움이 끊이지 않으니, 차라리 프로 야구처럼 무의미한 것을 놓고 싸우는 소리를 듣는 게 낫다.

집 가까이 온 애덤은 커린의 혼다 오디세이가 집 앞 진입로에 서 있는 걸 보고 약간 놀랐다. 자동차 판매업자는 꽤 진지한 얼굴로 그 차 색깔을 '다크체리펄색'이라고 했다. 후면의 짐칸 문에는 이 마을 이름이 검은색으로 전사돼 있다. 요즘 교외 주택지에 사는 사람들은 마치 부족 문신을 새기고 뽐내듯이 차에 마을 이름을 새기고 다닌다. 라크로스 스틱 두 개가 교차된 그림에 '흑표범 라크로스'라고 적혀 있는 동그란 스티커도 붙어 있다. 흑표범은 이 마을의 상징이다. 그리고 라이언이 다니는 윌러드 중학교의 첫 글자도 커다란 초록색으로 붙어 있다.

애틀랜틱시티로 출장 간 커린이 예상보다 빨리 귀가한 모양이었다.

애덤이 생각한 타이밍에서 약간 어긋났다. 애덤은 종일 머릿속으로 커린과 대면할 때의 대화를 연습했다. 벌써 몇 시간째 그 대화 내용은 그의 머릿속에서 되풀이되고 있었다. 커린에게 접근하는 방법을 놓고 몇 가지 연습을 해봤지만 전부 마음에 들지 않았다. 계획을 세워봤자 소용없다는 건 이미 알고 있었다. 낯선 자가했던 얘기를 거론할 경우—지금 애덤이 진실이라 믿는 그 얘기를 커린에게 할 경우—수류탄의 핀을 뽑는 격이었다. 커린이 어떻게 반응할지는 알 수 없었다.

사실이 아니라고 부정할까?

어쩌면. 막상 커린에게 설명을 들어보면 별일 아닐 가능성도 있었다. 애덤은 열린 마음을 갖자고 다짐했다. '편견 방지' 캠프에서 늘어놓는 헛소리보다 더 헛된 희망처럼 느껴졌지만 어쩔 수 없었다. 진입로에 서 있는 커린의 혼다 오디세이 미니밴 옆에 차를 세웠다. 차 두 대가 들어가는 주차장이 집에 딸려 있지만 그 안에는 오래된 가구와 스포츠 장비, 그리고 과시적 소비의 증거물들이 이미 자리를 차지하고 있어서 애덤과 커린은 이렇게 진입로에 차를 세우곤 했다.

차에서 내린 애덤은 현관으로 걸어 올라갔다. 잔디 곳곳에 갈색 반점들이 잔뜩 퍼져 있었다. 커린이 봤으면 한 소리 할 텐데. 커린은 흠집을 편하게 두고 보면서 즐길 줄을 몰랐다. 잘못된 부분이 있으면 꼭 바로잡아야 직성이 풀렸다. 애덤은 물 흐르듯 살자는 주의지만 남들 눈에는 그런 태도가 게으름으로 보일 수도 있을 것이다. 옆집에 사는 바우어 가족은 당장 PGA 골프 경기를 개최해도 될 만큼 앞마당의 잔디를 완벽하게 손질하고 산다. 커린은 그 집 잔디를 볼 때마다 본인 집의 잔디와 비교하지 않고는 못 배겼지만 애덤은 그런 문제에 털끝만큼도 관심이 없었다.

현관문이 열리고, 어깨에 라크로스 가방을 맨 토머스가 나왔다. 토머스는 '원정팀' 선수복 차림이었다. 입에 마우스가드를 덜렁덜렁 문 토머스가 아버지에게 미소 지었다. 애덤의 가슴속에 익숙한 온기가 밀려왔다.

"아빠."

"그래, 어디 가니?"

"경기 있잖아요. 기억하시죠?"

그럴 만한 이유가 있기는 했지만 애덤은 토머스의 경기에 대해 지금껏 까맣게 잊고 있었다. 그 경기 때문에 커린이 원래 일정보다 일찍 집에 돌아온 듯했다.

"그럼. 어디하고 경기하지?"

"글렌록이오. 엄마 차 타고 갈 거예요. 이따 오실 거죠?"

"당연하지."

현관으로 나오는 커린을 보고 애덤은 심장이 쿵 떨어지는 느낌을 받았다. 커린은 여전히 아름답다. 애덤은 두 아들의 어렸을 적 모습을 잘 떠올리지 못하는데, 커린에 대해서도 마찬가지였다. 물론 이유는 달랐다. 그의 눈에 커린은 여전히 그를 단박에 사로잡았던 스물세 살의 절세미인이었다. 자세히 들여다보면 눈가에 주름이 지고 얼굴선도 살짝 퍼지긴 했지만, 사랑 때문인지 아니면 매일 보고 살아서 변화를 감지 못해서인지 몰라도 커린은 전혀 나이를 먹은 것 같지 않았다.

커린은 방금 전에 샤워를 한 듯 머리카락이 젖어 있었다.

"나 왔어, 여보."

애덤은 그 자리에 서서 대답했다.

"어."

커린이 다가와 뺨에 입을 맞췄다. 머리카락에서 기분 좋은 라일락 향기가 풍겼다.

"당신이 라이언 데리고 올래?"

"그 녀석은 어디 있는데?"

"맥스네 집에서 꼬맹이들끼리 모여 노나 봐."

토머스가 인상을 찡그리며 말했다.

"그렇게 말하지 말라니까요, 엄마."

"뭘?"

"'꼬맹이들'요. 라이언도 이제 중학생이에요. 꼬맹이들이란 말은 여섯 살 때나 어울리죠."

커린은 한숨을 쉬고는 미소 띤 얼굴로 말했다.

"그래, 알았어. 라이언은 맥스네 집에서 성숙한 모임을 갖고 있지."

그러고는 애덤의 눈을 마주 보았다.

"당신이 맥스네 집에 가서 라이언 태우고 경기장으로 올래?"

고개를 끄덕여야 한다는 생각을 한 기억조차 없는데, 애덤은 어느새 고개를 끄덕이고 있었다.

"알았어. 경기장에서 봐. 애틀랜틱시티는 어땠어?"

"좋았어."

토머스가 끼어들었다.

"저기요? 대화는 나중에 하시고요. 경기 시작 한 시간 전까지 경기장에 도착하지 않으면 코치들이 화낼 거예요."

"그래." 애덤은 커린을 돌아보며 애써 가볍게 말했다. "얘기는, 음, 이따가 하지."

커린은 0.5초 정도—이상할 정도로 길게—멈칫하다 대답했다. "응. 그러는 게 좋겠어."

애덤은 현관 계단에 서서 커린과 토머스가 진입로를 내려가는 모습을 바라보았다. 커린이 미니밴 리모컨을 누르자 후면의 짐칸 문이 거인의 입처럼 벌어졌다. 토머스는 뒷좌석에 가방을 던져 넣고 조수석에 앉았다. 장비를 삼킨 짐칸의 문이 닫혔다. 손을 흔드는 커린을 향해 애덤도 마주 손을 흔들었다.

애덤과 커린은 애틀랜타시에서 열린 리트월드의 5주짜리 사전 교육 모임에서 처음 만났다. 리트월드는 독서 교육을 필요로 하는 세계 각지에 교사들을 파견하는 일을 하는 자선단체였다. 요즘은 봉사라고 하면 아이들이 대학 지원서에 봉사 활동 경력으로 한 줄 적어 넣기 위해 잠비아로 집짓기 봉사를 하러 떠나는 것을 의미하지만, 당시 독서 자원봉사에 참여한 이들은 모두 이미 대학을 졸업한 사람들이었다. 당시 자원봉사자들은 지나칠 정도로 성실했고 생각도 올발랐다.

애덤과 커린은 리트월드의 사전 교육이 이루어지는 에머리 대학교 교정이 아니라, 근처 술집에서 만났다. 21세가 넘는 학생들이 형편없는 컨트리 음악을 들으며 평화롭게 술을 마시고 서로 수작도 거는 곳이었다. 커린은 여자 친구들과 함께였고 애덤은 남자 친구들과 같이 있었다. 애덤은 하룻밤 상대를 찾았지만 커린은 그 이상을 찾던 중이었다. 별 볼 일 없는 영화의 진부한 댄스 장면처럼 남자들이 여자들에게 슬금슬금 다가가, 어느새 두 그룹은 함께 어울려 놀기 시작했다. 애덤은 커린에게 술 한잔 사고 싶다고 말했다. 커린은 술은 허락했지만 딱 거기까지라고 선을 그었다. 그러나 애덤은 그날 밤 젊음을 불태우고픈 그 나름의 속셈이 있어 술을 샀다.

주문한 술이 나오고 그들은 얘기를 나눴다. 대화가 참 잘 통했다. 어느새 밤이 깊어 술집 문 닫을 시간이 가까워졌다. 커린은 어렸을 때 아버지를 여읜 얘기를 했고 애덤도 지금껏 아무에게도 하지 않은 얘기를 꺼냈다. 아버지의 죽음, 그리고 무심하기만 했던 세상에 대한 얘기였다.

아버지를 잃은 공통점이 있음을 알고부터 둘 사이에 유대감이 생겨났고, 그렇게 관계가 시작되었다.

신혼 시절 그들은 78번 주간고속도로 부근의 조용한 아파트에서 살았다. 애덤은 여전히 국선 변호사로서 사람들을 도우며 살았고, 커린은 뉴저지주 뉴어크시의 제일 거친 동네에 있는 학교에서 학생들을 가르쳤다. 토머스가 태어나면서 그들은 제대로 된 집으로 이사를 가야 했다. 상황은 그렇게 흘러갔다. 애덤은 어디서 살든 크게 개의치 않았다. 모던한 스타일의 집이든 여기처럼 좀 더 고전적이든 아무래도 상관없었다. 커린만 행복하면 됐다. 그가 특별히 통 큰 남자라서가 아니라 어떤 집에 살든 중요한 문제가 아니라 여겼기 때문이었다. 그래서 나름의 명확한 근거를 가진 커린이 마을을 골랐다.

어쩌면 애덤은 그때 멈췄어야 했다. 하지만 젊을 때라 문제를 인지하지 못했다. 그는 커린이 이 집을 고르게 내버려두었다. 커린이 원했기 때문이었다. 커린은 이 마을과 이 집, 주차장, 자동차, 아들 들을 원했다.

그가 원한 건 무엇이었을까?

알 수 없었다. 다만 이 집, 이 마을에서 사는 것은 당시의 그에겐 재정적으로 무리였다. 결국 애덤은 국선 변호사 일을 그만두고 보수가 훨씬 높은 바크먼심슨피글스 법률 회사로 자리를 옮겼다. 변호사들이 결국 택하게 되는 매끈하게 잘 포장된 길이었다. 애초에 애덤이 원하던 길이 아니었지만 그는 결국 자식들을 기르기에 안전한 곳에 정착했다. 침실 네 개에 자동차 두 대가 들어가는 차고, 진입로의 농구 골대, 뒷마당이 내다보이는 목제 덱에 가스 그릴을 갖춘 사랑스러운 집이었다.

이만하면 괜찮은 것 아닌가?

트립 에번스는 그런 삶을 애틋하게도 '꿈같은 삶'이라 불렀다. 아메리칸드림. 커린이 들었으면 바로 동의했을 것이다.

"그 여자와 계속 같이 살 필요는 없습니다."

물론 꼭 그렇지는 않았다. 그 꿈은 섬세하고 귀중한 재료로 만들어졌다. 아무렇지 않게 부숴버릴 수는 없다. 그 꿈을 현실로 이루고 사는 게 얼마나 대단한 행운인지 깨닫지 못한다면, 고마운 줄도 모르는 이기적이고 삐뚤어진 인간일 것이다.

애덤은 현관문을 열고 주방으로 들어갔다. 주방 식탁이 너저분했다. 미국 초기 시대에 관한 숙제가 한옆에 쌓여 있고 토머스의 대수학 교과서가 펼쳐져 있었다. 펼쳐진 페이지에는 $f(x)=2x^2-6x=4$라는 이차함수 문제가 적혀 있고, 페이지 사이에는 연필이 끼워져 있었다. 담청색 사각형이 빼곡히 그려진 모눈종이들이 식탁 위, 그리고 바닥에 흩어져 있었다.

애덤은 허리를 굽혀 모눈종이를 집어 식탁에 올려놓았다. 그리고 잠시 숙제를 내려다보았다.

신중하자. 그는 다짐했다. 이 집에서 위기에 봉착한 것은 그와 커린의 꿈만이 아니었다.

6

애덤이 라이언을 데리고 경기장에 도착했을 때는 토머스의 경기가 이미 시작된 후였다.

"이따 봐요, 아빠."

라이언은 조그맣게 말하고는 제 친구들과 어울리기 위해 슬그머니 옆으로 빠졌다. 부모가 지켜보는 곳에 있고 싶지 않은 게 그맘때 아이들이다. 애덤은 경기장 왼편으로 향했다. 그쪽이 '원정팀' 구역이라 세더필드 마을에서 온 부모들이 모여 있었다.

경기장에 금속 스탠드가 따로 없어서, 몇몇 부모들은 집에서 가져온 접이식 의자에 앉아 있었다. 커린도 양쪽 팔걸이에 컵 홀더가 하나씩 달려 있고 머리 위에 그늘막까지 붙은 그물망 의자 네 개를 미니밴에 싣고 왔다. (누가 그런 의자에 앉을 때 컵홀더를 두 개씩이나 필요로 할까?) 하지만 지금도 그렇고, 경기 내내 커린은 주로 서 있었다. 그리고 길이가 너무 짧아 아버지들의 눈길을 단박에 끄는 반바지와 민소매 톱 차림의 크리스틴 호이가 커린 옆에 서 있었다.

애덤은 아내가 있는 곳으로 천천히 걸어가며 다른 부모들에게 고개인사를 했다. 트립 에번스는 구석 자리에 다른 아버지들과 함께 서 있었다. 선글라스를 끼고 팔짱을 낀 모습들이 구경 나온 학부모라기보다는 비밀첩보 요원들 같았다. 오른쪽에는 개스톤이 사촌 대즈와 함께 히죽대며 서 있었다. (그렇다. 다들 그 남자를 '눈부시다'는 뜻의 대즈라는 별명으로 불렀다.) 대즈는 직원 신원 조사를 전문으로 하는 고급 기업 조사 회사인 CBW사의 소유주다. 그는 세더필드 라크로스 위원회의 모든 코치들에 대해 일반적인 경우보다 덜 광범위한 배경 조사를 실시한 적이 있는데, 코치 중 전과 기록 따위를 가진 사람이 없는지 확인하기 위해서라고 했다. 간단한 조사라서 온라인으로 더 싼 업체를 이용할 수 있는데도 불구하고, 친척이라 더 잘해줄 거라며 개스톤이 우겨대서 라크로스 위원회는 군이 값비싼 CBW사의 서비스를 받았다.

커린은 애덤이 다가오는 것을 보더니 크리스틴에게서 몇 발자국 떨어져 섰다. 애덤이 가까이 가자 커린은 당황한 목소리로 말했다.

"토머스가 아직 안 나왔어."

"원래 코치가 선수들을 돌아가면서 내보내잖아. 너무 걱정마."

하지만 커린은 안달복달이었다.

"피트 베임이 토머스보다 먼저 경기에 나왔다고."

피트 베임은 개스톤의 아들이다. 개스톤이 그래서 히죽대고 있는 모양이다.

"걔는 아직 뇌진탕에서 회복도 안 됐잖아. 어떻게 그런 애를 벌써 경기에 내보내?"

"내가 걔 의사로 보여, 커린?"

그때 어떤 여자가 소리쳤다.

"힘내, 토니! 끝장내버려!"

방금 소리친 여자가 토니의 엄마라는 건 굳이 확인할 필요도 없었다. 당연히 그럴 테니까. 부모들은 누구나 경기 중인 제 자식의 이름을 크게 불러댄다. 부모들의 목소리에는 강렬한 실망과 격분이 담겨 있다. 하지만 부모들은 자기네 목소리가 남들에게 그렇게 들린다는 걸 모르고, 누가 말해도 믿으려 하지 않는다. 다들 그렇다. 우린 서로의 목소리를 듣는다. 다른 부모들은 몰라도 나는 안 그렇다고 생각하지만, 본인 목소리가 익숙해서 알아채지 못할 뿐이다.

대학 시절 들었던, '꼽추는 남의 등에 난 혹만 보고 제 등에 난 혹은 보지 못한다'는 크로아티아의 옛말이 떠올랐다.

3분이 지나도 토머스는 경기에 나오지 않았다. 애덤은 커린을 슬쩍 돌아보았다. 입을 꼭 다물고 경기장 저쪽 측면에 있는 코치를 쏘아보고 있었다. 그렇게 쏘아보고 있으면 코치가 그녀의 뜻대로 토머스를 경기에 내보내기라도 할 것처럼.

"곧 나가겠지."

"원래대로라면 지금쯤 경기에 나갔어야 돼. 대체 무슨 일이지?"

"글쎄."

"피트를 내보내면 어쩌자는 건지."

애덤은 대꾸하지 않았다. 피트가 공을 잡아 같은 팀 선수에게 던졌다. 평범한 플레이였다. 그런데 경기장 저편에서 개스톤이 "우와! 멋진 플레이야, 피트!"라고 소리치며 대즈와 하이파이브를 해댔다.

애덤이 중얼거렸다.

"다 큰 어른 별명이 대즈가 뭐야."

"뭐?"

"아무것도 아니야."

커린은 아랫입술을 잘근잘근 깨물었다.

"우리가 1, 2분쯤 늦게 도착했어. 경기 시작 55분 전에 와버린 거야. 코치가 한 시간 전까지 오라고 했는데."

"그런 이유로 토머스를 안 내보내는 건 아닐 거야."

"집에서 더 빨리 출발할 걸 그랬어."

애덤은 그게 문제가 아니라고, 지금 훨씬 더 큰 문제에 봉착해 있다고 말하려다 그만두었다. 당분간은 경기를 보면서 정신을 다른 곳으로 돌리는 게 나을 것 같았다. 상대 팀이 점수를 내자 이쪽 부모들은 탄식하면서 수비수들이 어떤 잘못을 저질러 골을 허용했는지 분석했다.

드디어 토머스가 경기장에 나왔다.

애덤은 커린이 마음을 놓는 걸 느낄 수 있었다. 커린은 굳어 있던 표정을 풀고 애덤에게 미소를 지으며 물었다.

"일은 어땠어?"

"이제야 알고 싶어?"

"미안. 오늘 정신 없었던 거 알잖아."

"그래, 알아."

"당신이 나를 사랑하는 이유이기도 하고."

"그렇지."

"내가 엉덩이도 끝내주잖아."

"맞아."

"내 엉덩이 아직 괜찮지 않아?"

"세계 최상이지. 최고 A급. 비계 한 점 없는 순도 100퍼센트의 등심."

커린은 아주 살짝 미소를 머금었다.

"뭐, 비계 한 점 정도는 있어."

하아. 애덤은 커린이 이렇게 긴장을 풀고 살짝 장난기 있게 굴 때가 정말 좋았다. 커린의 그런 모습을 보는 일은 무척 드물었다. 찰나의 순간이지만 애덤은 낯선 자에 대해 잊을 수 있었다. 그러나 찰나의 순간, 그뿐이었다. 왜 하필 지금일까? 의아했다. 커린이 이런 농담을 하는 건 1년에 두세 번밖에 안 되는데. 왜 하필 지금일까?

애덤은 커린을 슬쩍 돌아보았다. 그가 47번로의 보석 판매점에서 산 단추형 다이아몬드 귀고리가 커린의 귀에 붙어 있었다. 애덤은 결혼 15주년 기념일에 뱀부하우스 중국 요리점에서 커린에게 그 귀고리를 선물했다. 커린은 포춘 쿠키를 먹지는 않아도 열어보는 건 좋아했다. 그래서 그는 원래 포춘 쿠키에 귀고리를 넣어 선물하려고 했다. 하지만 그 아이디어는 실행이 불가능했다. 결국 웨이터가 접시에 귀고리를 담고 은 뚜껑으로 덮어서 들고 왔다. 진부하고 상투적이며 창의성이라곤 없었지만 커린은 무척 좋아했다. 눈물을 흘리며 애덤을 두 팔로 껴안았는데, 어찌나 꽉 끌어안는지 세상에 어떤 남자도 그런 포옹은 받지 못하리라는 생각이 들 정도였다.

커린은 밤에 잘 때와 수영장에 갈 때만 그 귀고리를 빼놓았다. 수영장 물의 염소 성분 때문에 귀고리의 세팅 부분이 부식될까 우려해서였다. 다른 귀고리를 끼는 것이 다이아몬드 귀고리에 대한 배신이라도 되는 듯이, 벽장에 있는 작은 보석함에 다른 귀고리들을 넣어놓고 끼지 않았다. 다이아몬드 귀고리는 커린에게 무척 의미가 컸다. 헌신과 사랑, 명예의 표시였다. 그런 여자가 정말 임신을 가짜로 꾸몄을까?

커린은 경기장에서 시선을 떼지 않았다. 공이 토머스가 위치해 있는 공격선에 떨어졌다. 공이 토머스 근처로 올 때마다 커린이 긴장하는 것이 느껴졌다.

그때 토머스가 멋진 플레이를 보여줬다. 수비수의 스틱에서 공을 쳐낸 후에 곧장 낚아채어 골대를 향해 돌진한 것이다.

우리는 아닌 척하지만 오직 제 자식에게만 눈길을 준다. 애덤은 아버지가 되고서 얼마 안 돼 이런 부모의 관심이 얼마나 통절한지 실감한 바 있었다. 경기장이든 연주회든 어딜 가서도 부모는 제 자식만 본다. 참석한 모든 사람과 모든 것을 보는 것 같지만 실은 그렇지 않다. 자식을 제외한 나머지 사람과 사물 들은 배경 소음과 풍경이 되어버린다. 마치 내 자식에게만 조명이 비추고 나머지 무대라든지 경기장, 농구 코트에는 어둠이 내린 것처럼 오로지 자식에게만 시선을 꽂는다. 자식을 보고 있으면 가슴이 따뜻해져온다. 애덤도 어린 아들이 그에게 미소 지을 때 그런 온기를 느꼈다. 부모와 아이 들이 잔뜩 모인 곳에서 애덤은 부모들이 모두 같은 감정을 느끼며, 오로지 제 아이에게만 시선을 주고 있음을 깨달았다. 나만 그런 게 아니구나, 부모라면 당연히 그렇구나 하는 생각이 들자 마음이 놓였다.

하지만 지금은 내 자식만 중심에 놓고 보는 시각이 전처럼 좋게 느껴지지 않았다. 자식에게만 집중된 시선은 사랑이 아닌 집착이며, 단일렌즈를 통해 외곬으로 바라보는 시각은 건강하지도 현실적이지도 않고 오히려 해롭다는 생각이 들었다.

토머스는 빠르게 달려 폴 윌리엄스에게 공을 패스했고, 폴은 점수를 낼 수 있는 위치에 있는 테리 조블에게 패스했다. 하지만 테리가 공을 던지기도 전에 심판이 호루라기를 불면서 노란 경고 깃발을 치켜들었다. 미드필더 프레디 프리드내시가 가차 없이 페널티를 받아 1분간 퇴장당했다. 구석 자리에 있던 세더필드 고등학교 아버지들은 단체로 분통을 터뜨렸다.

"장난합니까, 심판?" "오심이다!" "눈이 멀었나!" "말도 안 돼!" "저쪽 팀에도 경고를 줘야죠, 심판!"

코치들까지 동조하기 시작했다. 경고를 받고 빠르게 퇴장하던 프레디조차 발걸음을 늦춰 심판을 향해 어이없다는 듯 고개를 흔들었다. 군중심리가 작동하면서 점점 더 많은 부모들이 불만의 합창에 합류했다.

커린이 애덤에게 물었다.

"프레디가 슬래싱(스틱으로 상대 선수를 가격하는 반칙—옮긴이) 한 거 봤어?"

"그쪽을 보고 있지 않았어서 모르겠어."

트립의 아내인 베키 에번스가 미소를 지으며 가까이 다가왔다.

"안녕하세요, 애덤. 안녕, 커린."

페널티 때문에 공은 토머스의 위치에서 한참 떨어진 수비 구역에 놓였다. 애덤과 커린은 토머스에게서 시선을 떼고 베키를 돌아보며 미소 지었다. 다섯 아이를 둔 베키 에번스는 불가사의할 정도로 명랑했다. 늘 미소 띤 얼굴에 말투도 친절했다. 애덤은 그런 부류를 의심하는 편이었다. 그리고 항상 행복한 얼굴을 하고 있는 엄마들이 방심하는 순간 내보이는 솔직한 표정을 즐겨 포착했다. 그런 엄마들 대부분은 방심하는 순간 미소를 잃고 표정이 굳어지곤 했다. 하지만 베키는 달랐다. 늘 미소 띤 얼굴로 아이들을 수월하게 몰고 와 닷지 듀랑고 뒷좌석에 라크로스 장비와 함께 태웠다. 매일 그렇게 살다 보면 엄마로서 지칠 만도 한데 베키는 오히려 그런 생활을 통해 힘을 얻는 듯이 보였다.

"왔어, 베키?"

커린이 베키에게 인사를 건넸다.

"경기하기에 날씨가 참 좋죠, 애덤?"

"그러네요."

날씨가 좋다고 미리 말해놓고 물으니 그렇게 대답할 수밖에 없다.

심판이 또다시 호루라기를 불었다. 원정팀에게 또 슬래싱 반칙 경고가 주어졌다. 아버지들은 욕까지 하며 화를 냈다. 애덤은 그들의 행동에 눈살을 찌푸렸지만 아무 말도 하지 않았다. 이 자리에선 가만히 있는 게 문제가 되는 걸까? 야유를 이끌고 있는 사람이 안경 쓴 칼 가츠먼이라는 사실을 확인한 애덤은 깜짝 놀랐다. 칼의 아들 에릭은 수비수로서 빠른 성장세를 보이고 있었다. 칼은 뉴저지주 파시퍼니 마을에서 보험설계사로 일하는 남자다. 애덤은 칼을, 가끔 남을 가르치려 들고 말을 장황하게 늘어놓는 것만 빼면 순하고 괜찮은 사람으로 보고 있었다. 그런데 에릭의 실력이 향상됨에 따라 칼 가츠먼의 행동은 점점 이상해졌다. 작년에 키가 15센티미터나 자란 에릭은 요즘 선발 수비수로 활동하면서 여러 대학에서 러브콜을 받고 있었다. 예전에는 조용히 구경만 하던 칼은 요즘 부쩍 초조하게 서성이면서 혼잣말을 해대곤 했다.

베키가 가까이 몸을 기울여 커린에게 말했다.

"리처드 피 얘기 들었어? 보스턴 대학에 입학하기로 했대."

리처드 피는 원정팀의 골키퍼였다.

"걔 아직 9학년이잖아."

"그러게 말이야. 이러다간 아주 자궁에 있을 때부터 선수 선발을 하려고 들겠어."

"정말 웃긴다. 걔가 앞으로 어떤 선수가 될 줄 알고 벌써 뽑아? 이제 막 고등학교에 들어온 애를."

베키와 커린은 계속 얘기를 나눴고 애덤은 옆에서 그들의 얘기를 흘려들었다. 두 여자가 별로 개의치 않는 듯해서 애덤은 자리를 떠도 된다는 신호로 해석하고 잠시 혼자 있기로 했다. 그는 베키의 뺨에 가볍게 키스하고 다른 곳으로 자리를 옮겼다. 베키와 커린은 어렸을 때부터 친한 사이로 둘 다 세더필드에서 태어났다. 베키는 세더필드를 한 번도 떠난 적이 없었다.

하지만 커린은 베키처럼 운이 좋지 않았다.

애덤은 어머니들, 그리고 구석에 서 있는 아버지들 사이의 중간 지점으로 향했다. 혼자만의 장소를 약간이나마 확보하고 싶었다. 아버지들이 있는 곳을 흘끗 쳐다보았을 때 트립 에번스와 눈이 마주쳤다. 트립은 이해한다는 듯이 고개를 끄덕였다. 트립도 주변에 사람이 잔뜩 있는 걸 좋아하지 않는 편이지만 주변에 늘 사람이 몰렸다. 감당하라고, 지역 명사 씨.

호루라기 소리와 함께 4쿼터 중 1쿼터가 끝났다. 애덤은 아내를 돌아보았다. 커린과 베키는 여전히 수다 삼매경에 빠져 있었다. 애덤은 그들의 모습을 바라보며 잠시 혼란과 두려움을 느꼈다. 그는 커린을 너무나도 잘 알았다. 커린에 대해서라면 뭐든 다 알고 있었다. 그렇기 때문에 역설적으로, 그는 낯선 자가 한 말이 진실일 수도 있음을 알았다.

가족을 지키기 위해 우리는 뭘 해야 할까?

다시 호루라기 소리가 들리고 선수들은 경기에 나섰다. 부모들은 제 아이가 여전히 경기에 투입된 상태인지 확인하려고 눈에 불을 켰다. 토머스는 경기장에 나가 있었다. 베키는 여전히 수다를 떨었지만 커린은 고갯짓만 하면서 조용히 토머스에게 시선을 집중했다. 커린은 집중을 잘하는 편이다. 처음에 애덤은 아내의 그런 면을 무척 사랑했다. 커린은 자신이 인생에서 원하는 바가 무엇인지, 목표를 이루기 위해 무엇을 해야 하는지 정확히 파악할 줄 알았다. 커린을 처음 만났을 때 애덤에게는 미래에 대한 뚜렷한 계획이 없었다. 노력에 비해 턱없이 적은 보상을 받는 가난한 사람들을 위해 일해야겠다는 막연한 생각을 갖고 있을 뿐이었다. 어디에서 살고 싶은지, 어떤 삶을 이끌어가고 싶은지, 그런 삶을 혹은 가족을 어떻게 만들어갈 것인지에 관한 구체적인 계획은 세워본 적도 없었다. 미래는 그저 막연하고 희미하게만 느껴질 뿐이었다. 그런 그와는 정반대로, 커린은 그런 삶을 이루기 위해 둘이 함께 무엇을 해야 하는지 정확히 아는, 눈부시게 아름답고 똑똑한 여자였다.

그녀의 뜻에 복종하는 게 편했고, 오히려 자유로웠다.

지금의 삶에 이르기까지 그가 해온 (아니, 커린의 뜻에 무작정 따라온) 결정들을 되돌아보고 있을 때, 토머스가 골대 뒤에서 공을 잡아 가운데로 패스하는 척하다가 오른쪽으로 달렸다. 토머스는 스틱을 뒤로 당겼다가 앞으로 뻗으며 골대 구석을 향해 낮게 공을 날렸다.

골인이었다.

부모들이 환호했다. 팀 동료들이 달려가 토머스의 헬멧을 기분 좋게 툭툭 치며 축하했다. 아들은 '늘 그래 왔던 것처럼 행동하라'는 오랜 격언에 따라 들뜨지 않고 침착함을 유지했다. 하지만 멀리서도, 헬멧 마스크와 마우스가드 너머로, 애덤은 장남 토머스가 행복하게 미소 짓고 있음을 느낄 수 있었다. 토머스와 라이언이 늘 그렇게 웃으며 행복하고 안전한 삶을 살 수 있게 해주는 것이야말로 아버지로서 해야 할 일이었다.

아들들을 행복하고 안전하게 살게 해주려면 어떻게 해야 할까?

못할 게 없다.

그러나 그가 아버지로서 무엇을 한다거나 무엇을 희생한다고 해서 아들들의 행복과 안전이 지켜지는 것은 아니다. 인생은 운과 무작위, 혼란으로 굴러간다. 그는 자식들을 지키기 위해 할 수 있는 일은 무엇이든 할 것이다. 그러나 그 정도로는 충분치 않다. 운과 무작위와 혼란은 다른 계획을 갖고 있을 수 있으며, 이 고요

한 봄기운 속에 그들의 행복과 안전이 녹아 없어질 수 있음을 애
덤은 너무나도 잘 알았다.

7

토머스는 경기 종료를 20초 남겨두고 두 번째 골을 넣으며 팀의 승리를 이끈 선수가 되었다!

애덤은 지나치게 격한 스포츠 세계에 냉소적인 편이지만, 막상 자식 일이 되자 위선적일 만큼 태도가 바뀌었다. 토머스가 마지막 골을 넣자 애덤은 펄쩍펄쩍 뛰면서 주먹으로 하늘을 찌르며 "좋았어!"라고 고함을 질렀다. 이 스포츠 자체에 대한 호불호와 관계없이, 그의 가슴속에 희석되지 않은 순수한 기쁨이 밀려들었다. 그의 본성에 내재한 더 선한 천사들은 아마 이렇게 말할 것이다. 이 스포츠 자체는 애덤과 관계가 없다고, 그저 아들이 훨씬 더 큰 기쁨을 느끼는 것을 알기에 아버지로서 기뻐할 뿐이라고, 자식에 대해 그런 감정을 갖는 건 부모로서 자연스럽고 건강한 일이라고. 애덤은 자식들의 인생에 사사건건 관여하면서, 라크로스를 잘하면 더 좋은 대학에 갈 수 있다고 여기는 여느 부모들과는 달랐다. 그가 라크로스를 즐기는 이유는 단순했다. 아들들이 이 운동을 좋아하기 때문이었다.

하지만 부모라면 누구나 그렇게 생각할 것이다. 남의 등에 난 혹만 보고 제 등에 난 혹은 보지 못한다는 크로아티아의 꼽추 속

담처럼.

경기가 끝나고 커린은 저녁 준비를 해야 한다며 라이언을 차에 태우고 먼저 집으로 출발했다. 애덤은 세더필드 고등학교 주차장에서 토머스를 기다렸다. 경기가 끝나고 곧장 토머스를 차에 태워 집으로 데려가는 게 훨씬 편했지만, 학교 측에선 사고 예방을 위해 선수들을 모두 팀 버스에 태워 학교로 데려가는 것을 규칙으로 했다. 그래서 애덤을 비롯한 부모들은 팀 버스를 쫓아 세더필드 고등학교로 함께 돌아가 그곳에서 아들들이 나오길 기다려야 했다. 애덤은 차에서 내려 학교 뒷문으로 향했다.

"안녕하세요, 애덤."

칼 가츠먼이 그에게 걸어오며 말을 걸었다. 애덤도 인사하며 그와 악수를 나눴다. 칼이 말했다.

"멋진 승리였습니다."

"그러게요."

"토머스가 경기 운영을 무척 잘했어요."

"에릭도 잘했죠."

칼의 안경은 제자리에 있는 적이 없었다. 늘 콧등을 타고 흘러내렸다. 칼이 연신 검지로 안경을 밀어 올리지만 곧 다시 주르르 미끄러져 내려왔다.

"그런데요, 다른 데 좀 신경이 팔리신 것 같던데."

"예?"

"경기 중에 말입니다. 뭔가 고민이 있어 보이기도 하고."

칼은 코맹맹이 목소리 때문에 무슨 말을 해도 칭얼대는 것처럼 들렸다.

"제가요?"

칼은 안경을 다시 밀어 올리며 말했다.

"예. 그리고 뭐랄까, 넌더리난다는 듯한 표정을 짓기도 하시고
요."

"도대체 무슨 말인지……."

"제가 심판에게 잘못된 판정을 정정해달라고 요청할 때요."

정정이라. 애덤은 달리 생각했지만 굳이 말려들고 싶지 않았
다.

"몰랐네요."

"알았을 텐데요. 토머스가 골대 뒤 X구역에서 공을 잡았을 때
심판이 크로스체크(공을 가지고 있는 상대편 선수의 스틱을 치는 것
—옮긴이) 반칙을 선언하려고 했잖습니까."

"잘 모르겠군요."

애덤은 인상을 찌푸렸다. 칼은 음모라도 꾸미는 듯이 목소리를
낮추었다.

"실은 제가 일부러 강하게 항의한 거였습니다. 고맙게 생각하
세요. 덕분에 오늘 저녁 댁의 아드님이 이득을 봤으니까요."

"그렇군요."

그러나 도대체 이 남자가 뭔데 이런 식으로 다가와 말을 하나
싶어 애덤은 가만히 듣고 있을 수가 없었다.

"한데 그럴 거면 왜 시즌 초에 스포츠맨 정신을 준수하겠다는
서약에 서명을 하는 거죠?"

"어떤 서약요?"

"선수와 코치, 심판을 모욕하는 말을 하지 않겠다고 맹세하는

서약 말입니다."

"순진하시네. 모스코위츠 교수가 누구인지는 아시죠?"

"스펜서 구역에 사는 분요? 선수 트레이드 계약 일을 하는?"

칼은 조급하게 딱딱거렸다.

"아뇨. 시카고 대학교의 토바이어스 모스코위츠 교수요."

"음, 모릅니다."

"57퍼센트라고 하더군요."

"뭐가요?"

"모스코위츠 교수의 연구에 따르면 스포츠 경기에서 홈팀이 이길 확률은 57퍼센트라고 합니다. 우린 그걸 홈의 이점이라고 부르고요."

"그래서요?"

"홈의 이점이 실제로 있다는 거죠. 정말로요. 어떤 스포츠를 막론하고 시대와 지역을 통틀어 홈의 이점은 적용됩니다. 모스코위츠 교수는 홈의 이점이 어디서나 일관되게 적용된다고 했어요."

"그래서요?"

"홈의 이점이 발생하는 일반적인 이유들은 아마 들어봤을 겁니다. 홈팀과는 달리 원정팀은 버스나 비행기를 타고 이동하니 피곤이 쌓여서 불리하다는 것도 그중 하나고, 익숙한 경기장을 쓸 수 있기 때문이라는 이유도 있고요. 홈팀은 자기네 지역의 쌀쌀한 날씨 혹은 따뜻한 날씨에 익숙한 데 비해 원정팀은……."

"우리는 바로 옆 마을에서 왔는데요."

"그렇죠, 그래서 더더욱 이 얘기를 하는 겁니다."

맙소사. 애덤은 이런 얘기를 나눌 기분이 아니었다. 토머스는 대체 어디 있지?

"그래서 말인데 모스코위츠 교수의 발견에 대해 어떻게 생각하세요?"

"예?"

"홈의 이점의 이유가 뭐라고 생각하냐고요, 애덤."

"모르겠습니다. 관중의 응원 때문일 수도 있겠죠."

칼 가츠먼은 대답이 마음에 드는 눈치였다.

"맞기도 하고 아니기도 합니다."

애덤은 한숨을 푹 쉬고 싶은 걸 참았다.

"모스코위츠 교수를 비롯해 여러 사람들이 홈의 이점에 대한 연구를 했는데요, 이동으로 인한 피로가 홈의 이점을 유발하는 요인 중 하나가 아니라고 말할 수는 없지만 그 이론을 뒷받침할 만한 구체적인 데이터는 나오지 않았습니다. 그런데 엄밀하고 분명한 데이터로 뒷받침되는 요인이 딱 하나 있죠."

칼은 애덤이 '하나'의 뜻을 못 알아들을까 봐 걱정되는지 검지까지 치켜세웠다. 그러고도 모자라 다시 한 번 강조했다.

"딱 하나요."

"그게 뭔데요?"

칼은 손가락을 내리고 주먹을 쥐며 말했다.

"심판의 편견요. 바로 그거입니다. 심판의 편견 때문에 홈팀은 경고를 더 많이 받습니다."

"심판들이 홈팀을 지게 만든다는 뜻입니까?"

"아뇨, 그게 아닙니다. 잘 들어봐요. 이게 바로 그 연구의 핵심이에요. 심판들이 일부러 홈팀을 봐주려 하지는 않는다는 거죠.

심판의 편견은 무심결에 적용됩니다. 의식적인 게 아니라요. 사회적 부합과 관련 있습니다."

칼은 과학자인 양 본격적으로 설명을 늘어놓았다.

"요컨대 우리 모두는 호감을 사고 싶어 합니다. 심판들도 다른 사람들과 마찬가지로 사회적 동물인 만큼 관중의 감정에 동화될 수밖에 없어요. 그래서 어쩌다 한 번이지만 심판이 잠재의식적으로 관중을 기분 좋게 해주는 방향으로 판정하는 경우가 생기죠. 야구 경기 본 적 있죠? 코치들은 누구보다도 인간의 본성에 대해 잘 아는 사람들이라 심판들에게도 그런 식으로 영향을 주려고 하는 겁니다. 이해가 되세요?"

애덤은 천천히 고개를 끄덕였다.

"예."

칼은 두 손을 펼쳤다.

"그런 겁니다, 애덤. 홈의 이점이라는 건 간단히 말해 사회적으로 부합하고 호감을 얻고자 하는 인간의 욕구에 기반을 두고 있습니다."

"그래서 아까 심판들에게 그렇게 고함을 쳤다는……."

"원정 경기에서는 그래야 돼요. 홈경기에서는 우리가 이점을 갖지만, 원정 경기일 때는 과학적으로 말해 고함을 질러서라도 균형을 맞출 필요가 있어요. 입 다물고 조용히 있다가는 당하거든요."

애덤은 다른 곳으로 시선을 돌렸다.

"어떻게 생각하세요?"

"별생각 안 드는데요."

"아니, 그러지 말고요. 의견을 듣고 싶어요. 그쪽은 변호사잖아요? 늘 대립하는 관계 속에서 업무를 보고요."

"그렇죠."

"판사라든지 상대편 변호사에게 영향을 미치려고 애를 쓰겠죠."

"그렇습니다."

"그러니까 어떻게 생각하시는지?"

"별생각 안 듭니다. 말뜻은 알아들었어요."

"하지만 동의는 안 하신다는 거네요."

"그런 일에 말려들고 싶지 않네요."

"하지만 데이터가 명확하게 나와 있는데요."

"그러네요."

"어떻게 생각하세요?"

애덤은 망설였지만, 굳이 의견을 말 못 할 이유가 없을 것 같았다.

"그저 운동 경기일 뿐입니다, 칼. 홈의 이점도 경기 요소 중 하나고요. 우리가 전체 게임의 절반을 홈에서, 나머지 절반을 원정 가서 하는 것도 그래섭니다. 그래야 균형이 맞으니까요. 제 생각엔, 이건 그냥 제 생각일 뿐입니다만, 당신은 본인의 좋지 못한 태도를 그런 식으로 정당화하는 걸로 보입니다. 아이들은 경기를 하면서 잘못된 판정도 받아보고 하면서 크는 겁니다. 내 자식이 조금 불리한 입장이 됐다고 해서 심판들에게 악을 써대기보다는 판정을 담담히 받아들이는 모습을 보이는 편이 아이들에게도 더 좋은 본보기가 되고요. 1년에 한두 번쯤 그런 식으로 진다고 해도, 아이들이 예의와 품위를 지키는 방법을 배울 수 있는 작은 대가라고 생각하면 좋지 않겠습니까?"

칼 가츠먼이 반박하려는데 마침 토머스가 탈의실에서 나왔다. 애덤은 손을 들며 말했다.

"별거 아닙니다. 개인적인 의견일 뿐이에요, 칼. 이만 실례하겠습니다."

서둘러 차로 돌아간 애덤은 경기장을 가로질러 오는 토머스를 바라보았다. 토머스는 경기에서 이겨 기분 좋을 때 보이는, 허리를 더 곧게 펴고 통통 튀듯이 걷는 특유의 걸음걸이로 다가왔다. 토머스는 얼굴에 살짝 미소를 짓긴 했지만, 차에 타기 전까지는 섣불리 기쁨을 표출하려 하지 않았다. 그가 친구들에게 손을 흔드는 모습은 흡사 정치인처럼 보였다. 라이언은 조용한 편이지만 토머스는 장차 이곳 시장까지 될 만한 녀석이었다.

토머스는 라크로스 가방을 뒷좌석으로 던졌다. 땀에 푹 전 패드에서 악취가 풍겼다. 애덤은 차창을 열었다. 조금 낫긴 했지만 따뜻한 날씨에 경기를 마친 후 장비에서 풍겨 나오는 땀 냄새는 창문을 열었다고 쉬이 가시지 않았다.

토머스는 차를 타고 한 블록쯤 가고 난 후에야 얼굴을 환하게 빛내며 떠들었다.

"첫 골 보셨어요?"

애덤은 싱긋 웃었다.

"끝내주더라."

"맞아요. 왼손을 활용한 두 번째 골도 괜찮았어요."

"움직임이 좋았어. 게임을 승리로 이끈 선수가 된 것도 기분 좋은 일이고."

그들은 한동안 그렇게 대화를 나눴다. 누가 들으면 토머스를 뽐내고 싶어 안달 난 녀석으로 여길 것이었다. 하지만 토머스는 남들 앞에서는 그런 모습을 보이지 않았다. 동료 선수나 코치 들과 함께 있을 때는 늘 겸손하고 너그러운 아이였다. 토머스는 공을 패스하는 선수, 가로채는 선수를 비롯해 다른 선수들을 믿고 함께 경기를 펼쳤다. 그러면서도 본인이 경기장에서 관심을 한 몸에 받으면 수줍어하거나 당황하곤 했다.

오직 가족과 함께 있을 때에만 긴장을 풀고 게임에 관해 시시콜콜 떠들었다. 본인이 넣은 골뿐만 아니라 경기 전반에 대해, 다른 아이들은 무어라 말했고 누가 경기를 잘했으며 누가 못했는지를 얘기했다. 솔직하게 무슨 말을 해도 괜찮은 안식처가 바로 집이니까. 진부하게 들릴지 몰라도 가족의 역할은 바로 그런 것이다. 가족 앞에서라면 토머스는 허풍쟁이 혹은 위선자라는 소리를 들을까 걱정할 필요 없이 무슨 말이든 자유롭게 할 수 있었다.

"왔구나!"

토머스가 현관으로 걸어 들어가자 커린이 소리쳤다. 토머스는 어깨를 으쓱하며 라크로스 가방을 벗어 현관 옆에 내려놓고 엄마의 포옹을 받았다.

"멋지더라, 아들."

"고마워요."

라이언은 형과 주먹을 맞부딪치며 축하했다.

토머스가 커린에게 물었다.

"저녁은 뭐예요?"

"양념 스커트 스테이크(소의 배와 가슴 중간에 있는 길쭉하고 납작한 고기―옮긴이)를 그릴에 올려놨어."

"와, 맛있겠다."

스테이크는 토머스가 좋아하는 요리다. 애덤은 즐거운 분위기를 깨고 싶지 않아서 커린에게 의무적으로 입을 맞췄다. 다들 씻고 주방에 모였다. 라이언이 식탁을 차렸다. 그건 식사를 마치고 식탁 치우기는 토머스의 몫이라는 뜻이다. 라이언은 모두의 컵에 물을 따랐다. 커린은 어른 두 명 앞에만 잔을 놓고 와인을 따랐다. 커린이 주방의 아일랜드 식탁 위에 요리를 내놓자 다들 접시에 음식을 담아 먹기 시작했다.

평범하기 그지없는 소중한 가족 식사였으나 애덤에겐 식탁 아래 시한폭탄이 째깍째깍 소리를 내고 있는 것처럼 느껴졌다. 폭탄이 터지는 건 시간문제였다. 잠시 후면 저녁 식사가 끝나고, 아들들은 각자 숙제를 하거나 텔레비전을 보거나 컴퓨터를 갖고 놀거나 비디오게임을 하러 갈 것이다. 토머스와 라이언이 잠자리에 들 때까지 기다려야 할까? 아마 그래야 할 것이다. 그러나 지난 1, 2년간 애덤과 커린은 둘 중 한 명이 꼭 토머스보다 먼저 잠이 들곤 했다. 아내와 가짜 임신 건에 대해 얘기하려면 토머스가 제 방으로 들어가 문이라도 닫기를 기다려야 했다.

째깍, 째깍, 째깍……

식사 내내 토머스는 신나게 떠들었고 라이언은 집중해서 들었다. 커린이 애틀랜틱시티 카지노에서 선생들 중 한 명이 술에 취해 토했다는 얘기를 하자 아들들은 자지러지게 웃었다.

"돈은 좀 따셨어요?"

토머스의 물음에 커린은 엄마답게 대답했다.

"엄마는 도박 안 해. 너희도 하지 마."

두 아들은 눈을 위로 굴렸다.

"엄마 진지해. 도박은 끔찍한 악이야."

그러자 두 아들은 고개를 절레절레 흔들었다.

"왜?"

토머스가 대답했다.

"엄마는 가끔 보면 참 서툴러요."

"서툴기는."

그러자 라이언이 웃으며 거들었다.

"인생의 교훈을 늘어놓을 때마다 엄마는 맨날 어설프게 말한다니까. 그만하세요."

커린이 애덤을 쳐다보며 도움을 청했다.

"당신 아들들 말하는 것 좀 봐."

애덤은 어깨만 으쓱했다. 대화의 주제가 바뀌었다. 애덤은 가족들이 무슨 얘기를 하는지 기억하지 못했다. 집중해서 들을 수가 없었다. 마치 본인의 삶을 조각조각 붙인 영화 몽타주를 보는 기분이었다. 그와 커린이 만들어낸 행복한 가족, 저녁 식사, 함께하는 시간을 즐기는 분위기. 카메라가 식탁을 천천히 한 바퀴 돌며 모두의 얼굴과 뒷모습을 차례로 찍었다. 일상적이며 상투적이고 완벽한 가족의 모습.

째깍, 째깍, 째깍……

30분 후 주방 정돈이 끝나고 아들들은 위층으로 올라갔다. 아들들이 올라가자마자 커린은 미소를 거두고 애덤을 돌아보며 물었다.

"당신 대체 왜 그래?"

생각해보니 놀라웠다. 애덤은 커린과 18년을 함께 살면서 커린이 느끼는 모든 기분을 옆에서 지켜봤고, 커린의 모든 감정을 경험했다. 커린에게 언제 다가가야 하는지, 언제 거리를 둬야 하는지, 언제 포옹을 해야 하는지, 언제 친절한 말을 건네야 하는지 알고 있었다. 속마음까지도 눈치챌 정도라 커린의 말끝이며 생각을 이어받아 마무리 지을 수도 있었다. 커린에 대해서라면 모르는 게 없었다.

그렇기 때문에 이번 가짜 임신 건도 크게 놀랍지는 않았다. 커린에 대해 너무 잘 알기 때문에, 그는 낯선 자가 커린에 대해 제기한 주장이 사실일 수 있음을 인지하고 있었다.

하지만 커린도 그의 속내를 읽을 수 있다는 걸 그는 미처 생각 못 했다. 그가 아무리 감추려 해도 뭔가 심각한 일로 인해 정신이 흐트러져 있음을, 그게 평범한 고민이 아니라 인생을 뒤흔들 만큼 큰일임을 커린은 눈치챈 것이다.

커린은 가만히 서서 그의 공격을 기다렸다. 애덤은 공격하기로 결정했다.

"당신, 가짜로 임신한 척했어?"

8

낯선 자는 오하이오주 비치우드시의 레드랍스터 식당 구석 자리에 앉아 있었다. 비치우드는 클리블랜드시 근처에 위치한 도시다.

그는 레드랍스터의 '특제 칵테일'인 망고 마이타이주를 찔끔찔끔 마시는 중이었다. 그가 주문한 마늘 소스 양념 새우 요리가 타일 틈새를 메울 때 쓰는 보수용 실리콘처럼 접시 위에서 찐득하게 굳어가고 있었다. 웨이터가 데워주겠다며 두 번이나 접시를 가져가려고 했지만 그는 괜찮다며 거절했다. 식탁 맞은편에 앉은 잉그리드가 한숨을 쉬며 손목시계를 들여다보았다.

"점심을 참 오래도 먹네."

낯선 자는 고개를 끄덕였다.

"그러게. 거의 두 시간째네."

그들은 네 여자가 둘러앉은 식탁을 지켜보고 있었다. 아직 오후 2시 30분도 안 되었건만 그 여자들은 이 집의 '특제 칵테일'을 세 잔째 주문해 마시는 중이었다. 그중 두 명은 맨홀 뚜껑만큼 커다란 접시에 다양한 음식이 담겨 나오는 '게 잔치'라는 요리를 먹고 있었다. 세 번째 여자는 주문한 새우 링귀니 알프레도가 나오자 분홍색 립스틱을 바른 입가에 끊임없이 크림소스를 묻혀가며 먹었다.

낯선 자와 잉그리드가 이 자리에 와 있는 이유는 네 번째 여자 때문이었다. 하이디 댄이라는 여자. 하이디는 나무 위에 올려 구운 연어 요리를 주문했다. 49세. 밀짚 같은 머리카락에 몸집이 크고 활기찬 성격. 목이 깊게 파인 호랑이 무늬 상의를 입은 하이디는 떠들썩하지만 듣기 좋은 목소리로 웃었다. 지난 두 시간 내내 낯선 자는 그 웃음소리를 듣고 있었다. 어쩐지 그 웃음소리에 홀리는 느낌이었다.

"저 여자가 점점 마음에 들려고 해."

"나도."

잉그리드는 두 손으로 금발을 뒤로 쓸어 모아 하나로 묶을 것처럼 잡았다가 다시 풀었다. 잉그리드는 그런 행동을 자주 했다. 머리카락이 긴 직모라 자꾸만 얼굴로 흘러내리는 탓일 것이다.

"삶에 대한 열정이 느껴지지 않아?"

그는 잉그리드의 말뜻을 정확히 알아들었다.

"어쨌든 우린 저 여자에게 호의를 베푸는 거야."

나름 정당한 이유였고 낯선 자도 동의하는 바였다. 토대가 썩었다면 집 전체를 무너뜨려야 한다. 페인트칠을 하거나 목판을 몇 개 덧댄다고 해서 수리되는 게 아니다. 낯선 자는 그 원칙을 잘 알고, 이해했으며, 그에 따라 행동했다.

그게 옳다고 믿었다.

하지만 폭발물을 설치하는 일이 썩 즐겁지만은 않았다. 그는 자신이 하는 일을 그렇게 보았다. 토대가 썩어가는 집에 폭발물을 설치해 터뜨리는 일이라고. 하지만 그 집이 다시 지어질지 여부를 확인한다든지, 다시 지어지는 과정을 지켜보려고 주변에서 얼쩡대는 짓은 단 한 번도 하지 않았다.

집을 폭발시킬 때 집 안에 남아 있는 사람이 없는지 확인하려 한 적도 없었다.

웨이트리스가 여자들에게 가서 계산서를 전했다. 여자들은 각자 지갑을 뒤적여 현금을 꺼냈다. 링귀니를 시킨 여자가 금액을 계산해 각자 내야 할 몫을 나누자, 게 잔치를 먹은 여자 둘은 지갑에서 지폐를 한 장씩 아껴가며 꺼냈다. 그리고 다들 녹슨 정조대를 풀듯 조심스럽게 동전 지갑을 열었다.

그러자 하이디가 인심 좋게 동전을 스무 개 남짓 내놓았다.

그녀의 그런 배려 깊으면서도 생색내지 않는 행동이 낯선 자의 마음에 와 닿았다. 댄 가족은 돈에 대해 쪼잔하지 않은 듯했다. 하지만 요즘 세상에 누가 또 알겠는가? 하이디와 그녀의 남편 마티는 결혼한 지 20년째 되는 부부다. 자녀는 셋. 맏딸 킴벌리는 맨해튼에 소재한 뉴욕 대학교 1학년이고, 그 아래 찰리와 존은 아직 고등학생이다. 하이디 댄은 유니버시티하이츠시에 있는 메이시스 백화점에서 메이크업 카운터를 몇 개 운영하고, 마티 댄은 글렌윌로에 있는 TTI 바닥 관리 회사의 영업 및 마케팅 부사장이다. 주로 진공청소기를 생산하는 TTI사는 후버, 오렉, 로열을 비롯해 마티가 11년간 몸담았던 더트데빌 브랜드를 소유하고 있다. 마티는 일 때문에 출장이 잦은데, 주된 출장지는 월마트 사무실이 위치한 아칸소주의 벤턴빌시다.

잉그리드는 낯선 자의 표정을 살폈다.

"괜찮다면 이 건은 나 혼자 처리할 수 있어."

낯선 자는 고개를 저었다. 이건 그의 일이다. 여성에게 접근하는 게 때로는 이상하게 보일 우려가 있어 잉그리드와 함께 온 것뿐이다. 남자와 여자가 함께 누군가에게 접근하면? 걱정할 바 없다. 술집이나 미국재향군인회관에서 남자가 남자에게 접근하면? 역시 걱정할 바 없다. 그러나 레드랍스터 식당 근처에서 27세의 남자가 49세의 여자에게 접근하면?

문제가 생길 우려가 있다.

잉그리드가 이미 계산을 한 터라 그들은 곧장 밖으로 나갔다. 하이디는 혼자 회색 닛산 센트라를 타고 이곳에 왔고, 낯선 자와 잉그리드는 그 차에서 두 칸 떨어진 곳에 렌터카를 주차해뒀다. 그들은 당장 차를 타고 출발할 것처럼 차 키를 손에 들고 렌터카 옆에서 하이디를 기다렸다.

쓸데없이 주목을 끌 필요는 없었다.

5분 후, 여자 넷이 식당을 나섰다. 낯선 자와 잉그리드는 하이디가 혼자 오길 바랐지만 확실히는 알 수 없었다. 어쩌면 함께 식사한 친구 중 하나가 차 있는 곳까지 하이디를 데려다줄 수도 있다. 그렇게 될 경우 그들은 하이디의 차를 쫓아 그녀의 집까지 가서 집 앞에서 하이디를 대면하거나(대상자가 더 방어적으로 나올 수 있으므로 대상자의 집 앞에서 만나는 것은 별로 좋은 생각이 아니었다), 하이디가 다시 외출할 때까지 기다려야 한다.

여자들은 서로 포옹하며 작별 인사를 나눴다. 낯선 자가 보기에 하이디는 포옹을 잘하는 편이었다. 진심으로 상대를 아끼는 포옹을 했다. 포옹을 하면서 하이디가 눈을 감자 마주 안고 있던 여자도 눈을 감았다. 다정다감한 포옹이었다.

하이디를 제외한 세 여자는 반대 방향으로 걸어갔다. 완벽했다.

하이디가 차가 주차된 곳으로 걸어가기 시작했다. 카프리 바지를 입고 하이힐을 신은 하이디는 술을 마신 탓에 살짝 휘청거렸지만 노련하고 침착하게 걸었다. 미소를 지으면서. 잉그리드는 낯선 자에게 준비됐다는 뜻으로 고개를 끄덕였다. 그들은 악의라곤 없는 듯이 보이려고 애썼다.

"하이디 댄 씨?"

낯선 자는 최대한 우호적이고, 최소한 중립적으로 보이는 표정을 지으려 애썼다. 고개를 돌린 하이디가 그의 눈을 마주 보았다. 마치 누군가 미소라는 배에 닻을 드리운 것처럼, 하이디의 얼굴에서 순식간에 미소가 걷혔다.

이 여자는 알고 있다.

의외는 아니었다. 이런 경우는 많았다. 낯선 자가 불렀을 때 상대가 아무것도 모르는 표정이면 일이 더 쉽게 풀리기는 했다. 낯선 자는 하이디의 내면에 깃든 강인함과 지성을 감지했다. 하이디는 그가 꺼내려는 말이 인생을 송두리째 바꿔버릴 수 있음을 이미 알았다.

"예?"

"파인드유어슈거베이비닷컴FindYourSugarBaby.com(당신의 애인을 찾으세요.com)이라는 웹사이트가 있습니다."

낯선 자의 경험으로는 곧장 본론으로 들어가는 편이 나았다. 지금 얘기할 시간이 있는지, 어디 앉거나 조용한 데 가서 얘기하고 싶은지 따위는 물을 필요가 없다. 바로 질러야 한다.

"뭐라고요?"

"현대적인 온라인 데이트 서비스 사이트로 알려져 있지만 실상은 그렇지 않죠. 남성들, 그중에서도 가처분소득이 많은 남성들이 슈거 베이비(성관계의 대가로 돈 많은 중년 남성 또는 여성에게 많은 선물과 돈을 받는 젊은 여성 또는 남성을 일컬음—옮긴이)를 만나려고 접속하는 사이트입니다. 들어보셨습니까?"

하이디는 그를 잠시 쳐다보다가 잉그리드에게 시선을 돌렸다. 잉그리드는 그녀를 안심시키려고 미소 지었다.

"당신들 누구예요?"

"그건 중요하지 않습니다."

어떤 사람들은 일단 싸우려 들었다. 어떤 사람들은 싸우는 게 거시적으로 시간 낭비임을 안다. 하이디는 후자에 속했다.

"들어본 적 없어요. 결혼한 사람들이 바람피울 때 이용하는 사이트 같네요."

낯선 자는 맞기도 하고 아니기도 하다는 뜻으로 애매하게 고갯짓을 했다.

"꼭 그렇지만은 않습니다. 이 사이트에서는 주로 금전 거래가 이루어지죠. 무슨 뜻인지 아시나요?"

"전혀 모르겠어요."

"나중에 그 사이트에 들어갈 기회가 있으면 한번 들어가서 보세요. 그 사이트에 따르면 모든 남녀 관계는 금전 거래입니다. 거래할 때 내 역할이 무엇인지를 규정하고, 상대가 내게서 기대하는 바가 무엇인지 내가 애인에게서 기대하는 바가 무엇인지를 잘 아는 게 중요하다고 적혀 있죠."

하이디의 얼굴에서 핏기가 가셨다.

"애인요?"

낯선 자는 하던 말을 계속했다.

"거래가 이뤄지는 방식은 이렇습니다. 남자가 그 사이트에 로그인을 합니다. 일반적으로 자신보다 훨씬 젊은 여자들의 목록을 쭉 훑어봅니다. 마음에 드는 여자를 찾아 연락을 해서 여자가 수락하면 그때부터 협상이 시작됩니다."

"협상요?"

"남자는 이른바 슈거 베이비를 찾고 있습니다. 그 사이트에서는 슈거 베이비에 대해 남자가 저녁 식사 자리에 데리고 나가거나 업무 회의 때 동반하고픈 여성이라고 설명해놓았죠."

"실제로는 그렇지 않겠군요."

"그렇습니다. 실제로는 그렇지가 않죠."

하이디는 천천히 숨을 내쉬었다. 그리고 두 손을 허리춤에 올렸다.

"계속해보세요."

"그들은 협상을 시작합니다."

"부자 남자와 슈거 베이비 여자가요."

"그렇습니다. 사이트는 여자에게 온갖 헛소리를 늘어놓습니다. 이 관계에서는 모든 게 이러이러하게 규정된다, 이런 데이트는 단순한 장난이 아니다, 남자들은 부자인 데다 세련돼서 여자를 잘 대접해주고 선물도 사주고 해외의 이국적인 곳으로도 데리고 가준다 따위의 헛소리죠."

하이디는 고개를 절레절레 흔들었다.

"그런 말에 속는 여자들이 있어요?"

"일부는요. 하지만 대다수는 아닐 겁니다. 대부분은 그 사이트에서 이루어지는 거래 관계에 대해 잘 알고 시작하죠."

하이디는 마치 낯선 자의 방문을, 이런 소식을 듣게 될 것을 예상하고 있었던 것 같았다. 속으로는 충격을 받았겠지만 겉으로는 침착한 모습이었다.

"협상을 한다고요?"

"그렇습니다. 그리고 결국 합의에 도달하죠. 온라인 계약서에 자세히 설명되어 있는데요, 일례로 젊은 여성은 남성과 한 달에 다섯 번 만나는 데 동의합니다. 무슨 요일에 만날 수 있는지 가능한 날을 정하죠. 남자는 800달러를 제안합니다."

"만남 한 번에요?"

"한 달 기준이죠."

"싸네요."

"일단 그렇게 시작합니다. 여자는 2000달러를 제안하고, 남자와 여자는 가격을 놓고 밀고 당깁니다."

"그리고 합의에 이른다는 건가요?"

하이디의 두 눈이 촉촉이 젖어 들었다.

낯선 자는 고개를 끄덕였다.

"이번 경우, 그들은 한 달에 1200달러로 합의를 봤습니다."

"1년이면 1만 4400달러네요. 내가 계산을 잘하는 편이라."

하이디는 슬픈 미소를 지었다.

"정확히 맞습니다."

"그 여자는, 그 여자는 자기에 대해 남자에게 뭐라고 말했나요? 아뇨, 들을 필요도 없겠네요. 대학생인데 등록금에 보태려고 한다고 했겠죠."

"이 경우에는, 그렇습니다."

"어휴."

"그리고 이 경우에 여자가 한 말은 사실입니다."

"정말 대학생이에요? 끔찍해라."

하이디는 고개를 저었다.

"여자는 거기서 멈추지 않았습니다. 각각 다른 요일에 여러 명의 슈거 대디를 만났죠."

"아, 역겹네요."

"한 남자와는 화요일마다, 또 다른 남자와는 목요일마다 만남을 가졌습니다. 그리고 또 다른 남자와는 주말에 만났고요."

"꽤 되겠네요. 돈 말이에요."

"그렇습니다."

"성병은 말할 것도 없고요."

"그 부분은 말씀드릴 수가 없습니다."

"무슨 뜻이죠?"

"여자가 성관계 시 콘돔 같은 기구를 썼는지 여부는 우리도 알아내지 못했습니다. 여자의 의료 기록도 갖고 있지 않고요. 여자가 그 남자들과 정확히 무슨 일을 했는지도 확실히는 모릅니다."

"설마 건전하게 보드게임이라도 했을까요."

"제 생각도 그렇습니다."

"왜 이런 얘길 하시죠?"

낯선 자가 잉그리드를 쳐다보았다. 처음으로 잉그리드가 입을 열었다.

"아실 자격이 있으니까요."

"그게 다예요?"

이번에는 낯선 자가 대답했다.

"저희가 말씀드릴 수 있는 건 그게 전부입니다."

하이디는 고개를 흔들며 눈물을 애써 참았다.

"20년이에요, 그 개자식."

"예? 그게 무슨?"

"마티요. 그 나쁜 놈."

"아, 저희는 마티 씨 얘기를 한 게 아닙니다."

그제야 하이디는 처음으로 완전히 당황한 표정을 지었다.

"뭐라고요? 그럼 누구?"

"따님인 킴벌리 양 얘기를 한 겁니다."

9

공격을 받은 커린은 뒤로 휘청했지만 얼른 균형을 잡고 똑바로
서서 되물었다.

"대체 무슨 소리야?"

"이러지 말자, 우리."

"뭘?"

"무슨 뜻인지 모르는 척하는 거. 아닌 척 부정하는 부분은 건너
뛰자고, 응? 당신이 가짜로 임신한 척했던 거 알고 있어."

커린은 정신을 차리려 애쓰며 상황 파악을 위해 한 번에 하나
씩 머릿속으로 정리해나가는 모습이었다.

"알고 있다면서 왜 물어?"

"애들은?"

커린은 어리둥절해하며 물었다.

"애들이 뭐?"

"내 애들 맞아?"

커린은 눈이 휘둥그레졌다.

"제정신이야?"

"가짜로 임신한 척까지 했던 사람이 또 무슨 짓을 했을지 어떻

게 알아?"

커린은 대꾸하지 않았다.

"대답해봐."

"맙소사, 애덤. 애들 생긴 걸 봐."

그는 가만히 커린을 쳐다보기만 했다.

"당연히 당신 자식들이지."

"검사해보면 알아. 유전자 검사. 소란 피울 거 없이 월그린 쇼
핑몰에서 검사 용품을 사서 검사해보면 돼."

"그럼 사 와. 애들은 당신 자식이 맞으니까. 이미 알겠지만 말
이야."

그들은 아일랜드 식탁을 가운데 두고 서 있었다. 분노하고 혼
란스러운 와중에도 애덤은 커린이 얼마나 아름다운지 인정하지
않을 수 없었다. 그녀를 원한 남자들이 꽤 많았을 텐데 굳이 자신
을 남편으로 선택한 게 믿어지지 않을 정도였다. 커린은 남자들
이 결혼하고 싶어 하는 부류의 여자였다. 젊을 때 남자들은 여자
들을 어리석은 눈으로 보면서 두 부류로 나눈다. 밤마다 욕정에
차올라 섹스만 떠오르게 하는 부류와, 달밤에 같이 산책하면서
웨딩 캐노피와 결혼 서약을 생각하게 만드는 부류. 커린은 두 번
째 부류에 딱 들어맞는 여자였다.

애덤의 어머니는 기분의 고저가 조울증에 가까울 정도로 심했
다. 아버지는 어리석게도 어머니의 그런 모습에 매혹됐다. "참 변
덕스러웠어"라고 아버지는 말하곤 했다. 하지만 어머니의 변덕
은 시간이 흐를수록 심해졌다. 재미있고 즉흥적인 면도 많았지
만, 위낙 기분 변화가 예측 불가능이다 보니 아버지는 점점 지치

고 늙어갔다. 어머니는 한껏 조증이었다가, 또 그만큼의 시간 동안 울증에 시달렸다. 애덤은 아버지와 똑같은 실수를 범하지 않으리라 결심했다. 인생은 반응의 연속이다. 아버지의 실수에 대한 애덤의 반응은, 꾸준하고 일관성 있으며 자기통제를 잘하는 여자와 결혼하는 것이었다. 사람이 그렇게 단순히 두 부류로 구분될 줄로만 알았다.

"설명해봐."

"내가 임신한 척했다는 생각을 어쩌다 하게 됐어?"

"신기방기재미에 비자카드로 돈을 지불한 내역을 봤어. 그때 당신은 그 사이트에서 학교에 필요한 장식품을 샀다고 말했지만 사실이 아니었지. 신기방기재미는 페이크어프레그넌시닷컴의 청구서 발송명이니까."

커린은 당황한 표정이었다.

"이해가 안 돼. 도대체 뭣 때문에 2년 전 결제 내역을 들춰 봤어?"

"그건 중요하지 않아."

"중요해. 이유 없이 오래된 카드 청구서를 다시 들여다보지는 않았을 거 아니야."

"가짜로 임신한 척했어, 커린?"

커린은 화강암 소재의 아일랜드 식탁 표면을 내려다보았다. 커린은 정확히 어울리는 색깔의 화강암을 구입하려고 한참을 찾다가 마침내 온타리오브라운이라는 색깔을 가진 이 화강암을 찾아냈다. 커린은 식탁 표면에 말라붙은 찌꺼기 몇 개를 손톱으로 긁어 떼어내기 시작했다.

"커린?"

"예전에 내가 점심시간 끝나고 수업이 두 시간씩 비었던 적이 있던 거 기억해?"

갑작스러운 화제 전환에 애덤은 잠시 어안이 벙벙했다.

"그게 뭐?"

찌꺼기가 떨어져 나가자 커린은 손을 멈췄다.

"교사로 근무하면서 그렇게 길게 쉬는 시간을 가졌던 건 처음이었어. 학교에 허락을 받아서 점심시간에 외출을 했지."

"기억나."

"그때 북엔즈 서점에 있는 카페에 가곤 했어. 거기서 파는 파니니 샌드위치가 아주 맛있었거든. 샌드위치와 수제 아이스티 아니면 커피를 사서 구석 자리에 앉아 책을 읽었어. 참 행복했어."

커린의 얼굴에 작은 미소가 번졌다.

애덤은 고개를 끄덕였다.

"멋진 이야기야, 커린."

"빈정대지 마."

"아니, 진짜야. 정말 흥미롭고 우리 얘기와 너무나도 관련이 깊은 것 같아. 난 당신한테 가짜 임신에 대한 얘길 해달라고 했는데, 듣고 보니 이 얘기가 훨씬 흥미롭네. 그래서 무슨 종류의 파니니가 제일 좋았어? 나는 터키앤드스위스 파니니를 좋아하거든."

커린은 눈을 감았다.

"당신은 방어기제가 필요할 때면 항상 그렇게 빈정대곤 하지."

"아, 그래. 그리고 당신은 언제나 타이밍을 기가 막히게 맞추지. 지금이야말로 내 정신을 분석할 좋은 타이밍인가 보네."

커린은 애원했다.

"중요한 얘기를 하려는 거야."

애덤은 어깨를 으쓱했다.

"해봐."

커린은 몇 초 동안 정신을 가다듬고 다시 입을 열었다. 마치 머나먼 기억을 더듬는 듯한 목소리였다.

"거의 매일 북엔즈에 갔어. 그러다 얼마 후부터는 정기적으로 그곳을 찾았고. 그곳엔 늘 같은 사람들이 모였어. 일종의 모임인 거야. 코미디 드라마 〈치어스〉처럼. 백수인 제리, 버겐파인스 병원의 외래 환자인 에디, 노트북을 가져와 글을 쓰는 데비……"

"커린……."

커린은 말을 막지 말라는 듯 손을 들어 올렸다.

"그리고 임신 8개월 정도로 보이는 수잰이 나처럼 그곳을 정기적으로 찾았어."

그는 입을 다물었다.

커린이 뒤를 돌아보며 물었다.

"와인을 어디 뒀지?"

"왜 그런 얘기를 하는지 모르겠어."

"와인을 좀 더 마셔야겠어."

"싱크대 위 찬장에 있어."

커린은 그리로 걸어가 찬장 문을 열고 와인 병을 꺼냈다. 그리고 와인을 잔에 따르며 하던 얘기를 계속했다.

"수잰 호프는 아마 스물다섯 살 정도였을 거야. 첫아이라고 했어. 젊은 임신부들이 어떤지 당신도 알 거야. 다들 들떠 있고 지나칠 정도로 행복해하지. 세상에서 남들은 못 하는 임신을 처음 해본 사람들처럼. 수잰은 참 상냥했어. 우린 수잰에게 임신과 배 속 아기에 대해 물었고 수잰은 태아기 비타민에 관한 얘기를 풀어놓았지. 이름을 줄줄이 읊으면서 말이야. 아기의 성별은 굳이 알고 싶지 않다더라고. 나중에 태어난 아기를 보고 깜짝 선물처럼 확인하고 싶다나. 다들 수잰을 좋아했어."

애덤은 빈정대려다가 참았다. 대신 관찰한 사실로 응수했다.

"난 당신이 조용한 곳에서 책을 읽으려고 거기 갔다는 줄 알았는데."

"처음엔 그랬어. 그렇게 시작된 거야. 그런데 계속 다니다 보니까 그 사람들과의 교제가 소중하게 느껴졌어. 한심하게 들릴 줄 알지만, 그 사람들과의 만남이 기대됐어. 그 시간과 공간에만 존재하는 사람들 같아서. 무슨 뜻인지 이해돼? 길거리 농구에서 사귀는 친구와 비슷해. 농구 코트에서 만나 같이 운동하는 사람들이 좋아져도, 그곳을 벗어난 그 사람들의 생활에 대해서는 아는 게 없지. 전에 우리가 갔던 레스토랑 주인 말이야, 당신이 농구할 때 만난 사람인데 그 레스토랑 주인인 줄은 몰랐다고 했잖아. 기억나?"

"기억나, 커린. 그런데 왜 이런 얘길 하는지 모르겠어."

"사정을 설명하고 있는 중이야. 어쨌든 나는 그곳에서 친구들을 사귀었어. 사람들은 미리 얘기도 않고 그 모임에 나타났다가 사라지곤 했지. 제리가 그랬어. 어느 날인가부터 안 나오더라고. 우린 어디 취업을 했나 보다 했지. 그 사람이 와서 우리한테 그렇게 말해준 건 아니었고, 그냥 카페에 더 이상 안 나오니까 취업했나 보다 짐작을 했지. 수잰도 그랬어. 어느 날부터 수잰이 안 오기에 아기를 낳았나 보다 했지. 산달이 꽤 지났을 때였으니까. 그리고 새 학기가 시작되면서 나도 점심시간 후에 두 시간을 자유로이 쓸 수 없게 됐어. 나도 그 모임에서 빠질 때가 된 거지. 그런 식이었어. 그렇게 자연스럽게 멤버가 바뀌는 거야."

애덤은 커린이 이 얘기를 어디로 끌고 가려는 심산인지 짐작할 수 없었지만 다그칠 이유도 없었다. 오히려 천천히 알게 되길 바랐다. 그리고 그가 선택할 수 있는 모든 방향에 대해 찬찬히 숙고하고 싶었다. 그는 주방 식탁을 돌아보았다. 토머스와 라이언이 방금 전까지 음식을 먹고 웃고 떠들며 마음 편히 앉아 있던 식탁이다.

커린은 와인을 길게 쭉 들이켰다. 얘기를 계속 듣기 위해 애덤이 물었다.

"그들 중 누군가를 다시 만난 적 있어?"

커린의 얼굴에 미소가 번지는 듯했다.

"그게 바로 이 얘기의 핵심이야."

"누구를?"

"수잰을 다시 만났어. 석 달쯤 후에."

"북엔즈에서?"

수잰은 고개를 저었다.

"아니. 램지시에 있는 스타벅스 매장에서."

"그 여자가 아들이나 딸을 낳았어?"

커린의 입술에 슬픈 미소가 담겼다.

"둘 다 아니었어."

애덤은 어떻게 이해하고 받아들여야 할지 알 수 없었다.

"아."

커린은 그의 눈을 마주 보았다.

"임신한 몸이었어."

"수잰이?"

"응."

"스타벅스에서 다시 만났을 때?"

"응. 마지막으로 본 지 석 달이나 지났는데, 여전히 임신 8개월 쯤으로 보였어."

드디어 얘기의 맥을 짚은 애덤은 고개를 끄덕였다.

"그건, 당연히, 불가능한 일이지."

"그렇지."

"그 여자, 가짜로 임신한 척했군."

"맞아. 새로 나온 교과서를 확인하러 램지시에 갔을 때였는데, 그때도 점심시간이었어. 수잰은 거기서라면 북엔즈에서 만난 우리들 중 누군가를 만날 일은 없을 거라고 생각했던 것 같아. 그 스타벅스가 북엔즈에서 차로 15분쯤 떨어진 곳에 있던가?"

"그 정도일 거야."

"카운터에서 라떼를 주문하다가 익숙한 목소리가 들려서 돌아봤더니 수잰이 구석 자리에 앉아서 태아기 비타민 요법에 대해 얘기하고 있더라고. 주변에 둘러앉은 사람들은 수잰의 얘기에 귀를 기울이고 있었고."

"이해가 안 되는군."

커린은 고개를 갸우뚱했다.

"정말 이해가 안 돼?"

"당신은 돼?"

"당연히 되지. 바로 알겠던데. 수잰은 구석 자리에서 사람들에게 얘기하고 있었고 나는 수잰에게 걸어갔어. 나를 보더니 수잰의 얼굴에서 즐거워하던 기색이 사라지더라고. 당신도 상상이 될 거야. 반년 동안이나 임신 8개월의 몸으로 있었다는 걸 나한테 어떻게 설명할 수 있겠어? 나는 그 앞에 서서 기다렸어. 수잰은 내가 그만 떠나주길 바랐겠지만 난 꼼짝하지 않았지. 학교로 돌아가야 할 시간을 넘겨가면서 말이야. 나중에 타이어가 펑크 나서 늦었다고 학교에 핑계를 댔어. 그날 크리스틴이 내 수업을 대신 맡아줬지."

"수잰하고 얘기를 해봤어?"

"응."

"그래서?"

"뉴욕주 나이액에 거주하는 건 사실이라고 했어."

나이액은 북엔즈와 그 스타벅스까지 대략 차로 30분 거리에 있는 도시다.

"아이를 사산한 적이 있다고 했어. 사실이 아닌 것 같지만, 또 모르는 일이지. 여러 가지 면에서 수잰의 사정은 오히려 단순한 편이었어. 임신한 상태로 있는 걸 좋아하는 여자들이 있어. 몸의 호르몬 변화라든지 배 속에 아기가 자라고 있는 게 좋아서가 아니라, 보다 근본적인 이유야. 평생 살면서 임신했을 때만큼 사람들에게 특별한 대우를 받아본 적이 없는 거야. 사람들은 임신부를 위해 문을 잡아주고, 안부도 묻고, 예정일이 언제냐 기분이 어떠나고도 물어봐. 그야말로 관심받는 존재가 되지. 유명인이 된 기분과 약간 비슷할 거야. 수잰은 외모가 특출한 편도 아니고, 특별히 똑똑하거나 남의 흥미를 끄는 여자가 아니었어. 그런데 임신부의 모습이 되니까 사람들에게 유명 인사 비슷한 취급을 받게 된 거야. 마약에 취한 것처럼 기분이 붕 떴겠지."

애덤은 고개를 절레절레 흔들었다. 가짜 임신 용품 사이트에서 본 '임신만큼 당신을 주목받게 하는 것은 없습니다!'라는 문구가 떠올랐다.

"계속 붕 뜬 기분을 느끼고 싶어서 임신한 척을 했다고?"

"맞아. 가짜 임신 배를 착용하고 커피숍에 가면 단번에 주목을 받으니까."

"한곳에서 오래 머물 수가 없었겠네. 임신 8개월 배를 해가지고 한두 달 이상 한곳을 드나들면 티가 날 수밖에 없으니까."

"맞아. 그래서 수잰은 점심 식사 장소를 옮긴 거야. 그 여자가 얼마나 오래 그러고 살았는지 누가 알겠어. 지금도 그러고 있을지 모르지. 수잰은 남편이 자기한테 무관심하다고 했어. 집에 오면 곧장 텔레비전 앞에 가 앉거나 술집에서 친구들과 노닥거린 다나. 거짓말인지 아닌지는 몰라. 상관도 없고. 아, 수잰은 커피숍 말고 다른 곳에서도 그러고 다녔어. 본인이 사는 동네의 슈퍼마켓이 아니라 멀리 떨어진 다른 동네 슈퍼마켓에 가서 사람들에게 살짝 미소를 지으면 언제나 미소로 화답을 받는 거야. 영화관에서 좋은 자리에 앉고 싶을 때도 임신부인 척을 했어. 비행기를 탈 때도 그랬고."

"참 나. 어이가 없군."

"이해가 안 돼?"

"돼. 정신과 상담을 받아야 할 여자야."

"난 잘 모르겠어. 남한테 해를 끼치지는 않잖아."

"주목을 받으려고 가짜 임신 배를 착용하고 다니는 게 제정신이야?"

커린은 어깨를 으쓱했다.

"심하기는 하지. 그래도 어떤 사람들은 아름다운 용모 때문에 관심을 받고, 어떤 사람들은 물려받은 돈이 많거나 멋진 직업을 가져서 주목을 받잖아."

"어떤 사람들은 임신했다고 거짓말을 해서 주목을 받고 말이지."

정적이 흘렀다.

"그래서 당신 친구 수잰이 가짜 임신 용품 사이트를 알려줬어?"

커린은 그의 눈길을 피해 고개를 돌렸다.

"커린?"

"지금 내가 할 수 있는 얘긴 이게 전부야."

"장난해?"

"아니."

"당신도 수잰처럼 주목받고 싶었다는 얘기야? 그건 정상적인 행동이 아니야. 알잖아? 일종의 정신병이라고."

"생각을 좀 해봐야겠어."

"무슨 생각?"

"너무 늦었어, 여보. 나 피곤해."

"정신 나갔어?"

"그만해."

"뭘?"

커린은 그를 돌아보았다.

"모르겠어, 애덤?"

"무슨 소리야?"

"우린 지금 지뢰밭에 있어. 누군가 우릴 지뢰밭 한가운데에 떨어뜨린 거나 마찬가지라고. 어떤 방향으로든 너무 빨리 움직였다간 지뢰가 터져 모든 게 폭발하고 말 거야."

커린은 그를 똑바로 바라보았다. 그도 마주 보았다. 애덤은 이를 악물고 내뱉었다.

"우리 둘을 지뢰밭에 떨어뜨린 건 내가 아니야. 당신이지."

"자야겠어. 아침에 다시 얘기해."

애덤은 커린의 앞을 가로막았다.

"못 가."

"뭐 하는 짓이야, 애덤? 억지로 입을 열게 하겠다는 거야?"

"이 상황에 대해 설명을 해줘야지."

커린은 고개를 저었다.

"당신, 이해를 못 하는구나."

"뭘 이해 못 해?"

커린은 그의 눈을 똑바로 마주 보았다.

"어떻게 알았어, 애덤?"

"그건 중요하지 않아."

커린은 부드러운 목소리로 말했다.

"그게 얼마나 중요한지 당신은 모를 거야. 비자카드 청구 내역을 확인해보라고 당신한테 말한 게 누구야?"

"낯선 사람이었어."

커린은 한 발 뒤로 물러섰다.

"그게 누군데?"

"나도 몰라. 처음 보는 남자였어. 미국재향군인회관에서 나한테 접근해서 당신이 한 짓을 말해줬어."

커린은 혼란스러운 머릿속을 정리하려는 듯이 고개를 흔들었다.

"이해가 안 돼. 그 사람은 도대체 누구지?"

"말했잖아. 낯선 사람이라고."

"그 점에 대해 우린 생각을 해봐야 돼."

"아니, 무슨 일인지 당신이 나한테 설명해야지."

"오늘 밤은 안 돼."

커린이 그의 어깨에 두 손을 얹었다. 애덤은 마치 불에 데기라도 한 것처럼 뒤로 화들짝 물러섰다.

"당신이 생각하는 그런 게 아니야, 애덤. 그 이상이라고."

"엄마?"

그 소리에 놀라 애덤은 뒤를 돌아보았다. 라이언이 계단 꼭대기에 서 있었다.

"두 분 중에 누가 제 수학 숙제 좀 도와주세요."

커린은 주저 없이 입가에 미소를 머금으며 말했다.

"엄마가 금방 갈게, 아들."

그리고 애덤에게 "내일 얘기해"라고 속삭였다.

제발 부탁한다는 투였다.

"이 일로 많은 게 위험해질 수 있어. 그러니까 제발 내일까지 시간을 줘."

10

그가 뭘 어떻게 할 수 있을까?

커린은 대화를 중단해버렸다. 나중에 침실에서 애덤은 커린에게 화를 내고, 애원하고, 무작정 답을 요구하고, 위협도 해보았다. 사랑과 조롱, 수치, 자존심 같은 단어들까지 써가며 설득했지만 커린은 대꾸하지 않았다. 속이 터질 것 같았다.

자정 무렵 커린은 다이아몬드 귀고리를 조심스럽게 귀에서 빼서 침대 옆 탁자에 놓아두었다. 그리고 조명을 끄고 그에게 잘 자라고 말한 후 눈을 감았다. 애덤은 어쩔 줄을 몰라하다가 커린에게 물리력을 행사하기 직전까지 갔다. 당장 커린이 덮은 이불을 걷어 치워버리고 싶었다. 하지만 그래 봤자 무슨 소용일까? 그런 생각까지 했다는 걸 스스로 인정할 수 있을지 모르겠지만, 그는 커린을 때리고 몸을 잡아 흔들어서라도 설명을 하게 만들고 싶었다. 최소한 납득할 만한 얘기를 하게 만들고 싶었다. 그는 열두 살 때 아버지가 어머니에게 손찌검하는 모습을 보았다. 어머니가 아버지의 화를 돋우는 면이 있기는 했다. 애석하게도 어머니는 그런 사람이었다. 어머니는 아버지에게 욕을 하거나 남성성을 모욕하는 말을 해서 결국 아버지를 폭발시키곤 했다. 어느 날 밤, 그는 아버지가 어머니의 목을 두 손으로 움켜잡고 조르는 모습을 본 적도 있었다.

이상하게 들릴지 모르겠지만 어머니에게 폭력을 쓰는 아버지를 보며 애덤이 괴로워했던 이유는 두려움이나 공포, 위험 때문이 아니었다. 어머니가 폭력을 당하는 쪽임에도 불구하고, 폭력을 써서 우월한 지위에 올라서려는 아버지가 애덤의 눈에는 몹시 처량하고 약해 보였기 때문이다. 어머니는 아버지를 이리저리 조종해 아버지답지 않은 한심한 짓을 하게 만들었다.

애덤은 여자에게 손댄 적이 없었다. 그게 잘못된 행동이라서가 아니라, 그런 짓이 결국 자신에게 어떻게 돌아올지 알기 때문이었다.

그는 어쩔 줄을 모르고 있다가 커린 옆에 가서 누웠다. 베개를 두드려 모양을 잡은 뒤 머리를 대고 눈을 감았다. 10분쯤 그러고 누워 있었지만 잠이 오지 않았다. 결국 애덤은 소파에서 자려고 베개를 들고 아래층으로 내려갔다.

아들들이 깨기 전에 침실로 돌아가야 하기에 알람을 새벽 5시에 맞췄다. 그러나 알람을 맞춰놓을 필요도 없었다. 잠이 왔더라도 잠깐 스치고 지나가버렸을 테니까. 그가 다시 침실로 올라갔을 때 커린은 깊은 잠에 빠져 있었다. 숨소리를 들어보니 자는 척하는 게 아니라 정말로 깊이 잠들어 있었다. 어이가 없었다. 그는 못 자는데 커린은 푹 잘 자고 있었다. 경찰들은 용의자가 잠을 자는지 여부에 따라 유죄인지 무죄인지를 판별한다는 글을 어디선가 읽은 기억이 났다. 그 이론에 따르면 무죄인 사람은 취조실에 혼자 남겨졌을 때 억울한 누명을 썼다는 점 때문에 혼란이 오고 신경이 곤두서서 잠을 통 자지 못하는 반면, 유죄인 사람은 잘 잔다고 한다. 애덤은 그 이론을 재미있다고만 생각했지 일리 있다고는 생각하지 않았다. 그런데 지금 보니 맞는 것 같았다. 무죄인 자신은 뜬눈으로 밤을 새우다시피 했는데—어쩌면 유죄인—아내는 갓난아기처럼 쌔근쌔근 잘만 자고 있으니.

커린을 흔들어 깨우고 싶었다. 꿈과 의식 사이에서 헤매느라 정신이 혼미한 상태일 때 속내를 털어놓게 만들고 싶었다. 하지만 그래 봤자 통하지 않을 것이다. 커린이 신중하게 굴 때는 그만한 이유가 있을 터이다. 무엇보다도 커린은 자신이 정해놓은 시간에 따라 일을 처리할 사람이다. 억지로 밀어붙인다고 통할 리가 없었다. 알아서 하게 두는 게 최선일지도 모른다.

문제는 이제부터 어떻게 처신하느냐다.

그는 진실을 알고 있다. 굳이 커린이 가짜로 임신하고 유산한 척했다는 사실을 인정할 때까지 기다릴 필요가 있을까? 커린은 인정하지 않았다. 지금까지 그녀는 사실을 부정하는 말만 늘어놓았다. 커린은 그저 시간을 끌고 있었다. 그동안 그럴듯한 핑계를 만들려는 것인지, 아니면 애덤이 마음을 가라앉히고 다른 대안을 생각해볼 수 있도록 시간을 주려는 것인지 알 수 없었다.

당장 뭘 어떻게 할 수 있을까?

이 집을 떠날 준비는 됐나? 커린과 이혼할 준비는?

그는 이 질문에 아직 답할 수 없었다. 침대 옆에 서서 커린을 가만히 내려다보았다. 커린에 대한 감정은 무엇일까? 두 번 생각 말고 곧장 답을 해보자, 라고 스스로를 다그쳤다. 만약 커린이 진짜로 거짓말을 했다면, 그래도 커린을 계속 사랑하고 남은 평생 함께 살고 싶은가?

감정은 뒤죽박죽이었지만 본능적으로 나온 대답은 '그렇다'였다.

한 걸음 물러나 다시금 생각해보았다. 이런 기만을 얼마나 큰 문제로 여겨야 할까? 큰 문제이긴 했다. 아닐 수가 없었다. 확실히 큰 문제다.

그렇다고 현재의 삶을 끝장내야 할 정도인가? 감당하고 살아갈 순 없을까? 집집마다 나름의 큰 문제가 있지만 다들 눈 질끈 감고 살아간다. 언젠가는 그도 이 문제를 무시하고 살 수 있게 될까?

알 수 없었다. 신중하게 처신해야 하는 이유도 그래서였다. 기다려야 했다. 커린이 이유를 설명하면, 아무리 터무니없는 이유처럼 들리더라도 귀 기울여 들어야 했다.

"당신이 생각하는 그런 게 아니야, 애덤. 그 이상이라고."

커린은 이렇게 말했다. 하지만 그 이상이라는 게 어떤 의미인지 상상도 할 수 없었다. 그는 침대에 누워 이불을 덮고 잠시 눈을 감았다.

다시 눈을 떴을 땐 세 시간이 훌쩍 흘러 있었다. 어찌나 피곤한지 몸이 무겁게 끌려 내려가는 기분이었다. 옆자리를 확인해보았다. 비어 있다. 두 다리를 침대 밖으로 휙 돌려 둔탁하게 바닥을 디뎠다. 아래층에서 토머스의 목소리가 들렸다. 평소에도 토머스가 주로 말을 하면 라이언은 가만히 듣고 있는 편이다.

커린은?

침실 창밖을 내다보았다. 커린의 미니밴은 여전히 진입로에 세워져 있었다. 이유를 짚어 말할 수 없지만, 커린이 집을 나서기 전에 어제 하던 얘기를 마저 해야 할 것 같았다. 아들들은 식탁 앞에 앉아 있었다. 커린은 애덤이 좋아하는 아침 식사를 만들어놓았다. 베이컨, 계란, 참깨 베이글로 만든 치즈 샌드위치. 커린은 식구들이 좋아하는 음식을 갑작스레 만들어주는 걸 좋아했다. 라이언은 건강식품으로 나온 리세스 퍼프 시리얼을 그릇에 담아 먹으며 시리얼 상자 뒷면에 적힌 글을 마치 성경처럼 진지하게 읽고 있었다.

"안녕, 얘들아."

두 아이가 동시에 끄응 소리를 냈다. 오후가 되면 달라지지만 두 아이는 학교 가기 전에 부모와 얘기 나누는 걸 별로 좋아하지 않았다.

"엄마는?"

둘 다 어깨를 으쓱했다.

애덤은 주방으로 들어가 창문 너머 뒷마당을 내다보았다. 커린은 뒷마당에 나가 있었다. 뒤로 돌아서서 귀에 휴대전화를 대고 서 있는 모습이었다.

애덤의 얼굴이 훅 달아올랐다.

애덤이 뒷문을 열고 나오자 커린은 돌아서서 그에게 '잠깐만 거기 있으라'는 뜻으로 손가락을 세웠다. 애덤은 개의치 않고 성큼성큼 다가갔다. 커린은 전화를 끊고 휴대전화를 주머니에 넣었다.

"누구랑 통화했어?"

"학교였어."

"말도 안 되는 소리. 전화기 이리 줘 봐."

"애덤······."

그는 손을 내밀었다.

"이리 줘."

"애들 앞에서 소란 피우지 마."

"딴소리하지 마, 커린. 무슨 일이 일어나고 있는지 알아야겠
어."

"얘기할 시간 없어. 10분 안에 출근해야 돼. 애들 차에 태워서
등교 좀 시켜줄래?"

"진심이야?"

커린은 그에게 가까이 다가섰다.

"당신이 알고 싶어 하는 건 아직 말해줄 수가 없어."

그는 하마터면 커린을 칠 뻔했다. 주먹을 거의 부르쥐었다.

"무슨 작전을 세우고 있는 거야, 커린?"

"당신은?"

"뭐?"

"당신이 생각하는 최악의 시나리오는 뭔데? 잘 생각해 봐. 만약
정말 그렇게 되면 우리를 떠날 거야?"

"우리?"

"무슨 뜻인지 알잖아."

그는 잠시 말문이 막혔다.

"난 믿을 수 없는 사람과는 한집에서 못 살아."

커린은 고개를 갸웃거렸다.

"나를 못 믿겠어?"

그는 대답하지 않았다.

"누구에게나 비밀은 있잖아. 당신도, 애덤."

"나 같으면 이런 일을 당신한테 비밀로 하지 않아. 내 대답은 분명해."

"아니, 그렇지 않아."

커린은 그에게 바짝 다가서서 그의 눈을 똑바로 올려다보았다.

"조만간 말해줄게. 약속해."

그는 치미는 화를 꾹 참았다.

"언제?"

"오늘 저녁에 밖에서 함께 식사해. 저녁 7시 재니스 식당에서. 뒤쪽 자리. 거기서 얘기하자."

11

맨 위 선반에 작은 험멜 인형들이 놓여 있었다. 당나귀를 탄 소녀, 대장 따라 하기 놀이(아이들이 한 줄로 서서 맨 앞에 선 대장이 가는 대로 따라 다니며 그 동작을 그대로 따라 하는 놀이—옮긴이)를 하는 세 아이들, 맥주 컵을 든 소년, 그네에 탄 소녀를 밀어주는 소년 등등.

노인이 애덤에게 말했다.

"유니스가 저 인형들을 좋아해. 난 싫어. 소름 끼쳐. 누군가 저런 인형들로 공포 영화를 만들지 않을까 하는 생각이 계속 들어. 무서운 광대나 레프러콘 요정을 대신할 새로운 공포 영화 소재지. 저것들이 살아나는 장면을 상상해봐."

주방에 붙은 장식 판자들은 무척 낡아 있었다. 냉장고에는 〈비바 라스베가스〉(1964년에 제작된 조지 시드니 감독의 미국 영화—옮긴이) 자석이 붙어 있었다. 싱크대 위 선반에는 분홍색 홍학 세 마리가 담긴 스노볼이 놓여 있었다. 스노볼 받침대에는 발그레한 색깔로 '플로리다주 마이애미시'라고 적혀 있었다. 정확히 어떤 마이애미를 의미하는지 헷갈릴까 봐 굳이 플로리다주라는 글씨까지 적어 넣은 모양이다. 〈오즈의 마법사〉 한정판 장식 접시와 눈알이 움직이는 올빼미 시계는 오른쪽 벽을 차지했다. 왼쪽 벽에는 오래된 티가 역력한 경찰 관련 증명서와 명판이 여러 개 걸려 있었다. 오랜 기간 경찰로서 뛰어난 능력을 발휘하다 은퇴한 마이클 린스키 총경의 삶의 흔적이었다.

린스키는 증명서와 명판을 들여다보는 애덤에게 중얼거렸다.

"유니스가 굳이 벽에 걸어두고 싶어 해서."

"부인께서 무척 자랑스러워하셨나 봅니다."

"뭐, 그냥 그렇지."

애덤이 그를 돌아보며 말했다.

"시장이 찾아왔었다면서요."

"응, 릭 구셔로스키 시장. 예전에 그가 고등학생이었을 때 두 번 내 단속에 걸린 적이 있어. 그중 한 번은 음주 운전이었지."

"기소했습니까?"

"아니. 자기 아버지한테 전화해서 빠져나갔어. 30년 전이라, 그때는 그랬어. 그런 식이었지. 음주 운전을 경범죄 정도로 취급했어. 어리석게도."

애덤은 경청하고 있음을 보이기 위해 고개를 끄덕였다.

"요즘은 음주 운전을 제대로 엄격하게 단속하고 있잖아. 목숨 살리는 일이지. 어쨌든 릭이 내 집에 찾아왔더라고. 이제 시장 나리가 돼서, 양복을 입고 옷깃에는 성조기 라펠 핀까지 꽂고 말이야. 군대에 복무하지 않아도, 곤경에 처한 아이를 돕지 않아도, 지치고 가난하고 힘들어하는 이웃을 돌보지 않아도, 그렇게 작은 성조기 라펠 핀만 옷깃에 꽂으면 애국자 행세를 할 수 있는 거지."

애덤은 웃음이 나오려는 걸 참았다.

"릭이 어깨에 힘을 주고 환하게 웃으면서 내 집에 들어와 말하더군. '개발업자들이 꽤 큰돈을 제시한 겁니다.' 그러면서 진짜 후하게 값을 쳐주는 거라느니 어쩌느니 씨부리더만."

"그래서 뭐라고 하셨어요?"

"아무 말도 안 했어. 그냥 노려봤지. 한바탕 장광설을 늘어놓더군."

린스키는 주방 식탁 쪽을 가리키며 앉으라고 했다. 애덤은 유니스가 쓰던 의자에 앉는 게 실례인 듯해서 물어보았다.

"어떤 의자에 앉을까요?"

"아무 데나 앉아."

애덤이 의자에 앉고 린스키도 앉았다. 비닐 식탁보가 낡아 약간 찐득거렸지만 편안한 분위기였다. 린스키 부부가 이 집에서 키운 세 아들은 장성해 집을 떠났지만 이 집 식탁에는 여전히 의자 다섯 개가 놓여 있었다.

"그러다가 지역 공동체를 위해 두루두루 좋은 일이라고 설득하는 거라. '린스키 씨가 동네 발전을 가로막고 계십니다. 린스키 씨 때문에 사람들은 일자리를 잃고 범죄율은 높아지겠죠.' 뭐 이딴 식으로."

"알 만하네요."

이런 얘기는 전에도 수차례 들은 바 있어 상황이 충분히 이해가 됐다. 세월이 흐르면서 이런 도심 지역은 쇠락하게 마련이다. 그런 곳에 세금 우대 조치를 받는 개발업자가 들어와 헐값에 건물들을 매입한다. 낡은 주택과 아파트, 점포 들을 헐고 반짝이는 새 아파트, 갭 매장, 멋진 레스토랑 들을 짓기 위해서다. 나쁜 생각은 아니다. 빈민가의 고급주택지화 현상(젠트리피케이션. 중산층 이상의 계층이 비교적 빈곤 계층이 많이 사는 정체 지역에 진입해 낙후된 구도심 지역에 활기를 불어넣으면서 기존의 저소득층 주민을 몰아내는 일─옮긴이)을 놓고 욕하는 사람들도 있지만, 낙후된 마을 입장에서는 새로운 피를 수혈 받을 필요도 있다.

"반짝이는 새로운 캐설튼 마을이 될 거라고, 마을은 안전해지고 인구도 증가하고 어쩌고저쩌고 계속 떠들었어. 그러고는 꽤 대단한 회유책을 꺼내 들더만. 개발업자가 언덕에 새로 양로원을 지었다는 거야. 그러면서 뻔뻔하게도 앞으로 몸을 기울이더니 애석해하는 눈으로 말했지. '부인 생각도 하셔야죠.'"

"세상에."

"대단하지? 그러고는 이번에 제안을 받아들이지 않으면 다음 제안은 조건이 더 안 좋을 거라나. 그들이 나를 강제로 내쫓을 수도 있다고 했어. 그들이 정말 그럴 수 있나?"

"사실입니다."

"내가 제대군인원호법에 따라 받은 돈으로 우리 부부는 1970년에 이 집을 샀어. 유니스는…… 몸은 건강한데 마음이 가끔씩 어긋나. 그래서 낯선 곳에 가면 몹시 겁을 먹고 울면서 몸까지 떨어. 그러다 집에 오면 괜찮아지는 거라. 이 주방, 저 소름 끼치는 인형들, 저 낡고 녹슨 냉장고를 보고 있으면 안정이 되나 봐. 이해하겠나?"

"예."

"우릴 도와줄 수 있겠나?"

애덤은 의자 등받이에 등을 기댔다.

"그럼요. 도울 수 있을 겁니다."

린스키는 잠시 날카로운 눈으로 그를 바라보았다. 애덤은 앉은 자리에서 뒤척였다. 린스키는 왕년에 실력 좋은 경찰이었을 듯했다.

"재미있는 표정을 하고 있구먼, 프라이스 씨."

"편하게 애덤이라고 부르세요. 어떤 종류의 재미있는 표정 말입니까?"

"난 경찰 출신이야."

"그렇죠."

"사람 표정을 잘 읽는다고 자부하지."

"제 표정에서 뭘 보셨는데요?"

"뭔가 끝장나게 죽여주는 아이디어를 떠올리고 있는 표정이야."

"그럴 수도 있죠. 선생님께서 싸울 의지만 있다면 이 일을 빨리 끝낼 수 있을 것 같습니다."

노인은 미소 지었다.

"내가 싸움을 두려워할 것 같나?"

12

애덤은 오후 6시에 집으로 돌아왔다. 진입로에 커린의 차는 보이지 않았다.

그게 놀라운 일인지 판단이 서지 않았다. 커린은 늘 그보다 먼저 집에 와 있곤 했다. 하지만 오늘은 재니스 식당에서 같이 저녁을 먹기 전에 그를 집에서 만나면 소란이 벌어질 수 있으니 일단 피하고 보자고 나름 지혜롭게 판단을 내린 모양이었다. 애덤은 외투를 벗어 걸고 구석에 서류 가방을 내려놓았다. 아들들의 배낭과 운동복 상의가 마치 비행기 사고의 잔해처럼 바닥에 흩어져 있었다.

"아무도 없어? 토머스? 라이언?"

애덤이 소리쳐 불렀지만 아무도 대답하지 않았다. 살다 보면 특별한 의미로 다가오는 듯한 순간이 있다. 그럴 때는 걱정이 되기도 한다. 하지만 아들들이 비디오게임을 하고 있거나 헤드폰을 썼거나 10대 남자아이들 특유의 끝없는 '샤워'—일종의 완곡한 표현일 수도?—를 하느라 소리를 못 들었을 수도 있으니 굳이 걱정하지 않아도 된다. 애덤은 계단을 올라갔다. 역시 샤워기 틀어놓은 소리가 들렸다. 아마 토머스일 것이다. 라이언의 방문은 닫혀 있었다. 애덤은 방문을 짧게 노크하고서 대답을 기다리지 않고 문을 열었다. 라이언이 헤드폰의 볼륨을 잔뜩 키워놨으면 노크해봤자 대답을 기대할 수 없을 것이다. 그렇다고 노크도 없이 문을 벌컥 열었다간 아들의 사생활을 침해하는 게 된다. 그러니 이렇게 노크를 하고 바로 문을 여는 게 부모로서 그런 딜레마를 해결할 수 있는 방법이었다.

예상대로 라이언은 헤드폰을 끼고 침대에 누워 아이폰을 만지작대고 있었다. 애덤을 본 라이언이 헤드폰을 벗고 일어나 앉았다.

"오셨어요?"

"그래."

"저녁은 뭐 먹어요?"

"안부 물어줘서 고맙구나. 일은 무척 바빴지만, 뭐 대체로 그렇지만, 그럭저럭 괜찮은 하루를 보냈다. 너는 어땠니?"

라이언은 가만히 그를 쳐다보기만 했다. 라이언은 가끔 그렇게 아버지를 빤히 쳐다보곤 했다.

"엄마 봤어?"

"아뇨."

"엄마랑 나는 재니스 식당에 가서 저녁 먹을 거야. 너랑 형은 피자이올라에서 피자 시켜줄까?"

저녁으로 피자 주문해줄까 하고 자녀에게 묻는 것만큼 하나 마나 한 질문은 또 없을 것이다. 라이언은 좋다는 대답도 굳이 할 필요 없이 곧장 물었다.

"버펄로치킨 피자 먹어도 돼요?"

"네 형은 페퍼로니 피자를 좋아하는데. 그럼 반반으로 시키마."

라이언이 눈썹을 찌푸렸다.

"예? 한 판만 시켜요?"

"둘이서 먹을 거잖아."

라이언은 성에 차지 않는 눈치였다.

"부족하면 냉동실에 아이스크림 있으니까 디저트로 먹어. 됐지?"

라이언은 마지못해 대답했다.

"알았어요."

애덤은 복도를 지나 침실로 들어갔다. 침대에 앉아 피자 전문점에 전화해 피자를 주문하고 모차렐라 치즈스틱도 추가했다. 10대 남자애들을 먹이는 건 자몽 스푼으로 욕조를 채우는 것과 같다고들 한다. 커린은 애들이 많이 먹어서 이틀에 한 번꼴로 식품점에 가야 한다며 투덜거리곤 했다. 물론 대부분 기분 좋은 투정이었다.

"어, 아빠 오셨어요."

허리 아래 수건을 두르고 머리카락에서 물을 뚝뚝 떨어뜨리며 욕실에서 나온 토머스가 미소 지으며 물었다.

"저녁은 뭐 먹어요?"

"너희 먹으라고 피자 주문했다."

"페퍼로니 피자요?"

"페퍼로니 반, 버펄로치킨 반."

애덤은 토머스가 투덜대기 전에 손을 들며 덧붙였다.

"모차렐라 치즈스틱도 주문했어."

토머스는 두 손의 엄지를 척 들어 보였다.

"좋아요."

"억지로 다 먹지 말고 남은 건 냉동실에 넣어놔."

토머스는 어리둥절해했다.

"남는 게 있을까요?"

애덤은 고개를 흔들며 빙그레 웃었다.

"온수 남았니?"

"조금요."

"잘됐다."

평소 같으면 애덤은 이 시간에 샤워를 하거나 옷을 갈아입지 않지만, 시간 여유도 있고 이상하게 초조해서 씻기로 했다. 남은 온수로 아슬아슬하게 얼른 샤워를 마치고, 저녁 무렵이면 거뭇하게 올라오는 수염도 깨끗이 밀었다. 수납장 안쪽에 넣어둔 애프터셰이브 스킨을 꺼내 발랐다. 커린이 좋아하는 향이다. 요즘은 한동안 그 스킨을 바르지 않았다. 왜 안 발랐는지는 이유를 꼭 집어 말할 수 없었다. 오늘 저녁에 굳이 그 스킨을 고른 이유도 알 수 없었다.

파란 셔츠를 꺼내 입었다. 커린은 파란 셔츠가 그의 눈농자 색깔과 잘 어울린다고 말하곤 했다. 바보 같았지만 이미 갈아입었으니 그냥 입고 나가자 싶었다. 침실 문을 열고 나간 그는 돌아서서 커린과 함께 오랫동안 써온 그 방을 한참 동안 바라보았다. 킹사이즈 침대는 깨끗이 정돈돼 있었다. 침대 위에 베개가 너무 많았다. 언제부터 사람들은 침대 위에 베개를 이렇게 많이 놓기 시작했을까? 그와 커린은 이 방에서 수년을 함께 살았다. 여긴 그저 방이고 저것은 그저 침대일 뿐이다, 라는 단순하고 재미없는 단상이 뇌리를 스쳤다.

애덤의 머릿속 목소리는 여전히 의구심을 늦추지 않았다. 오늘 저녁 식사 때 어떤 식으로 얘기가 진행되느냐에 따라 그와 커린은 다시 이 방에서 함께 밤을 보내지 않게 될 수도 있다.

물론 멜로드라마처럼 심히 과장된 생각이라는 건 잘 알았다. 그러나 그 과장된 생각은 갈 곳을 잃고 그의 머릿속에서 맴돌았다.

초인종이 울렸다. 아들들은 움직이지 않았다. 늘 그랬다. 아들들은 집 전화가 울려도 받지 말고(아들들한테 걸려오는 전화일 리 없으니까), 초인종이 울려도 나가서 문을 열지 말라고(대부분 배달원이 온 것일 테니까) 어렸을 때부터 교육을 받았다. 애덤이 배달원에게 돈을 지불하고 현관문을 닫자마자 아들들은 고삐 풀린 말처럼 계단을 쿵쾅거리며 뛰어 내려왔다. 집이 뒤흔들리는 듯했지만 굳건히 버텼다.

"종이 접시 써도 되죠?"

토머스가 물었다.

토머스와 라이언이 종이 접시에 먹으려는 이유는 순전히 치우기 편해서였다. 오늘 저녁에는 부모가 외출까지 하니 더욱 종이 접시를 쓰고 싶을 것이다. 아들들에게 억지로 진짜 접시를 쓰라고 했다가는 나중에 먹고 나서 접시를 싱크대에 그냥 처박아놓을 게 분명했다. 그러면 이따 집에 돌아온 커린이 애덤에게 짜증을 낼 테고, 애덤은 아들들에게 당장 내려와 접시를 식기세척기에

넣으라고 소리쳐야 한다. 그러면 아들들은 보던 프로그램이 5분
(해석: 15분) 안에 끝나니까 조금 이따가 넣겠다고—픽이나—걱
정하지 말라고 하겠지. 그렇게 5분(해석: 15분)이 지나간 뒤 커린
은 또 애덤에게 아들들이 책임감이 없다고 투덜댈 테고, 애덤은
좀 더 성난 목소리로 고함쳐야 할 것이다.

늘 반복되는 일상이었다.

"써."

두 아들은 영화 〈부서진 세월〉의 마지막 장면을 연습하듯이 게
걸스럽게 피자를 먹기 시작했다. 라이언은 피자를 우걱우걱 씹으
며 흥미로운 눈으로 아버지를 쳐다보았다.

"왜?"

애덤이 물었다.

라이언은 피자를 씹어 심키며 말했다.

"재니스 식당에서 저녁 드신다면서요."

"그래."

"그런데 그렇게 차려입으셨어요?"

"차려입기는."

"이 냄새는 또 뭐지?"

토머스가 거들었다.

"향수 뿌리셨어요?"

"윽. 피자 맛 떨어지게."

"그만들 해."

애덤이 이렇게 말하자 둘은 저희들끼리 떠들기 시작했다.

"페퍼로니 피자 한 조각 줄 테니까 버펄로치킨 피자 한 조각만

줄래?"

"싫어."

"야, 한 조각만."

"그럼 모차렐라 치즈스틱 하나 줘."

"됐어. 반 개."

아들들의 피자 협상이 끝나가는 걸 보고 애덤은 현관으로 향했다.

"우리 늦지 않을 거니까 숙제 해놓고, 치즈스틱이랑 피자 상자는 재활용 통에 넣어놔. 알았지?"

애덤은 차를 운전해 프랭클린가에 새로 생긴, 인기가 높다거나 시설이 멋져서 '핫'이 아니라 수업하는 곳의 온도가 높을 뿐인 핫요가점 앞을 지나갔다. 그는 재니스 식당 맞은편에 차를 세웠다. 약속 시간보다 5분 빨리 도착했다. 커린의 차가 있는지 둘러보았지만 보이지 않았다. 어쩌면 저 뒤쪽 빈터에 주차해놓았을 수도 있다.

재니스의 아들이자 웨이터 주임으로 일하고 있는 데이비드가 문 앞에서 애덤을 맞이해 뒤쪽 자리로 안내했다. 커린은 와 있지 않았다. 뭐, 상관없다. 그가 먼저 왔다고 해서 문제 될 건 없으니까. 2분 후 재니스가 주방에서 나와 그의 자리로 왔다. 애덤은 일어나 재니스의 뺨에 입을 맞췄다.

"와인은요?"

재니스가 물었다.

이 식당은 손님이 음료를 편하게 가져올 수 있게 하고 있다. 애덤과 커린은 이 곳을 찾을 때마다 와인을 한 병씩 가져오곤 했다.

"깜빡했습니다."

"커린이 가져오려나요?"

"아닐 겁니다."

"그럼 데이비드를 카를로 루소에 보내서 사 오라고 할게요."

카를로 루소는 이 거리 아래에 위치한 와인 판매점이다.

"그래 주시면 고맙고요."

"어려울 거 전혀 없어요. 마침 가게도 한산하니까요. 데이비드?"

재니스가 애덤을 돌아보며 물었다.

"오늘 저녁엔 어떤 요리를 드시겠어요?"

"밀라노식 송아지 요리로 하겠습니다."

"데이비드, 애덤과 커린이 마실 패러덕스 Z 블렌드 한 병 사와."

잠시 후 데이비드가 와인을 사 왔다. 그때까지도 커린은 도착하지 않았다. 데이비드가 와인 병을 따 잔 두 개에 따른 후에도 커린은 오지 않았다. 저녁 7시 15분, 애덤의 가슴이 무겁게 내려앉기 시작했다. 커린에게 문자를 보냈지만 답이 없었다. 7시 30분, 재니스가 오더니 무슨 문제라도 있느냐고 물었다. 애덤은 아무 문제 없다고, 커린이 학부모 교사 회의에 붙잡혀 있는 모양이라고 대답했다.

휴대전화가 진동했다. 애덤은 화면을 내려다보았다. 7시 45분. 커린이 문자를 보내왔다.

우리 얼마간 떨어져 있는 게 좋겠어. 아이들을 부탁해. 나한테 연락하려고 하지 말아줘. 괜찮을 거야.

잠시 후 문자가 또 한 통 왔다.

제발 며칠만 시간을 줘.

13

애덤은 커린의 대답을 이끌어내려고 몇 번이나 다급히 문자를 보냈다. '이러는 게 어디 있어' '전화 좀 해' '당신 어디야?' '시간을 달라니, 며칠이나?' '어떻게 우리한테 이럴 수 있어' 따위의 문자였다. 좋게 말했다가, 빈정댔다가, 차분하게 말했다가, 화도 내보았다.

그러나 반응이 없었다.

커린은 무사한 걸까?

애덤은 재니스에게 커린이 회의에서 빠져나올 수가 없어 부득이 식사를 취소해야겠다고 변변찮은 핑계를 댔다. 재니스는 밀라노식 송아지 요리 2인분을 포장해줄 테니 가져가라고 했다. 애덤은 괜찮다고 하려다가 굳이 그럴 필요도 없을 것 같아 포장된 요리를 받아 들고 나왔다.

거리로 나온 후에도 애덤은 혹시 커린이 마음을 바꿔 먼저 집으로 갔을지 모른다는 희망을 놓지 않았다. 커린은 아무리 애덤에게 화가 났더라도 아들들에게까지 영향이 미치게 할 사람이 아니었다. 그러나 집에 도착했을 때, 커린의 차는 진입로에 세워져 있지 않았다. 현관문을 열고 들어온 애덤을 보고 라이언은 곧장 "엄마는 어디 있어요?"라고 물었다.

"엄마는 일이 좀 있어."

애덤은 더 이상의 대화를 원치 않는다는 투로 애매하게 대답했다.

"홈팀 선수복 찾아야 돼요."

"찾으면 되잖아?"

"세탁물 통에 던져놨는데. 엄마가 세탁기 돌리셨어요?"

"글쎄다. 세탁물 통 안을 찾아봤니?"

"예."

"옷장 서랍은?"

"거기도 찾아봤어요."

사람들은 본인이나 배우자의 단점을 자녀에게서 찾으려 한다. 라이언은 커린처럼 작은 문제를 놓고 전전긍긍하는 성격이었다. 하지만 커린은 집 할부금이라든지 질병, 살상, 사고 같은 큰 문제에 대해서는 오히려 대담하게 수완을 발휘해 대처했다. 작은 문제들을 놓고 속을 끓이며 살다 보니 오히려 큰 문제에 대해서는 대담해지는 걸까? 어쩌면 커린은 훌륭한 운동선수처럼 정작 중요한 순간에 힘을 발휘하는지도 모른다.

물론 홈팀 선수복을 찾는 일이 라이언에겐 작은 문제가 아닐 수도 있었다.

"세탁기나 건조기 안에 있지 않을까?"

"거기도 찾아봤어요."

"그럼 나도 모르겠다."

"엄마 언제 와요?"

"몰라."

"10시에 와요?"

"모른다고 했잖아. 못 알아들었니?"

뜻밖에도 말이 너무 날카롭게 나갔다. 라이언은 제 엄마처럼
몹시 예민한 편이다.

"그게, 내 말은……."

"엄마한테 문자 해볼게요."

"좋은 생각이다. 아, 엄마한테 답장 오면 말해줄래?"

라이언은 고개를 끄덕이고 휴대전화로 문자를 보냈다.

커린은 라이언에게도 곧장 답을 하지 않았다. 한 시간, 두 시간
이 지나도 마찬가지였다. 애덤은 교사 회의가 길어지는 모양이라
고 핑계를 댔다. 아들들은 평소에도 세심하게 상황을 살피는 편
이 아니라서 그의 말을 곧이곧대로 믿었다. 애덤은 경기 전까지
선수복을 찾아주겠다고 라이언에게 약속했다.

마구 뻗어나가려는 불안감을 억누르긴 했지만 완전히 차단하
지는 못했다. 커린은 안전할까? 끔찍한 일이 생긴 건 아닐까? 경
찰에 신고해야 하나?

경찰에 신고해야 하나, 하는 고민은 멍청하게 느껴졌다. 경찰
은 그들이 크게 싸웠다는 증언을 듣고, 자기를 내버려두라고 하
는 커린의 문자메시지를 보고서 단순한 부부 싸움으로 치부해버
릴 것이다. 그런데 한 걸음 물러나 생각해보면, 남편이 과거의 어
떤 결제 건에 대해 알게 됐다고 해서 아내가 남편과 거리까지 두
려 한다는 건 누가 들어도 이상하지 않나?

잠이 오다 말다 했다. 커린에게 문자가 왔을까 봐 수시로 휴대
전화를 확인했지만 아무 소식도 없었다. 새벽 3시. 애덤은 라이

언의 방으로 살그머니 들어가 라이언의 휴대전화를 뒤져보았다. 커린은 라이언에게도 답장을 하지 않았다. 이해가 되지 않았다. 남편을 피하는 거면, 그래, 그럴 수도 있다. 화가 나거나 겁이 나거나 혼란스럽거나 궁지에 몰린 기분일 수도 있으니, 며칠 동안 그를 멀리하고 싶다고 해도 이해 못 할 일은 아니다.

하지만 애들은?

정말 이렇게 애들을 버리고 집을 떠난 건가? 애들한테는 그가 알아서 핑계를 대주길 바라면서?

아이들을 부탁해. 나한테 연락하려고 하지 말아줘.

이게 대체 무슨 소리지? 왜 연락하지 말라는 건데? 도대체 왜……?

어느새 창문으로 햇빛이 비쳐 들었다. 그는 일어나 앉았다. 뜬 눈으로 밤을 새우고 말았다.

커린은 그를 버릴 수 있다. 커린의 성격을 생각하면 믿기지 않지만, 어쩔 수 없이 그에게 아들들을 돌보라고 맡길 수도 있다.

그렇지만 학생들은?

커린은 교사로서의 책임감을 무엇보다 중시하는 사람이었다. 모든 걸 본인의 통제하에 두어야 직성이 풀리고, 어설픈 임시 교사에게는 단 하루라도 자신의 수업을 대신 맡기려 하지 않았다. 지금 이런 생각을 하니 이상하지만, 지난 4년 동안 커린은 딱 하루 결근했을 뿐이다.

'유산'한 다음 날이었다.

그날은 목요일이었다. 늦게까지 일하고 집에 돌아와 보니 커린이 침대에 누워 울고 있었다. 갑자기 배가 심하게 아파 직접 차를 운전해 의사에게 갔는데 이미 너무 늦었다고, 의사도 달리 손쓸 방법이 없었다고 했다. 의사 얘기로는 그런 유산이 흔히 있는 일이라고 했다는 것이다.

"왜 전화 안 했어?"

애덤이 물었다.

"괜히 걱정 끼쳐서 집으로 급히 오게 만들고 싶지 않았어요. 당신이 할 수 있는 일도 없고요."

애덤은 그 말을 믿었다.

다음 날 커린은 출근하겠다고 했지만 애덤이 극구 말렸다. 유산은 정신적 외상을 초래할 수도 있을 만큼 큰일인데 어떻게 유산한 다음 날 출근을 하겠다는 거냐. 애덤은 수화기를 들어 커린에게 건넸다.

"학교에 전화해서 오늘 출근 못 한다고 해."

커린은 마지못해 학교에 전화를 걸어 오늘은 쉬고 월요일에 출근하겠다고 알렸다. 당시 애덤은 그걸 그저 커린이 살아가는 방식으로 여겼다. 빨리 일상에 복귀하고 일터로 돌아가려는 의지일 거라고. 달리 생각할 이유도 없었다. 다만 유산한 몸이 그토록 빨리 회복된 게 놀라울 뿐이었다.

지금 생각하면 참 모자랄 정도로 순진했다.

하지만 그게 그의 잘못일까?

세상 어떤 남자가 유산이라는 충격적인 일을 겪으면서 아내가 거짓말을 한 게 아닌지 의심할까? 유산이라는 진지한 문제를 놓고 아내가 하는 말에 어떻게 의문을 품을까? 지금도 그는 커린이 왜 임신이며 유산을 꾸며냈는지 이유를 알 수가 없었다. 악랄한 짓을 해보고 싶어서? 미쳐서? 자포자기해서? 남편을 조종하려 고?

대체 왜 그랬을까?

그러나 이제 아무래도 상관없었다. 중요한 건 커린이 지금 학교에 있으리라는 점이었다. 커린은 그에게서, 심지어 아들들에게서 떨어져 있고 싶다고 했지만, 굳이 출근까지 안 할 이유는 없을 터였다.

아들들은 혼자 학교 갈 준비를 할 수 있는 나이였다. 애덤은 아들들이 엄마 어디 있냐고 물으면 침실에서 밖에 잘 들리지 않게 짧게 소리쳐 대충 얼버무렸고, 아침에 샤워를 오래 하는 척하며 최대한 집에서 아들들과 마주치지 않으려 했다.

아들들이 학교에 가고 나서 애덤은 커린이 다니는 고등학교로 차를 운전해 갔다. 홈룸 시간을 알리는 벨소리가 막 울리고 있었다. 시간이 알맞았다. 지금 들어가면 커린이 홈룸을 마치고 1교시 수업을 하러 갈 때쯤 얼굴을 볼 수 있을 것이다. 커린의 홈룸 교실은 233호실이니, 233호실 문 옆에서 기다리면 되겠지.

70년대에 지은 건물이라 퀴퀴한 냄새가 났다. 처음에 지어졌을 때는 매끈하고 현대적이었겠지만 세월의 흐름과 함께 낡아서 1976년 개봉한 〈로건의 탈출〉 같은 오래된 공상과학영화 세트장처럼 변했다. 회색 바탕에 청록색으로 장식된 건물은 마치 치즈 위즈 소스나 멀릿 헤어스타일(앞은 짧고 뒤는 긴, 1970~1980년대에 미국 하키 선수들이 많이 한 남자 헤어스타일—옮긴이)처럼 촌스러웠다.

　학교 주차장에 빈자리가 없어, 불법이지만 길가에 차를 대놓고 서둘러 학교로 갔다. 옆문은 잠겨 있었다. 그는 커린이 수업을 하는 날 학교에 와본 적이 없지만, 요즘 학교들이 교내 총기 난사를 비롯한 폭력 사태의 여파로 보안을 엄격히 한다는 것쯤은 알고 있었다. 그는 학교 주변을 빙 돌아 정문으로 갔다. 정문도 잠겨 있었다. 인터콤 버튼을 눌렀다.

　위에 설치된 카메라가 위잉 소리를 내며 그를 내려다보았다. 학교 행정실에서 일하는 직원인 듯한 여자가 피곤에 지친 목소리로 누구시냐고 물었다.

　애덤은 최대한 편안해 보이는 미소를 지었다.

　"애덤 프라이스라고 합니다. 커린 프라이스 선생의 남편입니다."

　정문이 삐익 소리를 내며 열렸다. 애덤은 안으로 들어갔다. 문 옆에 '행정실 메인 데스크에서 출입 기록부에 서명하세요'라고 적혀 있었다. 애덤은 어떻게 해야 할지 고민했다. 만약 서명을 하면 행정실 직원이 그에게 방문 사유를 따져 물은 후 커린이 있는 교실로 연락을 하지 않을까? 그렇게 되게 하고 싶지 않았다. 커린 모르게 기다리고 있다가 만나고 싶었다. 최소한 학교 직원에게 여길 찾아온 이유를 설명하고 싶지 않았다. 행정실은 오른쪽이었다. 애덤은 왼쪽으로 가려다가 무장 경비원이 서 있는 걸 보고 멈칫했다. 애덤은 경비원에게 최대한 순진한 미소를 지어 보였다. 경비원은 오른쪽으로 가라고 손짓했다. 선택의 여지가 없었다. 행정실로 가야 했다. 오른쪽으로 돌아서서 문을 통과해 동네 엄마들 몇 명이 모여 있는 곳을 지나갔다. 복도 한가운데에 커다란 세탁물 바구니가 놓여 있었다. 아이가 아침에 깜박 잊고 도시락을 챙겨가지 않으면 부모가 와서 그 바구니에 도시락을 넣어두는 용도다.

벽에 걸린 시계가 푸넘하듯 째깍거렸다. 아침 8시 17분. 종이 울리기까지 3분 남았다. 시간은 알맞았다. 높은 카운터 위에 출입 기록부가 놓여 있었다. 애덤은 최대한 태연하게 펜을 집어 들어 가명으로 일부러 마구 날려 빠르게 서명했다. 그리고 방문자 출입증을 하나 집어 들었다. 데스크 뒤에 앉은 두 여자는 다른 일로 바빠 그를 한 번 쳐다보지도 않았다.

더 기다릴 이유는 없었다.

무장 경비원에게 방문자 출입증을 보여주고 서둘러 복도를 지나갔다. 대부분의 다른 고등학교처럼 이 학교도 수년에 걸쳐 증축한 탓에 내부 구조가 복잡해져서 동맥처럼 이리저리 뻗어나간 복도들 사이로 길을 찾기가 쉽지 않았다. 그래도 벨소리가 나기 시작할 때쯤 애덤은 233호실 문 옆에 대기하고 서 있을 수 있었다.

학생들이 문밖으로 우르르 쏟아져 나와 서로 부딪치고 떠밀며 복도를 지나가는 모양새가, 마치 어느 의학 다큐멘터리에서 본 심장병 환자의 동맥 같았다. 애덤은 교실 밖으로 나오는 학생들이 확연히 줄고 아주 멈출 때까지 조용히 기다렸다. 잠시 후 서른이 채 안 돼 보이는 젊은 남자가 233호실을 나와서 왼쪽으로 걸어갔다.

임시 교사였다.

애덤은 학생들의 물결에 휩쓸리지 않게 벽에 몸을 붙이고 서서, 아이들이 어지간히 지나갈 때까지 기다렸다. 이 사태를 어떻게 해석해야 할지, 이제 어떻게 해야 할지 막막했다. 일이 이렇게 전개될 줄 예상 못 했나? 못 했다. 그는 단서들을 모아 연관 지어 보려고 안간힘을 썼다. 가짜 임신, 낯선 자의 등장, 커린과의 언쟁. 그리고 며칠 떠나 있기로 결정한 커린.

이해가 되지 않았다.

이제 어쩌면 좋지?

할 수 있는 게 없었다. 적어도 지금은 그랬다. 직장으로 가서 할 일을 하자. 침착하게 생각을 해보자. 뭔가 빠뜨린 게 있을 것이다. 분명히. 커린도 그렇게 말하지 않았던가?

"당신이 생각하는 그런 게 아니야, 애덤. 그 이상이라고."

복도를 지나는 학생들의 물결이 확연히 줄어든 후에야 애덤은 정문 쪽으로 터덜터덜 걸어갔다. 상념에 잠긴 채 복도를 돌아가는데 강철 앞발 같은 손가락이 그의 팔을 움켜잡았다. 고개를 돌려보니 아내의 친구인 크리스틴 호이였다.

"도대체 무슨 일이에요?"

크리스틴이 속삭였다.

"예?"

크리스틴의 몸 근육은 아직 대회용으로 다듬지 않은 상태인 듯했다. 크리스틴은 그를 빈 화학실 안으로 데리고 들어가 문을 닫았다. 작업대와 비커, 수도꼭지가 높게 설치된 개수대가 있는 방이었다. 어느 학교 화학실에나 있는 대형 원소주기율표 차트가 저쪽 벽을 온통 차지하고 있었다.

"커린은 어디 있어요?"

애덤은 어떻게 대처해야 할지 알 수가 없어서 솔직하게 말하기로 했다.

"모릅니다."

"어떻게 모를 수가 있어요?"

"어제 밖에서 같이 저녁을 먹기로 했는데 오지 않았어요."

"안 왔다고요……?"

크리스틴은 혼란스러운 듯이 고개를 가로저었다.

"경찰에 신고는 했어요?"

"신고요? 아뇨."

"왜 안 했어요?"

"그게 좀. 커린이 문자를 보내왔는데 얼마간 떨어져 있고 싶다고 해서요."

"뭐로부터 떨어져 있고 싶다는 건데요?"

애덤은 멀거니 크리스틴을 쳐다보았다.

크리스틴이 다시 물었다.

"당신으로부터요?"

"그런 것 같습니다."

크리스틴은 민망해하며 물러섰다.

"아. 그렇군요. 실례했어요. 그런데 여긴 어쩐일로?"

"커린이 괜찮은지 알고 싶어 왔습니다. 출근은 했을 것 같아서요. 여간해선 전화로 병가를 내는 사람도 아니고요."

"그렇죠."

"그런데 오늘은 예외인가 보네요."

크리스틴은 잠시 생각 끝에 말했다.

"부부 싸움을 자주 하시나 봐요."

애덤은 설명하고 싶지 않았지만 어쩔 수 없이 법정에서처럼 최대한 어정쩡하게 말했다.

"최근에 일이 좀 있었습니다."

"제가 관여할 바는 아니겠죠?"

"예."

"그런데 커린이 저를 연관되게 만들어서 말을 해야 될 것 같아요."

"무슨 뜻입니까?"

크리스틴은 한숨을 쉬며 손으로 입을 가렸다. 학교 밖에서 크리스틴은 선탠한 몸매가 두드러지는 옷을 입었다. 날씨에 상관없이 민소매 블라우스에 짧은 바지나 미니스커트를 주로 입는 편이었다. 그런데 지금은 학교 안이라 그런지 좀 더 보수적인 디자인의 블라우스 차림이었다. 그래도 쇄골과 목 주변의 근육은 확연히 드러났다.

"저도 문자를 받았거든요."

"무슨 내용입니까?"

"애덤."

"예?"

"부부 일에 끼어들고 싶지는 않아요. 이해하시죠? 두 분이 수차례 부부 싸움을 하신 것 같기는 하지만요."

"수차례는 아닙니다."

"하지만 방금 하신 얘기로는……."

"얼마 전에 *딱 한 번* 싸웠습니다. 어쩌다가요."

"언제였죠?"

"언제 싸웠냐고요?"

"네."

"그저께요."

"아."

"'아'라니 무슨 뜻입니까?"

"그게요……. 그러니까 커린이 지난달부터 좀 이상하게 굴기는 했어요."

애덤은 표정을 흐트러뜨리지 않으려 애썼다.

"어떻게 이상했는데요?"

"그게 잘은 모르겠는데, 평소랑 달랐어요. 정신이 딴 데 팔려 있는 사람처럼 수업을 한두 번 빼먹기도 하고, 저더러 대신 수업에 들어가달라고 부탁도 했고요. 운동도 몇 번 빠졌어요. 그러면서 하는 말이……."

크리스틴이 멈칫하자 애덤이 재촉했다.

"뭐라고 했습니까?"

"누가 와서 자기 소재에 대해 물어보면 저랑 같이 있었다고 말해달라고 했어요."

침묵이 흘렀다.

"그 '누구'라는 게 저라는 뜻입니까, 크리스틴?"

"커린은 그렇게 말하지는 않았어요. 저, 그만 들어가봐야 돼요. 수업이 있어서."

애덤은 크리스틴의 앞을 가로막았다.

"어떤 문자였습니까?"

"네?"

"어제 커린이 문자를 보냈다면서요. 뭐라고 적혀 있었습니까?"

"저기, 커린은 제 친구예요. 이해하시죠?"

"친구로서의 믿음을 배신하라는 게 아닙니다."

"아뇨, 애덤. 지금 이건 배신하라는 뜻이에요."

"커린이 무사한지 알고 싶어서 그럽니다."

"무사하지 않을 이유는 뭔데요?"

"이러는 건 전혀 커린답지 않아요."

"어쩌면 커린이 말한 대로 혼자 있을 시간이 필요한지도 모르죠."

"문자 내용이 그거였습니까?"

"뭐, 비슷해요."

"문자가 언제 왔습니까?"

"어제 오후에요."

"잠깐만요. 오후라면 학교 끝나고요?"

"아뇨." 크리스틴은 속 터질 만큼 천천히 대답했다. "수업 중에요."

"수업 중에요?"

"예."

"몇 시였나요?"

"글쎄요. 2시쯤인가."

"그때 커린이 학교에 있었습니까?"

"아뇨."

"어제도 결근했어요?"

"아뇨. 어제 오전에는 커린을 봤어요. 좀 불안정한 모습이더라고요. 부부 싸움을 해서 그런가 보다 했죠."

애덤은 말문이 막혔다.

"원래 커린이 점심시간 중에 자습 감독을 하기로 돼 있었는데, 저더러 대신 좀 해달라고 부탁을 했어요. 그리고 나서 자기 차로 뛰어가는 모습을 봤고요."

"어디로 갔습니까?"

"그건 저도 몰라요. 커린이 말 안 했어요."

다시 침묵이 흘렀다.

"그 후에 커린이 학교로 돌아왔습니까?"

크리스틴은 고개를 저었다.

"아뇨, 애덤. 돌아오지 않았어요."

14

　낯선 자는 하이디에게 파인드유어슈거베이비닷컴이라는 사이트로 들어가는 링크 주소와 딸의 아이디, 비밀번호를 알려주었다. 무거운 마음으로 로그인한 하이디는 낯선 자가 한 말이 모두 사실임을 확인했다.

　낯선 자는 별난 호의에서 혹은 괜히 마음이 헛헛해서 하이디에게 킴벌리에 관한 사실을 알려준 게 아니었다. 그자는 돈을 요구했다. 1만 달러. 사흘 안에 그 돈을 주지 않으면 킴벌리의 '취미'에 관한 소문을 퍼뜨리겠다고 했다.

　하이디는 로그아웃하고 소파에 앉았다. 와인을 한 잔 따라 마실까 하다가 그만두었다. 대신 한참을 실컷 울었다. 다 울고 나서 욕실로 들어가 세수를 하고 다시 소파에 앉았다.

　좋아, 이제 어떻게 하지?

　제일 처음 떠오른 결심은 간단한 것이었다. 마티에게는 말하지 말자. 남편에게 비밀로 하는 게 내키지 않았지만, 굳이 비밀로 하지 못할 이유도 없었다. 산다는 게 원래 그렇지 않은가? 뉴욕 대학교에서 얌전히 공부나 하고 있어야 할 딸이 무슨 짓을 하고 다니는지 알면 마티는 폭발해버릴 것이다. 마티는 과도하게 반응하는 성격이라, 이 사실을 알면 당장 맨해튼으로 운전해 가서 딸의 머리채를 잡아끌고 돌아올 게 뻔했다.

군이 마티가 진실을 알 필요는 없다. 생각해보니 하이디 역시 마찬가지였다.

빌어먹을 낯선 자들이 문제였다.

킴벌리가 고등학생 때 동급생의 집에서 열린 파티에 갔다가 술에 떡이 된 적이 있었다. 사람들이 술김에 종종 그러듯, 킴벌리도 어떤 남자 녀석과 약간 도를 넘은 짓을 한 모양이었다. 물론 끝까지 가지는 않았다. 그런데 심보가 못되지는 않았지만 남 일에 참견하기 좋아하는 어떤 엄마가 자기 딸을 통해 킴벌리 일을 전해 듣고는 하이디에게 쪼르르 전화를 걸었다.

"이런 얘기 하고 싶지 않은데, 내가 자기 입장이었으면 알고 싶었을 것 같아서 말이야."

그 여자는 하이디에게 사건의 전말을 얘기했고 하이디는 마티에게 얘기를 전했다. 마티는 길길이 날뛰었다. 그 후 아버지와 딸의 관계는 예전 같지 않았다. 그 참견쟁이 여편네가 전화로 알려주지만 않았어도 그런 결과가 초래되진 않았겠지? 결국 무슨 좋은 꼴을 봤나? 딸의 입장만 난처하게 만들었다. 아버지와 딸의 관계만 망가졌다. 킴벌리가 집에서 멀리 떨어진 뉴욕 대학교에 진학하기로 결심한 것도 그래서였다. 멍청한 참견쟁이 여편네의 멍청한 전화 때문에 킴벌리는 그 먼 대학교로 진학했고, 하이디는 이 끔찍한 웹사이트를 보고 딸이 세 남자와 관계를 맺고 있다는 경악스런 사실까지 알게 된 것이다.

하이디는 믿고 싶지 않았지만, 어린 딸이 늙은 남자들과 나눈

'비밀' 대화란에 적나라한 증거가 담겨 있었다. 아무리 좋게 꾸며 말을 해봐도, 딸이 매춘을 하고 있다는 사실은 빼도 박도 못하게 분명했다.

다시 울고 싶어졌다. 아무것도 하기 싫고, 낯선 남녀가 차분하게 전한 사실을 잊고 싶었다. 하지만 그럴 수 없었다. 비밀은 이미 하이디의 면전에 던져졌다. 굳이 비유하자면, 밖으로 뛰쳐나온 말을 억지로 마구간에 쑤셔 넣을 수는 없는 노릇이다. 부모라면 누구나 겪는 오래된 역설이다. 부모로서 알고 싶지 않지만, 부모이기에 알지 않으면 안 된다.

킴벌리의 휴대전화로 전화를 걸었다. 킴벌리는 가쁜 숨을 쉬며 열정적으로 전화를 받았다.

"아, 엄마."

"안녕, 딸."

"무슨 일 없지? 엄마 목소리가 이상한데."

처음에 킴벌리는 아니라고 부정했다. 예상한 반응이었다. 그러다가 별일 아니라는 듯이 말했다. 그것 또한 예상했다. 그리고 킴벌리는 반항을 하면서, 왜 내 계정에 멋대로 접속해 사생활을 침해하느냐며 엄마를 비난했다. 역시 예상했던 대로였다.

하이디는 심장이 찢어질 듯이 몹시 고통스러웠지만 애써 흔들림 없는 목소리를 냈다. 낯선 자들에 대해, 그자들이 한 얘기에 대해, 그리고 직접 웹사이트에서 본 것에 대해 말했다. 인내심 있게. 침착하게. 적어도 겉으로는 차분한 척했다.

시간이 흐르면서 그들 모녀는 이 대화의 방향이 어디로 흘러갈지 알았다. 코너에 몰렸던 킴벌리는 점차 충격이 가시자 사실대로 털어놓기 시작했다. 돈이 빠듯했다고 했다.

"여기선 모든 게 엄청나게 비싸."

같은 수업을 듣는 친구가 그 사이트에 대해 말해줬다고 했다. 남자들과 다른 짓은 할 필요 없다고, 남자들은 모임에 동반할 젊은 여자를 필요로 할 뿐이라고 했다. 그 부분에서 하이디는 하마터면 웃음이 날 뻔했다. 남자들이 그렇지 않다는 걸 하이디는 너무나 잘 알았다. 킴벌리도 그 일을 시작하고 얼마 지나지 않아 남자들이 단순히 모임에 동행할 여자를 필요로 하는 게 아님을, 그건 여성을 그 일로 끌어들이기 위한 미끼에 불과하다는 사실을 알았을 것이다.

하이디와 킴벌리는 두 시간 가까이 얘기를 했다. 대화가 끝나갈 때쯤 킴벌리는 이제 어떻게 하면 되겠느냐고 물었다.

"그 남자들 끊어내. 오늘. 당장."

킴벌리는 그렇게 하겠다고 약속했다. 이제부터가 문제다. 하이디가 휴가를 내고 뉴욕으로 가 당분간 같이 머무르겠다고 하자 킴벌리는 내켜하지 않았다.

"2주 후면 이번 학기가 끝나. 그때까지 기다려줘."

하이디는 그러고 싶지 않았다. 합의점을 찾지 못한 그들은 아침에 다시 얘기하기로 했다. 전화를 끊기 전에 킴벌리가 말했다.

"엄마?"

"응?"

"아빠한테는 말하지 마."

이미 남편에게 말하지 않으리라 결심했지만 하이디는 킴벌리에게 굳이 그 말을 하지 않았다. 마티가 집으로 돌아왔을 때 하이디는 딸 일에 대해서는 입도 뻥긋하지 않았다. 마티는 마당에 있는 그릴에 버거를 올리고 굽기 시작했다. 하이디는 잔 두 개를 꺼내 술을 따랐다. 마티는 그날 하루를 어떻게 보냈는지 얘기했고 하이디도 비슷하게 얘기했다. 비밀은 그대로 놓아두었다. 비밀은 주방 식탁 앞 킴벌리의 오래된 의자 위에 올라앉아, 아무 말도 하지 않고 그 자리에서 꼼짝도 하지 않았다.

다음 날 아침 마티가 출근한 후 누가 현관문을 두드렸다.

"누구세요?"

"댄 부인? 뉴욕 경찰국 소속 존 쿤츠 형사입니다. 잠깐 얘기 좀 나눌 수……."

하이디는 서둘러 문을 여느라 거의 주저앉을 뻔했다.

"맙소사. 딸한테 혹시 무슨 일이라도……?"

쿤츠가 앞으로 다가와 하이디를 부축하며 재빨리 말했다.

"아뇨, 따님은 괜찮습니다, 부인. 아이고, 이런, 죄송하게 됐습니다. 바로 얘기를 드렸어야 했는데. 지금 생각해보니 많이 놀라셨겠습니다. 따님이 뉴욕에 있는 학교를 다니는데 뉴욕 경찰국 소속 형사가 집으로 찾아왔으니."

그는 고개를 저으며 말을 이었다.

"저도 자식이 있어 이해합니다. 걱정하지 마세요. 킴벌리는 무사합니다. 건강 면에서는 그렇습니다. 다른 문제가 있기는 하지만……."

"문제요?"

쿤츠는 미소 지었다. 치아 사이가 좀 심하게 벌어져 있었다. 옆머리를 몇 가닥 끌어다가 대머리를 슬쩍 덮어놓았는데, 모양새가 쎄나 거슬려서 그 머리카락들을 잡아당겨 가위로 잘라버리고 싶은 충동이 들게 했다. 나이는 40대 중반쯤으로 보였다. 배가 불뚝하게 나왔고, 어깨는 구부정했으며, 제대로 먹지 못하거나 잠을 충분히 못 자는 사람처럼 눈이 쾡했다.

"잠시 들어가도 되겠습니까?"

쿤츠는 경찰 배지를 들어 보여주었다. 하이디 같은 아마추어가 보기엔 영락없는 진짜 배지였다.

"무슨 일로 오셨는데요?"

"대충 짐작하실 겁니다." 쿤츠는 집 안을 향해 고갯짓을 했다. "들어가서 얘기하는 편이?"

하이디는 뒤로 물러섰다.

"잘 모르겠어요."

"무엇을요?"

"무슨 일 때문에 오셨는지 모르겠다고요."

집 안으로 들어온 쿤츠는 마치 이 집을 사러 온 사람처럼 쭉 둘러보았다. 정전기 때문에 머리카락 몇 올이 위로 뜨자 그는 다시 대머리에 꾹 눌러 붙였다.

"어제저녁에 따님한테 전화하셨죠?"

하이디는 뭐라 대답할지 갈피를 잡지 못했다. 그런데 쿤츠는 대답을 기다리지도 않고 말을 이었다.

"따님이 불법적인 일에 연루돼 있다는 걸 알고 왔습니다."

"무슨 뜻이죠?"

그는 소파에 앉았다. 하이디는 맞은편 의자에 앉았다.

"부탁 하나 해도 될까요, 댄 부인?"

"무슨 부탁요?"

"작은 부탁입니다. 관련된 모든 사항에 대한 대화를 간단하게 풀어가기 위해서니, 솔직하게 얘기해주셨으면 합니다. 아셨죠? 피차 시간 낭비하지 맙시다. 따님인 킴벌리 양은 온라인 매춘에 연루돼 있습니다."

하이디는 가만히 앉아 있기만 했다.

"댄 부인?"

"나가주세요."

"도와드리려는 겁니다."

"기소하시려나 본데 변호사와 얘기해야겠어요."

쿤츠는 위로 뜬 머리카락을 다시 대머리에 눌러 붙였다.

"잘못 생각하셨습니다."

"어째서죠?"

"우린 따님이 무슨 일을 했든 관심 없습니다. 사소한 범죄에 불과하거든요. 그런 온라인 사이트 같은 경우, 일반적인 상거래와 매춘 사이를 오가게 마련이죠. 늘 있는 일입니다. 우린 부인이나 따님을 귀찮게 할 생각은 없습니다."

"그럼 원하는 게 뭐죠?"

"협조를 부탁드리러 온 겁니다. 그게 전부예요. 부인과 따님이 협조만 해주면 따님이 그 사건에서 무슨 역할을 했는지쯤은 눈감아드릴 수 있습니다."

"역할요?"

"한 번에 하나씩 갑시다. 아셨죠?"

쿤츠는 주머니에서 작은 수첩을 꺼냈다. 골프 치는 사람들이 점수를 기록할 때 쓰는 몽당 연필도 꺼내 들었다. 그는 연필 끝에 침을 묻히고 하이디를 다시 쳐다보며 물었다.

"먼저, 따님이 슈거 베이비 사이트에 관련돼 있다는 걸 어떻게 아셨습니까?"

"그게 중요한가요?"

쿤츠는 어깨를 으쓱했다.

"절차상 드리는 질문입니다."

하이디는 입을 열지 않았다. 목덜미에서 조금씩 오싹한 기분이 올라오기 시작했다.

"댄 부인?"

"변호사와 얘기해야겠어요."

쿤츠는 마치 아끼는 학생에게 별안간 실망한 선생처럼 인상을 썼다.

"아, 그렇다면 따님이 우리한테 거짓말을 했군요. 그렇게 되면 별로 좋지 않은 영향이 미칠 텐데요. 솔직히 말하면 그렇습니다."

하이디는 그가 미끼를 던져놓고 물기를 기다린다는 느낌을 받았다. 둘 사이의 정적이 점점 크게 느껴져 하이디는 숨도 쉴 수가 없었다. 결국 참지 못한 하이디가 물었다.

"왜 제 딸이 거짓말을 했다고 생각하시죠?"

"간단합니다. 킴벌리 양은 부인께서 합법적인 경로로 그 웹사이트에 대해 알게 됐다고 우리한테 말했습니다. 두 사람이, 어떤 남자와 여자가 레스토랑 밖에서 부인을 불러 세우고 그간 있었던 일에 대해 정보를 줬다고요. 그런데 말입니다, 정말 합법적으로 알았다면 부인은 그런 사정에 대해 얘기를 하면 될 텐데 말을 안

하고 계시잖습니까. 그게 이해가 안 되는 거죠. 그 사이트에 대해 알아낸 것 자체만 보자면 불법적인 부분은 없는데 말입니다."

하이디는 머릿속이 혼란스러웠다.

"무슨 뜻인지 이해가 안 되네요. 지금 뭐 하시는 거예요?"

"아주 적절한 질문입니다."

쿤츠는 한숨을 쉬며 소파에서 자세를 고쳐 앉았다.

"사이버 범죄 대응팀이 뭐 하는 데인지 아시죠?"

"인터넷에서 일어난 범죄에 관한 일을 하는 곳이겠죠."

"맞습니다. 저는 사이버 범죄 대응팀 소속입니다. 뉴욕 경찰국에 신설된 부서죠. 인터넷을 범죄에 이용하는 자들을 잡아들이는 일을 합니다. 해커나 온라인 사기꾼 같은 놈들요. 우리는 레스토랑 앞에서 부인께 접근한 자들이 신출귀몰한 사이버 범죄 조직의 일원이라고 보고 있습니다. 우리가 오랫동안 쫓고 있던 조직입니다."

하이디는 마른침을 삼켰다.

"그렇군요."

"이 범죄에 누가 연루돼 있는지 확인하려면 부인의 도움이 필요합니다. 이해가 되시죠? 그럼 다시 묻겠습니다. 예, 아니요로 대답해주세요. 그 두 사람이 레스토랑 주차장에서 부인께 접근했습니까?"

여전히 목덜미가 서늘한 느낌이었으나 하이디는 입을 뗐다.

"예."

"좋습니다."

쿤츠는 벌어진 이틈을 드러내며 싱긋 웃었다. 수첩에 무어라

적고는 다시 하이디를 쳐다보며 물었다.

"레스토랑 이름은요?"

하이디는 머뭇거렸다.

"댄 부인?"

"이해가…… 안 되네요."

"뭐가 말입니까, 부인?"

"제가 딸이랑 통화한 건 어제 오후였어요."

"그렇죠."

"형사님은 제 딸이랑 언제 통화를 하셨죠?"

"어젯밤입니다."

"그런데 어떻게 이렇게 빨리 여길 찾아오신 거죠?"

"굉장히 중요한 사건이라서 오늘 아침에 비행기를 타고 왔습니다."

"어떻게 그 일에 대해 아셨어요?"

"예?"

"제 딸은 경찰에 신고했단 얘기를 안 했어요. 그런데 어떻게 아셨는지……?"

하이디는 더는 말을 할 수가 없었다. 머릿속으로 몇 가지 가능성을 생각해봤는데 하나같이 무서운 것들뿐이었다.

"댄 부인?"

"그만 나가주세요."

쿤츠는 고개를 끄덕이고는 이쪽 귀에서 저쪽 귀로 머리카락 몇 올을 쓸어 넘겼다.

"미안하지만 그렇게는 못 하겠는데요."

하이디는 일어나 현관문으로 향했다.

"더는 말하고 싶지 않아요."

"아뇨, 하게 될 겁니다."

소파에 앉은 채로 한숨을 푹 쉰 쿤츠는 권총을 꺼내 하이디의 무릎을 정확히 겨눠 방아쇠를 당겼다. 총성은 하이디의 생각보다 훨씬 조용했지만 충격은 어마어마했다. 하이디는 부서진 접이식 의자처럼 바닥에 쓰러졌다. 쿤츠가 신속히 달려와 비명이 새어 나가지 않게 하이디의 입을 틀어막았다. 그리고 그녀의 귀에 입술을 가까이 대고 속삭였다.

"비명을 지르면 천천히 당신 목숨을 끊어놓고 딸한테도 똑같이 해줄 겁니다. 알겠습니까?"

고통이 파도처럼 밀려와 하이디는 정신을 놓을 것 같았다. 쿤츠가 총구를 다른 쪽 무릎에 갖다 대며 물었다.

"알겠습니까, 댄 부인?"

하이디는 고개를 끄덕였다.

"좋습니다. 다시 묻죠. 그 레스토랑 이름이 뭐였습니까?"

15

애덤은 사무실에 앉아 그간의 상황을 거듭해서 하나하나 되짚
어보았다. 문득 의문이 들었다. 커린이 정말 지금의 삶을 버리고
도망칠 작정이라면, 어디로 갔을까?

아무리 생각해봐도 알 수 없었다.

애덤과 커린은 부부이자 한 팀이나 마찬가지여서, 커린이 그
나 가족을 두고 다른 어딘가로 달아난다는 건 있을 수도 없는 일
이었다. 커린이 전화를 했을 만한 친구들은 몇 명 있었다. 대학 시
절 친구들도 있고, 가족들도 있었다. 하지만 이런 상황에서 커린
이 그런 사람들에게 사정을 털어놓고 그들 집에 머물 리는 없었
다. 커린은 애덤 외에…… 다른 누군가에게 그 정도로 마음을 열
고 살지 않았다.

아마 커린은 혼자 있을 것이다.

그럴 가능성이 높았다. 호텔에 머물고 있지 않을까? 혼자서든
아니든, 생활을 하려면 신용카드나 현금을 써서 필요한 물품을
구입해야 할 것이다. 신용카드로 결제를 하든지 현금인출기에서
돈을 뽑든지 해야 한다.

'어서 기록을 찾아봐, 멍청아.'

애덤과 커린은 비자카드 계좌 두 개를 함께 사용하는데 한 계좌에는 체크카드를, 다른 계좌에는 신용카드를 연결해놓았다. 커린은 재정 관리에 약한 편이라 애덤이 계좌를 도맡아 관리했다. 그가 분담해서 하는 집안일 중 하나였다. 그래서 카드 계좌의 사용자 아이디와 비밀번호도 모두 알고 있었다.

커린이 어디서 무엇을 결제했고 현금을 얼마나 빼 썼는지 인터넷으로 확인할 수 있는 것이다.

그 후 20분 동안 애덤은 커린의 카드와 은행 계좌 내역을 샅샅이 훑었다. 최근 날짜부터 확인을 시작했다. 어제와 오늘을 중점적으로 보기 시작했는데, 아무것도 없었다. 혹시 어떤 패턴이 있나 싶어 며칠 전으로 더 거슬러 올라가 살펴보았다. 커린은 현금보다는 신용카드를 즐겨 썼다. 신용카드를 쓰는 게 더 편리하고 물건을 살 때마다 포인트도 받기 때문이었다.

커린의 재정 생활, 아니 소비 생활을 쭉 펼쳐놓고 보았으나 별다른 건 없었다. 커린은 에이엔피 슈퍼마켓, 스타벅스, 랙스숍을 방문했다. 바움가르트 카페에서 점심을 먹고 호호쿠스 스시점에서 포장 음식을 샀다. 매월 자동 결제로 체육관에 지불하는 일정액이 있고, 바나나리퍼블릭의 상품을 온라인으로 주문했다. 평범한 일상이었다. 적어도 매일 한 건은 결제를 한 기록이 있었다.

그런데 어제와 오늘은 아무것도 없었다.

전혀.

이걸 어떻게 해석해야 할까?

커린은 카드 결제 시스템에 대해서는 잘 모르지만 그렇다고 바보는 아니다. 정말로 자신이 어디 있는지 숨기고 싶다면, 남편이 신용카드 결제 내역을 통해 자기가 있는 곳을 찾을 수 있음을 떠올렸을 것이다.

그래. 그렇다면 어떻게 했을까? 현금을 썼겠지.

애덤은 현금인출기에서 현금을 뽑은 기록을 확인해보았다. 마지막으로 현금을 뽑은 건 2주 전으로, 그때 뽑은 돈은 200달러였다.

그 돈으로 집을 나가서 살기에 충분할까?

충분할 리 없었다. 다시 생각해보았다.

운전을 해서 어딜 간다고 해도 휘발유를 사야 한다. 지금 커린은 현금을 얼마나 갖고 있을까? 미리 계획해놓고 가출한 것 같지는 않았다. 애덤이 가짜 임신 건을 들고 나온다거나 낯선 자가 방문한다거나 하는 일을 미리 알았을 리 없으니…….

혹시 미리 알았나?

그는 멈칫했다. 이런 일이 닥쳐올 줄 알고 커린이 돈을 따로 챙겨놓았나? 돌이켜 생각해보았다. 가짜 임신 얘기를 꺼냈을 때 커린이 놀란 얼굴이었나? 아니면 그저…… 체념한 얼굴이었나?

언젠가 기만이 들통날 걸 예상했을까?

알 수 없었다. 등받이에 기대앉아 하나하나 다시 따져본 애덤은 문득 자신이 정확하게 알고 있는 게 없다는 사실을 깨달았다. 문자를 통해 커린은 제발 며칠만 시간을 달라고 부탁했다. 아니, 애원했다. 내버려두라는 뜻이었다. 그게 최선일지도 모른다. 커린이 어디 가서 스트레스도 풀고 하고 싶은 대로 하다가 돌아올 때까지 그저 조용히 참고 기다리는 게 제일 좋을 수도 있었다. 커린이 문자로 부탁한 것도 바로 그거니까.

그런데 불현듯, 커린이 학교를 떠나 어딘가로 차를 몰고 가다가 끔찍한 일을 당했다면 어쩌나 싶었다. 커린은 낯선 자와 안면이 있을지도 모른다. 어쩌면 커린이 낯선 자가 있는 곳으로 운전해 가서 그자를 만났는데, 그자가 화를 내면서 커린을 납치했다든지 혹은 더 지독한 짓을 했을 수도 있다. 그자가 그런 짓을 할 부류처럼 보이지는 않았지만 사람 속은 모르는 것이다. 커린이 보내온 문자의 내용은, 시간이 필요하니 며칠만 여유를 달라는 것이었다. 그런데 다시 이리저리 머리를 굴리며 생각해보니 커린이 아닌 다른 사람이 커린의 휴대전화로 그 문자를 보냈을 가능성도 있었다.

어쩌면 살인자가 보낸 문자일 수도 있다.

커린을 죽이고 휴대전화를 빼앗아서…….

아, 진정하자. 그렇게까지 앞서 나가지는 말자.

심장이 터질 것처럼 쿵쾅쿵쾅 뛰었다. 일단 그런 걱정이 들기 시작하자, 그 걱정은 그의 머릿속에 자리를 잡고 마구 목청을 높였다. 반갑지 않은 친척이 집에 들렀다가 도무지 나갈 생각을 하지 않는 것처럼, 두려움은 머릿속에서 옴짝달싹하지 않았다. 애덤은 커린의 문자를 다시 읽어보았다.

우리 얼마간 떨어져 있는 게 좋겠어. 아이들을 부탁해. 나한테 연락하려고 하지 말아줘. 괜찮을 거야.

그리고

제발 며칠만 시간을 줘.

문자의 내용이 어딘지 모르게 걸렸는데 정확히 어떤 부분인지 짚어낼 수가 없었다. 커린이 진짜 위험에 처해 있나, 경찰에 신고를 해야 하나, 다시 갈등했다. 크리스틴 호이도 그렇게 묻지 않았나? 아내가 실종됐는지 여부를 경찰에 신고해 알아봐야 하는 거 아니냐고. 겉으로 봐선 실종 같지 않았다. 얼마간 떨어져 있자는 문자까지 보냈으니까. 문제는 커린이 아닌 다른 누군가가 그 문자를 보냈을 수도 있다는 점이었다.

머릿속이 뒤죽박죽이었다.

그래, 경찰서에 간다고 치자. 가서 뭐라고 하지? 마을 경찰에게 가서 정확히 뭐라고 신고해야 할까? 경찰들은 그가 받은 문자를 쓱 읽고 일단 기다려보라고 하지 않을까? 인정하고 싶지 않지만 이 마을 경찰들은 그러고도 남는다. 대부분 아는 사람들이라 예상이 됐다. 세더필드 마을의 경찰서장 렌 길먼이라면 실종 신고를 진지하게 받아줄지도 모른다. 렌 길먼의 아들이 라이언과 동갑이고 같은 담임 밑에 있으니까. 다만 커린에 관한 소문이 마을에 퍼져나갈 것이다. 소문이 나는 것에 신경을 써야 할까? 그게 무슨 대수냐고 할지 모르지만 커린 입장에서는 민감한 문제다. 여긴 커린의 마을이다. 커린은 죽기 살기로 노력해 이 마을에 입성해 입지를 다져왔다.

"어이, 형제."

앤디 그리블이 턱수염 위로 함박 미소를 지으며 사무실 안으로 들어왔다. 그는 실내에 들어와서도 선글라스를 벗지 않았다. 멋지게 보이기 위해서라기보다는 어젯밤 늦게까지 잠을 안 잤거나 마리화나 때문에 눈이 충혈됐기 때문일 것이다.

"아, 오셨군요. 지난밤 공연은 어땠어요?"

"밴드가 끝내줬어. 완전히 분위기 죽여줬지."

애덤은 머리를 잠시나마 쉴 수 있어 그와의 대화가 반가웠다.

"첫 곡은 뭐였어요?"

"캔자스의 〈바람 속의 먼지Dust in the Wind〉."

"흐음."

"왜?"

"느린 발라드로 공연을 시작했다고요?"

"어. 그런데 완전 잘 먹혔어. 어두운 바, 희미한 조명, 분위기가 잘 어울렸어. 그리고 바로 이어서 〈계기반 등불 너머 낙원 Paradise by the Dashboard Light〉을 연주했지. 아주 굉장했어."

"미트 로프의 노래군요. 멋진 선곡이에요."

애덤은 고개를 끄덕였다.

"그렇지?"

"아, 그런데 언제 여자 보컬을 영입했어요?"

"영입 안 했는데."

"〈계기반 등불 너머 낙원〉은 남녀 듀엣곡이잖아요."

"그렇지."

"노래가 상당히 공격적으로 들렸겠는데요. 여자가 '나를 영원히 사랑해줄 거야?'라고 물으면 남자가 '하룻밤 생각하게 해줘'라고 대답하는 부분이 있잖아요."

"그렇지."

"그걸 여자 보컬 없이 남자들이 했다는 거잖아요?"

"내가 혼자 다 했어."

애덤은 그 장면을 애써 머릿속에 그려보았다.

"혼자서 남자 여자 파트를 다 불렀다고요?"

"항상 그렇게 해."

"엄청 힘들 텐데."

"나 혼자 〈내 심장을 부수고 떠나지 말아요Don't Go Breaking My Heart〉를 부르는 걸 자네가 들어봤어야 해. 엘튼 존 부분을 불렀다가 바로 키키 디 부분을 부른다고. 들으면 감동 받아서 눈물이 날걸. 그러니까……."

"뭐요?"

"자네도 커린이랑 같이 저녁에 외출 좀 해. 자네 눈 밑에 불룩한 지방 주머니가 지금보다 더 커지면 비행기 탈 때 추가 요금을 내야 할 판이야."

애덤은 미간을 찌푸렸다.

"에이, 설마요."

"뭐, 그 정도로 심하진 않지만."

"내일 마이클 린스키와 유니스 린스키 부부를 만나기로 했죠?"

"안 그래도 그 건 때문에 자넬 만나려고 했어."

"무슨 문제라도?"

"없어. 다만 구셔 어쩌고 하는 시장 나리께서 린스키 씨네 퇴거건으로 자네를 만나고 싶어 하더군. 오늘 저녁 7시까지 시청 일을 볼 거니까 그 후에 자네가 들러줬음 하던데. 자네 휴대전화로 주소 보낼게."

애덤은 휴대전화를 확인했다.

"예, 주소 받았어요. 뭐라고 하는지 가서 얘기나 들어보죠."

"그쪽 사람들한테도 말해놓을게. 즐거운 저녁 보내셔."

애덤은 손목시계를 확인했다. 벌써 오후 6시였다.

"조심히 들어가세요."

"내일 린스키 부부를 만날 건지 이따 확답 줘."

"알았어요."

앤디가 퇴근하자 애덤은 사무실에 혼자 남았다.

가만히 앉아 주변 소음에 귀를 기울였다. 사무실이 밤마다 내지르는 죽음의 고통 소리가 아득히 들려오는 듯했다. 좋다, 한 걸음 물러서서 다시 찬찬히 생각해보자. 확실하게 아는 단서부터 되짚어보자.

첫째, 커린은 어제 학교에 갔다. 둘째, 점심시간쯤 크리스틴은 커린이 학교 주차장에서 차를 운전해 나가는 모습을 봤다. 셋째, ……. 그래, 셋째는 없다. 하지만…….

톨게이트.

커린이 마을을 벗어나 멀리 차를 타고 갔다면 톨게이트를 지나간 기록이 남아 있을 것이다. 커린의 고등학교 근처에는 가든 스테이트 파크웨이 톨게이트가 있다. 그 톨게이트를 지났다면 커린 차의 이지패스(우리나라의 하이패스에 해당하는 자동 통행료 결제 시스템—옮긴이)에 기록되었을 게 분명하다. 커린이 톨게이트를 지날 때 일부러 이지패스를 떼어 작동되지 않게 해놓았을까? 아마 그러지 않았을 것이다. 이지패스는 자동차 앞유리에 부착해놓고 그 존재조차 잊어버리고 사용하는 장치다. 덕분에 낭패를 볼 때도 있는데, 전에 애덤은 자동차를 렌트해 운전하면서 평소 쓰던 이지패스를 깜박 잊고 옮겨 달지 않은 채 이지패스 차선을 통과한 적이 있었다.

커린의 차에 달아놓은 이지패스 기록을 찾아보면 뭐든 나올 듯했다.

구글 검색을 통해 이지패스 웹사이트를 찾아냈다. 기록을 보려면 계정 번호와 비밀번호를 입력해야 하는데 그에겐 그 정보가 없었다. 사실 이런 일이 있기 전까지는 이 웹사이트에 들어와 볼 생각도 하지 않았다. 집에 이지패스 청구서가 있으니 계정 번호는 어떻게든 알아보면 될 것이다. 어차피 집으로 가야 할 시간이니 집에 가서 알아보기로 했다.

재킷을 집어 들고 서둘러 차로 향했다. 80번 주간고속도로로 들어서는데 휴대전화가 울렸다. 토머스였다.

"엄마 어디 갔어요?"

애덤은 어떻게 핑계를 대야 하나 갈등했지만, 아무래도 솔직히 얘기할 때가 온 것 같았다.

"어디 좀 갔어."

"어디요?"

"이따가 얘기해줄게."

"저녁 드시러 집에 올 거예요?"

"지금 가는 길이야. 부탁 하나만 하자. 냉동실에서 너랑 동생이 먹을 버거 꺼내봐. 집에 도착하면 그릴에 구워줄게."

"그 버거 먹기 싫은데."

"그래도 먹어야 하니 어쩌냐. 안됐네. 30분 후에 보자."

애덤은 운전을 하면서 마음을 달래줄 완벽한 노래를 찾아 라디오 음악 방송 채널을 이리저리 돌렸다. 어쩌면 그런 노래는 존재하지 않을지도 모른다. 스티비 닉스가 노래했듯 "징그럽게도 익숙하지만" 머릿속에 각인될 정도로 너무 자주 들리지는 않는 노래여야 했다. 그런 드문 노래를 운 좋게 찾았다 싶으면 여지없이 마지막 절이어서 다시 채널을 이리저리 돌려야 했다.

집 가까이 도착한 애덤은 집 앞 진입로에 세워져 있는 에번스부부의 닷지 듀랑고를 보고 깜짝 놀랐다. 애덤은 그 옆에 차를 세웠다. 트립 에번스가 차에서 내렸다. 두 남자는 악수를 하고 서로의 등을 툭툭 치며 인사를 나눴다. 둘 다 넥타이를 느슨하게 푼 정장 차림이었다. 문득 사흘 전 미국재향군인회관에서 열렸던 라크로스 선수 선발 모임이 까마득한 옛날처럼 느껴졌다.

"어이, 애덤."

"어이, 트립."

"갑자기 들러서 미안해."

"괜찮아. 무슨 일 있어?"

트립은 손도 크고 몸집도 큰 편이라 정장을 입으면 늘 편치 않아 보였다. 어깨가 너무 꽉 끼고 소매는 너무 길어서 줄곧 몸을 움직거렸고, 당장에라도 빌어먹을 정장을 확 찢어버리고 싶어 하는 듯이 보였다. 애덤이 보기에는 남자들 중 상당수가 그랬다. 언제부턴가 정장은 정신이상자들에게 입히는 구속복처럼 남자들을 옥죄어 꼼짝 못 하게 만들었다.

"커린과 잠깐 할 얘기가 있어서 왔어."

애덤은 당황한 기색을 드러내지 않았길 바라며 가만히 서 있었다.

"몇 번 문자를 했는데 대답이 없더라고. 그래서 들른 거야."

"무슨 일인데?"

"큰일은 아니고, 라크로스 위원회 일이야."

트립은 덩치에 어울리지 않게 목소리를 억지로 태연하게 꾸며 냈다.

애덤의 망상일지도 몰랐다. 지난 이틀간 미친 듯이 생각을 거듭한 여파일 수도 있었다. 그런데 두 남자 사이에 묘한 긴장감이 조성되고 있었다.

"어떤 일?"

"어제 저녁에 모임이 있었는데 커린이 안 왔거든. 어지간해선 안 빠지는 사람이라 이상하다고 생각했지. 몇 가지 문제에 대해 회의 때 나온 의견을 커린한테 전할 겸 들른 거야."

트립은 당장이라도 커린이 현관문을 열고 나오길 기대하는 것처럼 집 쪽을 쳐다보았다.

"급한 일은 아니야."

"집에 없어."

"그래, 알았어. 내가 들렀다고 전해줘."

트립은 고개를 돌려 애덤의 눈을 바라보았다. 공기 중에 조성된 긴장감이 더 팽팽해지는 듯했다.

"아무 문제 없는 거지?"

"응, 없어."

"조만간 맥주나 한잔하자."

"그래."

트립은 차 문을 열다가 다시 그를 불렀다.

"애덤?"

"어?"

"솔직히 말하면, 너 좀 불안해 보인다."

"트립."

"왜?"

"나도 솔직히 말하겠는데, 너도 그래 보여."

트립은 웃음으로 넘기려 했다.

"대단한 일로 찾아온 건 아니야."

"그래, 아까도 그렇게 말했잖아. 그런데 네 말 못 믿겠다. 기분 나쁘게 듣지는 마."

"라크로스 위원회 일 때문이라니까. 진짜야. 별일 아니길 바라고는 있는데, 지금은 더 얘기해줄 수가 없어."

"어째서?"

"위원회 보안 사항이라서."

"진심으로 하는 소리야?"

진심인 모양이었다. 트립은 그 주제에 관한 한 입을 꾹 다물고 한 마디도 안 할 것 같은 표정이었다. 만일 트립이 라크로스 위원회 문제에 관한 진실을 얘기해준다고 해도, 그 일이 지금 애덤의 집에 닥친 위기와 무슨 상관이란 말인가?

트립이 차에 타며 말했다.

"나중에 전화 좀 해달라고 전해줘. 저녁 잘 보내, 애덤."

16

애덤은 구셔로스키 시장이 직권을 남용해 부정 이득을 취하는 배부른 정치인의 전형적인 외모를 갖고 있으리라 예상했다. 퉁퉁한 몸, 불그레한 안색, 숙련된 미소, 어쩌면 새끼손가락에 애교로 반지를 끼고 있을지도 모른다. 만나보니 예상에서 크게 벗어나지 않은 모습이었다. 처음부터 부패한 정치인의 표상 같은 외모였는지, 아니면 시장으로 다년간 '근무'하다 보니 그런 외모가 유전자에 새겨졌는지는 알 수 없었다.

캐설튼 마을의 시장으로 일했던 네 명 중 세 명은 미국연방지방검찰청에 기소당했다. 릭 구셔로스키 시장은 그중 두 명의 시장 밑에서 일했고 세 번째 시장이 있을 때는 시의회 소속이었다. 애덤은 외모나 유산으로 사람을 판단하지 않으려 했지만, 뉴저지주의 작은 마을에서 일어난 부패 건이다 보니 다소 예민하게 보고 있는 것도 사실이었다. 이런 마을에서는 어디서 연기가 난다 싶어 가보면 초신성처럼 맹렬한 빛을 뿜어내는 모닥불이 있게 마련이다.

애덤이 도착했을 때는 겨우 몇 명 참석한 시 회의가 막 파하는 참이었다. 참석자의 평균 연령은 80대 중반쯤으로 보였다. 회의가 열린 장소가 최근에 건립된 양로원 겸 노인 전용 시설인 파인 클리프 럭셔리 빌리지인 것을 감안하면 충분히 이해가 됐다.

구셔로스키 시장은 가이 스마일리(미국의 장수 유아교육 프로그램인 〈세서미스트리트〉의 게임 프로 진행자 인형─옮긴이) 같은 미소를 지으며 애덤에게 다가왔다. 볼수록 가이 스마일리를 쏙 빼닮았다.

"만나서 반갑습니다, 애덤!"

시장은 의무적으로 열정을 잔뜩 담아 애덤과 악수를 나누며, 자기 쪽으로 애덤을 살짝 끌어당겼다. 그런 식으로 악수를 하면 상대방이 열등감을 느끼거나 주눅 들 거라 여기는 정치인 특유의 인사법이었다.

"애덤이라고 불러도 되죠?"

"그러십시오, 시장님."

"아, 격식 차려 부를 것 없어요. 편하게 구시라고 부르세요."

구시? 아, 정말이지 그러고 싶지 않았다.

시장은 두 팔을 활짝 벌렸다.

"이곳 어떻습니까? 아름답지 않나요?"

애덤이 보기엔 코트야드매리어트 호텔의 회의실 같았다. 깔끔하고 지루하고 평범한 회의실. 애덤은 대답 대신 애매하게 고개를 끄덕였다.

"같이 걸으면서 얘기합시다, 애덤. 간단히 구경시켜드리죠."

시장은 짙은 녹색 벽을 따라 통로를 걸어갔다.

"멋지죠? 여기는 모든 게 최신식입니다."

"무슨 뜻입니까?"

"예?"

"최신식이라고 하셨는데, 여기가 어떻게 최신식인가요?"

시장은 깊이 생각이라도 하는 것처럼 턱을 쓰다듬었다.

"흐음, 일단은 평면 텔레비전이 설치돼 있습니다."

"미국의 일반 가정집에는 대부분 설치되어 있습니다."

"인터넷도 돼요."

"다시 한 번 말씀드리지만 카페와 도서관, 맥도날드는 말할 것도 없고 대부분의 일반 가정집에서도 인터넷이 됩니다."

구시는—이제 슬슬 그 이름이 애덤의 입에 붙기 시작했다— 또 가이 스마일리 같은 미소를 지으며 애덤의 반격을 슬쩍 비껴나갔다.

"고급 시설을 보여드리죠."

구시는 열쇠로 문을 열고 자랑스럽게 내부를 선보였다. 그 모습이 마치 〈그 가격이 맞아요The Price Is Right〉(미국 CBS 방송국에서 방영하는, 제품의 가격을 맞히는 쇼 프로그램—옮긴이)라는 쇼 프로그램의 모델을 보는 듯했다.

"어떻습니까?"

애덤은 문안으로 발을 들여놓았다.

구시가 재차 물었다.

"어떻게 생각하시죠?"

"코트야드매리어트 호텔 같네요."

구시는 슬쩍 미소 지었다.

"여기 있는 물품들은 완전히 새것이고 최신식……." 구시는 멈칫했다가 덧붙였다. "현대적입니다."

"그런 건 중요하지 않다고 봅니다. 솔직히 여기가 리츠칼튼 호텔처럼 화려하게 꾸며져 있다고 해도 상관없습니다. 제 의뢰인은 지금 사는 집에서 이사하고 싶어 하지 않습니다."

구시는 무척이나 공감한다는 듯 고개를 끄덕거렸다.

"이해합니다. 정말이에요. 우린 누구나 추억을 붙잡고 싶어 하죠. 안 그렇습니까? 그런데 때로는 추억이 발목을 붙잡기도 합니다. 현재가 아닌 과거에 살게 만든다 이거죠."

애덤은 그를 가만히 쳐다보기만 했다.

"지역 사회의 일원으로서 나만 생각할 게 아니라 우리 모두를 생각해야 할 때가 있는 겁니다. 린스키 씨의 집에 가봤습니까, 애덤?"

"가봤습니다."

"쓰레기장이에요. 아, 기분 나쁘게 듣지 마세요. 나도 그런 동네에서 자랐어요. 그런 곳에서 자라 이 자리까지 올라온 사람이니까 이렇게 말할 수 있는 겁니다."

애덤은 그가 자수성가한 사람으로서 자화자찬을 계속 늘어놓길 기다렸으나 기대와는 달리 그런 말은 더 이상 나오지 않았다.

"우리는 마을을 발전시킬 기회를 잡았습니다, 애덤. 도시를 망치는 범죄를 몰아내고 환한 햇빛을 들여와 이용할 수 있는 기회가 왔단 말입니다. 그게 바로 신규 주택 건축 사업이에요. 제대로 된 주민문화회관, 레스토랑, 질 높은 쇼핑몰을 짓고 좋은 일자리도 창출하는 거죠."

"계획서는 읽어봤습니다."

"혁신적이지 않습니까?"

"그런 건 상관없습니다."

"예?"

"저는 린스키 부부의 입장을 대신하는 변호삽니다. 제가 신경 쓰는 건 린스키 부부지, 인테리어 제품을 파는 올드네이비사나 홈디포사의 이윤이 아닙니다."

"그건 아니죠, 애덤. 이 프로젝트가 결실을 맺으면 우리 지역 사회가 혜택을 받는다는 사실을 우리 둘 다 알잖습니까."

"그건 우리 둘 다 알 수 없는 일이라고 생각합니다. 그리고 저는 지역 사회가 아니라 린스키 부부를 위해 일하는 사람입니다."

"우리 솔직해집시다. 여길 둘러보세요. 다들 여기 사는 걸 더 행복해합니다."

"그야 모르는 거죠. 미국 정부는 국민이 어떤 식으로 살아야 행복해진다고 멋대로 결정짓지 않습니다. 열심히 일해 집을 사서 가족을 일구고 살아온 부부가 본인들이 살아온 집에서 쫓겨나 다른 곳에서 살아야 더 행복하다고도 결정짓지 않습니다."

구시의 얼굴에 서서히 미소가 돌아왔다.

"직설적으로 말해도 될까요, 애덤?"

"지금까지 그러신 거 아닙니까?"

"얼마를 원합니까?"

애덤은 두 손 끝을 마주 대고 세우며 최대한 악당 같은 목소리로 대답했다.

"10억 달러요."

"장난하지 말고요. 나도 이리저리 밀고 당기면서 개발업자 쪽에서 요구한 대로 할 수도 있어요. 당신과 거래를 하고 1만 달러

쫌 높여서 보상해주는 식으로요. 바로 본론으로 들어가죠. 추가로 5000달러까지는 내 권한으로 올릴 수 있습니다."

"그럼 저는 거절하겠다고 제 권한으로 말씀드리겠습니다."

"비합리적으로 나오는군요."

애덤은 굳이 대꾸하지 않았다.

"이 토지수용 건에 대해 법원에서 이미 허락했다는 걸 알고 있잖습니까?"

"압니다."

"린스키 씨의 예전 변호사가 항소에서 패하고 물러난 것도 알겠군요."

"예, 압니다."

구시는 미소를 지었다.

"그렇다면 나도 선택의 여지가 없네요."

"저도 한마디 하죠. 마을 시장은 개발업자를 위해 일하는 자리가 아니지 않습니까? 시장님은 주민들을 위해 일하셔야죠. 그러니 린스키 씨의 집을 건드리지 말고 그 주변으로 빙 돌아 스트립몰(번화가에 상점과 식당 들이 일렬로 늘어서 있는 곳—옮긴이)을 지으세요. 계획을 변경하시고요. 그러면 문제 해결입니다."

구시의 얼굴에서 미소가 걷혔다.

"아뇨. 그럴 수는 없습니다."

"기어이 린스키 부부를 내쫓아야겠습니까?"

"법은 내 편입니다. 게다가 당신들이 이런 식으로 나오니." 구시는 틱택 사탕 냄새가 풍길 정도로 가까이 얼굴을 들이대며 속삭였다. "기꺼이 그렇게 해드리죠."

애덤은 고개를 끄덕이며 뒤로 물러섰다.

"예, 잘 알겠습니다."

"합리적으로 생각하겠다는 뜻인가요?"

"합리의 의미가 무엇이냐에 따라 다르겠죠."

애덤은 손을 살짝 흔들고 돌아서며 덧붙였다.

"좋은 밤 보내세요, 구시. 조만간 다시 찾아뵙겠습니다."

17

낯선 자는 이 일이 영 내키지 않았다.

하지만 지금 저 앞에서 비틀비틀 걸어오는 미케일라 시걸은 끔찍한 실수를 저지르기 전에 진실을 알 자격이 있었다. 낯선 자는 애덤 프라이스와 하이디 댄을 차례로 떠올렸다. 낯선 자의 방문을 받고 그 두 사람은 큰 충격을 받았으나, 미케일라 시걸이 받게 될 충격은 아마 훨씬 더 클 것이다.

아닐 수도 있지만.

어쩌면 미케일라는 안도할지도 모른다. 처음엔 충격을 받겠지만 진실을 통해 자유로워질 수 있다. 진실을 전해 듣고 삶의 균형을 되찾은 후, 진즉에 갔어야 할 길로 되돌아갈 수도 있다.

하지만 수류탄의 핀을 뽑을 때까지는 상대가 어떤 반응을 보일지 알 수 없다.

새벽 2시가 가까워진 꽤 늦은 시각이었다. 미케일라 시걸은 시끌벅적한 친구들을 껴안고 작별 인사를 했다. 다들 밤의 유흥을 즐기느라 술에 취한 모습이었다. 낯선 자는 이미 두 번이나 미케일라를 따로 만나려고 시도했으나 실패했다. 이번에는 부디 미케일라가 혼자 승강기로 걸어가길 바랐다. 그래야 바로 일을 시작할 수 있을 테니까.

미케일라 시걸. 26세. 컬럼비아 대학교 의학대학원을 졸업하고 마운트시나이 병원 내과에서 근무하는 레지던트 3년차. 존스 홉킨스 병원에서 인턴 생활을 시작했으나 불미스러운 사건이 있은 후 미케일라와 병원장은 미케일라가 다른 곳에서 근무를 하는 게 최선이라고 결정을 내렸다.

미케일라는 조금씩 휘청대며 승강기 쪽으로 걸어왔다. 낯선 자는 드디어 그녀에게 다가가 말을 걸었다.

"축하드립니다, 미케일라."

미케일라는 비딱한 미소를 지었다. 낯선 자는 미케일라가 상당히 섹시한 여자라는 사실을 이미 알고 있었지만, 그래서 더욱 말을 걸기가 편치 않았다. 그는 동영상에서 본 장면이 떠올라 저도 모르게 얼굴이 달아올랐으나 물러서지 않았다.

"흐음."

"흐음?"

"법원 소환장 같은 거 갖고 왔어요오?"

"아뇨."

"수작 걸려는 거 아니져어? 나 약혼한 몸이에요오."

"그런 거 아닙니다."

"아닐 줄 알았어. 난 모르는 사람이랑 말 섞지 않아요오."

미케일라는 술에 취해 혀 꼬부라진 소리를 냈다.

낯선 자는 여기서 미케일라를 놓치게 될까 봐 바로 폭탄을 투척했다.

"그렇군요. 데이비드 손턴이라는 남자를 아십니까?"

예상대로, 자동차 문을 쾅 닫은 것처럼 미케일라의 얼굴이 단박에 굳어졌다.

"그 사람이 보내서 왔어요?"

혀 꼬부라진 소리도 사라졌다.

"아뇨."

"괴상한 변태나 뭐 그런 거예요?"

"아닙니다."

"그걸 봤다면…….."

"예. 2초 동안 봤습니다. 다 보지도 않았고 화면을 똑바로 쳐다본 것도 아닙니다. 확인차…… 잠깐 본 것뿐입니다."

미케일라는 낯선 자가 지금껏 대면해온 수많은 사람들과 똑같은 딜레마에 봉착해 있었다. 이 미친놈한테서 달아날 것이냐 아니면 그가 하는 얘길 끝까지 들을 것이냐. 대부분은 호기심 때문에 그 자리를 박차고 떠나지 못하지만, 사람마다 어떻게 반응할지는 낯선 자도 알 수 없었다.

미케일라 시걸은 고개를 흔들며 그 딜레마를 소리 내어 말했다.

"내가 왜 당신이랑 계속 얘길 해야 하죠?"

"제가 정직한 얼굴을 가졌다고들 하더군요."

사실이었다. 그가 거의 매번 이 역할을 맡는 이유이기도 했다. 에드와도와 머튼에게도 장점이 있지만, 그들이 직접 접근했다간 대상자는 십중팔구 본능적으로 도망쳐버릴 것이다.

"데이비드에 대해서도 난 그렇게 생각했어요. 정직한 얼굴을 가졌다고."

그녀가 고개를 삐딱하게 기울이며 물었다.

"누구세요?"

"그건 중요하지 않습니다."

"왜 왔어요? 나한텐 다 지난 얘기예요."

"그렇지 않습니다."

"그렇지 않다고요?"

"과거가 아닙니다. 저도 그러길 바랐습니다만."

미케일라는 겁에 질려 속삭였다.

"무슨 소릴 하는 거예요?"

"당신은 데이비드와 헤어졌죠."

"아, 뭐야. 나 이번 주에 마커스랑 결혼해요."

미케일라는 손에 낀 약혼반지를 보여주었다.

"아뇨. 제 말은…… 그런 의미가 아닙니다. 하나씩 찬찬히 설명
해도 되겠습니까?"

"그쪽 얼굴이 정직해 보이든 말든 관심 없어요. 옛날 얘길 끄집
어내서 하기도 싫고요."

"이해합니다."

"다 지난 일이에요."

"그게 그렇지가 않습니다. 아직은요. 제가 찾아온 이유도 그래
섭니다."

미케일라는 그를 빤히 쳐다보았다.

"당신이 데이비드와 헤어지고 나서 그 일이…… 일어났습니
까?"

그는 어떤 말로 표현해야 할지 몰라 두 손을 앞뒤로 흔드는 시

늉을 했다.

미케일라는 허리를 곧게 폈다.

"말로 해도 돼요. 그런 걸 리벤지 포르노(헤어진 애인에게 복수하기 위해 성관계 동영상을 인터넷에 유포하는 행위―옮긴이)라고 해요. 꽤 유행이라더군요."

"제가 물어보려는 건 그게 아니고, 데이비드가 그 동영상을 온라인에 올리기 *전* 두 분의 관계가 어땠는지입니다."

"아시다시피 모든 사람이 그 동영상을 봤어요."

"예."

"내 친구들. 환자들. 선생님들. 병원에 있는 모든 사람들. 부모님까지 다⋯⋯."

낯선 자는 부드럽게 물었다.

"압니다. 당시 데이비드 손턴과 헤어진 상태였습니까?"

"대판 싸웠었죠."

"제가 묻고 싶은 건 그게 아니고요."

"정말이지―"

"그 동영상이 유포되기 전에 두 분이 헤어졌는지 묻는 겁니다."

"그게 지금 왜 중요한데요?"

"대답해주시죠."

미케일라는 어깨를 으쓱했다.

"모르겠어요."

"당신은 데이비드를 사랑했으니 크게 상처를 받았겠죠."

"아뇨. 끔찍한 배신 행위여서 큰 상처를 받았어요. 내가 사귄 남자가 리벤지 포르노 사이트에 우리가 섹스했던 동영상을 올려서, 그래서 상처를 받았다고요…… 상상이 돼요? 그 전에 싸우긴 했죠. 그렇다고 누가 그런 짓을 해요?"

"데이비드는 자기가 올리지 않았다고 하지 않았나요?"

"말은 그렇게 하더군요. 자긴 안 올렸다고. 자기가 한 짓을 인정할 용기도 없는 주제에……."

"데이비드의 말은 사실이었습니다."

주변에 사람들이 있었다. 한 남자가 승강기에 탑승했고, 두 여자가 서둘러 승강기에서 내렸다. 안내 데스크 뒤에는 관리인이 서 있었다. 주변에 사람들이 있었지만, 그들은 오로지 둘만 있는 것처럼 대화를 이어나갔다.

미케일라가 차갑고 공허한 목소리로 물었다.

"무슨 소리예요?"

"데이비드 손턴은 온라인에 그 동영상을 올리지 않았습니다."

"그쪽이 데이비드 친구나 관계자쯤 돼요?"

"데이비드와는 직접 대면한 적도 얘기를 나눠본 적도 없습니다."

미케일라는 숨을 삼켰다.

"혹시 당신이 그 동영상을 올렸어요?"

"아뇨, 아닙니다."

"그럼 어떻게……?"

"IP 주소로 찾았습니다."

"뭐라고요?"

낯선 자는 그녀에게 한 걸음 다가가 설명했다.

"그 사이트는 사용자의 IP 주소를 익명으로 처리한다고 하죠. 그래서 동영상을 누가 올렸는지 아무도 알 수 없고, 고발할 수도 없다고 말입니다."

"그런데 알아냈다고요?"

"예."

"어떻게요?"

"사이트에 익명성을 보장한다고 적혀 있으면 사람들은 그런가 보다 하고 믿지만, 그건 사실이 아닙니다. 인터넷에 존재하는 모든 비밀 사이트 이면에는 기록을 죄다 볼 수 있는 감시자가 있어요. 비밀이나 익명성 따윈 처음부터 없는 겁니다."

정적이 흘렀다.

드디어 원하던 반응에 가까워졌다. 낯선 자는 가만히 기다렸다. 오래 걸리지 않았다. 그녀의 입가가 마구 떨리고 있었다.

"그래서 누구의 IP 주소였나요?"

"이미 아시리라 생각합니다만."

미케일라가 고통으로 얼굴을 일그러뜨리며 눈을 질끈 감았다.

"마커스였나요?"

낯선 자는 긍정도 부정도 하지 않았다. 그럴 필요가 없었다.

"데이비드와 마커스는 가까운 친구 사이였죠?"

"개자식."

"심지어 룸메이트였죠. 자세한 내막은 저도 모릅니다. 제가 아는 건 당신과 데이비드가 싸움을 했고, 마커스가 그걸 기회로 이용했다는 겁니다."

낯선 자는 주머니에 손을 넣어 봉투를 꺼냈다.

"그 증거가 여기 들어 있습니다."

미케일라는 손을 들었다.

"볼 필요 없어요."

낯선 자는 고개를 끄덕이고는 봉투를 치웠다.

"왜 나한테 이런 얘길 해주는 거예요?"

"이게 우리가 하는 일입니다."

미케일라는 그를 똑바로 올려다보았다.

"나흘 후에 결혼식이에요. 이제 와서 어쩌라고요?"

"제가 결정할 일이 아닙니다."

미케일라는 몹시 괴로워하는 목소리였다.

"그래요, 물론 그렇겠죠. 남의 인생을 확 찢어 열어놓기만 하면 그만일 테니까. 다시 닫는 일은 당연히 당신이 결정할 사항이 아니죠."

낯선 자는 입을 다물었다.

"그 얘길 들으면 내가 데이비드한테 돌아갈 줄 알았어요? 진실을 알았으니 그동안 오해한 걸 용서해달라고 데이비드한테 가서 말할까요? 그럼 뭐가 달라지는데요? 데이비드가 나를 품에 안고 우린 그 후에 행복하게 잘 살았다, 뭐 그렇게 될까요? 일이 그런 식으로 풀릴 것 같아요? 당신이 뭐, 우리 사랑을 다시 이어준 영웅 행세라도 하게요?"

그런 생각을 안 해본 건 아니었다. 영웅 행세까지는 아니지만. 그는 잘못을 바로잡고 균형을 회복시켜 미케일라가 원래 갔어야 하는 삶의 길로 돌아가는 식으로 해결되기를 바랐다.

미케일라가 그에게 한 발짝 다가섰다.

"문제는 이거예요, 비밀 폭로자 씨. 데이비드와 사귀고 있으면서도 난 속으로는 마커스를 좋아했어요. 참 웃기죠? 마커스는 애초에 그런 짓을 할 필요도 없었어요. 어차피 나랑 데이비드는 조만간 끝날 사이였으니까. 어쩌면, 잘은 모르겠지만 마커스는 자기가 나한테 한 짓이 있어서 죄책감을 느끼고 있을 거예요. 본인이 저지른 죄가 있으니까. 그래서 그걸 보상하려는 건지 나한테 엄청 잘해줘요."

"그런 이유로 잘해주는 게 말이 됩니까."

"아, 이젠 내 인생에 조언까지 하려고요? 이제 나한테 어떤 선택지가 남았죠? 이대로 내 인생을 끝장내든가 아니면 속내를 드러내지 않고 살든가 둘 중 하나잖아요."

"당신은 아직 젊고 매력적인데……."

"난 마커스를 사랑해요."

"이 얘기를 듣고도 말입니까? 마커스가 그런 짓까지 저지를 수 있는 사람이란 걸 알고도 사랑한다고요?"

"사람들은 사랑이란 명목으로 온갖 짓거리를 다 해요."

미케일라의 목소리는 다시 편안해졌다. 더는 날을 세우지 않았다. 그녀는 돌아서서 승강기 버튼을 누르며 물었다.

"이 얘기를 다른 사람한테 할 건가요?"

"아뇨."

"좋은 밤 보내세요."

"그 사람과 결혼할 겁니까?"

승강기 문이 열렸다. 미케일라는 승강기 안으로 들어가 그를 돌아보았다.

"당신은 비밀을 폭로한 게 아니라, 하나 더 만들었을 뿐이에
요."

18

세더필드 마을 경계선에 다다른 애덤은 길가에 차를 댔다. 휴대전화를 꺼내 다시 커린에게 문자를 보냈다.

걱정돼. 애들도 걱정하고 있어. 제발 집으로 돌아와.

'전송'을 누르고 다시 도로로 나섰다. 어쩌다 세더필드 마을에서 살게 되었는지, 다시 생각을 더듬었다. 단순한 회상일 뿐이지만, 그 회상에 내포된 명확한 진실이 그를 무겁게 짓눌렀다. 삶의 터전을 선택하는 중요한 일을, 그는 주체적으로 했을까? 아니었다. 그와 커린은 여기가 아닌 다른 곳을 선택해 살 수도 있었다. 하지만 다시 생각해보면 굳이 세더필드가 아니어야 할 이유도 없었다. 세더필드는 여러 가지 면에서 아메리칸드림을 이뤄낸 승자들의 전리품 같은 마을이었다. 넓은 마당을 가진 그림 같은 집들이 있고 멋진 중심가에는 다양한 레스토랑과 상점, 영화관이 갖춰져 있으며 최신식 스포츠 시설과 현대적인 도서관, 오리들이 사는 연못까지 있는 마을. 이 분야에서라면 성경에 버금가는 권위를 지닌 잡지《머니》가 작년에 '미국에서 제일 살기 좋은 마을'

27위로 꼽은 마을이기도 했다. 뉴저지주 교육부는 주 내 모든 학군의 사회경제적 환경을 분석해 8등급으로 구분했는데, 세더필드 마을은 최고 등급인 'J'에 속했다. 그렇다. 주 정부는 실제로 각 마을에 이런 식으로 등급을 매겼다. 왜 그래야 하는지에 대해서는 다들 짐작만 할 뿐이었다.

세더필드가 자녀 양육에 좋은 마을이라는 점은 인정해야 했다. 결국 부모가 살아온 삶을 자녀에게 고스란히 물려주려는 것이지만 말이다. 어떤 이들은 그걸 삶의 순환이라 여겼지만, 애덤이 보기엔 샴푸질과 린스질의 무한 반복에 지나지 않았다. 대부분의 이웃과 친구 들—애덤이 좋아하는, 선량하고 안정된 사람들—은 세더필드에서 나고 자라 외지의 대학에 진학해 4년 동안 마을을 떠났다가, 다시 마을로 돌아와 결혼하고 자식들을 낳아 길렀다. 그리고 성장한 자식들은 언젠가 다시 돌아와 결혼하고 아이를 낳겠다는 희망을 품고서 마을을 떠나 4년 동안 외지에서 대학을 다닌다.

잘못된 건 없지 않나?

커린은 세더필드에서 태어나 10년을 살았지만, 그 후에는 운이 따르지 못해 이 잘 다져진 탄탄한 궤도에 맞춰 살지 못했다. 초등학교 4학년이던 열 살 때 커린의 유전자에는 이 마을과 이 마을의 가치가 깊이 각인되었으나 그 무렵 커린의 아버지가 교통사고로 사망하고 말았다. 서른일곱밖에 안 된 젊은 나이였기에 커린의 아버지는 자신의 죽음이라든지 사후의 자산 계획에 대해서 별로 신경을 써두지 않았다. 그로 인해 사후에 가족이 받은 보험금도 형편없이 적어서, 남편이 세상을 떠나자마자 커린의 어머니는 살고 있던 집을 팔고 뉴저지주 동북부의 해컨색이라는, 소득 수준이 좀 떨어지는 도시의 벽돌식 저층 아파트로 커린과 커린의 언니인 로즈를 데리고 이사를 가야 했다.

그 후 몇 달 동안 커린의 어머니는 커린이 세더필드 마을의 친구들을 계속 만날 수 있도록 16킬로미터를 운전해 해컨색과 세더필드를 오갔다. 그러다 학기가 시작되자 예상대로 커린의 친구들은 세더필드 마을의 온갖 스포츠 및 댄스 수업에 참여하느라 점점 바빠졌다. 마을 주민이 아닌 커린은 더 이상 참여할 수 없는 수업이었다. 물리적인 거리가 멀어진 만큼 사회적인 간극도 벌어졌다. 어린 시절 친구들과는 곧 사이가 멀어졌고 그러다가 완전히 끊어졌다.

커린의 언니인 로즈는 학교생활을 엉망으로 하고, 엄마에게 대들고, 기분 전환을 위해 약을 하고, 질 나쁜 남자들과 어울리는 등 몰락한 집안의 자식들이 대부분 걷는 길을 걸었다. 반면에 커린은 마음속 깊은 상처와 분노를 바탕으로 죽기 살기로 노력해 가장 긍정적인 결과를 낳았다. 학교 수업에 집중하고 뭐든 최선을 다했다. 늘 책을 가까이 두고 열심히 공부했으며, 평범한 10대들이 빠져드는 유혹에는 눈길조차 주지 않았다. 언젠가 아버지와 행복하게 살았던 세더필드 마을로 멋지게 돌아가리라 마음속으로 맹세했다. 교외 상류층 마을의 유리창에 얼굴을 바짝 들이대고 20년간 죽어라 노력한 끝에 커린은 결국 그 유리창을 열고, 아니 박살 내고 세더필드 마을로 돌아왔다.

커린과 애덤이 세더필드에 구입한 집은 커린이 어렸을 때 살았던 집과 찝찝할 정도로 비슷했다. 잘 기억나지 않지만, 당시 만약에 그 점이 마음에 걸렸다고 해도 애덤은 기꺼이 커린의 목표를 함께 이뤄주려 했을 것이다. 결혼을 한다는 건 배우자의 희망과 꿈도 함께 받아들이는 것이니까. 커린의 희망과 꿈은 어린 시절 내쫓겼던 곳으로 의기양양하게 돌아가는 것이었다. 20년에 걸친 커린의 여정을 도우며 애덤은 전율을 느꼈다.

하드코어 체육관이라는 이름에 걸맞게 체육관에는 늦게까지 불이 켜 있었다. (이 체육관의 표어인 '하드코어하게 운동하지 않으면 하드코어 체육인이 아니다'에 참 잘 어울렸다.) 애덤은 주차장을 재빨리 살펴 크리스틴 호이의 차가 주차돼 있는 것을 확인했다. 단축 다이얼을 눌러 토머스의 휴대전화로 전화를 걸었다. 다시 한 번 말하지만, 집 전화로 걸어봤자 아들들은 절대 받지 않는다. 세 번째 신호가 가고 나서야 토머스가 전화를 받았다. 평소처럼 다른 데 정신이 팔린 듯 조그마한 목소리였다.

"여보세요?"

"집에 별일 없지?"

"예."

"뭐 하고 있었어?"

"아무것도요."

"아무것도?"

"콜 오브 듀티 게임을 이제 막 시작했어요."

역시.

"숙제는 다 했고?"

애덤은 습관적으로 물었다. 부모 자식 간에 쳇바퀴처럼 되풀이되는 질문이다. 늘 같은 질문에 같은 대답이지만, 늘 의무적으로 하게 되었다.

"거의요."

애덤은 "거의 다 했으면 숙제부터 끝내라"라고 말하지 않았다. 그래 봤자 소용없다. 자식이 알아서 하게 돼야 한다. 조금은 자율적으로.

"동생은?"

"몰라요."

"집에 있기는 하지?"

"아마 그럴걸요."

형제들이란.

"집에 있는지 확인해. 아빠 곧 집에 도착할 거다."

"있겠죠. 그런데 아빠?"

"어?"

"엄마는 어디 있어요?"

"어디 좀 갔어."

"어디요?"

"교사들끼리 무슨 회의를 한다고 했는데. 이따 집에 가서 얘기하자. 알았지?"

토머스는 뜸을 들이다 대답했다.

"예, 알았어요."

애덤은 크리스틴의 아우디 컨버터블 옆에 차를 세워놓고 체육관으로 들어갔다. 안내 데스크 뒤에 앉은 몸집 크고 멍청해 보이는 남자가 애덤을 위아래로 훑어보았다. 용무가 있어 왔다는 걸 알아챈 눈빛이었다. 남자는 크로마뇽인처럼 이마가 툭 불거졌고,

입술에는 경멸 어린 비웃음이 새겨졌으며, 민소매 유니타드(몸통부터 발목 끝까지 덮는 레오타드—옮긴이)를 입었다. 애덤은 남자가 그를 형제라고 부르며 친근하게 굴까 봐 겁날 지경이었다.

"무슨 일로?"

"크리스틴 호이 씨를 만나러 왔습니다."

"멤버세요?"

"예?"

"여기 멤버시냐고요."

"아뇨, 친구입니다. 제 아내가 멤버예요. 커린 프라이스요."

남자는 그거면 충분한 설명이 됐다는 듯이 고개를 끄덕이며 물었다.

"커린은 잘 있죠?"

그 질문에 애덤은 깜짝 놀랐다.

"잘 있지 못할 이유라도 있습니까?"

남자는 어깨를 으쓱했는데, 머리 양옆에 바짝 붙다시피 한 커다란 승모근 때문에 어깨가 제대로 움직인 것 같지도 않았다.

"중요한 주간인데 체육관에 나오지 않았거든요. 다음 주 금요일이 대회인데."

커린은 대회에는 출전하지 않는다. 몸매가 좋은 편이지만 그런 대회에서 입는 노출 심한 옷을 착용하고 남들 앞에서 포즈를 취할 사람이 아니다. 작년에 크리스틴과 함께 전국 대회를 구경 간 적이 있기는 하지만.

남자는 팔에 괜히 힘을 줘가며 체육관 뒤쪽 모퉁이를 가리켰다.

"B방으로 가보세요."

애덤은 유리문을 지나 안으로 들어갔다. 어떤 방은 조용했고, 어떤 방은 음악 소리가 요란했다. 힘에 부친 원초적인 신음과 묵직한 금속 덩어리가 덜거덕대는 소리가 들리는 방도 있었다. 그런 방에는 모든 벽에 거울이 붙어 있었다. 그 방에서는 자기만족을 위해 몸치장을 하고 포즈를 잡는 게 허용될 뿐 아니라, 당연히 그렇게 행동해야 했다. 땀 냄새, 살균제 냄새, 엑스 콜롱 향수 광고를 보면서 상상했던 냄새가 뒤섞여 풍겼다.

B방을 찾아가 가볍게 노크하고 문을 밀어 열었다. 옅은 색깔의 나무 바닥으로 된 요가 교실 같은 방이었다. 평균대도 있고, 벽에는 온통 거울이었다. 태닝을 잔뜩 한 여자가 비키니 차림에 심하게 높은 하이힐을 신고 휘청대며 걸어갔다.

"그만!"

크리스틴이 그 여자에게 소리쳤다.

여자는 멈춰 섰다. 노출 심한 분홍 비키니를 입고 마찬가지로 심하게 높은 하이힐을 신은 크리스틴이 여자를 향해 자신만만하게 걸어갔다. 휘청거림도 어색함도 망설임도 없는, 이 바닥을 지배하는 사람처럼 당당한 걸음걸이였다.

"미소가 약해요. 하이힐을 한 번도 안 신어본 사람처럼 어색하고요."

"평소에 이런 하이힐을 안 신어서 그래요."

"그러니까 연습을 해야죠. 심사위원들은 선수의 모든 면에 점수를 매겨요. 입장하는 모습, 퇴장하는 모습, 걷는 모습, 균형 잡는 모습, 미소, 자신감, 태도, 얼굴 표정까지 다요. 첫인상을 좋게 남길 기회는 한 번뿐이에요. 첫걸음을 어떻게 떼느냐에 모든 게 달려 있어요. 자, 모두 앉으세요."

태닝을 심하게 한 다섯 여자가 바닥에 앉았다. 크리스틴은 그들 앞에 서서 앞뒤로 몸을 조금씩 움직였는데 그럴 때마다 온몸의 근육이 조였다 풀렸다 했다.

"모두들 연습을 게을리하지 마세요. 대회까지 36시간 남았을 때부터는 탄수화물 위주로 식사를 해야 합니다. 그래야 근육이 퍼지지 않고 자연스럽게 부풀어요. 90퍼센트 단백질 보충제도 꼭 섭취하시고요. 식이요법 식단을 준수해야 합니다. 아셨죠?"

다들 고개를 끄덕였다.

"정해진 식단을 성경 말씀처럼 따라야 돼요. 그리고 하루에 수분 5.7리터를 꼭 섭취하세요. 최소량이에요. 대회 날에 가까워지면서 점차 수분 섭취량을 줄여야 하는데, 대회 바로 전날에는 물 몇 모금, 대회 당일에는 한 방울도 안 돼요. 몸에 수분이 덜 빠진 분들을 위해 이뇨제를 준비해둘 테니 참고하세요. 질문 있으신 분?"

한 명이 손을 들었다.

"예?"

"이브닝 드레스 심사 연습은 하나요?"

"하죠. 자, 다들 기억하세요. 사람들은 이 대회를 보디빌딩 대회라고 생각하지만 그렇지만은 않아요. WBFF는 피트니스 대회예요. 각자 연습한 대로 최대한 멋진 포즈를 취해야 합니다. 요즘 심사위원들은 미스 아메리카, 빅토리아시크릿 모델, 패션워크 모델,《머슬맥》잡지 모델을 두루 섞은 것 같은 선수를 뽑고 싶어 해요. 해리엇이 이브닝 드레스 코디를 도와줄 거예요. 아, 그리고 여행 필수품 잊지 말고 챙기세요. 지금부터 말씀드리는 물품은 꼭 챙겨야 돼요. 비키니가 몸에 붙게 해주는 버트글루 접착제, 비키니 상의에 쓸 접착제, E6000 접착제, 가슴 패드, 물집용 밴드, 늘 막판에 신발 끈 때문에 문제가 생기니까 신발용 접착제도 잊지 마세요. 그리고 태너, 태닝 크림 바를 때 쓸 장갑, 손바닥과 발바닥에 바를 태닝 방지 크림, 치아 미백제, 충혈 방지 안약……."

그때 크리스틴은 거울에 비친 애덤을 보았다. 그녀의 표정이 순식간에 바뀌었다. WBFF 전국 대회 준비를 진두지휘하는 감독의 얼굴은 사라지고, 동네 친구이자 커린의 동료 교사의 얼굴로 돌아온 것이다. 우리는 살면서 여러 역할에 맞춰 표정을 참 쉽게 바꾸는구나. 애덤은 생각했다.

크리스틴이 애덤에게 시선을 고정한 채 선수들에게 말했다.

"시작 포즈를 중점적으로 연습하세요. 처음 걸어 나갈 때 앞으로 쭉 갔다가 뒤로 돌아서 퇴장하는 거예요. 좋아요, 해리엇의 지도를 받고 계세요. 곧 돌아올게요."

크리스틴은 곧장 방을 가로질러 애덤에게 걸어왔다. 하이힐을 신어서 키가 애덤과 비슷했다.

"새로운 소식 있어요?"

크리스틴이 물었다.

"아뇨."

크리스틴은 그를 구석으로 데려갔다.

"그럼 무슨 일로 오셨는데요?"

여기는 터무니없게 높은 하이힐을 신고 노출 심한 비키니를 입은 여자와 얘기를 나눠도 어색해할 필요 없는 곳인데 애덤은 영 어색했다. 열여덟 살 때 애덤은 스페인의 코스타델솔 해변에서 2 주간 머문 적이 있었다. 그 해변에서 여자들은 대부분 상반신을 벗고 다녔다. 당시 애덤은 그런 여자들에게 쉽게 추파를 던지지 않을 만큼 스스로가 충분히 성숙했다고 생각했다. 때문에 추파를 던지지는 않았지만 쑥스러운 기분만큼은 어쩔 수 없었다. 지금 여기서도 애덤은 열여덟 살 때처럼 쑥스러웠다.

"쇼를 준비하고 계시나 봅니다."

"쇼라기보다는 전국 대회죠. 좀 이기적인 얘길 해도 될까요? 커린이 정말 곤란할 때 사라졌어요. 제 여행 파트너를 해주기로 했거든요. 지금 이러는 건 정말 좀 그래요. 사소한 문제이긴 하지만, 제가 프로로 전향하고 첫선을 보이는 대회라서요……. 어쨌든 멍청한 소리긴 한데 마음이 좀 그렇다고요. 그냥 기분이 그렇다는 걸 말하고 싶었어요. 물론 크게 보면 정말 커린이 걱정되지만요. 전혀 커린답지 않은 행동이잖아요."

"그렇죠. 그래서 여쭤볼 게 있어 왔습니다."

"말씀하세요."

애덤은 달리 돌려서 말할 방법이 없을 것 같아 솔직히 털어놓기로 했다.

"2년 전 커린의 임신에 관해서입니다."

제대로 정곡을 찌른 듯했다.

크리스틴 호이는 돌연 밀려온 파도에 맞은 것처럼 화들짝 놀란 얼굴이었다. 높은 하이힐을 신은 채 휘청대기까지 했다.

"그게 왜요?"

"놀란 표정이군요."

"뭐가요?"

"커린의 임신을 언급하니까, 마치 유령이라도 본 것 같은 표정이라고요."

크리스틴은 그의 시선을 피해 이리저리 눈을 굴렸다.

"놀라긴 했죠. 커린은 사라졌고, 무슨 이유에서인지 당신은 갑자기 2년 전 일을 들먹이니까요. 아무 연관도 없는데요."

"커린이 임신했던 건 기억하시죠?"

"기억하죠. 왜요?"

"그때 커린이 뭐라고 말했습니까?"

"임신에 대해서요?"

"예."

"기억이 안 나요."

아니, 크리스틴은 기억하고 있다. 애덤은 알 수 있었다. 크리스틴은 지금 거짓말을 하고 있다.

"커린이 저한테 뭐라고 말했든 그게 왜 중요한데요?"

"생각을 해봐주셨으면 합니다. 그때 뭔가 이상하지 않았습니까?"

"아뇨."

"임신에 관련해서 전혀 이상한 점이 없었다고요?"

크리스틴은 두 손을 허리춤에 갖다 댔다. 살짝 땀이 나서인지 브론저(피부에 태닝한 효과를 주는 메이크업 제품—옮긴이) 잔여물 때문인지 피부가 반들거렸다.

"뭘 알고 싶으신데요?"

"그 후 커린이 유산했을 때 말입니다. 그때 커린의 행동은 어땠습니까?"

이상하게도 이 질문 역시 핵심을 찌른 듯했다. 크리스틴은 바로 대답하지 못하고 깊이 고민하는 것처럼 천천히 숨만 쉬었다. 튀어나온 쇄골이 호흡을 따라 오르락내리락했다.

"이상했어요."

"예?"

"너무 절제하는 거 아닌가 생각했죠."

"무슨 뜻인지?"

"그냥, 제 생각이 그랬다고요. 유산을 했는데 너무 아무렇지 않게 넘기는 것 같았어요. 오늘 당신이 학교를 떠나고 나서 처음 생각해봤는데, 커린은 유산을 했는데도 굉장히 안정적으로 보였던 것 같아요."

"무슨 소린지 이해가 잘 안 네요."

"사람이 그런 일을 겪으면 어느 정도 슬퍼할 필요가 있잖아요, 애덤. 감정을 겉으로 표현해야 한다고요. 그러지 않으면 혈류에 독소가 퍼져요."

애덤은 요즘 많이들 떠드는 건강 관련 잡소리를 듣고 싶지 않았지만 미간을 찌푸리지 않고 참았다.

"커린이 고통스러운 감정을 너무 억누르는 게 아닌가 싶었어요. 그렇게 살면 혈류에 독소가 퍼져나갈 뿐 아니라 몸 안에도 압박감이 쌓여요. 그러다 결국은 터지죠. 아까 애덤이 학교를 나가고 나서 문득 그런 생각이 들더라고요. 어쩌면 커린은 아기 잃은 고통을 마음속 깊이 감췄을지도 모른다고. 안으로 깊게 숨기고 벽을 쳤는데, 2년이 지난 지금 그 벽이 갑자기 무너졌을 수도 있겠다고."

애덤은 크리스틴을 가만히 쳐다보며 말했다.

"처음."

"뭐라고요?"

"아까 '처음' 생각해봤다고 했잖습니까. 그 생각을 전혀 해보지 않다가 어느 순간 마음을 바꾼 것 같은데요."

크리스틴은 대답하지 않았다.

"왜죠?"

"커린은 제 친구예요, 애덤."

"압니다."

"당신은 커린이 달아나려는 남편이고요. 만약 당신이 하는 말이 사실이고 커린에게 나쁜 일이 생긴 게 아니라면요."

"정말 날 그렇게 생각해요?"

"모르는 일이잖아요." 크리스틴은 힘겹게 숨을 삼켰다. "우리 사는 데가 어떤 동네인가요? 멋진 이웃들이 있고, 잘 손질된 잔디밭이 있고, 뒷마당 테라스에 멋진 가구를 갖춰놓고 사는 곳이에요. 그런데 그 그럴듯한 포장 안에서 집집마다 어떻게 살아가고 있는지는 아무도 몰라요."

그는 잠자코 서 있었다.

"어쩌면 당신이 커린을 학대했을 수도 있죠."

"아니, 무슨 그런……"

크리스틴은 손을 들어 그의 말을 막았다.

"진짜 그렇다는 게 아니라 예를 들면 말이에요. 모르는 일이니까요."

크리스틴의 눈에 눈물이 고였다. 애덤은 그제야 크리스틴의 남편 행크에 대해 의구심을 품었다. 이 몸매 좋은 여자가 왜 가끔 긴소매나 겉옷을 껴입고 다니는지 그 이유를 알 것도 같았다. 물론 헛다리 짚은 것일 수도 있지만.

크리스틴의 말에도 일리는 있었다. 겉보기엔 친근한 공동체 혹은 긴밀한 이웃이지만, 각 가정은 나름의 비밀을 간직한 섬이다.

"뭔가 알고 있군요."

"그런 거 없어요. 이만 선수들에게 돌아가야겠어요."

크리스틴은 그에게서 돌아섰다. 애덤은 손을 뻗어 크리스틴의 팔이라도 잡고 싶었지만 그만두었다.

"커린은 그때 진짜로 임신하진 않았던 것 같습니다."

애덤의 말에 크리스틴은 우뚝 멈춰 섰다.

"알고 계셨죠?"

크리스틴은 뒤로 돌아선 채로 고개를 저었다.

"커린은 그런 얘길 한 적이 없어요."

"하지만 아셨잖습니까."

크리스틴은 나지막하게 말했다.

"아무것도 몰라요. 그만 나가주세요."

19

라이언은 뒷문에서 애덤을 기다리고 있었다.

"엄마는요?"

"멀리 좀 갔다."

"멀리라니 무슨 뜻이에요?"

"출장 갔어."

"어디로요?"

"교사들 일이야. 곧 집에 돌아오실 거야."

라이언은 전전긍긍하며 칭얼대는 목소리로 말했다.

"제 선수복 찾아야 돼요. 기억하시죠?"

"옷장 서랍 찾아봤니?"

"예!" 칭얼대던 목소리가 고함으로 바뀌었다. "어제도 그렇게 얘기하셨잖아요! 서랍도 찾아봤고 세탁물 통도 찾아봤어요!"

"세탁기와 건조기 안은?"

"거기도 찾아봤어요! 다 찾아봤다고요!"

"알았다. 진정해."

"선수복 없으면 안 돼요! 안 가져가면 조스 코치가 다른 애들보다 몇 세트 더 뛰게 하고 경기에도 못 나가게 한다고요."

"걱정하지 마. 같이 찾아보자."

"아빠는 항상 못 찾아! 우린 엄마가 있어야 돼요! 엄마는 왜 내 문자에 답도 안 해요?"

"연락받기 힘든 곳에 있어서 그래."

"아빠는 왜 이렇게 이해를 못 해요! 왜……"

"그만해, 라이언. 너야말로 이해를 못 하는구나!"

어느새 애덤의 목소리가 집 안에 쩌렁쩌렁 울렸다. 라이언은 입을 다물었지만 애덤은 멈추지 않았다.

"네 엄마랑 내가 네 시중이나 들려고 존재하는 줄 알아? 그렇게 생각해? 지금부터 아빠가 하는 말 똑바로 들어. 네 엄마와 나도 인간이야. 놀랍지? 우리에게도 생활이 있어. 우리도 너처럼 슬픔을 느끼고, 사는 게 걱정되기도 해. 네 시중을 들고 네 분부를 따르려고 여기 사는 게 아니란 말이다. 알겠어?"

라이언의 눈에 눈물이 차올랐다. 발소리가 들려 고개를 돌렸다. 토머스가 계단 위쪽에 서서 믿을 수 없다는 표정으로 애덤을 내려다보고 있었다.

"미안하다, 라이언. 이럴 생각은 아니었는데……."

라이언이 계단을 달려 올라갔다.

"라이언!"

라이언은 토머스 옆을 지나 제 방으로 뛰어 들어갔다. 곧 라이언이 방문을 쾅 닫는 소리가 들렸다. 토머스는 줄곧 계단 위에서 애덤을 내려다보았다.

"내가 화를 못 참았다. 가끔 이러는구나."

토머스는 한참 아무 말이 없다가 입을 열었다.

"아빠?"

"왜?"

"엄마 어디 있어요?"

그는 눈을 감았다.

"말했잖아. 교사들끼리 일이 있어서 어디 좀 갔어."

"그냥 어디 좀 갔다고요?"

"그래. 다른 일도 있고."

"어디 가셨는데요?"

"애틀랜틱시티."

토머스는 고개를 저었다.

"아니잖아요."

"무슨 뜻이냐?"

"엄마가 어디 있는지 알아요. 애틀랜틱시티 근처는 아니에요."

20

"이리 들어와."

애덤이 말했다.

토머스는 잠시 망설이다가 계단을 내려와 주방으로 들어왔다. 라이언은 여전히 문을 닫고 제 방에 틀어박혀 있었다. 차라리 잘 됐다. 다들 열을 식힐 시간이 필요했다. 하지만 방금 전에 토머스가 한 말에 대한 설명만은 당장 들어야 했다.

"네 엄마가 어디 있는지 안다고?"

"어느 정도는요."

"어느 정도라니? 무슨 뜻이냐, 그게? 엄마가 너한테 전화했어?"

"아뇨."

"문자라든지 이메일을 보냈어?"

"아뇨. 그런 건 아니에요."

"애틀랜틱시티 근처에 없다면서."

토머스는 고개를 끄덕였다.

"어떻게 알아?"

토머스는 고개를 숙였다. 애덤은 가끔 토머스가 움직이는 모습이나 어떤 몸짓을 하는 걸 보면서 또 다른 자신을 보는 듯한 느낌을 받곤 했다. 토머스는 그의 친자가 분명하다. 너무나 닮은 구석이 많은 아들이다. 라이언에 대해서는 의심을 품고 있나? 전에는 생각해본 적 없지만, 가만히 돌이켜보면 심장 속 어두운 구석 어딘가에 그런 의심을 품었던 것도 같다. 남자라면 누구나 소리 내어 말하지 않아도, 자식에 대해 그런 불안감을 품게 마련이다. 그 불안감은 어두운 잠재의식 속에 잠들어 있기에 의식까지 올라오는 일은 드물다. 그런데 낯선 자가 잠재의식 속 의심과 두려움을 쿡 찔러 의식 위로 끌어올렸다.

그래서 멍청하게도 자제를 못 했던 걸까?

그는 라이언에게 벌컥 화를 냈다. 지금 같은 상황에서 라이언이 선수복을 찾아내라고 떼를 썼으니 화가 날 만도 했지만.

하지만 정말 그게 전부일까?

"토머스?"

"엄마가 알면 화낼 거예요."

"엄마한테 말 안 하마."

"엄마한테 절대로 사용 안 하겠다고 약속했거든요. 전에는 제가 문자를 보내면 엄마가 늘 답문을 해줬어요. 이렇게 답문을 안 보내신 적이 없어요. 그래서, 걱정이 돼서 하면 안 되는 짓을 했어요."

애덤은 다급함이 목소리에 묻어 나오지 않도록 조심했다.

"괜찮아. 어떻게 된 건지 얘기해봐."

토머스는 길게 한숨을 쉬면서 생각을 가다듬었다.

"아까 아빠가 나가시기 전에 엄마 어디 있냐고 제가 물었잖아요?"

"그래."

"그런데 좀, 아빠 대답이…… 이상하게 들렸어요. 아빠는 엄마가 어디 있는지 얘기를 안 해주고, 엄마는 제 문자에 답도 안 하고 해서……."

토머스가 고개를 들었다.

"아빠?"

"왜?"

"아까 엄마가 교사 회의에 참석하느라 어디 가 있다고 하셨는데, 그 말은 사실이에요?"

애덤은 잠시 생각해보다가 대답했다.

"아니."

"그럼 엄마가 지금 어디 있는지 아세요?"

"몰라. 우리가 좀 싸웠다."

토머스는 지나치게 엄숙한 표정으로 고개를 끄덕였다.

"엄마는 그럼 아빠 때문에 집을 나간 거예요?"

"그건 모르겠다, 토머스. 알아보는 중이야."

토머스는 고개를 몇 번 더 끄덕거렸다.

"어쩌면 엄마는 제가 아빠한테 엄마 위치를 알려주는 걸 원치 않으실 수도 있겠네요."

애덤은 의자 등받이에 기대어 턱을 문질렀다.

"그럴 수도 있겠지."

토머스는 식탁 위에 두 손을 올려놓았다. 토머스의 손목에는 실리콘 팔찌가 끼워져 있었다. 사람들이 자기네 주장을 담은 글귀를 넣어서 나눠주는 류의 팔찌였다. 토머스의 팔찌에 적힌 글귀는 '세더필드 라크로스'가 전부였다. 토머스는 손목에 낀 팔찌를 다른 손으로 당겼다가 놓았다가를 되풀이했다.

"문제는 지금 무슨 일이 일어났는지 모른다는 거야. 만약에 엄마가 너한테 전화해서 아빠한테 엄마가 어디 있는지 말하지 마라, 뭐 이랬다고 하면 나도 네 엄마 뜻을 존중할 수 있어. 그런데 그게 아닌 것 같다. 엄마는 너한테도 라이언한테도 그렇게 말하지 않았잖아."

"맞아요."

토머스는 손목에 찬 팔찌만 내려다보았다.

"그래."

"그런데 엄마는 여기에 절대 로그인하지 말라면서 저한테 약속까지 하게 했어요."

"어디에 로그인을 하지 말라고?"

"이 앱요."

"토머스?"

토머스가 고개를 들었다.

"네가 무슨 소릴 하는지 못 알아듣겠다."

"그게, 합의를 했어요. 엄마랑 제가요."

"무슨 합의?"

"이 앱을 저를 감시하는 용도가 아니라 비상시에만 사용하기로요. 저는 한 번도 사용 안 했어요."

"비상시라는 게 어떤 의미냐?"

"제가 실종됐다든지 엄마가 저랑 연락이 안 될 때요."

애덤은 또다시 머릿속이 아찔해졌다. 그는 애써 중심을 잡고 입을 열었다.

"그 앱에 대해 설명 좀 해봐."

"휴대전화 위치 찾기 앱이에요. 휴대전화를 잃어버리거나 도둑맞았을 때 이 앱을 쓰면 위치를 파악할 수 있어요."

"그래."

"휴대전화의 위치가 지도에 뜨는 거예요. 원래 어떤 전화든 이런 앱이 기본으로 설치돼 있는데 제 건 업그레이드판이에요. 그러니까, 우리한테 무슨 일이 생겼거나 엄마가 저나 라이언한테 연락해도 연결이 안 될 때, 엄마는 이 앱을 통해서 우리가 정확히 어디 있는지 알 수 있어요."

"휴대전화 위치로?"

"예."

애덤이 손을 뻗었다.

"어디 좀 보자."

토머스는 주저했다.

"제가 원래 이걸 사용하면 안 되거든요."

"그런데 사용했다며?"

토머스는 고개를 숙이고 끄덕였다.

"로그인해서 네 엄마 휴대전화가 어디 있는지 확인했니?"

토머스는 또 고개를 끄덕였다.

애덤은 아들의 어깨에 손을 얹었다.

"아빠 화 안 났어. 그러니까 그 앱 좀 보여줄래?"

토머스는 휴대전화를 꺼내 손가락으로 화면을 죽죽 긋고 나서 애덤에게 건넸다. 화면에 세더필드 지도가 떠 있었다. 같은 장소에서 점 세 개가 깜박거렸다. 파란색, 초록색, 빨간색 점들.

"그럼 이 점들이……."

"우리 위치를 나타내는 거예요."

"우리?"

"예. 아빠랑 저, 라이언요."

애덤의 머릿속에서 맥박이 고동치기 시작했다. 그는 멍하니 물었다.

"내 위치도 표시된다고?"

"예."

"내 위치를 나타내는 점이라고?"

"맞아요. 아빠 거는 초록색이에요."

입안이 바짝 말랐다.

"그렇다는 건, 네 엄마가 언제든지 내 위치를……."

그는 말문이 막혔다. 이대로 어물쩍 넘길 일이 아니었다.

"이 앱이 언제부터 우리 휴대전화에 깔려 있었지?"

"잘 모르겠어요. 3년인가 4년쯤 됐을걸요."

애덤은 가만히 앉아 생각해보았다. 천천히 실감이 났다. 3년 내지 4년. 3년 내지 4년 동안 커린은 이 앱에 로그인해서 아들들의 위치를, 무엇보다 남편의 위치를 언제든 확인해왔던 것이다.

"아빠?"

그동안 애덤은 군중을 노예화할 뿐 아니라 사람들로 하여금 서로에게서 멀어지게 만들고 기기 자체에만 관심을 쏟게 만드는 첨단 기술들을 멀리하며 살아왔다고 자부했다. 그런 만큼 애덤의 휴대전화에는 그가 알기로 게임, 트위터, 페이스북, 스포츠 경기 득점, 일기예보 따위의 쓸데없는 앱은 깔려 있지 않았다. 처음부터 깔려 있던 이메일, 문자, 전화 같은 기본 앱뿐이었다. 다만 길 막힐 때 쓰려고 최적의 운전 경로를 알려주는 GPS(위성 위치 확인 시스템) 앱을 라이언에게 부탁해 깔아놓기는 했다.

그때 이 앱을 깐 모양이다.

"네 엄마 휴대전화 위치는 왜 안 보여?"

"지도를 축소해야 보여요."

"어떻게?"

토머스는 휴대전화를 도로 받아서 화면에 손가락 두 개를 대고 움직여 다시 애덤에게 넘겼다. 지도에는 뉴저지주 전체와 서쪽 펜실베이니아주까지 담겨 있었다. 화면 왼쪽에 오렌지색 점이 하나 떠 있었다. 애덤은 그 점을 치고 화면을 확대했다.

피츠버그?

예전에 고객을 감옥에서 빼내려고 펜실베이니아주 피츠버그 시까지 운전해 간 적이 있었다. 그때 여섯 시간 넘게 걸린 것으로 기억한다.

"왜 이 점은 깜박거리지 않지?"

"활성화돼 있지 않아서 그래요."

"그건 또 무슨 뜻이냐?"

토머스는 아버지에게 기술적인 면을 설명할 때면 늘 그러듯 한숨을 푹 쉬려다 말고 설명했다.

"몇 시간 전에 앱을 확인했을 땐 엄마가 이동 중이었는데요, 한 시간 전에 다시 봤을 때는 이 위치였어요."

"네 엄마가 여기서 멈춘 거야?"

"그건 아닐 거예요. 여길 클릭해보면…….."

토머스가 손을 뻗어 화면에 손을 대자 '커린'이라고 표시된 휴대전화 이미지가 떴다.

"오른쪽에 엄마의 휴대전화 배터리 잔여량이 떠요. 보이시죠? 아까 확인했을 때 엄마 휴대전화의 배터리 잔여량은 4퍼센트였고 점이 깜박깜박했어요. 지금은 휴대전화가 꺼져서 오렌지색 점이 깜박이지 않는 거예요."

"이 점이 있는 위치에 네 엄마가 아직 있을까?"

"그건 모르죠. 배터리가 다 되기 전에 엄마가 있던 위치를 나타낼 뿐이거든요."

"그럼 네 엄마가 어디로 갔는지 더는 알 수가 없어?"

토머스는 고개를 저었다.

"엄마가 휴대전화를 충전하기 전까지는요. 지금은 문자를 보내거나 전화를 해도 소용없어요."

"휴대전화 전원이 나갔으니까."

"예."

애덤은 고개를 끄덕였다.

"계속 보고 있으면 휴대전화 배터리가 다시 채워졌을 때 알 수 있니?"

"예."

피츠버그. 커린은 도대체 왜 피츠버그까지 갔을까? 그가 알기로 커린은 그곳에 아는 사람도 없고 가본 적도 없다. 커린은 피츠버그에 대한 얘길 한 적도, 그리로 이사한 친구나 친척이 있다고 말한 적도 없었다.

애덤은 오렌지색 점을 확대했다. '사우스브래독가'라는 주소가 적혀 있었다. 버튼을 클릭해 위성사진을 보았다. 커린은 스트립몰 안이나 그 근처에 있었던 모양이다. 사진 속에는 슈퍼마켓, 1달러숍, 풋락커, 게임스톱 매장 들이 늘어서 있었다. 커린은 그 매장 중 어떤 곳에 들어가 무언가를 사 먹거나 필요한 물건을 샀을 것이다.

어쩌면 그 낯선 자를 만나고 있을지도 모른다.

"토머스?"

"예?"

"내 휴대전화에도 이 앱 깔려 있지?"

"당연히 깔려 있죠. 누가 아빠의 위치를 앱으로 볼 수 있으면, 아빠도 그 사람의 위치를 볼 수가 있어요."

"그 앱 좀 찾아봐줄래?"

애덤은 토머스에게 그의 휴대전화를 넘겼다. 토머스는 눈을 가늘게 뜨고 화면을 손가락으로 이리저리 움직이다가 말했다.

"찾았어요."

"어떻게 난 한 번도 못 봤지?"

"마지막 화면에 아빠가 잘 안 쓰시는 다른 앱들이랑 같이 있어서일 거예요."

"그럼 지금 로그인을 하면 네 엄마의 휴대전화 위치가 보인다는 거지?"

"아까 말씀드린 것처럼 지금 엄마의 휴대전화는 배터리가 다 된 상태예요."

"다시 충전하면?"

"그럼 볼 수 있겠죠. 비밀번호만 넣으시면 돼요."

"뭔데?"

토머스는 망설였다.

"토머스?"

"'LoveMyFamily(내 가족을 사랑해)'요. 한 단어로 넣으셔야
돼요. L하고 M, F는 대문자로 넣으시고요."

21

'그래, 내 실력을 보니 어때. 끝내주지?'

밥 베임—애덤이 '개스톤'이라 부르는 남자—은 다시 한 번 빠르게 방향을 전환해 훌쩍 뛰어올라 골대에 공을 넣었다. 좋았어, 오늘 저녁 이 구역은 이 밥 형님이 접수한다. 오늘 완전 탄력 받았다. 실력에 불붙었다고.

밥은 지금 베스 루터교 교회 체육관에서 사람들과 즉석 농구 경기를 하고 있다. 마을 아버지들은 번갈아가며 이곳에 모여 일주일에 두 번씩 저녁마다 이렇게 농구를 한다. 선수들의 실력은 다양했다. 어떤 선수들은 실력이 아주 뛰어나고—듀크대 재학 시절에 최고의 대학 선수만이 오르는 올아메리칸에 선정되고 NBA의 보스턴셀틱스 팀에 1차로 선발되었으나 무릎 부상으로 선수 생활을 접은 사람도 한 명 있다—어떤 선수들은 저래 가지고 어떻게 걸어 다니나 싶을 정도로 실력이 개판이었다.

오늘은 밥 베임, 잘난 밥 베임이 팀을 이끄는 주력 선수로서 계속해서 점수를 내고 있다. 그는 오늘 농구 기계였다. 골대 밑에서 혼자 리바운드를 계속 잡아냈다. 122킬로그램에 달하는 육중한 몸으로 상대팀 선수들을 강력하게 밀쳐냈다. 왕년의 올아메리칸인 농구 슈퍼스타까지도 그의 기세에 밀렸다. 올아메리칸이 쏘아보자 밥 베임도 지지 않고 마주 쏘아보았다.

올아메리칸은 고개를 절레절레 흔들며 코트 끝으로 달려갔다.

'그래, 멍청아. 엉덩이 걷어차이고 싶지 않으면 그렇게 계속 뛰어.'

여러분, 밥 베임이 돌아왔습니다. 평소에는 빌어먹을 무릎 보호대를 찬 올아메리칸이 늘 밥을 짓밟았지만, 오늘은 아니다. 오늘은 어림도 없다. 밥은 굳건히 버티며 점수를 냈다. 아, 아버지가 봤으면 얼마나 자랑스러워하셨을까. 아버지는 밥이 어렸을 때 늘 그를 바비가 아니라 베티라고 불렀다. 쓸모없고 약한 놈, 계집애, 게이, 여자나 다름없는 녀석이라고 무시했다. 거칠고 막돼먹은 성격인 아버지는 세더필드 고등학교에서 30년 동안 육상팀 감독으로 일했다. 사전에서 '구닥다리'라는 단어를 찾으면 로버트 베임 시니어—아버지—의 사진이 나올 것이다. 그런 아버지 밑에서 태어나 자란다는 건 쉬운 일이 아니었지만, 결국 힘들게 얻어낸 아버지의 사랑은 그만큼 가치가 있었다.

안타까웠다. 외아들이 이 마을에서 이렇게 대단한 남자가 되었다는 걸 아버지에게 보여드리지 못해 한스러웠다. 예전에 밥은 선생들과 블루칼라 노동자들이 살아남으려고 안간힘을 쓰는 추레한 구역에서 살았지만 지금은 아니다. 그는 화려한 '교외 클럽' 구역에 속하는, 이중 경사 지붕을 얹은 큰 저택을 사들였다. 밥과 멜라니는 메르세데스를 한 대씩 몰았다. 사람들은 베임 부부를 우러러보았다. 밥은 회원제로 운영되는 세더필드 골프 클럽에 초대를 받아 회원이 되었다. 예전에 아버지가 손님 자격으로 딱 한 번 가봤을 뿐인 골프 클럽이었다. 밥의 세 아이들은 모두 훌륭한 운동선수로 자라고 있었다. 다만 피트가 요즘 라크로스 팀에서 힘든 시기를 보내고 있기는 하다. 이대로라면 토머스 프라이스에게 밀려 장학금을 받을 기회를 잃을 수도 있지만, 그래도 아직까지는 괜찮은 편이다.

이제 다시 시작이다.

아버지가 지금 이 장면을 보지 못하는 게 안타까웠다. 아들이 실직한 모습을 보셨어야 하는데. 보셨다면 아들이 어떤 남자인지 확실히 알았을 것이다. 밥은 생존자이며 승리자이고 역경에 처해도 불굴의 의지로 이겨내는 남자다. 이제 밥은 인생의 수난기를 마치고 다시 잘난 밥, 훌륭한 가장으로 돌아갈 것이다. 멜라니도 똑똑히 보게 될 것이다. 멜라니는 예전에 치어리더 팀장이었다. 그때는 그를 숭배하듯 우러러보더니, 그가 일이 잘 안 풀리고부터는 바가지를 긁어댔다. 그동안 뭘 믿고 사람들한테 펑펑 인심을 썼느냐, 으스대느라 돈을 다 써버리고 저축을 안 했으니 실직하고 나서 이 모양 이 꼴이 아니냐고 잔소리를 해댔다. 독수리들은 그가 죽기를 바라며 공중에서 맴을 돌았다. 은행은 그의 집을 빼앗으려 들었다. 대금 미납 차량 회수업자는 베임 부부의 메르세데스 S 쿠페를 가져가겠다며 약을 올렸다.

자, 이제 누가 최후의 승리를 거머쥘까?

지미 호크의 부친이자 뉴욕에서 잘 나가는 헤드헌터인 짐 호크 덕분에 밥은 오늘 구직 면접을 봤다. 면접 분위기로 봐서는 이미 채용된 거나 마찬가지였다. 텅 빈 탄산음료 캔을 꽉 밟듯 단박에 면접 분위기를 휘어잡았다. 면접관을 손바닥 위에 올려놓고 갖고 놀다시피 했다. 아직 채용을 확정 짓는 전화는 오지 않았지만, 그래서 여전히 농구 코트 사이드라인 쪽에 놓아둔 휴대전화를 계속 주시하고 있지만, 어차피 채용으로 결정 날 것이다. 그는 그 자리를 차지한 후 더 나은 조건을 받아내고, 그렇게 다시 공식적으로 제 위치에 복귀할 계획이다. 멜라니에게 면접에 대해 얘기하면 어떤 반응을 보일까? 다시 그에게 착 달라붙어서 그가 좋아하는 조그만 분홍색 속옷을 입고 애교를 떨어대겠지.

공을 잡은 밥은 코트를 가로질러 골대로 돌진해 결승골을 넣었다.

그렇다. 원래 자리로 복귀해 전보다 더 잘살 것이다. 요전 날 저녁 건방진 애덤 프라이스가 라크로스 팀에 왜 지미 호크를 넣느냐며 따지고 들었을 때, 이렇게 의기양양한 기분으로 상대했으면 좋았을 것을. 솔직히 그때 잭과 로건과 지미는 실력이 죄다 모자랐다. 아무리 기를 써봤자 팀 내에서 심부름꾼밖에 될 수 없는 녀석들이었다. 좋은 선수들을 쳐다보느라 바쁜 평가자들이 대충 보고 매긴 점수에 불과한 데다, 점수표상으로도 0.1점 차이밖에 안 나는데 누가 신경이나 쓸까? 애덤이 뭐라고 떠들어도, 별로 중요하지도 않은 그깟 일로 구직 면접 기회를 날릴 생각은 전혀 없었다. 지미 호크를 팀에 넣어도 밥 베임과 짐 호크가 당장 얻을 이득은 없었다. 하지만 인생은 그렇게 아쉬울 때 서로 등을 긁어주면서 돕고 사는 것이다. 스포츠는 인생의 교훈을 배우는 장이니, 애들도 지금부터 잘 보고 배우며 사는 게 낫다.

밥의 팀이 새로 한 게임 시작하려는데 휴대전화가 울렸다.

밥은 얼른 휴대전화를 집어 들었다. 발신번호를 확인하는데 손이 떨렸다.

골드먼.

기다리던 전화였다.

"밥, 준비됐어?"

"먼저 시작해, 친구들. 전화 받아야 해서."

밥은 오가는 사람이 없는 복도로 나갔다. 목을 가다듬고 미소를 지었다. 전화를 받기 전에 실제로 미소 지으면 전화기 너머로도 그 자신감이 전해지게 마련이다.

"여보세요?"

"베임 씨?"

"예, 그렇습니다."

"골드먼사의 제리 캐츠입니다."

"아, 예, 제리. 전화 주셔서 감사합니다."

"좋지 않은 소식을 전해드리게 됐습니다, 베임 씨."

밥의 심장이 곤두박질쳤다. 제리 캐츠는 이쪽 시장이 무척 경쟁이 치열하다는 둥 그와 대화를 나눠서 즐거웠다는 둥 떠들었으나 그 말은 안개처럼 흐릿해져서 밥의 귀에 제대로 들어가지 않았다. 그런데도 깡마른 멍청이 제리는 계속 혼자 지껄여댔다. 밥의 가슴속에 시커먼 어둠이 스며들고 어떤 기억이 떠올랐다. 지미 호크를 선발한 일을 놓고 애덤이 공개적으로 이의를 제기했던 그날 저녁, 밥은 여러 가지 이유로 놀랐다. 첫째, 애덤은 원정팀 보조 코치도 아니면서 밥이 어떤 선수를 뽑든 말든 왜 쌍심지를 켜고 나섰을까? 애덤과 커린의 아이는 이미 팀에 들어갔다. 그런데 왜 지미 호크가 선수로 뽑히는 것에 관여했을까?

생각해보니 더 놀라운 일이 있었다. 애덤은 미국재향군인회관 바에서 불과 몇 분 전에 몹시 충격적인 소식을 들었을 텐데 어떻게 그렇게 빨리 정신을 차리고 회의에 참석해 할 말을 다 할 수 있었을까?

제리는 여전히 떠들었고 밥은 여전히 미소 지었다. 미소를 짓고 또 지었다. 멍청이처럼. 그러다 마침내 말했다.

"예, 직접 전화해 알려주셔서 감사합니다."

자신감 충만한 멍청이처럼 들리고도 남았을 것이다.

밥은 전화를 끊었다.

농구 코트에서 사람들이 그를 불렀다.

"밥, 이제 뛸 준비 됐어?"

"어서 들어와. 자네가 필요해."

어쩌면 그날 저녁 애덤의 기분도 이러했으리란 생각이 들었다. 밥도 이대로 농구 코트로 돌아가면 아마 농구에 대고 화풀이를 할 것이다. 애덤이 지미 호크 건을 물고 늘어진 것도 화풀이할 데가 필요해서였을 것이다.

애덤이 아내에 대한 모든 사실을 알게 되면 과연 어떤 반응을 보일까? 지금 알고 있는 배신 외에 사실의 전모를 알게 된다면.

밥은 가볍게 뛰어 농구 코트로 돌아가면서 생각했다. 애덤은 곧 모든 걸 알게 될 것이다.

22

새벽 2시쯤, 애덤의 머릿속에 문득 무언가가 떠올랐다. 아니, 더 정확히 말하자면 누군가가 떠올랐다.

뉴욕주 나이액시에 사는 수잰 호프.

커린이 가짜 임신 용품 사이트에 접속하게 만든 여자. 그 사이트가 이 사태의 발단이다. 커린은 수잰을 만났다. 수잰은 가짜로 임신한 척을 했다. 커린은, 무슨 이유에서인지 수잰과 똑같은 짓을 하기로 결정했다. 아니, 결정했던 것 같다. 그리고 낯선 자가 나타났다.

애덤은 휴대전화의 인터넷 창을 열고 검색 사이트의 검색란에 '뉴욕주 나이액시 수잰 호프'를 쳐 넣었다. 결과물은 나오지 않을 거라고 생각했다. 가짜로 임신부 행세를 하고 다닌 여자니 본인 이름이며 거주지도 가짜였을 테니까. 그런데 즉각 검색 결과가 떴다.

전화번호부 사이트 목록에 뉴욕주 나이액시에 거주하는, 나이 30~35세의 수잰 호프가 나와 있었다. 주소도 함께였다. 애덤은 종이에 적으려다가 라이언이 몇 주 전에 가르쳐준 방법을 떠올렸다. 휴대전화에 붙은 버튼 두 개를 동시에 눌러 화면을 캡처하는 방법이었다. 그는 그 방법으로 화면을 캡처하고 사진 앱으로 이미지를 확인했다. 또렷하게 잘 찍혔다.

그는 휴대전화를 내려놓고 억지로 잠을 청했다.

사람들로 북적이는 린스키 노인의 집 거실은 파인솔 세정제와 고양이 오줌 냄새를 풍겼다. 거실이 워낙 좁아서 모인 사람이 열 명에 불과한데도 꽉 찼다. 열 명 정도면 애덤이 필요로 하는 숫자는 되었다. 애덤은 뉴저지주 지역 신문《더 스타 레저》에서 원래 스포츠 기사를 담당하던 대머리 기자를 알아보았다. 버건 지역의 《더 레코드》에서 온, 애덤이 좋게 보는 여성 기자도 있었다. 애덤의 탁월한 법무사 앤디 그리블의 보고에 따르면 뉴저지주 지역 신문《애즈베리 파크 프레스》와《뉴저지 헤럴드》기자들도 왔다고 했다. 주요 언론 매체에서는 아직 관심을 보이지 않지만 '뉴스 12 뉴저지'라는 케이블 뉴스 방송국에서 카메라팀을 보내왔다.

이 정도면 충분했다.

애덤이 린스키에게 몸을 기울이며 물었다.

"잘하실 수 있겠어요?"

린스키는 한쪽 눈썹을 위로 올렸다.

"장난하나? 신난 티를 내지 않으려고 애쓰는 중이야."

비닐을 덮어놓은 소파에 기자 세 명이 바짝 붙어 앉아 있었다. 다른 기자 한 명은 벽에 붙여놓은 직립형 피아노에 기대섰다. 맞은편 벽에는 새집 모양 뻐꾸기시계가 걸려 있다. 선반 위에 놓인 험멜 인형들 말고도 작은 탁자 위에는 더 많은 험멜 인형들이 옹기종기 모여 있었다. 한때 털이 북슬북슬했을 카펫은 그동안 하도 많이 밟혀서 인조잔디처럼 뭉그러졌다.

애덤은 마지막으로 한 번 더 휴대전화를 확인했다. 휴대전화 위치 찾기 앱에 표시된 커린의 위치는 그대로였다. 커린이 휴대전화를 충전하지 않았거나 아니면……. 다른 가능성은 생각하고 싶지도 않았다. 기자들은 기대와 회의가 동시에 담긴 눈빛으로 애덤을 쳐다보았다. '당신이 갖고 있는 게 뭔지 어디 봅시다'라는 눈빛 절반, '이건 시간 낭비야'라는 눈빛 절반. 애덤은 앞으로 한 걸음 나섰다. 린스키는 제자리에 서 있었다. 애덤은 서론을 생략하고 바로 본론으로 들어갔다.

"마이클 J. 린스키 씨는 가장 치열했던 베트남 전장에서 조국을 위해 복무하고 1970년에 집으로 돌아왔습니다. 바로 이곳, 사랑하는 고향으로 돌아와 고등학교 시절 사귀었던 유니스 셰이퍼 씨와 결혼했죠. 그리고 제대군인원호법을 통해 지원받은 돈으로 집을 한 채 샀습니다."

애덤은 뜸을 들이다가 덧붙였다.

"바로 이 집입니다."

기자들이 수첩에 받아 적었다.

"마이클과 유니스는 이 집에서 세 아들을 낳아 길렀습니다. 마이클은 이 지역 경찰서에서 신입 순찰경관으로 일을 시작했고 진급을 거듭한 끝에 경찰서장 자리까지 올랐습니다. 부부는 수년간 이 지역 공동체의 주요 구성원으로서 지역 쉼터와 마을 도서관, 비디 농구(정규 경기에 비해 작은 공과 약 2.4미터 높이의 골대로 하는 아이들을 위한 농구―옮긴이) 프로그램, 7월 4일 독립기념일 행사에서 자원봉사 활동을 했습니다. 지난 50년 동안 이 마을의 수많은 사람들과 교감하며 살았고 열심히 일했죠. 일을 마치고 퇴근한 마이클은 이 집으로 돌아와 휴식을 취했습니다. 지하실 보일러도 직접 고쳤습니다. 자식들은 장성해 학교를 졸업하고 외지로 떠났습니다. 마이클은 계속 열심히 일했고 마침내 30년 만에 주택담보대출금을 모두 갚았습니다. 드디어 이 집을 제대로 소유하게 된 것입니다. 지금 우리 모두 들어와 있는 이 집 말입니다."

애덤은 뒤를 흘끗 돌아보았다. 신호라도 받은 것처럼—물론 돌아본 게 신호였지만—린스키는 아내의 사진이 담긴 낡은 액자를 앞으로 든 채, 어깨를 구부정하게 하고 풀 죽은 표정을 지었다.

"그런데 유니스 린스키 씨가 병이 나고 말았습니다. 여기서 그 병에 대해 자세히 언급하는 것은 사생활 침해가 되므로 생략하겠습니다. 다만 린스키 부인이 이 집을 너무나 사랑하고 있다는 점을 알아주셨으면 합니다. 이 집은 린스키 부인의 마음을 편안하게 해줍니다. 린스키 부인은 낯선 장소에 가면 두려움을 느끼지만 사랑하는 남편과 함께 마이크 주니어, 대니, 빌을 길러낸 이 집에서는 마음을 놓습니다. 그런데 이 부부가 평생 온몸을 바쳐 열심히 일해 마련한 이 집을 정부가 빼앗으려 하고 있습니다. 린스키 부인에게서 이 집을 빼앗으려 합니다."

기자들의 손놀림이 멈췄다. 애덤은 그 순간에 좀 더 무게가 실리도록 뜸을 들이며 뒤로 돌아 물병을 들고 목을 축였다. 그리고 다시 입을 열었을 때 분노가 끓어오르면서 목소리가 격앙되고 갈라지기 시작했다.

"정부는 린스키 부부를, 이 부부가 유일하게 소유하고 있는 이 집에서 내쫓고 그 땅을 부유한 기업에 넘겨주려 합니다. 그 기업은 이 집을 부수고 바나나리퍼블릭 매장을 짓겠죠."

정확히 바나나리퍼블릭 매장을 지을지 여부는 알 수 없지만 그 비슷한 시설을 짓긴 할 것이다. 애덤은 뒤에 서 있는 린스키를 손으로 가리켰다. 린스키는 더욱 처량하고 나약해 보이는 모습으로 섰다.

"미국의 영웅이자 애국자인 이 노인이 원하는 것은 평생 노력해서 마침내 자기 소유로 만든 이 집을 지키는 일뿐입니다. 그런데 정부가 이 집을 빼앗으려 합니다. 여러분에게 묻겠습니다. 이게 미합중국에서 일어날 수 있는 일입니까? 열심히 일하는 국민의 재산을 빼앗아 부자들에게 주는 게 우리 정부가 할 일입니까? 전쟁 영웅과 노부인을 거리로 내쫓아야겠습니까? 평생 일한 돈으로 마련한 집을 빼앗아야만 하겠습니까? 이 부부의 꿈을 불도저로 밀어버리고 스트립몰을 하나 더 지어야 속이 시원하겠습니까?"

기자들이 모두 린스키를 주목했다. 감정이 격앙되어 애덤의 눈에도 눈물이 차올랐다. 물론 몇 가지 얘기는 일부러 하지 않았다. 이를테면 정부가 린스키 부부에게 집값보다 많은 보상금을 제시했다는 이야기라든가. 굳이 그런 것까지 언급해서 균형을 맞출 필요는 없다. 변호사는 의뢰인의 편에 서야 한다. 이쪽에서 이쪽 입장을 얘기하면, 저쪽에서는 자기네 입장을 얘기하면서 대응하면 된다. 그는 어느 한쪽 편에 확실히 서 있어야 한다. 이 시스템은 그런 식으로 작동한다.

누군가 린스키의 사진을 찍자 다른 기자도 찍었다. 너도나도 손을 들어 질문했다. 어느 기자가 린스키에게 지금 심정이 어떠냐고 소리쳐 물었다. 영리하게도 린스키는 상실감과 허탈감이 어린 표정, 분노보다는 당혹에 가까운 표정으로 어깨를 으쓱하면서 유니스의 사진을 들어 보였다.

"아내는 남은 나날을 이 집에서 보내고 싶어 합니다."

게임, 세트, 매치. 이번 게임은 애덤의 승리였다.

이제 상대편도 갖고 있는 패를 펼칠 것이다. 하지만 린스키 부부 쪽이 더 인상적인 이야기를 갖고 있다. 한 마디로 더 나은 이야기다. 언론이 원하는 건 진실한 이야기가 아니라 퍼뜨리기에 좋은 이야기다. 어느 쪽이 더 언론의 주목을 끌까? 전쟁 영웅과 그의 아픈 아내를 집에서 내쫓으려는 거대 기업? 아니면 돈도 필요 없고 더 나은 거처도 필요 없으니 내 땅을 건드리지 말라고 완강히 저항하는 노인?

상대도 되지 않을 것이다.

30분 후 기자들이 집을 떠나자 앤디는 미소를 지으며 애덤의 어깨를 툭툭 두드렸다.

"구시 시장 전화야."

애덤은 전화를 받았다.

"안녕하세요, 시장님."

"그런 식으로 해서 효과가 있을 것 같습니까?"

"방금 전에 〈NBC 투데이쇼〉에서 전화가 왔습니다. 내일 아침 독점 인터뷰를 하고 싶다더군요. 아직 대답은 안 했습니다."

허풍이지만 꽤 그럴듯했다.

"요즘 뉴스가 얼마나 빨리 지나가버리는지 알죠? 우린 끄떡없습니다, 애덤."

"아, 그렇지는 않을 텐데요."

"어째서죠?"

"지금까지는 이 건을 특정 개인과 연관 짓지 않고 기업의 문제로 끌고 왔지만, 앞으로는 좀 더 밀어붙일 작정입니다."

"무슨 뜻이죠?"

"노부부를 살던 집에서 내쫓으려 안간힘을 쓰고 계신 시장님께서 실은 예전에 자신을 체포한 적이 있는 정직한 경찰에게 개인적인 원한을 품고 있다는 사실을 폭로할 생각입니다. 그때 그경찰은 시장님을 풀어줬는데 말이죠."

잠시 침묵이 흘렀다.

"그때 난 10대였습니다."

"예. 그 점도 언론에 잘 먹힐 거라고 봅니다."

"지금 당신 누굴 건드리고 있는지 모르나 보군요."

"저한테 좋은 생각이 있습니다, 구시."

"뭡니까?"

"린스키 씨네 집을 건드리지 마시고 그 주변을 빙 둘러서 새로운 마을을 지으세요. 가능한 일이잖습니까. 그럼 즐거운 하루 보내세요."

모두 린스키 씨의 집을 떠났다.

주방 한쪽 귀퉁이에서 키보드 두드리는 소리가 들렸다. 주방으로 들어간 애덤은 그곳에 차려진 첨단 기기들을 보고 당황했다. 포마이카 책상 위에 대형 컴퓨터 모니터 두 대와 레이저프린터가 놓여 있었다. 코르크판을 붙인 한쪽 벽에는 사진들, 신문에서 오린 기사들, 인터넷에서 보고 인쇄한 자료들이 압정으로 꽂혀 있었다.

린스키는 돋보기를 코끝에 걸치고 모니터를 들여다보고 있었다. 모니터에서 반사된 빛 때문에 그의 파란 눈동자가 더 짙어 보였다.

"여긴 뭡니까?"

린스키는 의자 등받이에 등을 기대며 돋보기를 벗었다.

"그냥 바쁘게 지내려고. 일종의 취미지."

"인터넷 서핑요?"

"그건 아니고." 린스키는 애덤의 등 뒤를 가리켰다. "저 사진 보이지?"

눈을 감고 있는 소녀의 사진이었다. 18세에서 20세 사이로 보였다.

"죽었나요?"

"1984년에 위스콘신주 매디슨시에서 시신으로 발견됐어."

"학생이었나요?"

"글쎄. 학생이면 신원을 밝히기 쉬울 거라고들 믿지만 꼭 그렇지도 않아. 아무도 이 소녀가 누구인지 알아내지 못했어."

"신원 미확인 시신인가요?"

"맞아. 온라인에서 만난 몇몇 친구들과 이 문제를 해결해보려고 머리를 모으고 있어. 정보도 공유하고."

"미해결 사건을 해결하시려고요?"

"뭐, 그냥 해보는 거야."

린스키는 쑥스러워하며 빙긋 웃었다.

"아까 말했듯이 취미일 뿐이야. 경찰 출신 늙은이의 소일거리지."

"아, 하나만 여쭤볼게요."

린스키는 말해보라는 뜻으로 손짓했다.

"만나봐야 할 증인이 있는데요, 그런 증인은 개인적으로 찾아가 만나야 한다는 게 제 신조라서요."

"그러는 편이 낫지."

"그런데 그 여자가 집에 있는지 어떤지 알 수가 없어요. 만나기 전에 그 여자에게 제가 간다는 걸 미리 알리고 싶지 않아서요. 만나달라고 부탁하고 싶지도 않고요."

"불시에 가서 만나려고?"

"예."

"그 여자 이름이 뭔데?"

"수잰 호프요."

"그 여자 전화번호는 갖고 있나?"

"예. 앤디가 온라인에서 찾아줬습니다."

"좋아. 그 여자가 살고 있는 곳이 여기서 대충 얼마쯤 되지?"

"차로 20분쯤요."

"전화번호 줘봐."

린스키는 손을 내밀고 손가락을 꼼지락거렸다.

"경찰들이 쓰는 작고 유용한 기술을 하나 보여주지. 혼자만 알고 있어."

애덤은 그에게 전화번호를 건넸다. 린스키는 돋보기를 다시 코끝에 걸치고 애덤이 어렸을 때 이후로는 본 적도 없는 오래된 검은색 유선 전화기를 꺼내 다이얼을 돌렸다.

"걱정 마. 발신번호 차단을 걸어놨으니까."

두 번 신호가 가고 여자가 전화를 받았다.

"여보세요?"

"수잰 호프 씨?"

"누구시죠?"

"애크미 굴뚝 청소 서비스입니……"

"관심 없어요. 당신네 목록에서 빼주세요."

딸깍.

린스키는 어깨를 으쓱하며 미소 지었다.

"집에 있네."

23

차로 정확히 20분 걸렸다.

울적한 분위기의 저층 아파트 단지로 접근한 애덤은 그중 한 동 옆에 차를 세웠다. 단조로운 벽돌로 지어진 이 아파트 단지는 어떻게든 내 집을 마련하려고 허리띠를 졸라매고 아등바등 사는 젊은 커플들, 파산 후 이혼했지만 아이들 옆에 머물고 싶은 아버지들이 모여 사는 곳이었다. 애덤은 9B호를 찾아가 문을 두드렸다.

"누구세요?"

여자는 묻기만 하고 문을 열지는 않았다.

"수잰 호프 씨?"

"무슨 일로 오셨죠?"

애덤은 이런 반응에 어떻게 대처할지 계획을 세워놓지 않았다. 무슨 이유에서인지 그는 수잰이 문을 열고 그를 집 안으로 들일 거라고, 집 안으로 들어가 여기까지 찾아오게 된 경위를 설명해야겠다고 막연히 생각했을 뿐이었다. 그렇게 하려고 생각한 이유가 무엇인지는 여전히 알 수 없었다. 수잰 호프는 커린이 집에서 달아나게 만든 어떤 일과 미약하게나마 연결되어 있는 끈이었다.

그 끈을 조심스레 당기면 뭐든 얻어낼 수 있지 않을까?

그는 닫힌 문에 대고 말했다.

"저는 애덤 프라이스라고 합니다. 커린의 남편이죠."

아무 대꾸도 없었다.

"기억하십니까? 커린 프라이스?"

"그 여자는 여기 없어요."

전화로 들은 수잰 호프의 목소리가 맞는 듯했다.

"여기 있을 것 같아 찾아온 게 아닙니다."

지금 생각해보니, 여기 와서 커린을 바로 찾을 수 있으리라는 일말의 기대가 없지는 않았다.

"원하는 게 뭐예요?"

"잠깐 얘기 좀 할 수 있을까요?"

"무슨 얘기요?"

"커린에 대해서요."

"내가 알 바 아니에요."

문이 가로막고 있어 수잰이 크게 외치는 소리가 밖에서는 조그맣게 들렸다. 수잰 호프는 문을 열어줄 만큼 마음이 편치 않은 듯했다. 이런 상황에서 억지로 밀어붙인다면 영원히 기회가 없을 것이다.

"알 바 아니라뇨?"

"그쪽이랑 커린요. 당신들이 무슨 문제를 겪고 있든 내 알 바 아니라고요."

"어째서 우리가 문제를 겪고 있을 거라고 생각하십니까?"

"그런 게 아니면 왜 찾아왔는데요?"

하긴 그렇다. 수잰 호프에게 1점 추가.

"커린이 어디 있는지 아십니까?"

저 아래 콘크리트 길 오른쪽에서 우편배달원이 미심쩍은 눈으로 애덤을 쳐다보았다. 그럴 만도 했다. 이혼한 남편 혹은 부인 들이 이런 식으로 가족을 찾는 일이 종종 있을 테니까. 애덤은 해 끼칠 의도가 없다는 걸 보이기 위해 우편배달원에게 고개를 끄덕여 보였지만 별로 도움이 된 것 같지는 않았다.

"그걸 왜 나한테 물어요?"

"커린이 실종돼서 찾고 있는 중입니다."

몇 초간 정적이 흘렀다. 애덤은 최대한 위협적으로 보이지 않기 위해 뒤로 한 걸음 물러나 두 손을 옆으로 내렸다. 마침내 문이 빼꼼 열렸다. 안전 고리의 사슬이 걸려 있기는 했지만 수잰 호프의 얼굴이 약간이나마 보였다. 그는 안으로 들어가 앉아 얼굴을 마주 보고 대화하고 싶었다. 이 여자의 주의를 잡아끌고, 무장 해제시키고, 주의를 딴 데로 돌려가면서 원하는 답을 얻어내고 싶었다. 하지만 안전 고리를 걸어놓고 있어야 마음이 놓이는 모양이니 어쩔 수 없었다.

"마지막으로 커린을 본 게 언제였습니까?"

"오래됐어요."

"얼마나 오래전이죠?"

여자의 눈이 오른쪽 위를 향했다. 안구의 움직임에 따라 거짓말을 하는지 판별할 수 있다는 설을 그는 믿지 않았지만, 오른쪽 위를 보고 있으면 '어떤 기억을 떠올리고 있는 중'이고, 왼쪽을 보고 있으면 '무언가를 시각적으로 떠올려 꾸며내는 중'이라는 것 정도는 알았다. 물론 예외가 있을 수 있으니 전적으로 그 기준에 의존할 수는 없을 것이다. 머릿속에 시각적으로 떠올려 꾸며내는 중이라고 해서 반드시 거짓말을 하고 있다고 할 수는 없다. 어떤 사람에게 보라색 소를 생각해보라고 하면, 그 사람은 머릿속으로 보라색 소를 시각적으로 떠올려 꾸며낼 텐데 그것은 거짓말이나 기만이 아니니까.

어찌 됐든 이 여자가 거짓말을 하는 것 같지는 않았다.

"2년인가 3년 전요."

"어디서 봤습니까?"

"스타벅스요."

"그 후로는 한 번도……."

"내가 가짜 임신부라는 걸 커린이 알게 된 후로는 만난 적 없어요."

애덤이 기대한 대답은 아니었다.

"전화 통화도 안 했습니까?"

"전화, 이메일, 편지 무엇도 한 적 없어요. 도움이 못 돼서 미안해요."

우편배달원은 각 집에 우편물을 배달하면서도 애덤에게서 시선을 떼지 않았다. 애덤은 햇빛을 가리려고 눈가에 손을 올렸다.

"커린은 당신이 알려준 대로 따랐습니다."

"무슨 뜻이에요?"

"아시잖습니까."

문틈으로 수잰이 고개를 끄덕이는 모습이 보였다.

"나한테 질문을 많이 하긴 했어요."

"어떤 질문이었죠?"

"가짜 임신 배를 어디서 샀느냐, 초음파 사진은 어디서 구하느냐 같은 질문요."

"그래서 페이크어프레그넌시닷컴으로 커린을 이끌었군요."

수잰 호프는 왼손을 문틀에 대고 다소 사납게 반박했다.

"난 그 여자를 이끈 적 없어요."

"그런 의미로 한 말은 아니었습니다."

"커린이 물어서 대답해준 것뿐이었어요. 그게 다예요. 하긴 커린이 좀 자세히 묻긴 했어요. 나랑 동류인가 싶을 정도로요."

"잘 이해가 안 되는군요."

"사실을 알고 커린이 날 비난할 줄 알았어요. 사람들은 대부분 그렇잖아요? 그렇다고 그 사람들 잘못은 아니죠. 난 임신한 척하고 다니는 이상한 여자일 뿐이니까. 그런데 커린은 나와 비슷한 영혼인 것처럼, 나를 이해해줬어요."

애덤은 어이가 없었지만 빈정대지 않으려 애쓰면서 물었다.

"실례가 될지 모르겠습니다만 제 아내에게 거짓말을 얼마나 하셨습니까?"

"무슨 뜻이에요?"

그는 문틀에 대고 있는 수잰의 왼손을 가리켰다.

"우선, 손가락에 결혼반지가 없군요."

"어머, 무슨 셜록 홈즈세요?"

"결혼을 하기는 했었습니까?"

"했었죠."

후회가 담겨 있는 목소리였다. 그래서 애덤은 한순간이지만 이 여자가 손을 뒤로 빼고 문을 쾅 닫아버릴지 모른다고 생각했다.

"미안합니다. 제 의도는 그런 게 아니라……."

"남편 탓이었어요."

"뭐가 말입니까?"

"우리가 아이를 가질 수 없었던 이유요. 이렇게 얘기하면 남편한테 문제가 있었으니 그만큼 남편이 나한테 잘해줬을 것 같죠? 해럴드는 정자 수치가 낮았어요. 불임이었죠. 그나마 있는 정자도 운동성이 안 좋았어요. 그래도 난 그 사람을 비난하지 않았어요. 그 사람 탓이기도 하지만 아니기도 하니까요. 이해하실지 모르겠네요."

"이해합니다. 그럼 한 번도 임신을 해본 적이 없습니까?"

"없어요."

그녀의 목소리에서 깊은 상처가 느껴졌다.

"커린한테 아이를 사산했던 경험이 있다고 하셨다면서요."

"그렇게 얘길 하면 커린이 더 잘 이해해줄 것 같았어요. 어쩌면 아니었을 수도 있지만요. 정반대일 수도 있었겠죠. 공감해줬을 수도 있고요. 나는 임신이 너무 하고 싶었어요. 그래서 임신부 행세를 하고 다닌 거니까 내 잘못이에요. 그런데 해럴드가 그걸 알게 된 거예요. 그 사람, 위축되더라고요. 어쩌면 처음부터 날 진심으로 사랑하지 않았던 걸 수도 있어요. 잘 모르겠어요. 그냥 난 항상 아이를 낳고 싶었어요. 어렸을 때도 대가족이 너무 좋았고요. 자식을 절대 낳지 않겠다던 세라는 아이를 셋이나 낳았어요. 세라는 내 자매예요. 임신했을 때 세라가 얼마나 행복해했는지 몰라요. 얼굴에서 환하게 빛이 났죠. 임신하면 어떤 기분일지 궁금

하더라고요. 세라는 임신을 하니까 중요한 사람이 된 것 같은 기분이 든다고, 어딜 가도 사람들이 예정일이 언제냐 묻고 행운을 빌어준다고 했어요. 그래서 나도 해보기로 한 거예요."

"임신한 척을요?"

수잰은 문틀에 대고 고개를 끄덕였다.

"처음엔 장난이었어요. 어떤 기분인지 궁금했거든요. 그런데 세라 말대로인 거예요. 사람들이 나를 위해 문을 잡아주더라고요. 내가 들고 있던 식료품 봉지를 들어주고 주차장에서 자리도 양보해줬어요. 몸이 어떠냐고 물어봐주고, 내가 대답하면 진심으로 관심을 갖고 들어줬어요. 사람들이 마약에 중독되잖아요? 마약할 때의 그 취한 기분에 중독되는 거라던데, 그게 무슨 도파민 방출 때문이래요. 어디서 읽었어요. 이것도 나한테는 그런 종류였어요. 도파민이 방출되는 방법이요."

"요즘도 계속하십니까?"

그것까지 신경 쓸 필요 없는데 왜 굳이 물었는지 애덤은 알 수 없었다. 수잰이 커린을 그 웹사이트로 이끌었다. 그 점은 이미 확인했다. 여기서 더 들을 내용은 없을 듯했다.

"아뇨. 대부분의 중독자들처럼 완전히 바닥을 치고 그만뒀어요."

"그게 언제였는지 물어도 되겠습니까?"

"넉 달 전요. 내가 그러고 다니는 걸 알고 해럴드가 날 헌신짝처럼 버렸어요."

"유감입니다."

"유감일 거 없어요. 차라리 잘됐죠. 요즘 심리 치료를 받고 있어요. 내가 그 병을 갖고 있는 동안, 그것도 내 모습인데, 해럴드는 나를 사랑하지 않았어요. 그걸 이제야 깨달았죠. 그 사람, 나를 사랑한 적이 없었을지도 몰라요. 어쩌면 나를 원망했을 수도 있고요. 남자는 자식을 생산할 수 없는 몸이라는 걸 알면 남성성에 상처를 받는다면서요? 어쩌면 그래서일 수도 있죠. 어쨌든 그랬어요. 나는 다른 데서 자아를 확인하고 싶었던 거고요. 우리 관계는 점점 틀어졌어요."

"유감입니다."

"상관없어요. 그런 얘기 들으려고 오신 거 아니잖아요. 어쨌든 나는 돈을 안 내도 돼서 기분은 좋아요. 그 남자가 해럴드에게 내 비밀을 말했던 게 오히려 나한테는 최고로 잘된 일이었어요."

애덤의 가슴속 어딘가에서 한기가 일어 손가락까지 퍼져나갔다. 애덤의 귀에 본인 목소리가 아득한 곳에서 들려오는 것처럼 들렸다.

"그 남자요?"

"예?"

"방금 어떤 남자가 당신의 비밀을 남편에게 폭로했다고 했잖습니까. 어떤 남자였죠?"

"어머, 세상에."

드디어 문을 연 수잰 호프가 괴로운 표정으로 애덤을 바라보았다.

"그 사람이 당신한테도 말했군요."

24

애덤은 수잰의 맞은편에 있는 소파에 앉았다. 하얀 벽에 하얀 가구를 들여놓은 아파트지만 어둡고 침울하게 느껴졌다. 창문은 있는데 자연광이 거의 들어오지 않았다. 눈에 띄는 얼룩이나 먼지가 없는데도 불구하고 너저분했다. 방 안을 장식한 미술품도 너무 지루해서 그걸 과연 미술품이라 부를 수 있을지도 모를 정도였다. '모텔 6'이라는 프랜차이즈형 모텔에 갖다놓기에도 부족해 보였다.

수잰이 물었다.

"가짜 임신에 대해 그렇게 알게 된 거예요? 그 남자가 당신을 찾아와서?"

애덤은 소파에 앉은 후에도 한기가 가시지 않았다. 수잰은 원래 쪽진 머리를 하려고 했는지 머리를 위로 틀어 올려 집게 핀으로 고정해놓았다. 오른쪽 손목에는 집시처럼 팔찌 여러 개를 겹겹이 차서 움직일 때마다 팔찌끼리 부딪쳐 달그락거렸다. 커다란 눈을 자주 깜박거렸는데, 젊었을 때는 그 눈 때문에 열정적이고 활기차게 보였을 테지만, 지금은 마치 날아오는 주먹에 맞을까봐 지레 겁먹은 것처럼 보였다.

애덤은 앞으로 몸을 기울였다.

"아까 돈을 안 냈다고 하셨죠?"

"그랬어요."

"자세히 좀 말해주세요."

수잰이 일어서며 물었다.

"와인 드실래요?"

"아뇨."

"나도 마시면 안 되기는 해요."

"무슨 일이 있었는지 얘기해주세요, 수잰."

수잰은 아쉬운 눈으로 주방 쪽을 쳐다보았다. 애덤은 인생의 원칙이 아니라 심문의 원칙을 떠올렸다. 알코올은 어색한 분위기를 없애준다. 술을 마시면 말이 많아진다는 것에 대해 과학자들 사이에서는 의견이 분분하지만, 애덤은 술이 일종의 자백약 같은 역할을 한다고 믿었다. 지금 이 시점에서 수잰이 주는 술을 받아 마신다면 그녀도 좀 더 편하게 속을 털어놓을 수 있지 않을까.

"그럼 조금만 마시겠습니다."

"화이트요, 레드요?"

"아무거나 괜찮습니다."

우울한 아파트 분위기에 어울리지 않는 경쾌한 걸음으로 주방으로 향한 수잰이 냉장고 안으로 손을 뻗으며 말했다.

"콜스에서 파트타임 계산원으로 일하고 있는데, 마음에 들어요. 직원 할인도 받을 수 있고 같이 일하는 사람들도 괜찮고요."

수잰은 잔 두 개를 가져와 와인을 따르기 시작했다.

"어느 날 점심시간에 매장 밖으로 나갔어요. 매장 뒤에 피크닉용 탁자들이 있거든요. 그리로 갔는데 야구 모자를 쓴 남자가 나를 기다리고 있었어요."

야구 모자를 쓴 남자. 애덤은 숨을 삼켰다.

"어떻게 생긴 남자였습니까?"

"젊고 백인이고 마른 편이었어요. 샌님 스타일요. 그 후에 일어난 일을 생각하면 이상하게 들린다는 거 알지만, 그 남자는 꽤 상냥했어요. 친구처럼 다정하기도 했고요. 그 남자의 미소를 보고 있으면 마음이 편안해지더라고요."

와인을 따르는 수잰에게 애덤이 물었다.

"그래서 어떻게 됐습니까?"

"난데없이 그 남자가 남편도 아느냐고 묻더라고요. 나는 멈칫하면서 무슨 소리냐고 했던 거 같아요. 그랬더니 그 남자가, 남편도 당신이 임신부 행세를 하고 다니는 거 아느냐고 했어요."

수잰은 잔 하나를 들어 쭉 들이켰다. 애덤도 그리로 걸어갔다. 수잰은 그에게 잔을 건네면서 잔끼리 부딪치자는 시늉을 했다. 그는 수잰의 뜻에 맞춰주었다.

"그래서요?"

"그 남자가 남편이 내 거짓말에 대해 아느냐고 묻더라고요. 당신 누구냐고 물었죠. 정확하게는 대답을 안 하면서, 진실을 밝히고자 하는 낯선 자라느니 어쩌니 지껄이더군요. 그는 내가 임신한 척 거짓말하고 다닌 증거를 갖고 있댔어요. 처음에는 그 사람이 나를 북엔즈나 스타벅스에서 봤나 했어요. 커린처럼요. 그런데 전에 그 사람을 본 기억이 없는 거예요. 그 사람의 말투도 들어본 적 없었고요……. 앞뒤가 맞질 않더라고요."

수잰은 와인을 한 모금 더 마셨다. 애덤도 한 모금 마셨다. 형편 없는 맛이었다.

"그 남자는 5000달러를 달라고 했어요. 그 돈을 주면 사라져 주겠다고, 다시는 자기를 볼 일 없을 거라고 했어요. 그러면서, 이 부분이 참 이상했는데, 나더러 앞으로 다시는 가짜 임신부 노릇 을 못 할 거라더라군요."

"무슨 뜻으로 그런 말을 한 겁니까?"

"그냥 그렇게 말했어요. 그렇게 거래를 하자더군요. 자기한테 5000달러를 주고 가짜 임신부 노릇을 그만해라. 그럼 자기는 영 원히 사라져주겠다. 하지만 만약에 내가 계속해서 사람들을 기만 한다면 남편한테 진실을 말해버리겠다고요. 그래요, '기만'이라 더군요. 그리고 이런 요구는 이번 한 번뿐일 거라고 약속했어요."

"그래서 뭐라고 했습니까?"

"내가 당신 말을 어떻게 믿느냐고 물었죠. 그 돈을 줬는데 돈을 또 요구하지 않는다는 보장이 어디 있느냐, 라고요."

"그가 뭐라고 대답했습니까?"

"다시 또 그 다정한 미소를 지으면서 우린 그런 식으로 일 안 한다고, 그런 식으로 작업하지 않는다고 했어요. 그런데 이상하 게도 그 말에 믿음이 가는 거예요. 그 다정한 미소 때문인지도 몰 라요. 아닐 수도 있고요. 어쨌든 그 남자는 솔직하게 말했던 것 같 아요."

"그런데 돈을 안 주셨습니까?"

"어떻게 알았어요? 아, 내가 아까 얘기했구나. 어머, 웃겨. 처음 엔 생각을 좀 해봤어요. 그 돈을 어떻게 구하지? 그러다가 문득 다시 생각해봤어요. 잠깐, 내가 뭘 잘못했지? 난 모르는 사람들한 테 거짓말을 한 것뿐인데. 해럴드한테 거짓말한 것도 아니잖아?"

애덤은 맛없는 와인을 한 모금 더 마셨다.

"그건 그렇죠."

"그래 어디 할 테면 해봐라, 뭐 이런 생각이 들더라고요. 아무 래도 상관없기도 했고요. 어쩌면 그 남자가 해럴드한테 다 까발 려주길 바랐는지도 몰라요. 진실이 너를 자유롭게 하리라, 뭐 이 런 말도 있잖아요? 내가 원한 것도 결국 그런 거였던 것 같아요. 해럴드가 알게 되더라도 도움을 구하는 내 간절한 외침으로 생각 할 거다, 나한테 관심을 더 가져줄 거다, 그렇게요."

"그런데 생각처럼 되지 않았군요."

"맞아요. 그 남자가 언제 어떻게 해럴드에게 말했는지는 모르 겠지만, 어쨌든 말을 하긴 했어요. 내가 가짜 임신 관련 물품을 구 입했던 사이트의 링크를 해럴드한테 알려줬더라고요. 사실을 알 고 해럴드는 분통을 터뜨렸어요. 나는 그가 내 고통스러운 심정 을 알아줄 거라고 생각했는데 그 반대였어요. 오히려 그 사람의 불안감만 자극한 꼴이었죠. 생식 능력이 없으니 진짜 남자가 아 니라는, 그런 생각이 머릿속을 치고 올라왔나 봐요. 복잡하죠. 남 자라면 씨앗을 퍼뜨려야 마땅한데 그 씨가 좋지 않으니 자기는 형편없는 인간이라는 생각을 한 거예요. 어리석게도."

수잰은 와인을 한 모금 더 마시고 애덤의 눈을 똑바로 쳐다보 았다.

"놀랍네요."

"뭐가 말입니까?"

"커린이 나랑 같은 선택을 했다는 게요. 커린이라면 그 남자한
테 돈을 줬을 것 같은데."

"어째서죠?"

수잰은 어깨를 으쓱했다.

"커린은 당신을 사랑하니까요. 잃을 게 너무 많았어요."

25

그렇게 간단할까?

정말 협박 사기가 전부였을까? 낯선 자는 수잰 호프를 찾아가 비밀을 묻어주는 대가로 돈을 요구했다. 수잰은 돈을 주지 않았고, 낯선 자는 남편에게 수잰이 임신한 척하고 다닌 사실을 폭로했다.

자신들에게 일어난 일도 그런 거였을까?

어떻게 보면 앞뒤가 맞았다. 호프 부부는 낯선 자에게 협박을 받았다. 자신들도 같은 일을 당한 것 아닌가? 돈을 요구하고, 그 돈을 받지 못하면 비밀을 누설한다. 협박은 그런 식으로 작용한다. 애덤은 집으로 돌아가면서 수잰에게 들은 얘기를 곱씹어보았다. 그런데 뭔가 아귀가 맞지 않았다. 무어라 딱 짚어 말할 수는 없지만 어째서인지 협박 이론이 딱 맞아떨어지지 않는 느낌이었다.

커린은 투지가 넘치고 영리하다. 걱정을 달고 살고, 늘 계획을 짜서 움직인다. 비밀을 누설하겠다는 낯선 자의 협박을 받았는데 그자에게 돈을 주지 않기로 결심했다면, 만사에 준비성이 철저한 커린답게 대처 방안을 강구했을 것이다. 그런데 애덤이 낯선 자에게 들은 얘기를 커린에게 언급했을 때, 커린은 당황해 어쩔 줄 몰라하는 모습이었다. 미리 준비한 답변을 내놓지도 못했다. 허둥지둥하면서 시간을 끌려고만 했다. 분명히 놀란 것 같았다.

왜일까? 커린이 협박을 받았다면 낯선 자가 남편을 찾아가 사실을 폭로할지도 모른다는 생각을 했어야 하지 않나?

커린은 차분하게 대처하기는커녕 달아나버렸다. 이게 말이 되나? 남편과 직장에 연락도 끊고, 무엇보다 아들들까지 내팽개치고 황급히 도망쳐버리다니.

전혀 커린답지 않았다.

뭔가 다른 게 더 있다.

미국재향군인회관에서 낯선 자를 만났던 날 저녁을 천천히 되새김질하며 그자에 대해 생각해보았다. 그자와 함께 있던 젊은 금발 여자에 대해. 그자가 얼마나 침착했고, 얼마나 애덤을 염려했는지에 대해. 커린이 한 짓을 애덤에게 얘기하면서 전혀 즐거워 보이지 않았으니 정신병자나 소시오패스는 아닐 것이다. 그렇다고 아주 사무적인 태도도 아니었다.

그날 벌써 백 번째로 애덤은 휴대전화 위치 찾기 앱을 들여다보았다. 혹시 그동안 커린이 휴대전화를 충전했을지도 모른다. 커린은 피츠버그에 머물고 있을까, 아니면 지나가는 길이었을까? 지나가는 길이었을 공산이 높다. 어쩌면 운전하는 동안 아들들이 휴대전화 위치 찾기 앱으로 자신의 위치를 알아낼 수 있다는 점을 깨닫고, 전원을 끄거나 앱이 작동하지 못하게 만들었을 수도 있다.

그래. 커린이 세더필드를 출발해 피츠버그를 통과했다고 치자.

도대체 어디로 가고 있을까?

짐작도 할 수 없었다. 뭔가 정말 심각하게 잘못됐다. 그걸 이제야 알아채다니 어이가 없었다. 커린은 애덤에게 얼마간 떨어져 있자고 했다. 그 말을 따르지 말았어야 했나? 그때 가만히 앉아 모든 단서들을 펼쳐놓고 깊게 생각했어야 했나? 위협받고 있는 상황인데 너무 나태하게 대처했나?

도움을 청해야 할까? 경찰에 연락해야 하나 아니면 이대로 둬야 하나?

어느 쪽으로 결정하더라도 문제가 많아 섣불리 결정할 수가 없었다. 그런데 집 앞 도로로 방향을 돌린 순간, 또 다른 문제가 닥쳐왔다. 진입로로 올라가면서 애덤은 그의 집 잔디밭 앞 연석에 서 있는 세 남자를 보았다. 안경을 줄곧 밀어 올리는 이웃 남자 칼 가츠먼과 트립 에번스, 밥 '개스톤' 베임이었다.

무슨 일이지……?

불현듯 아주 짧은 시간 동안 애덤은 최악의 경우를 예상했다. 커린에게 끔찍한 일이 일어난 게 아닐까? 아니, 저들은 그런 얘기를 전하러 올 만한 사람들이 아니다. 만약 그런 일이 일어났다면 경찰서장이면서 두 자녀를 라크로스 팀에 넣은 렌 길먼이 찾아왔어야 한다.

누가 그의 생각을 읽기라도 한 것처럼, 양 측면에 '세더필드 경찰서'라는 글자가 선명히 박힌 경찰차 한 대가 굴러와 세 남자가 서 있는 곳으로 올라갔다. 운전석에 앉은 이는 렌 길먼이었다.

심장이 철렁했다.

서둘러 차를 세우고 차 문을 열었다. 렌도 차에서 내렸다. 차에서 내려선 애덤의 무릎이 후들거렸다. 그는 네 남자가 모여선 집 앞 연석을 향해 휘청휘청 뛰어갔다.

네 남자가 어두운 표정으로 그를 쳐다보았다.

렌이 말했다.

"얘기 좀 합시다."

26

오하이오주 비치우드시의 경찰서장 조해너 그리핀은 살인 사건 현장을 처음 접했다.

전에도 물론 시신을 보기는 했다. 사람들은 사랑하는 이가 자연적 원인으로 사망한 경우에도 대부분 경찰에 신고하고, 약물 과다 복용이나 자살로 사망한 경우에도 신고하니까. 조해너는 늘 죽음을 곁에 두고 살았다. 유혈이 낭자한 교통사고 현장도 수년간 허다하게 보았다. 두 달 전에는 중앙선을 침범한 세미트레일러가 포드 피에스타를 들이받아, 포드에 타고 있던 운전자의 목이 잘리고 동승했던 부인의 두개골이 스티로폼 컵처럼 부서진 사고 현장에도 출동했다.

피투성이에 끔찍하기 이를 데 없고 시신이 나뒹구는 현장에 출동했어도 조해너는 침착했다. 그런데 맙소사, 이 현장은 달랐다.

왜냐고? 첫째, 살인 사건 현장이니까. '살인'은 입에 쉽게 담을 수 있는 단어가 아니다. 입 밖으로 소리 내어 말하기만 해도 소름이 끼치는 단어다. 살인보다 끔찍한 범죄는 없다. 병이나 사고로 목숨을 잃는 것과 누군가 의도적으로 내 목숨을 빼앗는 것, 즉 동류인 인간이 나라는 존재를 세상에서 지워버리기로 결정한 것은 천지 차이다. 여러 가지로 끔찍한 짓이다. 역겨운 짓이다. 단순한 범죄가 아니다. 최대한 신에 반하는 방식으로 신을 갖고 노는 짓이다.

그런 끔찍한 살인 사건 현장을 보고도 조해너는 앞으로 또 어떻게든 살아가게 될 터였다.

조해너는 호흡을 안정되게 유지하려 했으나 자꾸 숨을 급하게 들이켰다. 마음을 굳게 먹고 시신을 내려다보았다. 하이디 댄이 깜박이지 않는 눈으로 조해너를 마주 보았다. 하이디의 이마에 총구멍이 나 있었다. 두 번째 총알은—어쩌면 그게 첫 번째 총알일 수도 있지만—하이디의 무릎을 날려버렸다. 예전에 하이디는 홀푸드 매장 앞에 트럭을 세워놓고 장사를 하던 라비라는 남자한테서 동양풍 카펫을 싼값에 구매했는데, 지금 그 카펫을 온통 피로 적신 채 죽어 있었다. 조해너는 라비가 그 자리에서 장사를 못 하게 몇 번 건성으로 쫓아낸 적이 있는데, 라비는 늘 다시 돌아와 미소 띤 얼굴로 고객들에게 질 좋은 카펫을 공급하곤 했다.

요즘 조해너와 같이 일하는 신참 노버트 펜더개스트는 지나치게 흥분한 기색을 내보이지 않으려고 애썼다. 그는 조해너 곁으로 슬그머니 다가와 말했다.

"카운티 경찰들이 오고 있답니다. 그들이 우리한테서 이 사건을 가져가겠죠?"

아마 그럴 것이다. 이 동네 경찰들은 교통법규 위반, 자전거 면허, 가정불화 같은 사소한 문제나 다루는 게 일이고, 살인 같은 주요 범죄는 카운티 경찰의 소관이다. 몇 분 후면 잘난 카운티 경찰들이 들어와 별 볼 일 없는 성기를 바지 속에서 흔들어대며 이 사건은 자기네 소관입네 할 것이다. 그리고 그녀를 옆으로 밀어낼 것이다. 이렇게 말하면 무슨 멜로드라마 찍나 하겠지만, 여긴 조해너의 마을이다. 조해너는 여기서 나고 자랐다. 그렇기에 이곳 지형뿐 아니라 이곳에 사는 사람들에 대해서도 잘 알았다. 예를 들면 하이디가 춤추는 걸 좋아한다는 것, 브리지 카드 게임을 잘한다는 것, 장난기 넘치고 전염성 강한 웃음소리를 가졌다는 것을 조해너는 잘 알았다. 또한 그녀가 알기로 하이디는 특이한 색깔의 매니큐어를 즐겨 발랐고, 좋아하는 텔레비전 프로그램은 〈메리 타일러 무어 쇼〉와 드라마 〈브레이킹 배드〉이며, 홀푸드 앞에서 장사하던 라비한테서 400달러를 주고 동양풍 카펫을 구매했다. 지금 하이디가 쓰러져 있는 이 카펫이다.

"노버트?"

"예?"

"마티는 어디 있지?"

"누구요?"

"남편."

노버트는 등 뒤를 가리켰다.

"주방에 있습니다."

조해너는 바지를 끌어올리고 주방으로 향했다. 경찰 제복 바지는 어떻게 해도 허리 부분이 딱 맞지가 않는다. 조해너가 주방으로 들어가자 마티의 창백한 얼굴이 마치 끈으로 당긴 것처럼 비딱하게 그녀를 쳐다보았다. 두 눈이 부서진 대리석처럼 벌겋게 충혈돼 있었다.

"조해너?"

허깨비처럼 공허한 목소리였다.

"유감이에요, 마티."

"이게 대체 무슨 일인지……."

"한 번에 하나씩 가죠."

조해너는 주방 의자를 끌어다가 그의 맞은편에 놓고 앉았다. 그랬다. 그건 하이디의 의자였다.

"몇 가지 질문을 할 거예요, 마티. 괜찮겠어요?"

카운티 경찰들은 마티를 범인으로 보고 오랫동안 수사를 할 것이다. 하지만 조해너가 보기에 마티는 범인이 아니었다. 그 이유는 설명할 수 없었다. 느낌일 뿐이라서 논리적인 설명이 되지 않았다. 카운티 경찰들에게 그렇게 얘기하면 비웃으면서, 이런 살인 사건에서 남편이 범인인 경우의 확률을 읊어댈 것이다. 비웃어도 상관없다. 누가 맞을지 어떻게 알아? 카운티 경찰들의 말이 맞을 수도 있지만(물론 이 사건에는 맞지 않겠지만) 어쨌든 그들은 마티를 범인으로 모는 쪽으로 수사할 가능성이 높다. 조해너는 다른 방향을 파보기로 했다.

마티는 멍하게 고개를 끄덕였다.

"예, 괜찮아요."

"방금 집에 오신 거죠?"

"예. 콜럼버스시에서 열린 회의에 참석했다가요."

그게 정말이냐고 물어볼 필요도 없었다. 그 부분은 카운티 경찰들이 알아서 확인할 것이다.

"어떻게 된 상황인가요?"

"진입로에 차를 세웠습니다."

마티의 목소리에는 높낮이가 없었다. 멍한 정도가 아니라 정신 줄을 놓은 듯 아득했다.

"열쇠로 현관문을 열고 들어와서 하이디를 불렀어요. 아내의 차가 세워져 있으니 집에 있겠구나 했죠. 서재로 갔는데……."

마티의 얼굴이 인간 같지 않게 일그러졌다가 너무나 인간적인 모습으로 무너졌다.

평소 같으면 배우자를 잃고 슬퍼하는 이에게 천천히 정신 차릴 시간을 주겠지만, 얼마 안 있어 카운티 경찰들이 들이닥칠 예정이라 시간이 없었다.

"마티?"

그는 평정심을 되찾으려 안간힘을 썼다.

"없어진 물건은요?"

"예?"

"강도 맞은 거 없어요?"

"없는 것 같아요. 강도 맞은 건 없는 것 같은데, 자세히 보진 못했어요."

강도의 소행은 아닐 것이다. 첫째, 이 집에는 값나가는 물건이 별로 없다. 둘째, 조해녀가 알기로 하이디의 약혼반지는 할머니한테 물려받은 것으로 하이디가 가진 물건들 중 제일 값진데 지금 하이디의 손가락에 끼워져 있다. 강도였다면 분명 그 반지를 빼갔을 것이다.

"마티?"

"예?"

"누가 제일 먼저 머릿속에 떠올랐죠?"

"무슨 뜻인지?"

"누가 이런 짓을 했을 것 같아요?"

마티는 가만히 생각하다가 다시 얼굴을 일그러뜨렸다.

"아내가 어떤 사람인지 알잖아요, 조해너. 세상에 적이라곤 없는 사람이에요."

알다마다. 마티는 고인이 된 하이디에 대해 마치 살아 있는 사람인 양 현재형으로 말했다.

조해너는 수첩을 꺼냈다. 고개를 숙인 채 빈 페이지를 열고 내려다보면서, 차오르는 눈물을 누가 보지 않길 바랐다.

"생각해보세요, 마티."

"하는 중이에요." 그는 탄식했다. "아, 맙소사. 킴벌리와 아들들한테도 얘기를 해야 하는데, 뭐라고 하죠?"

"괜찮으시면 내가 대신 해드릴게요."

마티는 바다에서 구조선을 만난 듯이 덥석 받아들였다.

"그래 주겠어요?"

마티는 좋은 사람이지만 하이디만큼은 아니었다. 하이디는 특별했다. 주변 사람들까지 특별한 존재로 느껴지게 만드는 그런 사람이었다. 한마디로 마법 같았다.

"아이들이 서장님을 무척 좋아하잖아요. 하이디도 그랬고요. 서장님이 대신 얘기해주시면 좋겠어요."

조해너는 빈 수첩에 시선을 고정한 채 물었다.

"최근에 무슨 일 없었나요?"

"예? 이런 종류의 일요?"

"그러니까 평소와 다른 무언가요. 소름 끼치는 전화를 받은 적 없어요? 하이디가 메이시스 백화점에서 누구와 싸운 적은요? 271 도로에서 운전 중에 누가 하이디의 앞을 가로막았다는 얘기 못 들었어요? 아니면 하이디가 잭스 상점에서 새치기한 누군가에게 손가락 욕을 했다든가? 잘 생각해보세요."

마티는 천천히 고개를 저었다.

"어서요, 마티. 잘 생각해봐요."

마티는 고통으로 주름진 얼굴로 조해너를 쳐다보았다.

"없어요. 없습니다."

"여기 뭐가 어떻게 된 거야?"

조해너의 등 뒤에서 권위적인 어조의 목소리가 들려왔다. 조해너에게 허락된 시간은 끝났다. 조해너는 일어서서 카운티 경찰 두 명을 바라보며 자기소개를 했다. 그들은 조해너가 은 식기 도둑이라도 되는 것처럼 미심쩍은 눈으로 쳐다보더니, 이제부터 여기는 자기네가 접수하겠다고 말했다.

그들은 사건 현장을 접수했고, 조해너는 그리하게 두었다. 그들은 이런 사건에 경험이 많을 것이다. 하이디는 최고 수준의 수사를 받을 자격이 있다. 조해너는 강력계 형사들에게 현장을 맡겼으니 이제 됐다고 생각하며 밖으로 나갔다.

그렇다고 자기가 할 수 있는 일마저 하지 않겠다는 뜻은 아니었다.

27

"애들 집에 있어요?"

렌 길먼이 물었다.

애덤은 고개를 저었다. 남자 다섯이 연석에 서 있었다. 렌은 겉보기에 우락부락해 보여도 딱히 경찰 같은 외모는 아니었다. 오히려 가죽옷을 입고 허름한 술집에 앉아 있는 게 어울리는, 늙수그레한 오토바이 갱 단원처럼 보였다. 끝이 말려 올라간 회색 팔자 콧수염에는 누런 니코틴 얼룩이 묻어 있었다. 렌은 제복도 짧은 소매를 선호하는 편이라 곰처럼 북슬북슬한 털이 난 팔을 늘 내놓고 다녔다.

잠시 아무도 움직이지 않았다. 목요일 밤에 도로 연석 옆에 모인 마을 아버지 다섯 명은 그저 가만히 서 있기만 했다.

애덤은 이 상황이 이해되지 않았지만 나쁜 일은 아닌 것 같았다.

만약에 렌이 경찰로서 애덤에게 끔찍한 소식을 전하러 찾아왔다면 트립과 개스톤, 칼까지 달고 올 이유는 없지 않을까?

렌이 말했다.

"안에 들어가서 얘기 좀 합시다."

"무슨 일입니까?"

"안에서 조용히 얘기하는 게 좋겠어요."

지금 다들 그의 집 잔디밭 앞에 서 있고 주변에 엿들을 사람도 없으니 여기서도 충분하다고 애덤이 말하려는데, 렌은 이미 현관 쪽으로 걸어 올라가고 있었다. 애덤은 괜히 렌을 뜯어말려서 대화를 지체시키고 싶지 않았다. 나머지 세 남자는 애덤의 결정을 기다리고 있었다. 개스톤은 고개를 숙이고 잔디만 쳐다보았다. 칼은 초조해하는 표정이었는데, 원래 매사에 그런 표정이기는 했다. 트립은 애매모호했다.

애덤이 렌의 뒤를 따라 올라가자 나머지 세 사람도 뒤따랐다. 현관문 앞에서 렌은 옆으로 물러나 애덤이 열쇠로 문을 열게 했다. 저지가 단단한 마룻바닥을 발톱으로 타다닥 찍으며 달려 나왔다. 하지만 뭔가 심상치 않은 분위기를 눈치채고는 평소보다 조용히 건성으로 맞이하는 모습이었다. 빠르게 분위기 파악을 한 저지는 곧 주방으로 슬그머니 돌아갔다.

집 안은 적막했다. 마치 벽과 가구까지 공모해 아무 소리도 내지 않으려 작정한 듯했다. 애덤은 사소한 부분까지 신경 쓰고 싶지 않았다. 사람들에게 의자에 앉으라든가 음료를 마시겠냐는 말도 하지 않았다. 렌은 마치 제 집인 양 거실로 곧장 들어갔다. 경찰이라 그런 태도가 몸에 밴 것일 수도 있다.

"무슨 일인가요?"

애덤이 물었다.

렌이 무리를 대표해 말했다.

"커린은 어디 있어요?"

애덤은 두 가지 기분이 동시에 들었다. 첫째는 안도감이었다. 커린이 어딜 다쳤거나 더 심한 꼴을 당했다면 렌은 그녀가 어디 있는지 알 것이다. 따라서 이들이 무슨 일로 찾아왔든, 설사 좋지 않은 일이라 하더라도 최악의 시나리오는 아닌 것이다. 둘째는 두려움이었다. 일단 커린은 안전한 것 같지만 렌의 목소리에 담긴 힘이며 어조로 봐서는 뭔가 예사롭지 않은 일이 일어나긴 한 것 같았다.

"집에 없습니다."

"그런 것 같군요. 커린이 어디 있는지 말해줬으면 하는데."

"그게 왜 알고 싶은지부터 말하세요."

렌은 애덤에게서 시선을 떼지 않았고 나머지 세 사람은 옆에 서서 몸을 뒤척거렸다.

"우리 앉아서 얘기할까요?"

애덤은 여긴 내 집이라고, 언제 어디에 앉을지는 내가 정한다고 말하려 했지만 쓸데없는 기운 낭비일 것 같아 그만두었다. 렌은 한숨을 쉬며 평소 애덤이 전용으로 앉는 커다란 의자에 털썩 앉았다. 애덤은 기 싸움을 하자는 건가 싶기도 했지만 별로 중요하지도 않은 일로 신경을 곤두세우고 싶지 않았다. 나머지 세 사람은 말하지도 듣지도 보지도 못하는 원숭이들처럼 나란히 소파에 앉았다. 애덤은 그냥 서 있었다.

"도대체 무슨 일이냐니까요?"

애덤이 재차 물었다.

렌은 콧수염을 마치 작은 애완동물처럼 쓰다듬으며 대답했다.

"곧장 확인해야 할 사항이 있어서 찾아왔습니다. 친구이자 이

웃으로 온 것이지, 경찰서장으로서 온 건 아닙니다."

"아, 그거 참 마음 든든하군요."

렌은 빈정대는 말을 무시하고 하던 얘기를 계속했다.

"친구이자 이웃으로서 말하자면, 우린 커린을 찾고 있습니다."

"친구이자 이웃으로서, 그리고 아내를 걱정하는 남편으로서 그 이유가 궁금하군요."

렌은 이 게임을 어떻게 풀어갈지 생각할 시간을 벌려는 듯이 고개를 끄덕거렸다.

"어제 트립이 이 집에 들렀다면서요."

"그런데요."

"라크로스 위원회 모임에 대해 얘기했다던데."

렌은 가만히 애덤의 반응을 살폈다. 상대방이 어떤 말이라도 하길 기다리면서 단서를 얻으려는 경찰들의 수법이다. 애덤은 예전에 검찰청에서 일한 적이 있어 그런 수사 기법에 대해 잘 알았다. 경찰보다 더 오래 입을 다물고 있는 자는 대개 켕기는 게 있는 자다. 애덤은 켕길 게 없었다. 이 얘기를 빨리 진행시키고 싶기도 했다.

"맞습니다."

"커린이 모임에 오지 않았다더군요. 나타나질 않았다고."

"그래서요? 커린이 부모님한테 결석 사유서라도 받아 와야 합니까?"

"적당히 좀 비꽈요, 애덤."

렌의 말이 맞았다. 빈정대는 걸 자제할 필요가 있었다.

애덤이 물었다.

"라크로스 위원회 위원인가요, 렌?"

"넓은 의미에서 멤버라고 할 수 있죠."

"그건 또 무슨 소립니까?"

렌은 미소를 지으며 두 손을 펼쳤다.

"나도 모르겠습니다. 어쨌든 트립은 회장이고, 여기 있는 밥은 부회장이고, 칼은 총무로 일하고 있습니다."

"그건 나도 압니다. 충분히 깊은 인상을 받았고요."

또다시 빈정대는 말투가 나와서 애덤은 속으로 스스로를 나무랐다. 지금은 빈정댈 때가 아니다.

"여러분이 왜 커린을 찾고 있는지 아직 이유를 모르겠네요."

애덤의 말에 렌이 두툼한 손을 펼치며 맞받아쳤다.

"우리는 왜 커린을 찾을 수 없는지 이유를 모르겠어요. 불가사의 아닙니까? 커린한테 문자도 하고 이메일도 보내고 휴대전화로, 집 전화로 전화를 해도 연락이 닿질 않아요. 심지어 나는 학교에까지 들렀습니다. 알고 있었습니까?"

애덤은 받아치려다가 꾹 참았다. 렌이 계속해서 말했다.

"커린은 학교에 없었어요. 결근이더군요. 물론 부모님한테 결석 사유서를 받아 오지도 않았고 말이죠. 그래서 톰한테 얘기했죠."

톰 고먼은 세더필드 고등학교의 교장이다. 톰 고먼도 이 마을에 거주하며, 세 자녀를 두었다. 이런 종류의 마을에서는 마을 사람 모두가 심할 정도로 서로 엮여 있다.

"톰 얘기로 커린은 이 구역에서 근무하는 교사들 중에 출근 기록이 제일 좋다고 하더군요. 그런데 갑자기 결근해서 톰도 걱정을 합디다.”

“렌.”

“예?”

“곁다리 긁지 말고, 왜 내 아내를 찾으려고 안달이 났는지 이유를 얘기하시죠?”

렌은 소파에 앉아 있는 세 원숭이를 돌아보았다. 밥의 얼굴은 돌처럼 굳어 있었다. 칼은 안경을 닦느라 바빴다. 남은 사람은 트립 에번스였다. 트립은 헛기침을 하고 입을 열었다.

“라크로스 위원회 공금이 기록과 맞지 않아.”

쿵.

애덤의 머릿속에서 쿵 소리가 났지만 집 안은 더욱 조용해졌다. 가슴속에서 마구 쿵덕거리는 심장 소리가 들리는 듯했다. 애덤은 뒤에 앉을 곳을 찾아 털썩 주저앉았다.

“무슨 말이야, 그게?”

이런 일이 있을 줄 짐작은 하고 있었다. 그렇지 않은가?

밥이 비난조로 말했다.

“우리가 무슨 말을 하는 것 같습니까? 위원회 공금 계정에서 돈이 없어졌다 이 말입니다.”

칼은 뭐라도 해야 될 것 같은지 고개를 연신 끄덕거렸다.

“그래서 지금 생각하는 게……?”

애덤은 그만 입을 다물었다. 이 사람들이 무슨 생각을 하는지는 너무 뻔했다. 이 말도 안 되는 비난에 목소리를 실어주고 싶지 않았다.

그런데 정말 말도 안 되는 비난일까?

렌은 현자 흉내를 내려 들었다.

"우리 너무 앞서가진 맙시다. 우린 커린과 얘기를 하러 왔어요, 애덤. 아까도 말했다시피 나는 친구이자 이웃이자 라크로스 위원회의 일원으로 온 겁니다. 우리 모두 같은 이유로 온 거라고요. 우린 커린의 친구면서 당신 친구이기도 합니다. 지금 하는 얘기도 우리끼리만 아는 거고요."

그들은 고개를 끄덕거렸다.

애덤이 물었다.

"무슨 뜻입니까?"

렌은 음모라도 꾸미듯이 몸을 앞으로 기울였다.

"무슨 뜻이냐면, 공금에서 비는 돈만 메워지면 문제 해결이라는 겁니다. 이 방에서 문제를 덮겠다고요. 추후에 또 물을 일도 없을 테고요. 비는 금액을 채워서 장부만 딱 맞아떨어지게 하면, 그 과정이며 이유가 어떻든 굳이 상관할 필요 없잖아요. 피차 덮고 넘어가는 거죠."

애덤은 가만히 생각해보았다. 조직은 다 똑같다. 서로의 잘못을 거짓말까지 해가며 덮어준다. 조직의 더 큰 이익을 위해서. 혼란스럽고 두려운 와중에도 애덤의 마음속 일부는 이런 상황을 역겹게 느꼈다. 하지만 지금 그런 건 중요하지 않다. 지금 그는 신중하게 대처해야 했다. 렌 길먼은 두 번이나 '친구, 이웃, 위원회 일원'이라고 떠벌렸지만 그는 경찰이다. 라크로스 위원회의 사소한 문제 따위를 해결하자고 찾아온 게 아닐 것이다. 그는 정보를 수집하려고 온 것이다. 애덤은 정보를 얼마나 내줄지 잘 생각해서 결정해야 했다.

"비는 금액이 얼마나 됩니까, 렌?"

"꽤 커요."

"얼마나……."

"미안하지만 기밀입니다."

"설마 커린이 정말 그런 짓을 했다고 믿는 건……."

"본인하고 직접 얘기했으면 합니다."

애덤은 다시 입을 다물었다.

렌이 재촉했다.

"커린은 어디 있어요, 애덤?"

애덤은 말할 수 없었다. 사정 얘기를 할 수도 없었다. 그는 변호사로서 상황에 대처하기 시작했다. 그동안 그는 고객들에게 섣불리 입을 열지 말라고 수없이 경고했다. 상대편 멍청이들이 입을 나불거려준 덕분에 유죄 판결을 받아낸 적도 한두 번이 아니다.

"애덤?"

"그만 다들 나가주시죠."

28

아들 케니가 40야드 전력 달리기(미식축구 선수 선발 테스트 종목 중 하나로 40야드, 즉 36.58미터를 전력 질주한 기록을 측정—옮긴이)를 하기 위해 출발선에 앞에 서자 댄 몰리노는 울컥 나오려는 눈물을 애써 참았다.

고등학교 졸업반인 케니는 뉴저지주 최고의 미식축구 유망주 중 한 명이다. 12학년이 되면서 지금까지의 기록을 줄줄이 갈아치워 대학 스카우터 사이에서 주목을 받고 있다. 그리고 지금, 마지막 통합 테스트 종목을 위해 몸을 풀고 있다. 관중석에 선 댄은 체중 129킬로그램에 달하는 덩치 큰 아들이 출발선에 발을 맞추고 준비 자세를 취하는 모습을 바라보았다. 익숙한 감정이, 부모로서의 뿌듯함이 차올랐다. 댄 역시 키 188센티미터, 체중 109킬로그램으로 몸집이 무척 큰 편이었다. 왕년에는 주 대표 라인배커(미식축구에서 상대팀 선수들에게 태클을 걸며 방어하는 수비수—옮긴이)로 뛴 적도 있었다. 하지만 달리기가 기준보다 느리고 몸집이 작아서, 미식축구 미국 대학 리그의 최고 수준인 D1(Division 1)에 들어가지 못했다. 대신 댄은 25년 전 가구 배송업에 뛰어들었고, 지금은 트럭 두 대와 배송 기사 아홉 명을 거

느린 사장이다. 대규모 매장들은 자체 배송 시스템을 갖추고 있기 때문에 댄은 소규모 점포들을 주요 고객으로 삼았는데, 날이 갈수록 소규모 점포의 수가 줄어드는 추세였다. 대형 체인점들은 소규모 점포를 몰아내고, UPS와 페덱스 같은 대형 배송업체들은 댄의 회사를 몰아내려 했다.

그래도 그럭저럭 생계는 꾸릴 수 있었다. 최근에는 대형 매트리스 체인점 몇 곳이 조직을 축소하면서, 독자적인 배송 시스템을 유지하기보다 댄의 회사 같은 지역 배송 업체를 쓰는 편이 더 저렴하다는 사실을 인식한 덕분에 벌이도 괜찮았다. 뭐, 대박까지는 아니더라도 그럭저럭 돈은 벌렸다. 댄과 칼리 부부는 뉴저지주 스파타의 호숫가에 멋진 집을 마련하고 아이 셋을 낳아 길렀다. 막내 로널드는 올해 열두 살이다. 둘째 캐런은 9학년으로 사춘기가 오면서 건방을 떨어댔고 남학생들의 관심을 끌기 시작했다. 댄은 부디 딸의 사춘기가 무사히 넘어가길 바랄 뿐이었다. 장남이며 고등학교 졸업반인 케니는 이대로라면 미식축구 선수로 명문대에 진학할 수 있을 것이다. 앨라배마 주립 대학교와 오하이오 주립 대학교가 이미 케니에게 관심을 보이고 있었다.

이 40야드 전력 달리기만 잘해내면 확정이다.

아들을 바라보면서 댄은 또 눈물이 차오르는 것을 느꼈다. 늘 그랬다. 아들 일에 이렇게 반응하는 게 당황스럽기는 하지만 어쩔 수 없었다. 케니가 고등학교에 올라와 경기에 나서면서부터 댄은 남들에게 눈물을 들키지 않으려고 선글라스를 착용하기 시작했다. 하지만 케니가 팀원들과 함께 있는 모습을 보면, 케니가 팀 회식 때 최우수 선수로 불리는 걸 들으면 그 자리에서 저도 모르게 눈물이 고이고 말았다. 가끔은 눈물 한두 방울이 뺨을 타고 주르륵 흘러내릴 때도 있었다. 남에게 그런 모습을 들키면 알레르기가 있다든지 감기에 걸려 그렇다고 핑계를 댔다. 듣는 이가 그 말을 곧이곧대로 믿는지 어떤지는 알 수 없었다. 칼리는 댄의 그런 면을 사랑했고, 그를 감성적인 테디베어라고 부르며 꼭 안아주곤 했다. 댄은 살아오면서 온갖 일을 겪고 온갖 실수를 저질렀지만, 칼리 애플게이트에게 평생의 동반자로 선택받은 순간 그의 인생은 9회 말 홈런을 친 것과 다름없었다.

반면에 칼리의 운은 그다지 좋은 것 같지 않았다. 예전에 에디 톰슨도 칼리를 좋아했다. 에디의 가문은 맥도날드사 사업 초기에 맥도날드 체인점을 운영해 한 재산을 모았고, 요즘도 그 집 사람들 소식은 늘 마을 신문에 실렸다. 주로 에디와 그의 아내 멜린다가 무슨무슨 자선 활동을 한다는 내용이었다. 칼리는 아무 말 하지 않았지만 댄은 그런 소식을 접할 때마다 칼리가 속상하지 않을까 생각했다. 어쩌면 댄의 지레짐작일 수도 있었다. 칼리의 속내를 알아낼 방법은 없었다. 댄은 그저 자식들이 미식축구를 하거나 상을 받는 등 특출한 재능을 보여줄 때마다 눈에 눈물이 차오를 뿐이었다. 댄은 눈물이 많은 편이라 숨기려고 애썼지만 칼리는 댄의 그런 점을 잘 알았고, 그래서 더욱 그를 사랑했다.

오늘도 댄은 선글라스를 착용했다. 눈물이 또 나올 것 같아서였다.

대학 스카우터들이 지켜보는 가운데, 케니는 수직 점프, 7대 7 경기, 참호전 수준의 몸싸움 등 다른 테스트 종목에서 무척 잘해냈다. 이제 40야드 전력 달리기만 잘하면 매듭을 짓는 셈이다. 명문 대학으로 진학하는 것이다. 오하이오 주립 대학교, 펜실베이니아 주립 대학교, 앨라배마 주립 대학교 그리고 어쩌면—너무 벅차서 감히 생각조차 할 수 없는—노트르담 대학교 중 한 곳이 되지 않을까. 노트르담 대학교의 스카우터도 이 자리에 와 있었다. 댄이 보기에는 그 스카우터가 케니를 줄곧 주시하는 것 같았다.

마지막 테스트만 잘하면 된다. 5.2초 안으로만 들어오면 합격이다. 다들 그렇게 말했다. 다른 테스트 종목을 아무리 잘해도 40야드 전력 달리기 기록이 5.2초보다 느리면 스카우터들은 흥미를 잃는다. 케니가 해내기만 하면, 케니가 제일 좋은 몸 상태로 뛰어주기만 하면…….

"저기요."

낯선 목소리에 댄은 잠시 놀랐지만 이내 그를 부르는 소리가 아닐 거라고 여겼다. 그래도 혹시 몰라 옆을 흘끗 보았는데, 낯선 남자가 선글라스 낀 댄의 눈을 똑바로 쳐다보고 있었다.

왜소한 남자, 라고 댄은 생각했다. 사실 댄의 눈에는 모든 사람이 왜소해 보였다. 단순히 키가 작다는 의미가 아니라 몸 자체가 자그마하다는 의미였다. 이 남자 역시 손도 작고 팔도 가늘어서 잘못하면 부서질 것 같았다. 다들 한 덩치 하는 사람들이 모인 곳이라 이 남자의 왜소한 몸뚱이가 유독 두드러졌다. 이쪽 관련자가 아님을 한눈에 알 수 있었다. 미식축구와 인연이 있을 만한 외모가 아니었다. 너무 자그마하고, 샌님 같았다. 그는 야구 모자를 바짝 아래로 내려쓴 채 부드럽고 친근한 미소를 짓고 있었다.

댄이 물었다.

"나한테 한 말입니까?"

"예."

"지금 바쁩니다."

남자는 여전히 미소 지었고 댄은 천천히 경기장 트랙으로 시선을 돌렸다. 경기장에서 케니가 스타팅블록에 발을 올렸다. 댄은 눈물이 차오르길 기대하며 아들을 바라보았다.

그런데 옆이 신경이 쓰여서인지 눈물이 나올 기미가 없었다.

댄은 애써 시선을 떼고 옆을 돌아보았다. 낯선 남자는 미소를 지은 채 그를 빤히 쳐다보고 있었다.

"뭡니까?"

"달리기가 끝날 때까지 기다리겠습니다, 댄."

"뭘 기다려요? 내 이름은 어떻게 알고……."

"쉿. 달리기 하는 거나 봅시다."

경기장에서 누군가 소리쳤다.

"제자리에, 준비."

그리고 출발 총성이 울려 퍼졌다. 댄은 곧장 고개를 돌려 아들을 보았다. 케니는 출발이 좋았다. 탈주한 트럭처럼 힘차게 레인을 달렸다. 댄의 얼굴에 미소가 번졌다. 누가 저 앞을 가로막을까. 그랬다간 케니가 풀잎처럼 쓸어버릴 것이다.

달리기는 순식간에 끝났지만 훨씬 오랜 시간이 소요된 것처럼 느껴졌다. 댄의 회사에 새로 들어온 트럭 기사 중에 학자금 대출을 갚으려고 일하는 녀석이 있는데, 그 녀석이 보내준 글에 따르면 사람들은 새로운 경험을 할 때 시간이 천천히 가는 것처럼 느낀다고 한다. 지금이 바로 그랬다. 1초 1초가 너무도 천천히 흐르는 듯한 기분이었다. 아마 댄이 새로운 경험을 하고 있기 때문일 것이다. 댄이 지켜보는 동안 아들은 40야드 전력 달리기를 개인 최고 기록으로 뛰었고 그 결과 아버지는 도달해본 적도 없는 특별한 위치에 다다랐다. 케니가 결승선을 5.07초로 통과하는 것을 보자 댄은 눈물이 나올 것 같았다.

하지만 또 방해를 받았다.

자그마한 남자가 말을 걸었다.

"대단하네요. 무척 자랑스러우시겠어요."

"물론 그렇죠."

댄은 그제야 낯선 자를 똑바로 대면했다. 짜증이 치밀었다. 자신의 인생에서 그야말로 최고의 순간일지도 모르는데, 재수 없는 얼간이에게 방해를 받았다고 생각하니 더 기분이 나빴다.

"내가 그쪽을 압니까?

"아뇨."

"스카우터인가요?"

낯선 자는 미소 지었다.

"제가 스카우터처럼 보이나요, 댄?"

"내 이름은 어떻게 알았습니까?"

"저는 많은 걸 알고 있습니다. 자, 받으세요."

낯선 자가 누런 서류 봉투를 내밀었다.

"이게 뭡니까?"

"아실 텐데요?"

"난 댁이 누군지 전혀……."

"이 일을 당신에게 알려준 사람이 지금까지 한 명도 없었다는 게 믿기지 않는군요."

"뭘 알려줘요?"

"저기 아드님 좀 보시죠."

댄은 경기장 트랙으로 고개를 돌렸다. 케니가 아버지의 인정을 받으려고 사이드라인 쪽을 바라보면서 함박웃음을 짓고 있었다. 댄의 눈에 눈물이 차오르기 시작했다. 댄은 아들에게 손을 흔들었다. 밤에 흥청대러 나가지도 않고, 술을 마시거나 마리화나를 피우거나 질 나쁜 녀석들과 어울리지도 않으며, 아무도 믿지 않겠지만 여전히 아버지와 게임을 하거나 인터넷으로 영화 보는 걸더 좋아하는 착실한 아들이 마주 손을 흔들었다.

"작년에 아드님 체중이 음, 104킬로그램 나갔죠. 그 후 갑자기 25킬로그램이나 늘었는데 아무도 이상하단 생각을 안 했다?"

댄은 심장이 철렁했지만 인상을 썼다.

"성장기라 그런 겁니다. 멍청하긴. 열심히 운동을 했기 때문이에요."

"아뇨, 댄. 윈스트롤 때문입니다. PED라고도 하죠."

"뭐라고요?"

"경기력 향상 약물이란 뜻입니다. 일반인들에게는 스테로이드로 알려져 있죠."

댄은 고개를 돌려 자그마한 낯선 자의 얼굴을 똑바로 쳐다보았다. 낯선 자는 여전히 미소 짓고 있었다.

"당신 지금 뭐라고 했어?"

"같은 말 반복하게 하지 마세요, 댄. 그 서류 봉투에 다 들어 있습니다. 아드님은 실크로드 사이트에 접속했어요. 그게 무슨 사이트인지 아세요? 딥웹(일반적인 검색 엔진으로 찾을 수 없는 웹—옮긴이)? 온라인 지하경제? 비트코인(온라인 가상 화폐—옮긴이)? 당신이 허락을 해주셨는지 아드님이 알아서 본인 돈으로 샀는지 모르겠지만, 당신도 진실을 알고 있지 않습니까?"

댄은 말문이 막혔다.

"그 안에 든 서류가 공개되면 여기 모인 스카우터들이 뭐라고 말할까요?"

"헛소리 작작해. 다 꾸며낸 얘기잖아. 그런 건 전부……."

"1만 달러입니다, 댄."

"뭐?"

"지금 이 자리에서 자세히 말할 필요는 없을 것 같고요. 모든 증거는 그 봉투 안에 있습니다. 케니는 윈스트롤부터 복용하기 시작했어요. 주로 쓰던 PED가 그거였죠. 그러다 아나드롤과 데카 듀라볼린도 쓰기 시작했습니다. 케니가 몇 번이나 그걸 구매했는지, 어떤 식으로 돈을 지불했는지, 댁의 컴퓨터 IP 주소까지 서류에 다 적혀 있습니다. 케니는 11학년 때부터 약물을 복용하기 시작했어요. 그러니 그동안 받은 트로피들, 모든 승리, 모든 기록들은…… 진실이 밝혀지는 순간 모두 없던 게 되고 말 겁니다, 댄. 당신이 오말리스 펍에 들어가면 축하한다며 등을 두드려주고, 경기에 행운을 빌어주고, 당신이 키운 착실한 아들을 높이 평가하던 마을 사람들이 케니가 약물을 복용하고 속임수를 써왔다는 걸 알면 당신을 어떻게 생각할까요?"

댄은 자그마한 남자의 가슴팍에 손가락을 갖다 댔다.

"지금 날 협박하는 거야?"

"아뇨, 댄. 1만 달러를 요구하는 겁니다. 일시불로요. 요즘 대학 등록금을 생각하면 제가 더 많은 돈을 요구할 수도 있다는 거 아실 겁니다. 운 좋은 줄 아세요."

그때 언제나 그의 눈에서 감격의 눈물이 나오게 하던 목소리가 오른쪽에서 들렸다.

"아빠?"

케니가 기쁨과 희망에 찬 얼굴로 천천히 뛰어오고 있었다. 댄은 그 자리에서 얼어붙어 아들을 쳐다보았다. 일순간 몸을 움직일 수가 없었다.

"이만 가보겠습니다, 댄. 모든 정보는 그 봉투에 들어 있으니 집에 가서 열어보세요. 내일 무슨 일이 일어날지는 당신에게 달려 있습니다. 지금은……." 낯선 자가 그들에게 다가오는 케니를 가리키며 말했다. "아드님과 이 특별한 순간을 즐기셔야죠."

29

미국재향군인회관은 세더필드 마을에서 비교적 번잡한 편인 중심가 가까이에 있었다. 도로변에 미터기가 설치된 주차 구역이 부족한 탓에 사람들은 미국재향군인회관 주차장에 자꾸 차를 대 놓았다. 이 문제를 해결하기 위해 미국재향군인회 측에서는 마을 사람인 존 보너를 주차장 경비원으로 고용했다. 보너는 이 마을 에서 자랐고 12학년 때 농구팀 주장까지 했을 정도로 재능이 있 었지만, 어느 날부터 정신병이 내면을 야금야금 좀먹어 마음속 깊게 뿌리를 박았다. 그때부터 보너는 세더필드 마을에서 거의 노숙자에 가까운 행색으로 살았다. 밤에는 파인스 정신병원에 있 다가, 낮에는 마을 여기저기를 느릿느릿 돌아다니면서 현 시장과 스톤월 잭슨 장군(1824~1863, 미국 남북전쟁 당시 남군의 장군—옮 긴이)에 관한 여러 정치적 음모를 씨부렁거렸다. 동창생 중 몇 명 은 보너의 처지를 안타깝게 여겨 도움을 주고 싶어 했다. 미국재 향군인회 회장이며 보너의 동창이기도 한 렉스 데이비스는 보너 에게 미국재향군인회관 주차장의 경비원 일을 맡기면 마을을 무 턱대고 돌아다니는 짓을 그만두지 않겠느냐고 아이디어를 냈다.
애덤이 알기로 보너는 경비원 일을 열심히, 지나칠 정도로 성실하게 하고 있었다. 강박 장애 성향을 타고난 터라 늘 커다란 공책을 갖고 다니면서 주차장을 드나드는 모든 차량의 제조사, 색상, 번호판에 관해 편집증적으로 장황한 설명과 상세한 기록을 해놓았다. 미국재향군인회관에 볼일이 있는 것도 아니면서 주차장에 들어온 차량의 차주에게 때로는 지나칠 정도로 열을 올리며 나가라고 경고하거나, 일부러 불법 주차를 하게끔 내버려두고 차주가 회관이 아닌 스톱앤드숍 슈퍼마켓이나 백야드리빙 매장으로 들어가는 걸 확인한 후 렉스 데이비스에게 전화를 걸어 알렸다. 자동차 수리소와 자동차 견인 서비스 회사의 사장으로 있는 렉스 데이비스는 마치 우연인 듯이 그런 차량들을 견인해 돈을 벌었다.

짜고 치는 판이었다.

애덤이 미국재향군인회관 주차장으로 차를 몰고 들어가자 보너는 역시나 미심쩍은 눈으로 쳐다보았다. 언제나 그렇듯이 보너는 남북전쟁 재연 축제 참가자처럼 단추가 잔뜩 달린 파란 상의와 빨간색과 하얀색 체크무늬가 들어간 식탁보 비스무리한 셔츠를 입고 있었고, 해진 바지 밑단 아래로 끈 없는 척스 컨버스 운동화를 신었다.

애덤은 가만히 넋 놓고 앉아 커린이 돌아오길 기다릴 수는 없다고 판단했다. 온갖 거짓말과 기만이 난무하고 있지만, 지난 며칠간 그를 몹시 혼란스럽게 만든 일들의 시작점은 바로 미국재향군인회관이었다. 바로 이곳에서 낯선 자는 애덤에게 그 빌어먹을 웹사이트에 대해 알려주었다.

"안녕하세요, 보너 씨."

보너가 그를 알아보았는지 여부는 알 수 없었다. 보너는 조심스럽게 인사를 받았다.

"아, 안녕하세요."

애덤이 차를 세우고 내리면서 말했다.

"문제가 좀 있어서요."

보너는 숱 많은 눈썹을 꿈틀거렸다. 그 꿈틀대는 눈썹을 보며 애덤은 라이언이 기르는 모래쥐를 떠올렸다.

"예?"

"도움을 청할까 하고요."

"버펄로윙스(향료 소스와 함께 제공되는 기름에 튀긴 닭날개 요리—옮긴이) 좋아해요?"

애덤은 고개를 끄덕였다.

"좋아하죠. 법스에 가서 사 올까요?"

보너는 정신병으로 사람이 이상해지기 전에는 천재였을지도 모른다. 사람들은 심각한 정신 질환을 가진 사람에 대해 늘 그렇게 얘기를 하곤 하지만.

보너는 경악했다.

"법스가 얼마나 개떡 같은데!"

"아, 그렇군요, 미안합니다."

보너는 애덤을 향해 한 손을 휘저었다.

"아, 나가요. 당신은 아무것도 아는 게 없네."

"미안합니다. 진짜로요. 저기, 좀 도와주세요."

"많은 사람들이 나를 필요로 하지만, 내가 모든 곳에 가 있을 수는 없잖아요?"

"그렇죠. 하지만 당신은 지금 여기 있어요. 안 그래요?"

"엥?"

"지금 이 주차장에 있잖아요. 이 주차장에서 일어난 문제 때문에 도움이 좀 필요합니다. 보너 씨는 지금 여기 있으니까 저를 도와줄 수 있을 거예요."

보너는 숱 많은 눈썹을 눈동자가 보이지 않을 정도로 잔뜩 내렸다.

"문제요? 내 주차장에서?"

"예. 지난번 밤에 제가 여기 왔었거든요."

"아, 라크로스 선수들을 뽑던 날 밤."

누가 이렇게 갑자기 기억을 떠올려 얘기했으면 흠칫 놀랐겠지만 보너라서 애덤은 그다지 놀라지 않았다.

"맞습니다. 그날 외부인 차량이 제 차 옆구리를 치고 갔어요."

"뭐요?"

"그래서 차가 좀 심하게 상했습니다."

"내 주차장에서요?"

"예. 외지에서 온 젊은 사람들이었던 것 같은데, 회색 혼다 어코드를 몰았습니다."

보너는 그의 주차장에서 일어난 부당한 짓거리에 분노해 얼굴이 벌겋게 달아올랐다.

"차량 번호 봤어요?"

"아뇨. 알아봐줬으면 하는 게 바로 그겁니다. 찾아서 배상을 청구하려고요. 그 차는 밤 10시 15분쯤에 이 주차장을 떠났습니다."

"아, 음, 기억나요." 보너는 커다란 공책을 꺼내 빠르게 페이지를 넘겼다. "월요일이었네."

"맞아요."

보너는 페이지를 휘릭휘릭 넘겼다. 그 속도가 점점 더 빨라졌다. 애덤은 보너의 어깨 너머로 공책을 흘끗 보았다. 두툼한 공책의 페이지마다 위아래 좌우로 깨알 같은 글씨들이 가득 차 있었다. 보너는 미친 듯이 페이지를 넘겼다.

그러다 우뚝 멈췄다.

"찾았습니까?"

보너의 얼굴에 슬며시 웃음이 떠올랐다.

"이봐요, 애덤?"

"예?"

보너는 웃는 얼굴로 그를 돌아보더니 모래쥐 같은 눈썹을 꿈틀대면서 말했다.

"200달러 있어요?"

"200달러요?"

"당신 나한테 거짓말했잖아."

애덤은 당황한 표정을 지어 보이려 애썼다.

"무슨 소립니까, 그게?"

보너는 공책을 탁 닫았다.

"그날 난 여기 있었어요. 누가 당신 차를 박았으면 내가 소리를 들었겠죠."

애덤이 반박하려는데 보너는 손바닥을 들어 올리며 막았다.

"밤이었다거나 시끄러운 소리가 났을 거라거나 차에 긁힌 자국이 났다는 말을 하기 전에, 당신 차가 지금 저기 세워져 있단 걸 잊어먹으면 안 되죠. 저 차는 상처 난 데가 전혀 없구먼. 저 차가 당신 마누라 차라든지 하는 거짓말을 할 생각이면…….” 보너는 여전히 웃는 얼굴로 공책을 들어 올리며 덧붙였다. “내가 그날 밤 여기서 있었던 일에 대한 상세한 기록을 갖고 있다는 걸 잊지 말아요.”

미끼를 물었다. 애덤이 일부러 어설프게 늘어놓은 거짓말을 보너가 답삭 물었다.

“보아하니 뭔가 다른 이유 때문에 그 남자의 차량 번호를 알고 싶은가 보네. 그 남자랑 귀엽게 생긴 금발 여자. 아, 예, 당연히 기억하죠. 나머지 사람들은 백만 번도 더 본 동네 얼뜨기들이고 그들은 낯선 외지인들인데. 여기 사람들이 아니잖아요. 그들이 왜 여기 왔는지 궁금하긴 했어요.” 보너는 다시 웃으며 덧붙였다. “이제 알겠네.”

애덤은 어떻게 말할지 이리저리 궁리하다가 단순하게 가기로 했다.

“200달러라고 했죠?”

“그만하면 공정한 값이에요. 아, 수표는 안 받아요. 동전도 안 받고요.”

30

린스키가 말했다.

"렌터카야."

린스키 부부는 첨단 장비들이 놓인 주방 한쪽 귀퉁이에 앉아 있었다. 오늘 린스키는 베이지색 코르덴 바지, 베이지색 모직 셔츠, 베이지색 조끼까지 온통 베이지색으로 차려입었다. 정원 파티에 참석한 사람처럼 입고 주방 식탁 앞에 앉아 차를 마시고 있는 유니스는 페인트볼 총에 맞은 것처럼 얼굴 화장이 몹시 요란했다. 애덤이 집으로 들어가자 유니스가 그를 맞이했다.

"좋은 아침이에요, 노먼."

자신은 노먼이 아니라고 말할까 애덤이 갈등하고 있는데 린스키가 말렸다.

"그러지 마. 인정 요법을 쓰고 있어. 그냥 유니스가 하는 대로 둬."

"월요일에 그 차를 렌트한 사람이 누군지 알아내셨어요?"

애덤이 물었다.

린스키는 눈을 가늘게 뜨고 모니터를 바라보았다.

"여기 나와 있어. 그 여자는 '로렌 바나'라는 이름으로 차를 빌렸는데, 가명이야. 좀 더 파보니까 원래 이름은 잉그리드 프리스비더라고. 거주지는 텍사스주 오스틴시."

린스키는 줄에 연결된 돋보기를 벗어 가슴께에 늘어뜨리고 애덤을 돌아보았다.

"아는 이름인가?"

"아뇨."

"시간이 좀 걸리겠지만 이 여자 뒷조사를 좀 해봐야겠어."

"그래 주시면 정말 큰 도움이 될 겁니다."

"해보지 뭐."

이제 어떻게 할 것인가? 무턱대고 비행기를 타고 오스틴시로 날아갈 수는 없었다. 이 여자의 휴대전화 번호를 알아내서 전화를 해야 하나? 뭐라고 말하지? "안녕하세요, 애덤 프라이스라고 합니다. 당신이랑 야구 모자를 쓴 남자가 일전에 나를 찾아와 내 아내에 대한 비밀을 폭로한 적이 있는데……."

"애덤?"

애덤은 고개를 들었다.

린스키가 두 손을 깍지 끼워 배에 얹으며 말했다.

"무슨 일 때문인지 굳이 나한테 말할 필요 없다는 건 알지?"

"예."

"그리고 확실히 해두겠는데, 자네가 나한테 한 얘기는 이 집 밖으로 새어 나갈 일 없어. 그것도 알지?"

"이 집 주인은 제가 아니라 선생님이시니, 선생님이 알아서 결정하실 일이죠."

"그렇긴 한데, 난 늙은 데다 기억력도 안 좋아."

"에이, 무슨 그런 말씀을요."

린스키는 미소 지었다.

"그러니까 자네 편한 대로 하라고."

"아뇨, 사실 부담되지 않으신다면 사정을 털어놓고 어떻게 생각하시는지 견해를 듣고 싶습니다."

"듣고 있으니 얘기해봐."

애덤은 어디까지 얘기해야 할지 확신이 서지 않았지만, 경찰 출신인 린스키는 남의 얘기를 잘 들어주는 편이었다. 왕년에 영화배우를 했으면 '좋은 경찰' 역할로 오스카상까지 받았을지 모른다. 결국 애덤은 전후 사정을 모두 털어놓았다. 낯선 자가 미국 재향군인회관에 들어온 순간부터 지금에 이르기까지 모두 다.

애덤은 얘기를 마친 후 린스키와 함께 한참을 말없이 앉아 있었다. 유니스는 차를 마셨다.

"경찰에 신고해야 할까요?"

애덤이 묻자 린스키는 미간을 찌푸렸다.

"검사로 일했었다고 했지?"

"예."

"그럼 잘 알겠네."

애덤은 고개를 끄덕였다.

"자네는 남편이야."

그걸로 모든 걸 설명할 수 있다는 투였다.

"자네는 아내가 끔찍한 방법으로 자네를 배신했다는 걸 얼마 전에 알았어. 그리고 아내는 사라졌지. 자네가 검사라면 이 사건을 어떻게 보겠나?"

"남편이 아내에게 무슨 짓을 했다고 보겠죠."

"그게 일단은 첫 번째 가정이야. 두 번째 가정은 자네 아내가…… 이름이 뭐라고 했지?"

"커린요."

"그래, 커린. 두 번째 가정은 커린이 자네한테서 도망치기 위해 돈을 마련하려고 그 무슨 스포츠 위원회인지 뭔지에서 공금을 훔쳤다는 거야. 수사가 시작되면 자네는 동네 경찰한테 아내가 가짜로 임신한 척을 했다는 것까지 말해야겠지. 그 경찰은 결혼했나?"

"했습니다."

"그럼 그 얘기까지 온 동네에 소문이 쫙 나겠네. 이 사건 전체를 놓고 볼 때 그런 소문쯤은 상관없다고 볼 수도 있지만, 어쨌든 상황을 다 고려해봐야 돼. 경찰들은 자네가 아내를 죽였다고 보거나, 아니면 자네 아내가 공금을 훔쳐 달아난 도둑이라고 생각할 거야."

린스키는 애덤이 이미 생각하고 있던 부분을 확실하게 짚어주었다.

"제가 어떻게 해야 할까요?"

린스키는 돋보기를 다시 썼다.

"아내가 떠나기 전에 보냈다는 문자메시지 좀 보여주게."

애덤은 그 문자를 찾아 휴대전화째로 린스키에게 건넸다. 그리고 노인의 어깨 너머로 그 메시지를 다시 읽어보았다.

우리 얼마간 떨어져 있는 게 좋겠어. 아이들을 부탁해. 나한테 연락하려고 하지 말아줘. 괜찮을 거야.

그리고

제발 며칠만 시간을 줘.

문자를 읽은 린스키는 어깨를 으쓱하고는 돋보기를 벗었다.

"어쩔 생각인가? 여기 적힌 대로라면 자네 아내는 자네한테서 떨어져 있을 시간을 필요로 해. 그래서 자기한테 연락하지 말라고 부탁도 했어. 자네는 지금 그 부탁대로 하고 있는 걸로 보이고."

"하지만 이대로 아무것도 안 하고 있을 수는 없습니다."

"그래, 그렇겠지. 경찰이 물어보면, 음, 어떻게든 대답을 해야 될 텐데."

"경찰이 왜 저한테 그런 걸 물어보겠습니까?"

"그거야 나도 모르지. 어쨌든 그동안 자네는 나름대로 노력을 했어. 차량 번호도 찾았고, 그걸 나한테 가져오기도 했지. 둘 다 잘한 일이야. 어쩌면 조만간 커린이 알아서 집으로 돌아올 수도 있지만, 지금으로선 우리가 먼저 커린을 찾아내는 편이 나아. 나는 이 잉그리드 프리스비라는 여자에 대해 파볼게. 뭔가 단서가 될 만한 게 나오겠지."

"예, 고맙습니다. 정말 감사드려요."

"애덤?"

"예?"

"커린이 정말 공금을 훔쳤을 가능성도 염두에 둬야 할 거야."

"만약 그랬다면 그럴 만한 이유가 있었을 겁니다."

"도망쳐야 돼서 도피 자금이 필요했거나, 아니면 그 협박한 놈한테 돈을 줘야 했거나."

"아니면 우리가 생각하지 못한 다른 이유가 있거나요."

"어쨌든 자네는 커린을 유죄로 만들 만한 어떤 정보도 경찰한테 줘선 안 돼."

"알고 있습니다."

"커린이 피츠버그에 있었다고 했지?"

"휴대전화 위치 찾기 앱에는 그렇게 표시돼 있었어요."

"거기에 아는 사람이 있나?"

"아뇨."

애덤은 유니스를 돌아보았다. 유니스는 애덤에게 미소를 지으며 찻잔을 들어 올렸다. 외부인의 눈에는 완벽하게 정상적인 집안 풍경처럼 보이겠지만, 유니스의 상태에 대해 알면…….

문득 어떤 기억이 떠올랐다.

"왜?"

"커린이 사라지기 전날 아침 일이 생각나서요. 아래층으로 내려갔더니 애들은 식탁 앞에서 아침을 먹고 있었고 커린은 뒷마당에서 통화 중이었습니다. 저를 보더니 전화를 끊었고요."

"누가 전화했는지 아나?"

"아뇨. 하지만 웹에서 찾아보면 나올 겁니다."

린스키는 일어서더니 애덤에게 모니터 앞에 앉으라고 손짓했다. 애덤은 그리로 가 앉아 통신업체인 버라이즌사의 웹사이트를 화면에 띄우고 전화번호와 비밀번호를 입력했다. 애덤은 비밀번호를 외우고 있었다. 기억력이 별나게 좋아서가 아니라, 그와 커린이 이런 사이트들의 비밀번호를 거의 동일한 것으로 쓰고 있기 때문이었다. 비밀번호는 항상 대문자로 'BARISTA'였다. 왜냐고? 그들이 커피숍에 앉아 주변을 둘러보면서 어떤 단어를 비밀번호로 할지 고르고 있을 때 눈에 띈 게 바로 바리스타였기 때문이었다. 그들과는 아무 연관도 없는 단어라 비밀번호로 알맞았다. 일곱 글자보다 길게 비밀번호를 넣어야 하는 사이트에서는 'BARISTABARISTA', 숫자를 포함한 비밀번호로 해야 하는 사이트에서는 'BARISTA77.'

그런 식이었다.

애덤은 두 번 만에 맞는 비밀번호를 입력했다. BARISTA77이었다.

링크들을 클릭해 들어가 커린의 최근 발신 통화 목록부터 살펴보았다. 부디 운이 따라주기를, 커린이 몇 시간 전이나 어젯밤 늦게라도 누군가에게 전화를 건 기록이 있기를 바랐지만 없었다. 커린의 마지막 발신 통화는 그녀가 달아난 날 아침 7시 53분에 걸었던 전화로, 애덤이 찾고 있던 번호였다.

통화 시간은 3분도 채 되지 않았다.

그날 커린은 뒷마당에 나가 소곤소곤 통화를 하고 있었고, 애덤이 다가가자 전화를 끊어버렸다. 애덤이 휴대전화를 보여달라고 했지만, 커린은 누구와 통화 중이었는지 애덤에게 알려주지 않았다. 그 번호는······.

애덤은 화면 오른쪽에 뜬 전화번호로 눈길을 돌렸다. 그 번호를 본 그의 표정이 굳었다.

"아는 번호야?"

"예."

31

쿤츠는 권총 두 자루를 허드슨강에 던졌다. 권총이라면 얼마든지 더 있으니 문제 될 건 없었다.

지하철을 타고 168번로로 갔다. 브로드웨이 역에서 내려 세 블록을 걸어서 한때 콜롬비아 장로교 병원으로 불렸던 병원 입구에 도착했다. 지금 이 병원은 모건 스탠리 뉴욕 장로교 어린이 병원이다.

모건 스탠리. 그렇다. 어린이 의료 서비스 하면 제일 먼저 떠오르는 이름이 바로 다국적 대형 금융회사인 모건 스탠리다.

돈이 최고다. 돈이면 뭐든 된다.

쿤츠는 굳이 신분증을 보여주지 않았다. 이곳을 워낙 자주 방문해서 안내 데스크 뒤의 보안 요원들도 그를 잘 알았다. 그들은 쿤츠가 한때 뉴욕 경찰국 소속 경찰이었다는 것도 알았다. 그중 일부는, 어쩌면 대부분이 그가 무슨 이유로 뉴욕 경찰국에서 쫓겨났는지도 알고 있었다. 신문에 떠들썩하게 실렸으니까. 가짜 진보주의 언론은 앞장서서 그를 잘근잘근 씹었다. 그의 일자리를 빼앗고 생계를 끊어놓은 것으로 모자라 그에게 살인죄를 씌워 감방에 처넣으려 했다. 그래도 거리에서 그를 지지해준 사람들이 있었다. 그들은 쿤츠가 일방적으로 매도당하고 있다고 주장했다.

그들의 말이 진실이었다.

그 사건은 신문에 보도됐다. 체포에 불응한 덩치 큰 흑인 남자. 흑인 남자는 93번로의 식료품점에서 물건을 훔치려다 붙잡혔다. 한국인 가게 주인이 앞을 막아서자 흑인 남자는 그를 밀쳐 쓰러뜨리고 발로 걷어찼다. 쿤츠와 그의 동료인 스쿠터가 남자를 구석으로 몰았다. 그러나 그는 멈추지 않았다. 오히려 으르렁거리며 짖어댔다. "난 네놈들 안 따라가. 담배 한 갑만 가져가면 돼." 그러고는 아무렇지 않게 걸어갔다. 경찰 두 명이 와 있는데, 방금 범죄를 저지른 놈이 저 하고 싶은 대로 하겠다는 거였다. 스쿠터가 앞을 막아서자 흑인 남자는 그를 밀치고 계속 걸어갔다.

결국 쿤츠는 그를 바닥에 쓰러뜨렸다.

그 흑인 남자가 당시 어떤 건강상의 문제를 갖고 있었는지 쿤츠가 어떻게 알 수 있었을까? 어이가 없었다. 당신 같으면 그 상황에서 범죄자를 그냥 놓아줬겠는가? 범죄자가 경찰인 당신의 말을 귓등으로도 안 듣는다면? 범죄자를 살살 바닥에 눕혀줄까? 당신과 당신 동료의 목숨을 위험에 노출시켜가면서?

대체 어떤 멍청이들이 이따위 규칙을 만들었지?

상황을 짧게 요약하자면 이랬다. 그 흑인은 사망했고 가짜 진보주의 언론은 흥분해서 날뛰었다. 케이블 방송국의 레즈비언 기자 년이 앞장서서 발동을 걸었다. 그년은 쿤츠를 인종차별주의자에 살인자로 몰았다. 흑인 인권 운동가 알 샤프턴이 가두시위를 이끌었다. 그 후 어떤 수순이었는지 짐작이 될 것이다. 그들은 쿤츠의 과거 기록이 얼마나 깨끗한지, 그가 그동안 받은 무공 표창

장이 얼마나 많은지, 그가 할렘의 흑인 아이들과 더불어 얼마나 열심히 자원봉사를 해왔는지 따위는 전혀 고려하지 않았다. 뼈암을 앓는 열 살배기 아들을 둔 아버지로서 개인적인 아픔을 갖고 있다는 사실 또한 염두에 두지 않았다. 그들에게 그런 건 아무 의미가 없었다.

존 쿤츠는 그저 인종차별주의자에 살인자일 뿐이었다. 그동안 그가 불시단속으로 잡아들였던 인간쓰레기들과 다름없는 사악한 범죄자.

쿤츠는 승강기를 타고 7층으로 올라갔다. 간호사실을 향해 고개를 끄덕여 인사한 후 서둘러 715호실로 들어갔다. 바브는 늘 앉는 의자에 앉아 있었다. 쿤츠를 돌아보며 힘없이 미소 짓는 그녀의 눈 밑이 어두웠다. 머리카락은 심야 버스를 타고 온 사람처럼 축 늘어져 있었다. 그래도 그녀가 미소 짓는 순간만큼은 그의 눈에 다른 건 아무것도 보이지 않았다.

아들은 자고 있었다.

"나 왔어."

쿤츠가 나지막하게 속삭였다.

"응."

바브도 속삭였다.

"로비는 좀 어때?"

바브는 어깨를 으쓱했다. 쿤츠는 아들의 침대로 다가가 가만히 내려다보았다. 억장이 무너졌다. 그는 아들을 보며 다시 한 번 결심을 굳혔다.

"집에 가서 잠깐이라도 쉬고 오지그래?"

"조금 이따가. 앉아서 나하고 얘기나 해."

기생충 같은 언론이라는 표현을 자주 들어봤을 것이다. 존 쿤츠의 사건에서 언론의 그런 속성은 다른 어느 때보다 적나라하게 드러났다. 언론은 그에게 떼 지어 몰려들어 아무것도 남지 않을 때까지 그를 집어삼켰다. 그는 직장을 잃었고, 연금과 수당도 잃었다. 돈이 없어 아들에게 최고의 치료를 받게 해줄 수도 없게 됐다. 그게 제일 견딜 수 없는 고통이었다. 경찰관이든 소방관이든 인디언 추장이든 아버지라면 누구나 가족을 건사해야 한다. 아들의 고통을 덜어주지는 못할망정 아들이 고통받는 모습을 멍하니 앉아 쳐다보기나 할 수는 없다.

그렇게 인생의 바닥을 치고 있을 때 쿤츠에게 구원의 손길이 왔다.

인생이란 늘 그런 식으로 풀리지 않던가?

친구의 친구의 소개로 쿤츠는 래리 파워스라는 이름의 아이비리그 대학 출신 젊은이 밑에서 일하게 됐다. 래리 파워스는 집수리를 도와줄 기독교인들을 쉽게 찾을 수 있게 해주는 새로운 앱을 개발해 회사를 설립했다. 그 회사는 자선과 건축이라는 콘셉트로 홍보를 했지만, 실제로 뭐 하는 회사인지 같은 사업적인 면 따위는 쿤츠가 알 바 아니었다. 그가 맡은 업무는 개인 및 기업 보안이었다. 회사의 핵심 직원들과 기업 비밀을 지키는 일이었다. 그는 오로지 맡은 일에 집중했다.

그리고 일을 잘해냈다.

신생 회사라 첫 급여는 형편없이 적었다. 하지만 일을 할 수 있고, 가장으로서 고개 들고 살 수 있으니 이게 어디냐 싶었다. 회사에서는 미래의 수익을 약속하는 차원에서 그에게 스톡옵션을 주었다. 위험성이 있긴 했지만 큰돈을 버는 방법일 수도 있었다. 회사가 잘 풀리면 나중에 꽤 짭짤한 이득을 챙길 수 있을 테니까.

그리고 그렇게 되었다.

아무도 예상치 못한 방식으로 그 회사의 앱이 인기를 얻기 시작했다. 그리고 3년이 지난 지금, 뱅크오브아메리카사가 그 회사의 신규 상장 업무를 맡고 나섰다. 일이 이대로 잘만 풀리면 (대박까지는 아니더라도 그럭저럭 잘 풀리기만 해도) 앞으로 두 달 후 그 회사의 주식이 주식시장에서 거래되기 시작할 테고, 존 쿤츠가 얻게 될 수익은 1700만 달러(한화 약 200억 원—옮긴이)에 달할 것이었다.

그 숫자를 마음에 깊이 새겼다.

1700만 달러.

복직이고 구제고 필요 없다. 그만한 돈이 수중에 들어오면 세계 최고의 의사에게 아들의 치료를 맡길 수 있으리라. 자택 치료를 비롯해 뭐든 최고로 지원할 수 있다. 다른 두 아이인 캐리와 해리도 좋은 학교에 보내고, 좋은 집에서 살게 해주고, 나중에 사업을 하겠다고 하면 밀어줄 수도 있을 것이다. 바브를 위해 가사 도우미도 구할 수 있다. 그리고 바브와 함께 휴가를 떠나는 것이다. 바하마가 좋겠지. 바브는 바하마의 아틀란티스 호텔 광고지를 늘 바라보곤 했다. 그들 부부는 6년 전에 사흘짜리 카니발 유람선 여행을 한 후로 한 번도 여행을 가지 못했다.

1700만 달러. 그 돈이면 쿤츠 가족의 모든 꿈이 이루어질 수 있었다.

그런데 지금 또다시 누군가가 그에게서, 그의 가족에게서 모든 것을 빼앗으려 하고 있었다.

32

애덤의 차는 미식축구팀 뉴욕 자이언츠와 뉴욕 제츠의 홈구장인 메트라이프 스타디움 앞을 지나갔다. 그는 도로를 따라 400미터쯤 더 가서 어느 사무용 건물 주차장에 차를 세웠다. 주변의 다른 건물들과 마찬가지로 이 건물도 오래된 습지대 위에 세워진 까닭에 습지 특유의 냄새를 풍겼다. 뉴저지주에 얽힌 설화의 바탕이 되고 뉴저지주 전체가 습하다는 편견에 일조하는 눅눅한 냄새. 이 냄새의 원인 중 일부는 습지대라는 특성이고(분명한 요인이다), 일부는 습지대의 물을 빼내는 데 사용하는 화학 약품이며, 일부는 기숙사 방에서 학생들이 대충 헹궈 쓰는 물파이프였다.

그 원인들이 뒤섞여 고약한 냄새를 풍겨대는 것이다.

1970년대 지어진 이 사무용 건물은 건축가가 〈브래디 번치〉(1969~1974년 미국 ABC 방송국에서 방영한 시트콤으로, 6남매나 되는 대가족의 바른 생활을 코믹하게 그린 드라마―옮긴이)에서 영감을 받아 지은 것 같았다. 갈색이 잔뜩 들어갔고, 고무바닥은 〈브래디 번치〉 시트콤에서 그대로 찍어다 붙인 듯했다. 애덤은 하역장이 내다보이는 1층 사무실 문을 두드렸다.

트립 에번스가 문을 열었다.

"애덤?"

"내 아내가 너한테 왜 전화했어?"

마을 밖에서 트립을 보니 낯설었다. 트립은 마을에서 인기가 많고 호감도도 높으며, 그가 거주하는 작은 세상 속에서 중요 인사로 통했다. 그런데 여기서는 그저 평범했다. 애덤은 트립이 어떻게 살아왔는지 대충 알고 있었다. 커린이 세더필드에서 살았던 어린 시절, 트립의 아버지는 마을 중심에 에번스 스포츠 용품점을 시작했다. 지금은 드러그스토어 체인점 라이트에이드가 들어서 있는 자리다. 에번스 스포츠 용품점은 그 후 30년간 마을의 모든 아이들에게 스포츠 장비를 팔았고, 세더필드 고등학교에 대표팀 재킷과 연습복을 공급했다. 얼마 후에는 근처 다른 마을에 매장 두 개를 추가로 열었다. 대학을 졸업하고 고향으로 돌아온 트립은 에번스 스포츠 용품점의 마케팅 업무를 총괄했다. 전단지를 만들고, 사람들이 에번스 스포츠 용품점과의 끈을 놓지 않도록 특별 행사도 기획했다. 이 지역 출신 프로 선수들을 돈 주고 초청해 고객들을 위한 사인회도 열었다. 좋은 시절이었다.

가족 경영 사업체가 대부분 그렇듯 에번스 스포츠 용품점도 어느 날부터 하락세를 타기 시작했다. 허먼 스포츠 용품 세상 매장이 마을로 들어오고, 고속도로변에 모델스가 문을 열었다. 이어서 딕스를 비롯한 여러 스포츠 용품점이 줄줄이 마을에 진입했다. 에번스 가족의 사업은 서서히 시들어 마침내 문을 닫았다. 그래도 트립은 쓰러지지 않았다. 그는 그동안 쌓은 경력을 바탕으로 매디슨가에 소재한 대형 광고 회사에 들어갔다. 하지만 그러는 동안 그의 가족들은 몹시 고통받았다. 몇 년 후 트립은 교외에 작은 회사를 차렸다. 브루스 스프링스틴의 노랫말을 인용하자면 "이곳 뉴저지의 습지대에" 차린 회사였다.

"어디 앉아서 얘기할까?"

"그래."

"바로 옆에 커피숍이 있어. 잠깐 걷자."

애덤이 걸을 기분 아니라고 말하려는데 트립은 벌써 문을 나섰다.

트립 에번스는 속에 입은 브이넥 티가 비칠 만큼 얇은 황백색 반소매 와이셔츠에 중학교 교장들이나 입을 법한 갈색 정장 바지를 입었다. 신발은 좀 커 보였다. 정형외과 전문의의 처방을 받은 맞춤형 신발이 아니라 격식을 덜 차리는 자리에서 신는, 편안하고 덜 비싼 브랜드의 신발이었다. 마을에서 애덤은 세더필드 라크로스 로고가 새겨진 폴로셔츠, 시원한 카키 바지, 챙이 빳빳한 야구 모자, 목걸이처럼 목에 건 호루라기 등 좀 더 편안한 코치복 차림의 트립을 보는 데 익숙했다.

여기서 트립은 많이 달라 보였다.

그들은 작고 값이 싼 구식 커피숍으로 들어갔다. 쪽진 머리에 연필을 꽂은 웨이트리스까지 그곳 분위기에 잘 어울렸다. 그들은 둘 다 커피를 주문했다. 그냥 커피였다. 여기는 마키아토라든지 라테 따위를 파는 곳이 아니었다.

트립이 끈적한 탁자에 두 손을 얹으며 물었다.

"무슨 일로 찾아왔어?"

"내 아내가 너한테 전화를 했어."

"그건 어떻게 알았는데?"

"통화 기록을 봤어."

"통화 기록을 봤다니……." 트립은 두 눈썹을 위로 약간 치켰다. "너 제정신이야?"

"아내가 왜 전화했냐니까?"

"왜겠어?"

"공금을 훔쳤느니 어쩌니 하는 그 문제 때문에?"

"당연히 그 문제 때문이지, 아니면 뭐겠어?"

트립은 애덤의 대답을 기다렸지만 애덤은 바로 다른 질문을 했다.

"커린이 너한테 무슨 얘길 했어?"

그때 웨이트리스가 와서 탁 소리가 나게 커피를 탁자에 내려놓았다. 받침 접시에 커피 몇 방울이 튀었다.

"시간이 더 필요하다더라. 나는 이만하면 충분히 오래 기다렸다고 말했어."

"무슨 뜻이야?"

"다른 위원들이 조바심을 쳤어. 몇 명은 커린에게 더 강하게 따져야 한다고 했고, 몇 명은 당장 경찰에 신고해서 공식 조사를 받게 해야 한다고 했지."

"그럼, 그렇게 한 지가 대체 얼마나 된 거야?"

"뭐, 자체 조사?"

"그래."

트립은 커피에 설탕을 약간 넣었다.

"한 달 조금 넘었지."

"한 달?"

"어."

"그동안 어떻게 나한테 한 마디도 안 했어?"

"하려고 했지. 미국재향군인회관에 다들 모여 선수들을 선발하던 그날 밤에. 네가 밥한테 들이받길래 이미 알고 있나 보다 했는데."

"전혀 몰랐어."

"그래, 그런 것 같다."

"언질이라도 줄 수 있었잖아, 트립."

"그렇긴 한데, 그럴 수 없는 이유가 있었어."

"무슨 이유?"

"커린이 남편한테 말하지 말아달라고 신신당부를 했거든."

애덤은 얼어붙은 듯이 가만히 앉아 숨을 고르다가 말했다.

"이해가 가게끔 얘기해줘."

"쉽게 설명할게. 커린은 우리가 공금 횡령을 따져 물으려고 하니까, 너한테만은 얘기가 들어가지 않게 해달라고 했어. 그렇게 된 거야."

애덤이 조용히 물었다.

"그날 아침에 통화하면서 커린이 뭐라고 말했어?"

"시간을 조금만 더 달라더라."

"그래서 그렇게 해주겠다고 했어?"

"아니. 더는 힘들다고 했어. 위원들을 더 이상 말리기 힘들 것 같다고."

"어떤 위원들이……."

"전부 다. 그중에서도 특히 밥, 칼, 렌이 압박을 가했어."

"커린은 뭐라고 했어?"

"일주일만 더 시간을 달라고 부탁을, 아니 애원을 하더라. 자기가 결백하다는 걸 증명할 방법이 있다고 했어. 그런데 그러려면 시간이 더 필요하다는 거야."

"그 말을 믿었어?"

"솔직히 말할까?"

"그래."

"더는 믿음이 안 갔지."

"넌 어떻게 생각했는데?"

"빼간 돈을 어떻게든 채워 넣을 방법을 찾고 있나 보다 했지. 우리가 경찰에 고발까지 하진 않으리란 걸 커린은 알고 있었어. 우린 그저 빈 금액이 채워지기만 하면 된다고 여겼으니까. 그래서 난 커린이 친척이나 친구한테 연락해서 돈을 마련하고 있을 거라고 생각했지."

"그런 문제라면 커린이 왜 나한테 말을 안 했을까?"

트립은 대답 대신 커피만 홀짝였다.

"트립?"

"그 질문에 대한 답은 '나도 모른다'야."

"앞뒤가 안 맞아."

트립은 커피를 한 모금 더 마셨다.

"내 아내와는 언제부터 아는 사이였어, 트립?"

"알잖아. 나는 커린이랑 세더필드에서 같이 자랐어. 커린은 나보다 두 살 아래고, 내 아내 베키와 같은 학년이었어."

"그럼 알겠네. 커린이 그런 짓을 할 사람이 아니라는 거."

트립은 커피를 가만히 내려다보다가 말했다.

"나도 오랫동안 생각해봤어."

"어쩌다 커린에 대해 그런 의심을 하게 됐어?"

"애덤, 너도 검사 일을 해봤으니 알잖아. 커린이 처음부터 작정하고 훔친 거라고는 생각 안 해. 어쩌다 그렇게 됐겠지. 가령 교회에서 십일조 헌금을 훔친 사람 좋은 할머니도, 스포츠 위원회 공금에 손을 댄 위원도 처음부터 훔칠 의도로 그런 짓을 하진 않아. 순수하고 좋은 의도로 손을 댔다가 점점 무뎌지는 거야."

"커린은 그런 사람이 아니야."

"그런 사람이 따로 있냐. 그런 사람은 따로 있다고 생각하니까 막상 눈앞에서 일이 터지면 충격을 받는 거잖아. 안 그래?"

애덤은 트립이 철학적인 장광설을 늘어놓기 시작했음을 감지하고 말을 가로막을까 갈등하다가 내버려두기로 했다. 트립이 말을 많이 할수록 단서도 많이 얻을 수 있을 테니까.

"예를 들면 말이야, 네가 라크로스 연습 일정을 짜느라 밤늦게까지 일을 했다고 치자. 진짜 열심히 일을 하고 이런 작은 식당에 들어와서 커피를 주문했어. 지금 우리가 마시는 것 같은 이런 커피. 그런데 깜박하고 차에 지갑을 두고 온 거야. 그럼 넌 이렇게 생각하겠지. 공금을 조금만 쓰자. 늦게까지 일했는데 위원회가 이 정도 돈은 내줘야 맞잖아. 이만하면 합법적인 지출이지. 뭐 이렇게."

애덤은 대꾸하지 않았다.

"그리고 몇 주 후에, 가령 톰스리버 마을에서 경기가 열리는 날 심판 한 명이 오지 않아서 네가 대신 톰스리버 마을까지 가서 세 시간 동안 심판을 봐야 했어. 그럼 넌 이렇게 생각하겠지. 내가 이렇게 수고했는데 위원회가 휘발유 값 정도는 내줘야 맞잖아. 아니면 저녁 식사 값이라도. 집에서 멀리까지 왔고 경기도 늦은 시간에 끝났으니까. 어차피 얼마 후에 위원회 회의가 있고, 회의가 늦어지면 코치들에게 저녁 식사 대신 피자라도 시켜줘야 되는데 그 대금에 같이 포함시키면 될 거야. 그리고 얼마 후에 어린 선수들 경기에 심판을 봐줄 동네 10대들을 고용해야 할 일이 생겨. 그때 넌 네 10대 아들들이 그 일을 하게 편의를 봐주는 거야. 안 될 거 뭐 있어? 내 애들 말고 달리 누굴 쓰는 게 낫겠어? 어차피 내가 위원회를 위해 자원봉사 활동을 하는데 내 가족이 이득을 좀 보는 게 어때, 라고 생각하면서."

애덤은 조용히 듣고만 있었다.

"그런 식으로 차츰 미끄러지는 거야. 그렇게들 시작한다고. 그러다 어느 날 차 할부금을 제때 못 낼 일이 생겨. 그런데 네가 알기로 위원회 공금 중에 여윳돈이 있어. 바로 네 자원봉사 덕에 생긴 여윳돈이지. 그래서 넌 그 돈을 조금만 빌리기로 해. 갚으면 되니까 크게 문제 될 건 없다고 생각하지. 그 돈을 빌린다고 누가 다치나? 아니잖아. 그렇게 자신을 속이면서 정당화하는 거야."

설을 다 풀어놓았는지 트립은 조용히 애덤을 쳐다보았다.

애덤이 입을 열었다.

"진심으로 하는 얘긴 아니겠지."

"진심이야, 친구."

트립은 보란 듯이 손목시계를 내려다보았다. 그리고 탁자에 지폐 몇 장을 놓아두고 일어섰다.

"혹시 누가 알겠어? 우리 모두가 그동안 커린의 실체를 모르고 오해하고 있었는지도 모르지."

"네가 오해하고 있잖아."

"나도 정말 착잡하다."

"커린이 시간을 조금만 더 달라고 했다며. 그렇게 해줄 수 있어?"

트립은 조용히 한숨을 쉬며 바지춤을 약간 끌어올렸다.

"애써볼게."

33

오드리 파인은 마침내 사건과 관련 있어 보이는 진술을 했다. 그 진술을 통해 조해너는 첫 번째 단서를 얻었다.

조해너 그리핀 경찰서장의 예측대로, 카운티 경찰들은 배우자부터 의심하기 시작해 마티 댄을 부인 하이디를 죽인 살인자로 몰아붙였다. 불쌍한 마티는 하이디의 사망 추정 시간에 확실한 알리바이를 갖고 있었는데도 카운티 경찰들은 포기하지 않았다. 아직까지는 그랬다. 그들은 마티가 '살인 청부업자'를 고용했을 가능성을 염두에 두고 불쌍한 마티의 전화 통화 기록과 문자메시지, 이메일까지 파헤쳤다. 마티와 가상의 살인 청부업자 간의 연결점을 찾기 위해 TTI 바닥 관리 회사 사무실마다 돌아다니며 마티가 최근에 어떻게 행동했는지, 누구와 접촉했는지, 술이나 점심을 먹으러 어디로 가는지 등등을 캐묻고 다녔다.

핵심은 점심 식사였다.

카운티 경찰들은 마티가 점심을 먹은 장소를 파헤치고 다녔다. 하지만 조해너가 보기에 그쪽은 중요하지 않았다.

중요한 곳은 하이디가 점심을 먹은 장소다.

조해너는 하이디가 매주 여자 친구들과 모여 점심을 먹는다는 사실을 알고 있었다. 한두 번 그 자리에 참석한 적도 있었다. 처음에는 여유 있는 아줌마들이 모여 먹고 놀면서 시간 낭비를 하는 모임이라고 여겼다. 물론 그런 면도 있지만, 그게 전부는 아니었다. 다른 여성들과 유대 관계를 맺고픈 마음에 모이는 것이었다. 친구들과 시간을 공유하고, 가족이나 직장 동료 외에 다른 누군가와 관계를 맺기 위해, 점심을 평소보다 좀 더 오래 먹으며 즐기는 여자들끼리의 모임이었다.

그 모임 자체에 문제가 있었을 리는 없지 않을까?

이번 주 점심 모임 장소는 레드랍스터였고 참석자는 오드리 파인, 케이티 브래넘, 스테파니 카일스와 하이디였다. 조해너는 그 여자들을 찾아가 물어봤지만 특별히 평소와 다른 점은 없었다고 했다. 집에서 살해당하기 24시간 이내에 하이디와 함께 있었던, 그날 점심 모임 참석자들의 진술에 따르면 하이디는 평소와 다름없이 씩씩했다고 한다. 그 여자들을 찾아가 얘기를 나누면서 조해너는 기분이 묘해졌다. 다들 크게 충격을 받은 모습이었다. 다들 제일 친한 친구를 잃었다고 말했다. 하이디는 속내를 털어놓을 수 있는 친구였고 그들 중에 제일 강한 여자였다고 했다.

조해너의 생각도 같았다. 하이디는 마법이었다. 주변 사람들로 하여금 스스로를 본인 생각보다 더 나은 존재로 인식하게 하는 힘이 있었다.

어떻게 고작 총알 하나가 그녀의 영혼을 몸 밖으로 끌어냈을까?

조해너는 하이디와 점심을 같이 먹은 여자들을 전부 만나 진술을 받았지만 건질 건 별로 없었다. 더 캐낼 게 없겠다 싶어 카운티 경찰들이 떠올리지 못한 다른 쪽을 파볼 생각을 하고 있는데, 오드리가 뭔가를 기억해냈다.

"하이디가 그날 주차장에서 젊은 커플과 얘기하는 걸 봤어요."

조해너는 멍하니 과거의 기억을 더듬고 있던 참이었다. 20년 전, 조해너는 수많은 시행착오 끝에 '기적적으로' 체외수정을 통해 임신했다. 조해너는 그날 산부인과에 같이 가준 하이디와 그 기쁜 소식을 전해 들었다. 그리고 얼마 후 유산을 했다. 유산하고 조해너가 제일 먼저 전화를 건 사람도 하이디였다. 하이디는 전화를 받자마자 차를 운전해 한달음에 와주었다. 조해너는 하이디의 차 조수석에 앉아 유산했다고 말했고 두 여자는 함께 한참을 울었다. 그날 하이디가 운전대에 엎드려 머리카락을 부채처럼 펼쳐놓고 아기를 잃은 그녀를 위해 울어주던 모습을 조해너는 잊을 수 없었다. 두 사람 모두 잘 알고 있었다.

이제 또 다른 기적을 기대할 수 없다는 사실을. 그 임신이 조해너에겐 유일한 기회였다. 그 후 조해너와 리키는 아이 없이 살아갔다.

"잠깐. 젊은 커플요?"

"우린 작별 인사를 하고 각자 차로 돌아갔어요. 오렌지플레이스 쪽으로 가려고 차를 운전해 주차장을 나서려는데, 트럭이 내 앞으로 엄청 빠르게 지나가는 거예요. 내 차 전면 그릴을 쳐서 떨어뜨리지 않을까 싶을 정도로요. 그때 백미러를 봤는데 하이디가 젊은 커플과 얘기를 하고 있었어요."

"어떻게 생긴 사람들이었죠?"

"자세히는 모르겠고 여자는 금발이었어요. 남자는 야구 모자를 썼고요. 그들이 하이디한테 길을 묻나 보다 했죠."

오드리는 그 외에 다른 건 기억해내지 못했다. 대수롭지 않게 여겨서일 것이다. 그런데 요즘은 세상 곳곳에, 특히 체인점 매장과 식당에는 거의 대부분 보안 카메라가 설치돼 있다. 영장을 받으려면 시간이 오래 걸리니 조해너는 일단 레드랍스터 식당을 찾아갔다. 그 식당 보안팀장이 비디오테이프에 녹화된 보안 카메라 영상을 DVD로 복사해주었다. 비디오라니 참 구식이란 생각이 들었다. 보안팀장은 '식당 정책'이라며 나중에 그 DVD를 돌려달라고 했다. 그는 "꼭 반납 받게 되어 있어서요"라고 말했다.

"알겠습니다."

비치우드 경찰서에는 DVD 플레이어가 있다. 조해너는 서둘러 경찰서 내의 본인 사무실로 들어가 문을 닫고 DVD를 플레이어에 집어넣었다. 화면에 영상이 떴다. 보안팀장은 복사를 제대로 잘 떠주었다. 2초 후, 오른쪽 구석에서 걸어오는 하이디가 보였다. 그 모습을 본 순간 조해너는 숨이 턱 막히는 기분이었다. 죽은 친구가 살아서 하이힐을 신고 비틀거리며 걸어오는 모습을 보니 비극이 더욱 생생하게 느껴졌다.

하이디는 죽었다. 영원히 사라져버렸다.

영상에는 소리가 녹음돼 있지 않았다. 하이디는 계속 걷다가 갑자기 걸음을 멈추고 고개를 들었다. 앞에 야구 모자를 쓴 남자와 금발 여자가 서 있었다. 오드리의 말대로 젊은 남녀였다. 조해너는 그 영상을 두 번, 세 번, 네 번 돌려 보면서 두 젊은 남녀의 얼굴 특징을 잡아내려 했지만 카메라의 높이와 각도 때문에 잘 보이지 않았다. 이대로라면 결국 카운티 경찰서로 영상을 보내 그쪽 컴퓨터 전문가와 기술자들에게 뭐든 건질 게 있는지 분석을 의뢰해야 할 판이었다.

하지만 아직은 아니다.

조금 더 보기로 했다. 처음에는 젊은 커플이 정말로 길을 묻고 있는 것 같았다. 평범하게 봐서는 그랬다. 그러나 점점 시간이 흐르면서 조해너는 소름이 돋는 것을 느꼈다. 우선 단순히 길을 묻는다고 보기엔 대화 시간이 너무 길었다. 그리고 조해너는 친구 하이디를 잘 알았다. 하이디의 평소 버릇과 몸짓도 머릿속에 박혀 있었다. 그런데 지금, 소리 없는 화면을 보면서 조해너는 하이디의 행동과 몸짓이 평소 같지 않음을 감지했다.

조해너는 그들이 대화하는 모습을 점점 더 집중해서 보았다. 어느 순간 친구 하이디의 두 다리가 휘청거렸다. 그리고 1분 후 젊은 커플은 자기네 차를 타고 주차장을 떠났다. 거의 1분 가까이 하이디는 멍하니 넋을 놓고 주차장에 서 있다가 본인 차의 운전석에 올라탔다. 이 각도에서는 친구의 모습이 잘 보이지 않았다. 그대로 시간이 흘렀다. 10초. 20초. 30초. 그러다 갑자기 자동차 앞유리 쪽에 움직임이 보였다. 조해너는 눈을 가늘게 뜨고 화면에 가까이 다가갔다. 뚜렷하게 잘 보이지 않지만 조해너는 그 모습을 놓치지 않았다.

하이디의 머리카락이 운전대 위에 부채처럼 펼쳐져 있었다.

'아, 이런······.'

20년 전 조해너에게 유산 소식을 듣고 함께 울어주었을 때처럼 하이디는 운전대에 엎드려 머리카락을 부채처럼 펼쳐놓았다.

틀림없이 울고 있는 모습이었다.

"그들이 너한테 무슨 말을 한 거니?"

조해너의 속생각이 입 밖으로 튀어나왔다.

영상을 뒤로 돌려, 젊은 커플이 차를 타고 주차장을 나서는 시점으로 갔다. 영상 재생 속도를 늦췄다가 정지 버튼을 눌렀다. 화면을 확대한 후 전화기를 들어 번호를 눌렀다.

"나야, 노버트. 지금 바로 차량 번호 하나만 조회해줘."

34

토머스는 주방에서 아버지를 기다리고 있었다.

"엄마한테 연락 왔어요?"

애덤은 아들들이 아직 귀가하지 않았길 바랐다. 집으로 운전해 오는 내내 앞으로 어떻게 할지 고민하다가 문득 좋은 생각이 떠올라서, 얼른 위층 가정용 사무실로 들어가 컴퓨터로 조금 더 조사하고 싶었다.

"곧 돌아오겠지." 애덤은 화제를 돌리기 위해 덧붙였다. "동생은?"

"드럼 수업 갔어요. 학교 끝나고 드럼 수업 하는 곳까지 걸어갔어요. 평소에는 엄마가 태워다 줬는데."

"드럼 수업이 언제 끝나지?"

"45분 후에요."

애덤은 고개를 끄덕였다.

"고플 거리에 있는 거기지?"

"예."

"그래, 알았다. 아빠가 일 좀 해놓고 라이언을 데려올 테니까 우리 같이 카페 아미치에 가서 저녁 먹을까?"

"체육관까지 걸어가서 저스틴이랑 역기 운동하기로 했는데
요."

"지금 가려고?"

"예."

"저녁은 먹어야지."

"이따 집에 와서 만들어 먹을게요. 아빠?"

"왜?"

그들은 주방에 서 있었다. 아버지와 아들. 어느덧 아들은 성인
남성에 가까워졌다. 지금 토머스의 키는 아버지의 키에서 겨우
2.5센티미터 모자랐다. 지금처럼 역기를 들고 운동을 하면 얼마
안 있어 체격이 애덤을 따라잡을 듯했다. 6개월 전 토머스는 애
덤에게 일대일 농구로 붙어보자며 도전을 했다. 그 전까지 애덤
은 늘 수월하게 토머스를 이겼는데, 그때 처음으로 11대 8이라는
근소한 차이로 겨우 이겼다. 앞으로 얼마 지나지 않아 그 점수가
역전될 것 같은데, 막상 그리되면 기분이 어떨까?

"걱정이 돼서요."

"걱정할 거 없어."

믿을 만한 사실에 근거한 게 아닌, 부모로서 자식을 안심시키
려는 말일 뿐이었다.

"엄마가 왜 이런 식으로 떠나신 거죠?"

"말했잖아. 토머스, 넌 이제 컸으니까 이해해야 돼. 네 엄마와
나는 서로를 무척 사랑하지만 가끔은 서로에게서 거리를 두고 싶
을 때가 있어."

토머스는 고개를 약간 끄덕였다.

"서로에게서 거리를 두고 싶을 때가 있다는 건 알겠는데요, 라이언과 저한테까지 거리를 두실 필요는 없잖아요."

"그렇기도 하고 아니기도 해. 모두에게서 떨어져 혼자 있고 싶을 때도 있는 거니까."

"아빠?"

"왜?"

"납득이 안 돼요. 저밖에 모르는 소리를 하는 걸로 들릴 수도 있지만, 제 생각엔 그래요. 부모님한테도 각자의 삶이 있겠죠. 부모님이 우리를 챙기기 위해 존재하는 건 아니니까요. 엄마도 어딘가로 떠나서 열을 식히고 싶을 수도 있어요. 이해해요. 하지만 엄마는 엄마잖아요. 무슨 뜻인지 이해되세요? 만약에 엄마가 어디로든 바람을 쐬러 가실 생각이었으면 우리한테 얘기를 하셨어야 해요. 아무 계획이 없다가 갑자기 떠나기로 결정하셨다고 해도, 나중에 우리한테 연락을 하셨어야 맞아요. 우리 문자에도 대답을 해주셔야 하고요. 우리한테 걱정하지 말라고 말해주셔야 한다고요. 엄마도 나름의 삶이 있지만, 무엇보다도 엄마는 우리 엄마잖아요."

애덤은 무슨 말을 해야 할지 몰라 바보 같은 소리를 하고 말았다.

"곧 괜찮아질 거다."

"무슨 뜻이에요?"

"엄마가 나한테 너희를 잘 돌봐달라고, 며칠만 시간을 달라고 했어. 그동안 연락하지 말아달라고 하더라."

"왜요?"

"모르겠다."

"무서워지려고 해요."

어른에 가깝던 토머스가 다시 어린 소년처럼 말하고 있었다. 아버지는 겁먹은 자식을 달래줘야 한다. 토머스의 말이 맞았다. 커린은 어머니고, 애덤은 아버지다. 부모는 자식을 보호해야 한다.

"아무 일 없을 거야."

그러나 이 말은 공허하게 들릴 뿐이었다.

토머스는 금세 또 어른처럼 고개를 저었다.

"아뇨, 아빠. 아닐지도 몰라요."

토머스는 돌아서서 눈물을 닦으며 주방 문 쪽으로 걸어갔다.

"저스틴 만나러 갔다 올게요."

애덤은 토머스를 불러 세우려다 말았다. 불러서 뭘 어쩔 것인가? 안심시켜줄 만한 말도 할 수 없었다. 그나마 친구와 있으면 머리라도 식힐 수 있을 것이다. 지금 이 상황에서 해결책은, 아들을 안심시키기 위한 유일한 방법은, 커린을 찾아내는 것뿐이다. 정보를 더 캐내서 뭐가 어떻게 돌아가고 있는지 알아내야 한다. 아들에게 제대로 된 대답을 해줘야 한다. 그래서 그는 토머스를 부르지 않고 위층으로 올라가게 두었다. 드럼 레슨이 끝날 때에 맞춰 라이언을 데리러 가기까지 아직 시간이 있었다.

애덤은 경찰에 신고할지 여부를 놓고 다시 한 번 짧게 갈등했다. 경찰들이 그가 아내에게 무슨 짓을 했을 것이라 의심할 수도 있지만, 그런 건 더 이상 두렵지 않았다. 오해를 하려면 하라지. 다만 경찰들은 사실 정보만을 갖고 따진다는 것을 그는 경험상 알고 있었다. 사실 정보 1: 커린과 애덤이 부부 싸움을 했다. 사실 정보 2: 커린이 며칠 떨어져 있자고, 연락하지 말아달라는 문자를 애덤에게 보냈다.

뻔한 상황으로 보일 텐데 경찰이 과연 사실 정보 3까지 알아내려 할까?

애덤은 컴퓨터 앞에 앉았다. 린스키 씨의 집에서 애덤은 커린의 최근 휴대전화 통화 기록을 빠르게 훑어봤다. 통화와 문자 패턴을 좀 더 자세히 들여다보고 싶었다. 혹시 그 낯선 자나 잉그리드 프리스비라는 여자가 커린에게 전화나 문자로 연락했을까? 그럴 가능성은 없을 듯했다. 낯선 자는 애덤에게도 사전 경고 없이 바로 접근하지 않았던가? 그래도 통화 기록을 살펴보면 뭐든 단서를 찾을 수 있을지도 몰랐다.

그러나 오래지 않아 애덤은 통화나 문자 기록에서 별로 건질 게 없다는 사실을 알아냈다. 최근 연락을 주고받은 기록으로 보건대 아내의 생활은 그가 이미 아는 대로였다. 놀랄 만한 부분은 전혀 없었다. 대부분 그가 아는 번호였다. 애덤, 아들들, 친구들, 동료 교사들, 라크로스 위원회 위원들. 간간이 다른 번호들이 섞여 있긴 했지만 식당 예약이라든지 드라이클리닝점에 세탁물 배달을 묻기 위한 통화일 뿐이었다.

단서는 없었다.

애덤은 가만히 앉아 이제부터 어떻게 해야 할지 궁리했다. 그랬다. 커린은 특별히 숨기는 게 없었다. 최근 문자와 통화 기록을 봐서는 그랬다.

핵심은 '최근'이라는 것.

애덤은 비자카드 결제 내역을 보고 깜짝 놀랐던 일을 떠올렸다. 2년 전 신기방기재미 사이트에서 결제한 그 건.

평소와 다른 커린의 모습을 보려면 2년 전 기록을 봐야 하지 않을까?

가짜 임신 관련 물품을 구매하도록 커린을 자극한 어떤 일이 일어났던 게 분명하다. 무슨 일이었을까? 어느 날 갑자기, 괜히 가짜로 임신한 척을 해야겠단 생각을 했을 리 없다. 뭔가 계기가 있었을 거다. 커린은 누군가에게 전화를 걸었다. 아니면 누가 커린에게 전화나 문자를 했거나.

그걸 찾아야 했다.

애덤은 몇 분 동안 검색한 끝에 2년 전 통화 기록을 찾아냈다. 커린이 가짜 임신 용품 사이트에서 첫 주문을 한 게 2월이니 그 시점부터 살펴보았다. 그 시점을 기준으로 이전 날짜들의 통화 기록을 눈으로 훑었다.

처음에는 평범한 기록뿐이었다. 애덤과 아들들, 친구들, 동료 교사들과 주고받은 전화, 문자메시지…….

그러다 익숙한 번호를 본 순간 애덤의 심장이 덜컥 내려앉았다.

35

샐리 페리먼은 바 끄트머리에 혼자 앉아 맥주를 홀짝이며 《뉴욕 포스트》를 읽고 있었다. 그녀는 흰 블라우스에 회색 펜슬 스커트를 입었고, 머리카락을 뒤로 넘겨 하나로 묶었다. 그가 와서 앉을 자리를 확보해놓느라 옆 스툴에는 외투를 얹어놓았다. 애덤이 가까이 가자 샐리는 신문에서 고개도 들지 않고 외투를 치웠다. 애덤은 그 스툴에 미끄러지듯이 앉았다.

샐리가 신문에서 시선을 떼지 않고 인사를 건넸다.

"오랜만이야."

"그러게. 요즘 일은 어때?"

"바빠. 고객도 많고."

샐리는 마침내 그의 눈을 마주 보았다. 그는 가슴 언저리에서 쿵 소리가 나는 듯했지만 내색하지 않았다.

"안부나 물으려고 연락한 건 아닐 테지."

"응."

그 순간 주변 소음이 희미하게 사라지면서 나머지 세상은 배경이 되고 애덤과 샐리만 오롯이 남았다.

"애덤?"

"응?"

"여기서 복잡하게 머리 쓰고 싶지 않아. 무슨 일로 날 찾았는지 얘기해."

"아내가 전화했었어?"

샐리는 그 질문에 살짝 당황한 듯 눈을 깜박였다.

"언제?"

"언제든."

샐리는 맥주로 시선을 돌렸다.

"했어. 한 번."

이곳은 시끌벅적한 식당 겸 바 체인점이다. 튀김 애피타이저를 주요리로 내놓고, 텔레비전 스크린을 여기저기 달아 주로 두 가지 스포츠 경기를 틀어대는 곳. 바텐더가 그들 자리로 와서 요란하게 자기소개를 했다. 애덤은 바텐더를 빨리 보내려고 얼른 맥주 한 잔을 주문했다.

"그게 언제였어?"

"2년 전쯤. 그 사건을 진행하고 있을 때였어."

"얘기한 적 없잖아."

"한 번뿐이었으니까."

"그래도."

"지금 와서 그걸 왜 따져, 애덤?"

"아내가 뭐라고 했어?"

"당신이 내 집에 와 있는 걸 안다고 했어."

애덤은 어떻게 알았는지 물으려다가 말았다. 그는 이미 답을 알고 있었다. 커린은 가족들 휴대전화에 휴대전화 위치 찾기 앱을 깔아놓았다. 언제든 아들들의 위치와 그의 위치를 파악할 수 있도록.

"그리고?"

"당신이 왜 거기 있냐고 물었어."

"뭐라고 대답했어?"

"일 때문에 와 있다고 했지."

"별일 아니라고 했지?"

"별일 아닌 게 사실이었잖아, 애덤. 우린 당시 그 사건을 맡아서 정신없이 일을 하고 있었어. 물론 거의 감정이 생길 뻔도 했지만."

"거의라는 건 없어."

샐리의 입술에 서글픈 미소가 어렸다.

"그래도 당신 아내는 뭔가 눈치를 챘었나 보네."

"그래서 아내가 그 말을 믿었어?"

샐리는 어깨를 으쓱했다.

"그 후로 다시는 전화 안 한 걸 보면 믿었나 보지."

애덤은 그 자리에 앉아 샐리를 바라보았다. 입을 열었으나 무어라 말해야 할지 알 수 없었다. 샐리는 손바닥을 들어 그를 막았다.

"아무 말 하지 마."

그녀가 옳았다. 애덤은 카운터를 뒤로하고 밖으로 나갔다.

36

낯선 자는 차고로 들어가면서, 그들처럼 이렇게 사업을 시작했던 유명 회사들에 대해 생각했다. 이곳에 올 때마다 드는 생각이었다. 스티브 잡스와 스티브 워즈니악이 설립한 애플사(설립자가 둘 다 스티브인데 왜 회사 이름을 '스티브스'라고 짓지 않았을까?)는 캘리포니아주 쿠퍼티노시의 차고에서 워즈니악의 신형 애플 I 컴퓨터 50대를 팔아 첫 수익을 올렸다. 제프 베조스는 워싱턴주 벨뷰시에 있는 그의 차고에서 온라인으로 책을 판매하기 시작해 지금의 아마존사로 키웠다. 구글, 디즈니, 마텔, 휴렛팩커드, 할리 데이비슨사도 전해 내려오는 전설대로라면 모두 작고 평범한 차고에서 사업을 시작했다.

"댄 몰리노한테서 연락 왔어?"

낯선 자가 물었다.

차고 안의 세 사람은 모두 대형 모니터를 갖춘 고성능 컴퓨터 앞에 앉아 있었다. 와이파이 라우터(네트워크에서 데이터의 전달을 촉진하는 중계 장치—옮긴이) 네 대가 선반 위에 놓여 있고, 그 옆에는 에드와도의 아버지가 10년도 더 전에 여기 내다놓은 페인트 통들이 쌓여 있었다. 에드와도는 그들이 하는 일의 기술적인 면에서 단연 최고였다. 에드와도가 만든 시스템의 와이파이를 통해 그들은 인터넷이 닿는 곳이면 어디든 익명으로 들어갈 수 있었다. 누가 그들의 위치를 추적하려고 하면 라우터들이 자동으로 작동해 추적자들을 다른 호스트로 따돌렸다. 사실 낯선 자는 그쪽 분야에 대해서는 아주 잘 알지는 못했다. 알 필요도 없었다.

"그쪽에서 돈 지불했어."

에드와도가 대답했다.

에드와도는 언제 봐도 지저분하게 머리를 길렀고 면도도 잘 하지 않았다. 본인은 그게 멋인 줄 알지만 멋은커녕 너저분하기만 했다. 에드와도는 도덕적 분노와 현금을 좋아하는 만큼 다른 이의 추적을 즐기는 구식 해커였다.

에드와도 옆자리에는 두 아이를 기르는 싱글맘이자 44세로 그들 중 나이가 제일 많은 가브리엘이 앉아 있었다. 가브리엘은 20년 전 폰섹스 교환원으로 첫 일을 시작했다. 전화를 걸어온 남자를 최대한 오래 붙잡아 길게 통화하도록 유도해 1분당 3.99달러씩 요금을 받아내는 일이었다. 얼마 전까지는 '조건을 따지지 않는' 일회성 성관계 만남 사이트에서 섹시한 주부 역할을 했다. 그녀가 맡은 역할은 새로운 고객(즉 호구)을 꾀어서 무료 체험 시간이 끝날 때까지 금방 섹스가 가능할 것처럼 속여 신용카드로 1년 회원권을 결제하게 만드는 일이었다.

가장 최근에 회사에 합류한 머튼은 열아홉 살이었다. 마른 몸뚱이에 문신을 잔뜩 새겼고, 머리는 박박 밀었으며, 새파란 눈동자는 살짝 제정신이 아닌 듯한 인상을 풍겼다. 헐렁한 청바지 주머니에서 튀어나온 사슬이 단순한 자전거 체인인지 아니면 신체 결박(성적 쾌감을 얻기 위해 밧줄·쇠사슬 등으로 몸을 묶는 행위—옮긴이)을 좋아하는 성향을 나타내는지 알 수 없었다. 머튼은 버튼을 누르면 칼날이 튀어나오는 스위치블레이드로 손톱을 잘랐고, 좌석 1만 2000석짜리 경기장에서 예배를 집전하는 텔레비전 전도사를 위해 자원봉사 활동을 하면서 여유 시간을 보냈다. 잉그리드는 '더 파이브'라는 회사를 위한 웹사이트 작업을 하다가 머튼을 알게 되었고, 그 인연으로 머튼을 이 회사로 끌어왔다.

머튼이 낯선 자를 돌아보며 말했다.

"실망한 눈치네."

"이제 그냥 빠져나가게 생겼잖아."

"미식축구 선수가 스테로이드를 복용하는 게 뭐 그리 대단한 일이라고. 그 운동을 하는 놈들 중에 80퍼센트가 다 이런저런 약물을 복용해."

에드와도도 머튼과 같은 생각이었다.

"우린 원칙을 고수해야 돼, 크리스."

"그래, 나도 알아."

"네가 만든 원칙이잖아."

낯선 자는 고개를 끄덕였다. 그의 이름은 크리스 테일러였다. 여긴 에드와도의 차고지만, 이 일을 시작하고 회사를 설립한 사람은 크리스였다. 에드와도는 제일 먼저 이 회사의 일원이 됐다. 처음에는 그저 부정을 바로잡아보자며 장난처럼 시작한 회사였다. 그러다 곧 크리스는 이 회사를 통해 수익을 올리고 공익성도 추구할 수 있음을 깨달았다. 그러나 일을 제대로 하려면, 수익성과 공익성 중 어느 하나도 놓치지 않으려면 처음 시작할 때 세웠던 원칙을 그들 모두 준수해야 했다.

"왜, 뭐가 잘못됐어?"

가브리엘이 크리스에게 물었다.

"왜 그렇게 생각해?"

"문제가 생기지 않으면 여기 잘 안 오잖아."

그건 사실이었다.

에드와도가 의자 등받이에 기대며 물었다.

"댄 몰리노나 그의 아들과 무슨 문제라도 있었어?"

"그렇기도 하고 아니기도 해."

머튼이 말했다.

"돈을 받았잖아. 일이 나쁘게 풀린 것도 아니구먼, 왜."

"그렇긴 한데 나 혼자 그 일을 했어."

"그게 왜?"

"원래 잉그리드랑 같이하기로 했었거든."

잠시 그들은 서로를 말없이 쳐다보았다. 가브리엘이 정적을 깼다.

"여자가 미식축구 선수 선발 테스트 하는 곳에 가면 너무 튄다고 생각했나 보지."

"그럴 수도 있겠지. 혹시 잉그리드한테 연락받은 사람?"

에드와도와 가브리엘은 고개를 저었다. 머튼이 벌떡 일어서며 물었다.

"잠깐, 잉그리드와 마지막으로 본 게 언제야?"

"오하이오주에서 하이디 댄한테 접근할 때."

"그리고 미식축구 선수 선발 테스트장에서 너랑 만나기로 했다는 거지?"

"잉그리드가 그러자고 했어. 우린 정해진 규약대로 따로 이동하면서 서로 연락을 안 했어."

에드와도가 컴퓨터 키보드를 두드리며 말했다.

"기다려봐, 크리스. 확인해볼게."

크리스. 누가 그의 이름을 부르는 소리를 들으니 기분이 묘했다. 지난 몇 주 동안 그는 익명으로 살았다. 그는 그저 낯선 자였고 아무도 그를 이름으로 부르지 않았다. 잉그리드와 함께 다닐 때도 규약을 철저히 지켰다. 무명으로, 익명으로 활동할 것. 역설적이게도 그가 접근하는 대상자들은 익명성을 추구했고 또한 자기네가 익명 속에 숨어 살고 있다 여겼지만, 실제로 그들에게 익명성은 허락되지 않았다. 그들이 그런 사실을 모른다는 게 문제였다.

반면에 낯선 자 크리스에겐 익명성이 보장됐다.

에드와도가 모니터를 보면서 말했다.

"일정대로라면 잉그리드는 어제 필라델피아시로 가서 렌터카를 반납했어야 해. 어디 보자…… 제기랄."

"왜?"

"렌터카를 반납 안 했어."

등골이 오싹해졌다.

"잉그리드한테 전화해보자."

머튼이 말했지만 에드와도가 말렸다.

"위험해. 잉그리드한테 문제가 생겼으면 휴대전화도 다른 사람 손에 넘어갔을 수 있어."

크리스가 말했다.

"규약을 깨야겠어."

가브리엘이 경고했다.

"신중해야 돼."

에드와도는 고개를 끄덕였다.

"바이버(스마트폰 통화 앱—옮긴이)를 이용해서 전화를 걸어볼 게. 불가리아의 IP 두 개를 통과해서 위치 노출을 막으면 돼. 5분 쯤 걸릴 거야"

실제로는 3분 남짓 걸렸다.

신호가 갔다. 한 번, 두 번, 세 번 만에 저쪽에서 전화를 받았다. 그들은 잉그리드의 목소리가 들리길 바랐지만 바람대로 되지 않 았다.

남자의 목소리가 물었다.

"누구시죠?"

에드와도는 얼른 전화를 끊었다. 그들 네 사람은 한동안 그대 로 가만히 서 있었다. 차고 안에 정적이 흘렀다. 그러다 낯선 자, 크리스 테일러가 모두 생각하고 있던 것을 입 밖에 냈다.

"우리 큰일 났다."

37

그들은 부정을 저지르지 않았다.

샐리 페리먼은 애덤이 소속된 법률 회사의 주니어 파트너였다. 수석 변호사로서 샐리는 그리스 식당을 소유한 이민자들 관련 사건을 맡아 진행했고, 시간 소모가 큰 사건이라 애덤이 보조 변호사로 일을 거들었다.

그리스 식당 주인들은 40년 동안 뉴저지주 해리슨의 같은 자리에서 이익을 내며 즐겁게 식당을 운영해왔다. 그런데 어느 날 대형 헤지펀드가 길 아래쪽에 사무용 고층 건물을 지었고, 당국은 늘어난 교통량을 감안해야 한다며 그 건물로 가는 길을 확장하기로 결정했다. 그러려면 그리스 식당을 불도저로 밀어버리는 수밖에 없었다. 애덤과 샐리는 의뢰를 받아 정부와 은행가들, 그리고 종국에는 뿌리 깊은 부패와 맞서 싸웠다.

살다 보면 아침에 눈뜨자마자 일하러 가고 싶어 안달이 나고 하루가 끝나는 게 아쉬워 견딜 수 없을 때가 있다. 오로지 사건을 중심으로 에너지를 쭉쭉 소비하고 먹고 마시고 잠을 자는 시기. 그때가 바로 그런 시기였다. 그리고 영광스러운 악전고투를 함께 하는 동료와 가까운 사이가 된다.

애덤과 샐리 페리먼도 가까워졌다.

아주 많이.

그러나 몸을 섞지는 않았다. 키스조차 하지 않았다. 선을 넘지는 않았지만, 그들은 선 가까이 다가갔고 감히 넘어볼까 도전해 봤으며, 어쩌면 발로 밟기도 해봤다. 이쪽 길을 갈 것이냐 저쪽 길을 갈 것이냐를 놓고 선 가까이 서서 흔들리다 보면, 어느 순간 그 선을 넘든지 아니면 선 너머의 또 다른 선택지를 시들어 죽게 만들 수밖에 없음을 애덤은 깨달았다. 이 경우에는 후자였다. 그 사건이 끝나고 두 달 뒤 샐리 페리먼은 리빙스턴시에 있는 법률 회사로 자리를 옮겼다.

그렇게 끝이 났다.

하지만 커린은 샐리에게 전화를 걸었다.

왜냐고? 그 대답은 자명한 듯 보였다. 애덤은 커린에게 무슨 일이 일어났는지 설명 가능한 모든 이론과 가설을 떠올리며 깊이 생각을 거듭했다. 퍼즐 조각 몇 개가 맞춰지는 것 같았다. 그렇게 떠오른 그림은 그리 유쾌하지 않았다.

어느새 자정이 넘었다. 아들들은 자고 있었다. 집 안 분위기가 침통하게 가라앉았다. 애덤은 아들들이 두려움을 겉으로 표현하도록 해주고 싶었지만, 커린이 집으로 돌아올 때까지 아예 이 일에 신경을 끄고 하루나 이틀이라도 일상을 살아주길 바라는 마음이 더 컸다. 결국 이 상황은 커린이 돌아와야만 바로잡힐 것이다.

커린을 찾아야 한다.

린스키는 잉그리드 프리스비에 관한 기초적인 정보를 보내왔다. 그다지 눈여겨볼 만하거나 대단한 정보는 없었다. 현재 오스틴시에 거주하고 있고, 8년 전 휴스턴시에 소재한 라이스 대학교를 졸업했으며, 신생 인터넷 기업 두 곳에서 근무했다는 내용이었다. 애덤은 린스키가 알려준 잉그리드 프리스비의 집 전화번호로 전화를 걸었다. 곧장 자동응답기로 넘어가 로봇 같은 목소리의 안내 멘트가 흘러나왔다. 애덤은 전화해달라는 음성 메시지를 남겼다. 린스키는 잉그리드의 모친이 사는 집의 전화번호와 주소도 알려주었다. 애덤은 그리로 전화를 해볼까 고민했지만 어떻게 접근해야 할지 판단이 서지 않았다. 시간이 많이 늦었으니 일단 자면서 생각해보기로 했다.

이제 어떻게 하지?

잉그리드 프리스비는 페이스북 페이지를 갖고 있지만 거기 접속한다고 해서 단서를 더 찾을 수 있을지는 의문이었다. 애덤에게도 페이스북 페이지가 있지만 거의 들여다보지 않았다. 몇 년 전 애덤과 커린은 각자 페이스북 페이지를 만들었다. 커린은 그녀와 비슷한 또래의 사람들이 소셜 미디어라는 편리한 방법을 통해 옛 친구들을 다시 만난다는 기사를 읽고 과거의 향수에 젖어 있던 참이었다. 애덤은 과거의 인연에 별로 끌리지 않았지만 커린의 뜻에 맞춰주기로 했다. 그는 프로필 사진 하나만 달랑 올려놓고 그 후에는 페이스북 페이지를 건드리지도 않았다. 커린은 애덤보다는 조금 더 열성을 보였지만, 그래도 일주일에 두세 번 이상 들여다보지는 않았을 것이다.

하지만 또 누가 알겠는가?

바로 이 방에서 커린과 함께 앉아 처음 페이스북 프로필을 만들던 기억이 났다. 그들은 가족과 이웃들을 검색해 '친구 맺기'를 시작했다. 애덤은 대학 친구들이 페이스북에 올려놓은 사진들을 쭉 보러 다녔다. 해변에서 가족과 함께 웃으며 찍은 사진을 비롯해 크리스마스 만찬, 자녀들의 스포츠 경기, 아스펜시에서 즐긴 스키 여행, 미소 짓는 남편을 두 팔로 껴안은 적절히 선탠한 아내의 사진 등등.

"다들 행복해 보이네."

애덤은 커린에게 말했다.

"글쎄, 꼭 그렇지도 않아."

"어째서?"

"다들 행복해 보이지만, 페이스북은 인생의 히트곡 모음집과 같은 거야." 커린의 목소리에는 어딘지 날이 서 있었다. "현실이 아니라고, 애덤."

"현실이라고는 말 안 했어. 다들 행복해 *보인다*고 했지. 내 관점은 그래. 세상살이가 페이스북에 보이는 것처럼 행복하기만 하다면 왜 그 많은 사람들이 우울증 약을 복용하겠어."

커린은 점점 말이 없어졌다. 그때는 그저 웃어 넘겼지만, 몇 년이 지난 지금 새로이 알게 된 사실들을 바탕으로 당시를 돌이켜보니 실상은 어둡고 울적했던 일이 한두 가지가 아니었다.

애덤은 한 시간가량 잉그리드 프리스비의 페이스북 페이지를 둘러보았다. 낯선 자가 이 여자의 남편이거나 남자 친구라는 사실을 운 좋게 알아낼 수 있지 않을까? 우선 관계 상태부터 확인해보니, 이 여자는 스스로를 '싱글'로 표시해놓았다. 애덤은 188명에 달하는 잉그리드의 친구들을 한 명씩 클릭하기 시작했다. 낯선 자가 그 친구들 중 한 명이길 바랐다. 하지만 운은 따르지 않았다. 익숙한 이름이나 얼굴이 있는지, 애덤이나 커린의 지인이 있는지 확인했으나 없었다. 잉그리드의 페이지를 쭉 내려 보면서 상태 업데이트를 들여다보았다. 낯선 자나 가짜 임신 따위를 암시하는 내용은 없었다. 잉그리드가 올린 사진들을 세심히 살펴보았다. 이 여자는 대체로 긍정적인 분위기였다. 파티에서 찍힌 사진에서도 술을 마시고 감정을 발산하는 등 행복해 보였지만, 자원봉사 활동을 하는 모습이 찍힌 사진에서 더 행복해하는 모습이었다. 이 여자는 무료 급식소, 적십자, 미국위문협회, 청소년 육성회 등 자원봉사 활동을 꽤 많이 했다. 그런데 특이하게도 독사진이나 본인의 얼굴만 나온 사진, 셀카는 하나도 없고 전부 단체 사진이었다.

지금까지 확인한 자료에서는 커린을 찾을 수 있는 단서가 없었다.

뭔가 놓친 것 같았다.

시간이 늦었지만 애덤은 조사를 계속했다. 우선 잉그리드가 낯선 자를 어떻게 알게 되었을까를 알아내야 했다. 어떤 식으로든 가까워진 계기가 있을 것이다. 수잰 호프가 가짜 임신부 행세를 했다는 이유로 그들에게 어떤 협박을 받았는지 떠올려봤다. 커린도 필시 협박을 받았을 것이다. 두 여자 모두 협박을 받고 돈을 주지 않았다면…….

과연 그럴까? 수잰이 돈을 주지 않은 건 그도 알고 있었다. 수잰이 그렇게 말했으니까. 하지만 커린은 돈을 줬을 가능성이 있다. 애덤은 뒤로 기대앉아 잠시 생각해보았다. 커린이 라크로스 위원회의 공금을 훔쳤다면—물론 그는 여전히 커린이 그런 짓을 했으리라 믿지 않았지만—협박범들에게 입을 다물어달라며 그 돈을 쥐여주었을 것이다.

그들은 돈만 받아 챙기고 애덤에게 비밀을 누설해버린 걸까?

그런 가능성도 있지 않을까?

알 수 없었다. 그는 당장 코앞의 문제에 집중하기로 했다. 잉그리드와 낯선 자는 어떻게 서로 인연이 닿았을까? 제일 가능성이 높은 순서대로 늘어놓아보기로 했다.

제일 높은 가능성: 업무로 엮인 관계다. 잉그리드는 몇몇 인터넷 업체에서 일했다. 이 일의 배후에는 가짜 임신 용품 사이트에서 일하는 사람이나 해커 같은 인터넷 전문가가 있을 것이다.

두 번째로 높은 가능성: 잉그리드와 낯선 자는 대학에서 만났다. 둘은 나이가 비슷하니 대학 캠퍼스에서 만나 친해졌을 수 있다. 그렇다면 라이스 대학교에 단서가 있을지 모른다.

세 번째로 높은 가능성: 잉그리드와 낯선 자 둘 다 텍사스주 오스틴시 출신이다.

이런 추측이 말이 될까? 알 수 없었다. 일단은 잉그리드의 친구들 중에서 인터넷 업체에서 일하는 사람들이 있는지 눈에 불을 켜고 찾았다. 수가 꽤 많았다. 그 사람들의 페이스북 페이지를 일일이 들어가 확인했다. 접근을 차단하거나 제한적인 접근만 허용한 사람들도 있었지만, 대부분은 페이스북에서 뒤로 숨으려 하지 않았다. 시간이 흘러갔다. 애덤은 인터넷 관련 업체에서 일하는 잉그리드의 친구의 친구까지 찾아보았다. 그리고 그 친구의 친구까지도. 그들의 프로필과 근무 이력을 모조리 살폈다. 컴퓨터 모니터 상단의 작은 디지털시계가 새벽 4시 48분을 나타냈을 때,

드디어 노다지를 캤다.

첫 번째 단서는 페이크어프레그넌시닷컴 사이트에서 얻었다. '연락처' 링크 하단에 이 회사의 우편 주소가 매사추세츠주 리비어시 모처로 기재돼 있었다. 애덤은 그 주소를 구글로 검색해 일치하는 결과를 얻었다. 여러 개의 신생 회사들과 웹페이지들을 운영하는 타우닝플레이스라는 대기업이 그 주소지로 등록돼 있었다.

이제부터가 시작이다.

그는 다시 잉그리드의 친구들 페이스북 페이지를 뒤지기 시작했다. 타우닝플레이스에 근무하는 한 남자를 찾아내 그 남자의 프로필 페이지를 클릭했다. 아무것도 없었다. 그런데 그 남자의 친구들 중 두 명이 타우닝플레이스에서 근무했다. 그들의 페이스북 페이지를 클릭해 뒤져본 끝에 가브리엘 던바라는 여자의 페이스북 페이지에 도달했다.

프로필 소개글을 보니, 가브리엘 던바는 뉴저지주 오션카운티 대학에서 경영을 공부했고 그 전에는 페어론 고등학교에 다녔다. 지금 다니는 회사나 이전에 다녔던 회사의 이름은 기재해놓지 않았다. 타우닝플레이스나 그 어떤 웹사이트에 대한 언급도 없었다. 지난 8개월 동안 이 여자는 자기 페이지에 어떤 글도 올리지 않았다.

애덤의 주목을 끈 것은 이 여자의 '친구' 세 명이 타우닝플레이스를 현재 다니는 회사로 적어놓은 점이었다. 또한 가브리엘 던바는 매사추세츄 리비어시에 거주하는 것으로 나와 있었다.

이 여자의 페이지를 클릭해가며 사진 앨범들을 훑어보던 애덤

은 3년 전 찍은 사진 한 장을 발견했다. '모바일 업로드'라는 앨범
에 '연말 회사 파티'라는 제목으로 올린 사진이었다. 완전히 취하
기 전에 일단 대충 모여 한 장 찍자는 분위기인 걸로 보였다. 사람
좋은 누군가가 단체 사진을 찍자며 모두 불러 모아 찍은 후 이메
일이나 각자의 페이스북 페이지로 보내준 것 같았다. 파티 장소
는 목판을 대서 꾸민 레스토랑 아니면 술집이었다. 스무 명 내지
서른 명이 모여 있는데, 대부분 카메라 플래시와 술기운 때문에
얼굴이 불그레하고 눈이 빨갛게 찍혀 있었다.

  그 사진 왼쪽 구석에, 사진에 찍히는지도 모르는 듯이 손에 맥
주를 들고 카메라를 쳐다보지도 않는 남자가 있었다. 바로 낯선
자였다.

38

조해너 그리핀은 허배너스 품종의 개 두 마리를 길렀다. 개들의 이름은 스타스키와 허치. 처음부터 허배너스를 기를 작정이었던 건 아니다. 허배너스는 소형견이고, 조해너는 어릴 때부터 대형견인 그레이트데인 품종의 개들과 함께 자랐던 터라 그런 작은 개는, 미안하지만 설치류나 다름없다고 여겼다. 그러나 남편 리키는 허배너스를 꼭 기르고 싶다면서 키워보면 진가를 알 거라고 장담했다. 조해너는 평생 개를 길렀는데, 막상 키워보니 이 두 마리는 생각보다 훨씬 더 사랑스러웠다.

평소에 조해너는 이른 아침에 스타스키와 허치를 데리고 나가 산책을 즐겼다. 조해너는 잠을 깊게 잘 자는 편이었다. 아무리 일상을 흔들 만큼 끔찍하고 흉측한 일을 겪어도 그 일을 침실까지 끌어들이지 말자는 게 조해너가 정한 원칙이었다. 주방이나 거실에서는 아무리 깊게 시름에 잠기더라도 침실 문턱을 넘는 순간 시름의 스위치를 꺼버리는 것. 그 원칙 덕분에 적어도 침실 안에서만큼은 근심을 멀리할 수 있었다.

그런데 요즘 두 가지 문제로 인해 조해너는 좀처럼 잠을 이루지 못했다. 첫 번째 문제는 리키였다. 살이 쪄서인지 나이 탓인지 몰라도 전에는 참을 만한 정도였던 코고는 소리가 이제는 지속적으로 톱질을 하는 듯이 삐걱삐걱 윙윙 하는 몹시 귀에 거슬리는 소리로 변했다. 리키는 코밴드, 코골이 방지용 베개, 일반의약품 등 다양한 방법을 써봤지만 효과를 보지 못했다. 잠을 따로 자는 게 어떠냐는 얘기가 나올 정도였지만, 조해너는 그렇게 물러나는 게 코골이에 항복하는 것처럼 느껴져서 해결책이 나올 때까지 어떻게든 같이 자면서 버티기로 했다.

두 번째 문제는 당연히 하이디였다.

요즘 꿈에서 조해너는 계속 친구 하이디를 만났다. 피투성이의 끔찍한 모습은 아니었다. 하이디는 유령 같은 모습으로 나타나 '복수해줘'라고 속삭이지 않았다. 그런 쪽은 전혀 아니었다. 하이디를 중심으로 하는 꿈이기는 하지만 의미는 정확히 알 수 없었다. 그저 평범한 일상을 살아가는 내용의 꿈이었다. 하이디는 웃고 미소 지으며, 그들과 함께 즐거운 시간을 보냈다. 그러다 조해너는 실제로 일어난 일, 하이디가 살해당했다는 사실을 떠올리면서 몹시 당황하고 그때부터 꿈은 끝을 향해 치달았다. 조해너는 손을 뻗어 친구를 붙잡으려 안간힘을 썼다. 그렇게 하면 하이디를 계속 살려둘 수 있다는 듯이. 꿈속에서나마 그렇게 간절히 애쓰면 살인을 없던 일로 되돌려 하이디를 무사한 상태로 만들 수 있다는 듯이.

그러다 눈물범벅인 채로 잠에서 깨어나곤 했다.

얼마 전부터 조해너는 잠을 깊게 자기 위해 스타스키와 허치를 데리고 늦은 밤에 산책을 시작했다. 야간의 호젓한 분위기를 즐겨보려 애썼지만, 가로등이 켜 있어도 길이 어두워서 울퉁불퉁한

보도블록에 발이 걸려 넘어질까 봐 걱정됐다. 조해너의 아버지는 74세에 낙상한 후 완전히 회복하지 못했다. 흔한 사고였다. 그래서 조해너는 시선을 지면에 붙박고 길을 걸었다. 저 앞에 시커멓게 보이는 무언가가 있는 것 같아, 휴대전화를 꺼내 손전등 앱을 켰다.

그때 휴대전화가 부르르 떨었다. 늦은 시간이니 아마 리키일 것이다. 자다가 깨서 조해너에게 언제 집으로 돌아올 건지 물으려고 전화했거나, 아니면 불어나는 체중을 줄이고자 약간이나마 운동을 하려는 차원에서 개 산책에 동참하고 싶어졌거나 둘 중 하나일 터였다. 아무래도 좋았다. 집에서 나온 지 얼마 안 됐으니 스타스키와 허치를 데리고 다시 집으로 돌아가도 별문제는 없었다.

조해너는 가죽으로 된 개 목줄 두 개를 왼손에 모아 쥐고 휴대전화를 귀에 갖다 댔다. 발신번호를 굳이 확인하지 않고 수신 버튼을 눌렀다.

"여보세요?"

"서장님?"

목소리에서 심상치 않은 전화임을 직감한 조해너는 걸음을 멈췄다. 개들도 덩달아 멈춰 섰다.

"노버트?"

"예, 늦은 시간에 전화 드려서 죄송합니다. 그런데……."

"무슨 일이야?"

"말씀하신 차량 번호를 조회해서 알아봤는데요. 잉그리드 프리스비라는 여자가 렌트한 차량인 것 같습니다."

침묵이 흘렀다.

"그래서?"

"별로 좋지가 않아요. 아주, 아주 안 좋은 상황입니다."

39

애덤은 아침 일찍 앤디 그리블에게 전화를 걸었다. 앤디는 앓는 소리를 내며 전화를 받았다.

"무슨 일이야?"

"미안합니다. 잠을 깨우려던 건 아닌데."

"아침 6시거든."

"미안해요."

"어젯밤 늦게까지 밴드 공연을 했어. 그리고 뒤풀이 때 열광적인 소녀 팬들에게 둘러싸였지 뭐야. 분위기 죽였어."

"예. 그런데 혹시 페이스북에 대해 좀 알아요?"

"농담해? 당연히 알지. 우리 밴드도 팬 페이지를 갖고 있어. 팔로워가 한 80명쯤 될걸."

"대단하네요. 지금 페이스북 링크를 하나 보낼게요. 거기 올라와 있는 사진에 네 사람이 있어요. 그 사람들 주소를 비롯해서, 사진에 관한 정보를 파악해서 알려주세요. 그 사진이 어디서 찍혔는지, 당시 그 장소에 또 누가 있었는지 등등요."

"급해?"

"엄청 급해요. 긴급 건이에요."

"알았어. 있잖아, 어젯밤에 우리 밴드가 〈시카고가 죽었던 밤 The Night Chicago Died〉을 끝장나게 공연했거든. 전부 다 눈물을 흘렸지."

"저한테 엄청나게 중요한 건이에요."

"어휴, 그 정도야?"

"굉장히요."

"알았어."

애덤은 전화를 끊고 침대에서 일어났다. 7시에 아들들을 깨우고 뜨거운 물로 한참 샤워를 했다. 기분이 나아졌다. 옷을 입고 시간을 확인했다. 지금쯤 아들들이 아래층에 내려가 있어야 했다.

"라이언? 토머스?"

토머스가 대답했다.

"예, 예. 저희 일어났어요."

애덤의 휴대전화가 진동했다. 앤디였다.

"여보세요?"

"운이 좋았어."

"어떻게 됐습니까?"

"자네가 보내준 링크 말이야. 가브리엘 던바라는 여자의 프로필 페이지던데."

"맞아요. 뭐 좀 알아냈어요?"

"지금은 더 이상 리비어시에서 안 살아. 고향으로 돌아갔어."

"뉴저지주 페어론으로요?"

"맞아."

페어론은 세더필드에서 30분 거리다.

"방금 자네 휴대전화로 그 여자 집 주소 보냈어."

"고마워요, 앤디."

"고맙긴. 오늘 아침에 그 여자를 만나러 갈 생각이야?"

"예."

"또 필요한 거 있으면 연락해."

"고맙습니다."

애덤은 전화를 끊었다. 복도를 걸어가던 그는 라이언의 방에서 흘러나오는 소리를 들었다. 애덤은 닫힌 문에 귀를 갖다 댔다. 나무 문 너머에서 라이언이 소리 죽여 울고 있었다. 산산이 부서진 유리 파편들이 심장을 찌르는 듯했다. 애덤은 문을 똑똑 두드린 후 마음을 다져먹고 손잡이를 돌렸다.

라이언은 침대에 앉아 어린아이처럼 울고 있었다. 어떤 의미에서는 아직 어린애가 맞았다. 애덤은 문간에 서서 라이언을 바라보았다. 무력감으로 인해 심적 고통이 더 깊어졌다.

"라이언?"

누구나 눈물을 흘리면 더 작고 연약하고 어리게 보이는 법이다. 라이언은 가슴을 달싹이며 간신히 말했다.

"엄마 보고 싶어요."

"그래, 네 마음 알아."

그 순간 잠깐이지만 분노가 치밀었다. 이렇게 달아나 연락도 하지 않고, 가짜로 빌어먹을 임신 흉내나 내고, 공금을 훔치는 짓까지 한 커린에 대한 분노였다. 그에게는 무슨 짓을 해도 괜찮았다. 상관없었다. 하지만 아들들에게 이렇게 상처 주는 짓은⋯⋯ 용서하기가 쉽지 않았다.

"엄마는 왜 내 문자에 답을 안 해요? 왜 우리랑 같이 집에 없는 건데요?"

라이언이 울먹거렸다.

애덤은 엄마가 바빠서 혼자 조용히 일할 시간이 필요해서 그렇다는 둥 좀 더 그럴듯한 핑계를 대려고 했다. 그러나 그건 결국 거짓말일 뿐이었다. 적당히 둘러대봤자 상황만 악화시킬 것이다. 그래서 그는 진실을 얘기하기로 했다.

"나도 모르겠다."

이상하게도 이 대답이 라이언을 약간이나마 진정시켜준 것 같았다. 흐느낌이 어느 순간 멈추고 약간 훌쩍이는 정도로 잦아들었다. 애덤은 라이언 옆으로 가서 침대에 같이 걸터앉았다. 아들에게 팔을 둘러주려다가 그건 아닌 것 같아서 그저 조용히 옆에 앉아 아버지가 곁에 있다는 사실만 알려주었다. 그 정도로도 충분한 듯했다.

잠시 후 토머스가 라이언의 방문 앞에 와서 섰다. 그들 셋은 이제 함께였다. 커린은 농담 삼아 애덤을 큰아들이라고 하며 그들 셋을 '내 아들들'이라고 부르곤 했다. 그들 셋은 꼼짝도 않고 라이언의 방에 모여 있었다. 문득 애덤은 단순하지만 깊은 진실을 깨달았다. 커린은 그녀의 인생과 가족, 힘겹게 쌓아 이루어낸 이 세상을 사랑했다. 어렸을 적에 살았던 이 마을에서, 가슴속에 간절히 품어온 이 동네에서, 아들들과 함께 사는 이 집에서의 삶을 사랑했다.

어디가 어떻게 잘못되었을까?

그들 셋은 집 밖에서 차 문이 닫히는 소리를 들었다. 라이언의 고개가 창문 쪽으로 휙 돌아갔다. 애덤은 본능적으로 아들들을 보호하려고 창문으로 달려가 몸으로 아들들의 시야를 막았다. 하지만 계속 막고 있을 수는 없었다. 아들들은 그의 양옆으로 바짝 붙어 창문 아래 지상을 내려다보았다. 아무도 소리치지 않았다. 헉 소리도 내지 않았다. 아무 말도 하지 않았다.

경찰차였다.

경찰차를 타고 온 이들 중 한 명은 렌 길먼이었다. 렌 길먼은 세더필드 마을의 경찰서장인데, 경찰차 측면에 '에섹스 카운티 경찰'이라 적혀 있어 애덤은 이 상황이 곧장 이해되지 않았다.

정복을 입은 카운티 경찰이 운전석에서 내렸다.

라이언이 말했다.

"아빠?"

'커린이 죽었구나.'

뇌리를 스친 생각이었다. 이런 상황이면 누구라도 그렇게 생각하지 않을까? 아내가 실종됐다. 아내는 남편은 물론 아들들과도 연락을 끊었다. 그런데 경찰 두 명이 굳은 얼굴로 집으로 찾아왔다. 한 명은 가족의 친구이고, 다른 한 명은 카운티 경찰이다. 커린이 사망해 어느 배수로에서 발견돼서 그 소식을 알려주러 경찰들이 암울한 표정으로 찾아온 것이라는 추측이 이 상황에서 논리에 맞지 않나? 그럼 이제부터 정신을 바짝 차리고 어떻게든 버티면서, 슬프지만 아들들을 위해 용감하게 대처해야 하나?

애덤은 돌아서서 계단을 내려갔다. 아들들도 줄줄이 뒤따라 내려왔다. 토머스가 먼저, 그 뒤에 라이언이 따랐다. 그들 셋은 마치 접착제로 붙여놓기라도 한 것처럼 함께 움직였다. 마치 생존자

셋이 힘을 합해 다가오는 강풍을 견디려는 듯이. 렌 길먼이 초인종을 누르자마자 애덤은 현관문 손잡이를 돌려 열었다.

렌은 놀라서 주춤하며 눈을 껌벅였다.

"애덤?"

애덤은 현관문을 반쯤 열어놓고 그 자리에 섰다. 렌은 애덤 뒤에 서 있는 토머스와 라이언을 보았다.

"애들은 라크로스 연습을 하러 나간 줄 알았는데요."

"이제 막 나가려던 참이었어요."

"그럼, 애들을 보내고 나서 우리……."

"무슨 일입니까?"

"서에 가서 따로 얘기하는 게 좋겠어요." 렌은 토머스와 라이언을 안심시키려고 덧붙였다. "아무 일 없어, 애들아. 아빠한테 뭐 좀 물어보러 온 거야."

렌은 애덤의 눈을 마주 보았다. 애덤은 렌의 뜻에 동조하고 싶지 않았다. 나쁜 소식이라면, 온가족이 비탄에 빠질 그런 소식이라면 지금 듣든 라크로스 연습을 하고 와서 듣든 똑같이 큰 충격을 받을 것이다.

"커린과 관계있는 일로 온 겁니까?"

애덤이 물었다.

"아니, 그렇지는 않을 겁니다."

"않을 거라뇨?"

"그러지 말고요, 애덤." 렌의 목소리에 간절함이 담겨 있었다. "애들 연습 보내고 우리랑 같이 좀 갑시다."

40

  존 쿤츠는 아들의 병실에서 밤을 보냈다. 침대와는 거리가 먼, 등받이가 어중간하게 펼쳐진 의자에서 자는 둥 마는 둥 했다. 아침에 뻣뻣해진 등을 펴는 그를 보고 간호사가 말했다.

  "편치 않으셨죠?"

  "이런 의자는 관타나모 수용소에서 주문해 가져온 겁니까?"

  그의 농담에 간호사가 미소 지었다. 간호사는 로비의 체온, 심장박동 수, 혈압 등 활력징후를 확인했다. 로비가 깨어 있든 자고 있든 상관없이 네 시간마다 꼬박꼬박 하는 일이었다. 어린애가 얼마나 익숙해졌으면 뒤척이지도 않았다. 어린애는 이런 검사에 익숙해져서는 안 된다. 절대로.

  쿤츠는 아들의 침대 옆에 앉았다. 무력감에서 비롯된 익숙한 두려움이 온몸을 휘감았다. 간호사는 쿤츠의 얼굴에 새겨진 비통함을 보았다. 간호사들은 그런 보호자들에게 섣불리 가르치려 들거나 거짓말로 위로하려 들지 않았다. 이 간호사도 마찬가지였다.

  "잠시 후에 다시 오겠습니다."

  간호사의 배려가 쿤츠는 고마웠다.

쿤츠는 문자메시지를 확인해보았다. 래리가 보낸 다급한 문자들이 몇 개 와 있었다. 예상했던 일이다. 그는 바브가 올 때까지 기다렸다가 그녀의 이마에 입을 맞추며 말했다.

"잠깐 나갔다 올게. 일 때문에."

바브는 고개를 끄덕였다. 무슨 일이냐고 묻지도 않고 자세한 설명을 요구하지도 않았다.

쿤츠는 택시를 잡아타고 뉴욕시 맨해튼의 파크가에 위치한 아파트로 향했다. 래리 파워스의 예쁘장한 아내 로리가 문을 열어주었다. 쿤츠는 아내를 두고 바람을 피우는 래리를 절대 이해할 수 없었다. 아내는 이 세상에서 가장 사랑하는 여인이며, 유일하게 참된 동반자이고, 자신의 일부다. 온 마음을 다해 사랑하거나 아니거나 둘 중 하나인 것이다. 만일 아내를 사랑하지 않는다면 바람을 피울 게 아니라 아내를 떠나야 한다, 이 개 같은 새끼야.

로리는 늘 웃는 상이었다. 진주 목걸이에 값비싸 보이는 단순한 디자인의 검은 원피스를 입었다. 어쩌면 로리가 입어서 비싸 보이는 것일 수도 있었다. 오래된 부유한 가문 출신인 로리는 하와이언 드레스를 입어도 고급스러운 분위기를 풍길 테니까.

"그이가 기다리고 있어요. 서재에서요."

"고맙습니다."

"존."

쿤츠는 로리를 돌아보았다.

"혹시 뭐가 잘못됐나요?"

"그렇진 않을 겁니다, 파워스 부인."

"로리라고 부르라니까요."

"알겠습니다. 요즘 어떠세요, 로리?"

"저요?"

"아무 일 없으세요?"

로리는 머리카락을 귀 뒤로 넘겼다.

"예. 전 괜찮아요. 그런데 래리가…… 그이가 평소 같지 않아요. 물론 알아서 그이를 보호하시겠지만요."

"예. 제가 알아서 할 테니 걱정하지 마세요, 로리."

"고마워요, 존."

인생을 판별할 수 있는 쉬운 방법 중 하나를 말해주겠다. 누가 당신을 '서재'에서 기다리고 있다고 하면, 그는 돈깨나 있는 사람이다. 평범한 사람들은 기껏해야 가정용 사무실이나 거실, 창고 등을 갖고 있을 뿐이다. 이 집 서재는 별나게 호화로운 편이어서 가죽 장정된 책들이 가득했고, 목재 지구본과 동양풍 깔개까지 갖추고 있었다. 마치 배트맨 브루스 웨인이 지하의 배트케이브로 내려가기 전에 시간을 보내는 공간 같았다.

래리 파워스는 진홍색 가죽 윙체어에 앉아 있었다. 코냑인 듯 보이는 술이 채워진 잔을 손에 들고, 울고 있었다.

"존?"

쿤츠는 래리에게 다가가 그의 손에서 술잔을 받아 들었다. 술병을 보니 꽤 많이 비었다.

"이렇게 많이 마시면 안 됩니다."

"어디 갔었어?"

"우리 문제를 해결하러 다니는 중입니다."

그 문제라는 것은 몹시 충격적이면서도 단순했다. 래리의 회사가 제공하는 제품이 종교와 연관돼 있다는 이유로, 그들 회사의 신규 상장 업무를 맡은 은행은 계약서에 간통을 비롯한 도덕 조항을 넣겠다고 고집했다. 그런데 래리 파워스가 슈거 베이비 웹사이트를 수시로 들락거리면서 대학생들에게 돈을 주고 성적인 서비스를 받았다는 사실이 알려지면 신규 상장은 물거품이 되고 만다. 쿤츠의 입장에서는 1700만 달러가 날아가고, 로비에게 최고의 의료 서비스를 받게 해주겠다는 희망도 사라지고, 바브와 바하마로 놀러가겠다는 계획도 틀어지고 만다.

모든 게 끝장나는 것이다.

"킴벌리한테 이메일을 받았어."

래리는 이 말을 하면서 다시 울기 시작했다.

"뭐라고 적혀 있었습니까?"

"어머니가 살해당했대."

"킴벌리가 당신한테 그렇게 얘기했다고요?

"당연히 나한테 그렇게 얘기했지. 맙소사, 존, 난 자네가—"

"그만하십쇼."

쿤츠의 강한 어조에 래리는 뺨이라도 맞은 것처럼 말을 멈췄다.

"잘 들으세요."

"굳이 이렇게 할 필요는 없잖아, 존. 우린 다시 시작하면 돼. 다른 기회가 있을 거야. 우린 끄떡없어."

쿤츠는 래리를 가만히 바라보았다. 그래, 물론 다른 기회가 있겠지, 당신한테는. 래리에게는 쉬운 일이었다. 래리의 부친은 채권 중개사로 일하면서 평생 큰돈을 벌었고, 아들을 아이비리그 대학에 보냈다. 로리도 부유한 가문 출신이다. 신규 상장이 없던 일이 되면 그게 쿤츠에게 얼마나 큰 타격인지 이 부부가 알 리 없었다.

"우린 또⋯⋯."

"그만 말하세요, 래리."

그러자 래리는 또 입을 닫았다.

"킴벌리가 정확히 뭐라고 말했습니까?"

"말을 한 건 아니고 이메일로 보냈어. 아까 말했잖아. 우린 전화 통화를 한 적이 없어. 그리고 내 진짜 이메일 계정으로 받은 것도 아니야. 슈거 베이비 계정을 통해 받은 이메일이라고."

"예, 알겠습니다. 킴벌리가 그 이메일에 뭐라고 적었습니까?"

"자기 어머니가 살해당했다고 했어. 누가 무단 침입해서 그런 짓을 한 걸로 생각하던데."

"어쩌면 그럴 수도 있죠."

침묵이 흘렀다.

잠시 후 래리가 자세를 바로 하며 말했다.

"킴벌리는 우리한테 위협이 안 돼. 걔는 내 진짜 이름도 몰라."

쿤츠는 하이디의 딸 킴벌리를 영원히 입 다물게 만들 경우 어떤 장단점이 있는지 이미 따져보았고, 킴벌리를 죽이는 게 오히려 더 위험하다고 결론 내렸다. 지금 경찰은 하이디 댄 살해 사건과 잉그리드 프리스비 살해 사건을 연결 짓지 못하고 있을 것이다. 그 두 여자가 살해된 장소는 640킬로미터나 떨어져 있으니까. 게다가 쿤츠는 두 여자에게 각기 다른 권총을 사용했다. 이 상황에서 하이디의 딸에게 무슨 일이 생기면 경찰의 주목을 끌 게 분명했다.

래리는 킴벌리와 만날 때 진짜 이름을 쓴 적이 없다고 했다. 그 웹사이트는 남성 고객들의 신분을 철저히 비밀로 하고 있다. 만약 래리의 사진이 신문에 실리면 킴벌리가 그의 정체를 알게 될 수도 있지만, 그럴 일은 없을 것이다. 그들은 래리를 수줍음 많은 최고 경영자로 설정하고, 신규 상장이 공식화될 때 래리 대신 사장이 모든 언론 대응을 맡도록 결정해놓았다. 나중에 킴벌리가 문제 될 만한 짓을 벌이면, 쿤츠는 그때 가서 어떻게든 해결할 방법을 찾아볼 생각이었다.

의자에서 일어선 래리는 취기에 휘청거리며 서재 안을 서성이기 시작했다. 그리고 우는소리를 해댔다.

"그들이 나에 대해 어떻게 알았지? 그 사이트는 익명으로 운영되는데."

"거기서 서비스를 받으려고 돈을 지불하셨죠?"

"당연히 지불했지. 신용카드로."

"누군가는 신용카드 회사를 운영할 거 아닙니까, 래리. 아마 신용카드 회사에 연락해서 알아냈겠죠."

"그리고 누군가가 킴벌리의 엄마에게 이 일에 대해 얘기했고?"

"그렇죠."

"왜?"

"왜일 것 같습니까, 래리?"

"협박하려고?"

"정답입니다."

"그럼 그냥 돈을 줘버려."

쿤츠는 그 부분에 대해서도 이미 생각해봤다. 그런데 첫째, 놈들은 그들에게 아직 비밀에 대한 대가를 요구하며 접근하지 않았다. 둘째, 돈으로 간단히 처리하기엔 걸리는 부분이 너무 많았다. 협박범들, 특히 광신자 집단 같은 특성을 가진 협박범들의 경우 돈을 받는다고 해서 입을 다물어준다는 보장이 없다. 처음 오하이오주에 도착했을 때 쿤츠는 협박에 대해서는 잘 알지 못했다. 그가 아는 것은 딸이 매춘 비슷한 일을 하고 있다는 소식에 하이디 댄이 크게 충격을 받았다는 것 정도였다. 하이디는 슈거 대디들의 가명을 알고 있었지만 다행히 딸과 그런 부분까지 논의하지는 않았다. 하이디를 설득한 끝에 쿤츠는 레드랍스터라는 식당 바깥에서 그녀에게 젊은 남녀가 접근했다는 정보를 얻어냈다. 그리고 그 식당 보안팀에서 일하는 녀석에게 예전 경찰 신분증을 슬쩍 보여주면서, 하이디에게 접근했던 젊은 남녀의 모습이 담긴 영상을 넘겨받아 차량 번호를 메모했다.

그때부터는 일이 쉬웠다. 그는 젊은 남녀가 렌터카 회사에서 로렌 바나라는 이름으로 차를 빌렸고, 여자의 실명이 잉그리드 프리스비라는 것을 알아냈다. 그리고 여자의 신용카드를 추적해 델라웨어 협곡 부근에 있는 어느 모텔에 머물고 있다는 사실도 알아냈다.

"그럼 이제 된 거야? 다 끝난 거 맞지?"

"아직 아닙니다."

"더 이상 피를 봐선 안 돼. 부탁이야. 신규 상장이 취소돼도 상관없으니까 다른 사람을 또 다치게 하지는 마."

"당신은 부인을 다치게 하셨잖습니까."

"뭐?"

"부인을 두고 바람을 피워서 마음을 다치게 하셨잖아요?"

래리는 입을 열었다 닫았다 뻐끔거렸다.

"그건…… 어쨌든 내 아내는 죽지는 않았잖아. 죽은 두 여자와 비교가 되나."

"당연히 비교가 되죠. 사랑하는 아내의 마음을 다치게 해놓고, 당신에게 해를 끼치고도 남을 낯선 자들 걱정이나 하고 있으니 말이 됩니까."

"자네는 지금 살인 얘기를 하고 있어, 존."

"아뇨, 저는 그런 얘기 안 합니다. 당신이 하고 있죠. 제가 들은 건 킴벌리의 모친이 무단 침입자에게 죽임을 당했다는 것뿐입니다. 잘됐죠. 누가 그 여자를 해쳤는데, 그게 사실은 당신 밑에서 일하는 제가 한 짓이니 말입니다. 당신은 쉽게 제 입을 막을 수 있죠. 저는 당신에게 고용된 사람이니까요. 무슨 말인지 아시겠습니까?"

래리는 대꾸하지 않았다.

"제가 치워야 할 똥이 또 있습니까?"

래리는 부드럽게 가라앉은 목소리로 대답했다.

"아니, 없어."

"잘됐네요. 이제 신규 상장을 가로막을 일은 없을 겁니다. 이해하셨죠?"

래리는 고개를 끄덕였다.

"술 그만 드세요. 기운 차리시고요."

41

경찰 두 명이 현관문 앞에 서 있는 동안 토머스와 라이언은 예상 밖의 행동을 보여주었다. 옆에 있겠다고 고집을 부리거나 억지를 쓰지 않고 얼른 각자 물건을 챙겨 들고 나갈 준비를 했다. 다녀오겠다며 아버지를 포옹하고 뺨에 뽀뽀까지 했다. 렌은 미소 띤 얼굴로 라이언의 등을 툭툭 치면서 "네 아버지는 우리 일을 도와주시는 것뿐이야"라고 말했다. 애덤은 눈을 위로 굴리고 싶은 걸 참으며 아들들에게 걱정하지 말라고, 무슨 일인지 알게 되면 바로 연락 주겠다고 약속했다.

아들들이 집을 나선 후 애덤은 진입로를 내려가 경찰차로 다가갔다. 이웃들이 이 광경을 어찌 볼까 싶기도 했지만 신경 쓰고 싶지 않았다. 그는 렌의 어깨를 툭 치며 말했다.

"이게 또 그 빌어먹을 라크로스 위원회 공금 문제 때문이면……."

"아닙니다."

렌은 단호하게 잘랐다.

경찰차를 타고 가는 내내 그들은 말이 없었다. 애덤은 뒷좌석에 앉았다. 렌과 함께 온 젊은 남자 경찰은 자기소개 없이 조용히 운전만 했고, 렌은 조수석에 앉아 있었다. 고드윈로에 있는 세더 필드 경찰서로 가는 줄 알았는데, 경찰차는 고속도로로 올라섰다. 그들은 뉴어크시 방향으로 가고 있었다. 경찰차는 280번 주간고속도로를 달려, 뉴어크시 웨스트마켓로에 있는 카운티 보안관 사무실로 향했다.

경찰차가 멈추고 렌 길먼이 내렸다. 애덤은 손잡이를 잡고 문을 열려다가 경찰차 뒷좌석에는 문손잡이가 없다는 사실을 알아챘다. 그는 렌이 밖에서 문을 열어주길 기다렸다가 차에서 내렸다. 경찰차는 바로 떠났다.

"언제부터 카운티 보안관 사무실에서 일했습니까?"

"그들이 협조를 요청해왔습니다."

"무슨 일이죠, 렌?"

"질문 몇 개만 하면 돼요, 애덤. 그 이상은 말 못 합니다."

렌은 건물 안으로 애덤을 데리고 들어가 복도를 지나서 심문실로 들어갔다.

"앉아요."

"렌?"

"왜요?"

"이쪽 일을 해봐서 아는데, 부탁 하나만 합시다. 너무 오래 기다리게 하진 말아줘요. 그럼 협조할 마음이 생기지 않으니까요."

"명심하죠."

렌은 밖으로 나가 문을 닫았다.

그러나 렌은 애덤의 부탁을 귀 기울여 듣지 않은 듯했다. 그 방에서 혼자 한 시간 동안 앉아 있던 애덤은 결국 일어나 문을 두드렸다. 렌이 문을 열었다. 애덤이 두 팔을 벌리며 물었다.

"이럴 겁니까?"

"갖고 놀려는 게 아니라, 누굴 좀 기다리고 있어요."

"누구를요?"

"15분만 기다려요."

"알겠습니다. 소변 좀 보고 올게요."

"그래요. 나랑 같이……."

"아뇨, 렌. 나는 여기 자발적으로 왔어요. 다 큰 어른이니 화장실쯤은 혼자 가도 됩니다."

애덤은 화장실에서 볼일을 보고 심문실로 돌아와 의자에 앉아서 휴대전화를 만지작거렸다. 다시 문자메시지를 확인해보았다. 앤디 그리블은 그의 지시에 따라 오전 스케줄을 비워놓았다. 그는 가브리엘 던바의 집 주소를 눈으로 더듬었다. 가브리엘 던바는 페어론 마을 중심가에 살고 있었다.

이 여자를 통해 낯선 자를 찾아낼 수 있을까?

마침내 심문실 문이 열렸다. 렌 길먼이 먼저 들어왔고 그 뒤에 50대 초반쯤으로 보이는 여자가 따라 들어왔다. 여자는 제도적 초록색이라고도 불리는 지루한 초록색 정장 바지 차림이었다. 셔츠 칼라는 너무 길고 끝이 뾰족했다. 세탁 후 다림질 없이 대충 입는 옷처럼 거친 갈색 머리칼은 1970년대 하키 선수들이 많이 했던 멀릿 헤어스타일이었다.

"기다리게 해서 미안합니다."

여자가 말했다. 중서부 지역 억양이 약간 섞여 있는 걸 보니 뉴저지주 사람은 아닌 듯했다. 강마른 얼굴은 농장 일꾼들과 시골

댄스파티를 떠올리게 했다.

"조해너 그리핀이라고 합니다."

여자가 큼직한 손을 내밀었다. 애덤은 그 손을 잡고 악수했다.

"애덤 프라이스입니다. 이미 아시겠지만요."

"앉으세요."

그들은 탁자를 가운데 두고 마주 앉았다. 렌은 애써 아무렇지 않은 척 심문실 한쪽 구석에 기대어 섰다.

"아침부터 여기까지 와주셔서 고맙습니다."

조해너 그리핀이 말했다.

"누구시죠?"

"예?"

"그러니까 계급이라든지……."

"경찰서장입니다." 조해너는 잠시 생각 끝에 덧붙였다. "비치우드시에서 왔습니다."

"비치우드가 어디 있는 곳인지?"

"오하이오주에 있습니다. 클리블랜드시 근처요."

예상 밖의 상황이라 애덤은 가만히 앉아 조해너의 행동을 지켜보았다.

조해너는 책상 위에 서류 가방을 올려 딸깍 하고 연 후에 가방안에 손을 넣어 사진 한 장을 꺼냈다.

"이 여자 아시겠어요?"

조해너가 탁자 위로 사진을 쭉 밀어 보냈다. 운전면허증에 붙였을 법한, 간소한 배경에 정색한 얼굴을 찍은 사진이었다. 애덤은 1초도 안 되어 사진 속 금발 여자를 알아보았다. 딱 한 번 멀찌

감치 떨어진 어두운 곳에서 보았을 뿐이고 당시 여자는 차를 운전하고 있었지만, 단박에 알아볼 수 있었다.

하지만 대답을 망설였다.

"프라이스 씨?"

"누군지 알 것도 같습니다."

"알 것도 같다고요?"

"예."

"누구*일 것* 같은데요?"

애덤은 무어라 대답해야 좋을지 확신이 서지 않았다.

"왜 이 여자에 대해 묻는 겁니까?"

"그냥 질문하는 거예요."

"예, 그리고 저는 그냥 변호사라서요. 왜 묻는지 말을 하시죠."

조해너는 미소 지었다.

"게임을 해보시겠다는 거군요."

"게임하자는 게 아닙니다. 그저 궁금해서."

"왜 묻는 건지는 곧 알려드리겠습니다." 조해너는 사진을 손으로 가리켰다. "이 여자 알아요? 예, 아니요로 대답하세요."

"만난 적은 없습니다."

"아하."

"왜요?"

"지금 의미론으로 게임을 해보자는 건가요? 이 여자 누군지 알아요, 몰라요?"

"알 것 같습니다."

"이거 참 놀랍고 굉장하네요. 누구죠?"

"모르십니까?"

"우리가 뭘 알고 있는지를 따지는 자리가 아니에요, 애덤. 시간이 없으니 빙빙 돌리지 말고 단도직입적으로 얘기하죠. 이 사진 속 여자의 이름은 잉그리드 프리스비. 당신은 미국재향군인회관의 주차장 직원인 존 보너에게 200달러를 주고 이 여자의 차량 번호를 받았어요. 그리고 은퇴한 형사 마이클 린스키 씨에게 그 차량 번호를 추적하게 했죠. 왜 그렇게 했는지 이유를 말하세요."

애덤은 대답하지 않았다.

조해너가 다시 물었다.

"잉그리드 프리스비와 무슨 관계죠?"

애덤은 신중하게 답했다.

"관계랄 것도 없습니다. 그 여자에게 뭘 좀 물어보려고 한 것뿐입니다."

"뭘요?"

애덤은 머릿속이 혼란스러웠다.

"애덤?"

그는 조해너 그리핀이 그를 '프라이스 씨'라고 부르다가 친밀하게 '애덤'으로 부르고 있음을 알아챘다. 그는 심문실 구석을 흘끗 쳐다보았다. 렌 길먼이 무표정한 얼굴로 팔짱을 끼고 서 있었다.

"어떤 기밀 사항에 대해 그 여자의 도움을 받으려고 했습니다."

"기밀이니 뭐니 따질 때가 아니에요, 애덤." 조해너는 서류 가방에 다시 손을 넣어 다른 사진을 꺼냈다. "이 여자 알아요?"

조해너가 탁자에 내려놓은 사진 속에는 조해너와 같은 연배로 보이는 여자가 미소 짓고 있었다. 애덤은 고개를 저었다.

"아뇨, 모릅니다."

"확실해요?"

"아는 사람이 아닙니다."

"이 여자의 이름은 하이디 댄이에요." 조해너의 목소리가 약간 떨렸다. "이름을 듣고도 모르겠어요?"

"모르겠습니다."

조해너는 그의 눈에 시선을 고정했다.

"확실한 거죠, 애덤."

"그렇습니다. 모르는 여잡니다. 이름도 처음 듣고요."

"당신 부인은 어디 있죠?"

갑작스러운 화제 전환에 애덤은 당황했다.

"애덤?"

"제 아내가 이 일과 무슨 상관입니까?"

"질문이 참 많네요?" 조해너의 목소리에서 강철 같은 힘이 느껴졌다. "성가시게 느껴질 정도로. 부인께서 상당히 많은 금액의 돈을 횡령한 혐의를 받고 있다니 이해는 합니다만."

애덤은 렌을 돌아보았다. 렌은 여전히 무표정이었다.

"이런 식으로 하는 겁니까? 거짓 혐의를 내세워서?"

"어디 있냐니까요?"

애덤은 다음 수를 신중하게 놓았다.

"여행 중입니다."

"어디로요?"

"아내가 말 안 했습니다. 도대체 무슨 일입니까?"

"내가 알고 싶은 건……."

"서장님이 뭘 알고 싶어 하든 관심 없습니다. 제가 지금 체포되었나요?"

"아뇨."

"언제든 일어나 여길 나가도 되는 거죠?"

조해너가 애덤을 쏘아보았다.

"그래요, 맞아요."

"그럼 됐네요, 그리핀 서장님."

"예."

애덤은 유리해진 분위기를 최대한 이용하고자 어깨를 똑바로 펴고 앉았다.

"제 아내에 대해 묻고 계신데, 무슨 일 때문인지 설명을 해주시든지 아니면……."

조해너 그리핀이 사진을 한 장 더 꺼냈다.

그녀는 말없이 탁자 너머로 사진을 밀어 보냈다. 사진을 본 순간 애덤의 몸이 굳었다. 그 방에서 아무도 움직이지 않았다. 아무도 입을 열지 않았다. 그렇지만 애덤은 세상이 흔들리는 기분이었다. 정신을 똑바로 차리려고, 무슨 말이든 하려고 애썼다.

"이건……?"

"잉그리드 프리스비냐고요? 맞아요, 애덤. 잉그리드 프리스비예요. 당신이 알 것 같다고 말한 그 여자요."

애덤은 숨도 제대로 쉬어지지 않았다.

"검시관의 보고에 따르면 사망 원인은 머리에 박힌 총알이에요. 그 전에, 거기 보이죠? 궁금해할까 봐 말해주겠는데 살인자가 커터칼로 해놓은 짓이에요. 이 여자가 얼마나 오래 고통받았는지는 알 수 없어요."

애덤은 사진에서 시선을 뗄 수가 없었다.

조해너 그리핀이 사진을 한 장 더 보여주었다.

"하이디 댄은 무릎에 먼저 총을 맞았어요. 살인자가 하이디를 얼마나 오래 고문했는지도 현재로선 알 수 없고요. 그런데 동일하게 머리에 총상이 나 있죠."

애덤은 간신히 숨을 삼켰다.

"그래서 지금 어떻게 생각하시는지⋯⋯?"

"어떻게 생각해야 할까요? 이 사건에 대해 당신이 아는 바를 듣고 싶군요."

애덤은 고개를 저었다.

"아는 바 없습니다."

"그래요? 그럼 사건을 시간순으로 정리해보죠. 텍사스주 오스틴시에 사는 잉그리드 프리스비는 비행기를 타고 휴스턴시에서 뉴어크 공항으로 왔습니다. 공항 근처의 코트야드메리어트 호텔에서 혼자 하룻밤을 묵었죠. 그곳에 있는 동안 차량을 렌트해 세더필드 마을의 미국재향군인회관으로 운전해 갔어요. 그곳에서 한 남자가 이 여자와 동승했고요. 그 남자는 미국재향군인회관 안에서 당신에게 말을 걸었습니다. 그 남자가 무슨 말을 했는지는 모르겠지만, 얼마 후 당신은 이 여자의 차량 번호를 얻으려고 주차장 직원에게 돈을 줬어요. 그리고 아마 그 두 사람이 탄 차를 추적했겠죠. 그동안 잉그리드는 이 렌터카를 몰고 오하이오주 비치우드시로 가서 이 여자와 대화를 나눴어요."

분노를 간신히 억누르는 듯, 조해너 그리핀은 떨리는 손으로 하이디 댄의 사진을 손가락으로 짚었다.

"그리고 얼마 후 이 여자, 하이디 댄은 무릎과 머리에 총을 맞았어요. 본인이 거주하는 집에서요. 그리고 얼마 지나지 않아서, 아직 시간대를 맞춰보고 있긴 한데 아마 12시간에서 24시간 후에 잉그리드 프리스비는 델라웨어 협곡 근처 뉴저지주 콜럼비아시에 있는 어느 모텔 방에서 칼로 난도질당한 뒤 살해됐어요."

조해너는 의자 등받이에 기댔다.

"이 얘기에 당신이 들어갈 자리는 어디죠, 애덤?"

"설마 지금 저를……."

경찰은 그를 의심하고 있었다.

애덤은 시간이 필요했다. 정신을 가다듬고 충분히 생각해서 지금 뭘 어떻게 해야 할지 알아내야 했다.

"이 일이 당신의 결혼 생활과 관계가 있나요?"

조해너의 물음에 애덤은 고개를 들었다.

"뭐라고요?"

"렌 길먼 서장님 얘기로는 지난 몇 년간 당신과 커린 사이에 문제가 있었다던데요."

애덤은 구석에 서 있는 렌을 쏘아보며 힐문하듯 불렀다.

"렌?"

"그런 루머가 돌기는 했어요, 애덤."

"소문이나 주워듣고 다니는 게 경찰이 할 일인가 보죠?"

조해너가 하던 질문을 계속했다.

"소문이 그랬다는 거예요. 크리스틴 호이 알죠?"

"예? 아내와 친한 친굽니다."

"당신 친구이기도 하죠? 두 사람이 요즘 들어 부적 얘기를 많이 했다면서요."

"왜냐하면……."

그는 말을 하려다 말았다.

"왜냐하면 뭐요?"

이미 너무 많은 얘기를 너무 빨리 해버렸다. 애덤은 경찰을 믿고 싶었지만 그럴 수 없었다. 경찰들은 이미 나름의 가설을 세웠다. 그렇게 가설이 만들어지면, 경찰들로 하여금 사실을 똑바로 보게 만들기가, 이미 믿는 바가 아닌 다른 방향을 보게 만들기가 불가능까지는 아니더라도 상당히 어려워진다. 린스키는 애덤에게 경찰들 앞에서 아무 말도 하지 말라고 경고했다. 이미 용의자로 몰릴 가능성이 높아졌다. 그렇다고 혼자서라도 커린을 찾아보겠다는 결심을 포기해야 할까?

그럴 수는 없었다.

"애덤?"

"우린 제 아내에 관한 얘기를 했습니다."

"당신과 크리스틴 호이가요?"

"예."

"무슨 얘길 나눴죠?"

"아내의 최근…… 여행에 대해서요."

"여행이라. 아, 그렇군요. 대낮에 일터를 떠나서 다시는 돌아오지 않고, 당신과 자식들의 문자도 씹고 답장도 안 하는 그런 여행?"

"커린은 시간이 필요하다고 했습니다. 제 통신 내역을 이미 조사했으니 아시겠지만요. 그리고 제가 변호사라는 것, 당신들이 들여다본 통신 내역 중에는 업무와 관련된 것으로 해석될 여지가 있는 내용도 포함돼 있다는 걸 명심하세요. 그런 문자도 다 읽었을 테니 말입니다."

"편리하군요."

"뭐가요?"

"부인이 당신한테 보낸 문자요. 어딘가로 떠날 테니 자기를 찾지 말아달라는 문자. 시간 벌기 좋잖아요. 안 그래요?"

"무슨 소릴 하는 겁니까?"

"누구든 그 문자를 보낼 수 있잖아요? 그게 당신일 수도 있고."

"제가 왜……?"

"잉그리드 프리스비는 미국재향군인회관에서 어떤 남자와 함께 있었어요. 그 남자는 누구죠?"

"그자는 저한테 이름을 말하지 않았습니다."

"그자가 당신한테 무슨 말을 했죠?"

"이 일과는 무관합니다."

"물론 그렇겠죠."

"그가 당신을 협박했습니까?"

"아뇨."

"당신과 커린의 사이에는 아무런 문제가 없었나요?"

"그렇게 말한 적 없습니다. 하지만 이 일과는 무관……."

"지난밤에 샐리 페리먼과 만났던데 그 얘길 해볼까요?"

애덤은 대답하지 않았다.

"샐리 페리먼도 당신 부인의 친구인가요?"

애덤은 거기서 멈추기로 했다. 깊이 숨을 들이쉬었다. 조해너 그리핀에게 그가 아는 모든 사실을 털어놓고 싶은 마음도 일부 있었다. 진심이었다. 그러나 지금, 조해너 그리핀은 애덤이나 커린을 이 정신 나간 살인 사건에 어떻게든 엮어 넣을 작정인 것 같았다. 애덤은 도움이 필요했고, 이 살인 사건에 대해 더 많은 정보를 얻고 싶었다. 하지만 '나중에 후회할 말은 애초에 하지 말라'는 기본적인 규칙을 잊지 않았다. 오늘 아침 하려던 일이 있었다. 페어론에 있는 가브리엘 던바의 집을 찾아가는 것. 가서 낯선 자의 이름을 알아내는 것. 그 계획에 충실하기로 했다. 차를 운전해 가면 페어론까지는 그리 먼 거리도 아니다.

무엇보다, 그리로 가는 동안 생각을 정리할 수 있을 것이다.

애덤은 의자에서 일어섰다.

"그만 가보겠습니다."

"장난합니까?"

"아뇨. 제 도움을 받고 싶으시면 몇 시간만 주십시오."

"두 여자가 살해당했어요."

애덤은 문 쪽으로 걸어갔다.

"압니다. 그런데 사건의 방향을 잘못 잡으셨습니다."

"어떤 방향을 봐야 되는데요?"

"잉그리드와 같이 다닌 그 남자. 미국재향군인회관에 왔던 그 남자요."

"그 남자가 왜요?"

"그 남자가 누군지 아십니까?"

조해너는 뒤에 서 있는 렌 길먼을 돌아보고 다시 애덤에게 시선을 돌렸다.

"아뇨."

"단서도 전혀 없습니까?"

"없어요."

애덤은 고개를 끄덕였다.

"그자가 이 사건을 풀 열쇠예요. 그 남자를 찾아야 합니다."

42

가브리엘 던바의 집은 한때 꽤나 멋졌을 것이다. 세월이 흐르면서 수수했던 목조 단층집은 비대하고 흔해빠진 호화 주택이 되고 말았다. 여기저기 덧대고 고치는 등 이른바 '개선' 작업을 하고 퇴창과 작은 탑 등 새로운 건축 기법을 더하면서, 집은 나아진 게 아니라 산만하고 몹시 부자연스러운 인상을 풍겼다.

애덤은 화려하게 장식된 현관문으로 다가가 초인종을 눌렀다. 정교한 가락이 흘러나왔다. 경찰서에서 애덤은 굳이 경찰차를 기다렸다가 그걸 타고 집으로 돌아가고 싶지 않았다. 일단 우버 앱을 이용해 차 한 대를 불러 여기로 타고 왔다. 이따가 앤디 그리블이 차를 몰고 와 이 근방에서 그를 태우고 사무실로 데려갈 것이다. 이 일이 오래 걸릴 것 같지는 않았다.

가브리엘이 현관문을 열었다. 페이스북 사진에서 본 얼굴이었다. 다림질이라도 한 것처럼 곧은 검은색 머리카락. 가브리엘은 웃는 낯으로 현관문을 열었다가 애덤을 본 순간 표정이 굳었다.

"무슨 일이시죠?"

가브리엘의 목소리에서 떨림이 느껴졌다. 그녀는 바깥쪽의 방충망 문을 열려고 하지 않았다.

애덤은 정면 승부를 하기로 했다.

"불쑥 찾아와서 죄송합니다. 애덤 프라이스라고 합니다."

그가 명함을 건네려 했으나 가브리엘은 방충망 문을 열지 않았다. 그는 문설주 틈새로 명함을 끼워 넣었다.

"패러머스시에서 변호사로 일하고 있습니다."

가만히 서 있는 가브리엘의 얼굴에서 핏기가 가셨다.

"상속 유산과 관련된 일을 하고 있고요⋯⋯." 애덤은 휴대전화를 꺼내 저장해놓은 사진을 화면에 띄웠다. 가브리엘이 낯선 자의 얼굴을 제대로 볼 수 있도록, 손가락으로 사진을 확대해 방충망 문에 가까이 갖다댔다. "이 남자 아시죠?"

가브리엘은 문설주 사이에 손가락을 넣어 그의 명함을 뽑아 들었다. 한참 명함만 쳐다보다가 드디어 애덤의 휴대전화 화면에 뜬 사진으로 시선을 돌린 그녀는 몇 초 후 고개를 저었다.

"몰라요."

"분위기를 보면 회사 파티에서 찍은 사진입니다. 그러니 아실 텐데요."

"이만 들어가봐야 돼서요."

공황 상태가 됐거나 두려움을 느끼는지 가브리엘의 목소리가 더 심하게 떨렸다. 그러더니 안쪽 문을 닫으려 했다.

"던바 부인?"

가브리엘은 머뭇거렸다.

애덤은 무슨 말을 해야 할지 확신이 서지 않았다. 그는 이미 이 여자를 겁먹게 만든 게 분명하다. 그의 출현에 겁을 먹었다면 뭔가 아는 게 있다는 뜻이다.

"부탁드립니다. 이 남자를 꼭 찾아야 합니다."

"말했잖아요. 모른다고."

"아실 텐데요."

"내 땅에서 나가주세요."

"제 아내가 실종됐습니다."

"뭐라고요?"

"제 아내요. 이 남자가 무슨 짓을 해서 지금 아내가 실종된 상
탭니다."

"무슨 소릴 하는지 모르겠네요. 그만 가세요."

"이 남자 누굽니까? 알고 싶은 건 그게 전부예요. 이 남자의 이
름 말입니다."

"말했죠. 모르는 사람이라고. 이만 들어가봐야 돼요. 난 아는
거 없어요."

문이 다시 닫히려 했다.

"전 계속해서 찾을 겁니다. 이 남자한테 그렇게 전하세요. 진실
을 알 때까지 멈추지 않을 거라고."

"내 땅에서 나가지 않으면 경찰을 부르겠어요."

가브리엘은 문을 세차게 닫았다.

가브리엘 던바는 '서 홈'을 계속 읊으며 10분째 방 안을 서성
였다. 요가 수업 시간에 배운 산스크리트어 주문이다. 수업이 끝
날 때쯤 요가 선생은 강습생들에게 바닥에 등을 대고 시체 자세
로 눕게 한다. 그리고 눈을 감고 '서 홈'이라는 말을 5분 동안 되
풀이하게 한다. 처음에 요가 선생이 이 방법을 알려줬을 때 가브

리엘은 어이가 없어 눈을 위로 굴렸다. 그런데 2, 3분쯤 그렇게 하고 나니 몸에서 스트레스로 인한 독소가 빠져나가는 기분이 들기 시작했다.

"서…… 홈……."

눈을 떴다. 효과가 없었다. 당장 해야 할 일이 있었다. 미시와 폴이 학교에서 돌아오려면 아직 몇 시간 남아서 다행이었다. 그동안 준비를 하고 짐을 싸면 될 것이다. 휴대전화를 손에 쥐고 즐겨찾기 연락처를 뒤져 '찌질이'라고 저장된 번호를 눌렀다.

두 번 신호가 가고 전남편이 전화를 받았다.

"갭스?"

전남편이 가브리엘에게 붙인 애칭이었다. 오직 그 인간만 가브리엘을 갭스라고 불렀다. 그 애칭으로 불리니 여전히 기분이 더러웠다. 처음 데이트를 시작했을 때부터 전남편은 그녀를 '나의 갭스'라고 불러댔다. 처음 사랑에 빠졌을 때는 누구나 그렇듯 가브리엘도 사랑스러운 애칭이라 생각했지만, 몇 달 지나자 듣기만 해도 진저리가 쳐졌다.

"애들 좀 데리고 있어줄래?"

전남편은 짜증을 숨기지 않았다.

"언제?"

"오늘 저녁에 좀 맡아줘."

"장난하나? 전에 추가 면접을 요청할 땐 듣지도 않더니."

"그래서 지금 해주겠다는 거잖아. 오늘 밤에 애들 데리러 와줄 거지?"

"출장 때문에 시카고에 와 있어. 내일 아침까진 여기 있어야 해."

망할.

"그 여자는?"

"이름 알잖아, 갭스. 태미도 여기 나랑 같이 와 있어."

그는 한 번도 가브리엘을 출장지에 데려간 적이 없었다. 아마 출장지에서 태미 아니면 그전의 다른 여자들을 만나느라 그랬을 것이다.

"그래, 태미. 본인 이름 위에 하트로 점을 찍어놓던 그 여자던 가? 기억이 잘 안 나네."

"재밌네."

전혀 재미있지 않았다. 멍청한 소리였다. 오래전에 생명이 끝 난 결혼 생활을 물고 늘어지는 것보다 지금은 더 중요한 일이 있 었다.

"우린 내일 아침 첫 비행기로 돌아갈 거야."

"그럼 그때 애들을 당신 집에 데리고 갈게."

"얼마나 오래 데리고 있어?"

"며칠이면 돼. 가서 말해줄게."

"문제없는 거지, 갭스?"

"전혀 없어. 태미한테 안부나 전해."

가브리엘은 전화를 끊었다. 창밖을 내다보았다. 크리스 테일러 가 처음 접근해왔을 때부터 가브리엘은 이런 날이 올 줄 알았다. 그 시기가 언제냐의 문제일 뿐이었다. 그들이 지금 하고 있는, 진 실을 까발려 돈을 버는 이 사업은 대단히 흥미롭고 모두가 득을 보는 일이었다. 그러나 가브리엘은 그들이 위험한 짓을 하고 있다는 사실을 한시도 잊지 않았다. 비밀을 지키기 위해서라면 무슨 짓이든 할 수 있는 게 사람이다.

살인까지도.

"서…… 홈……."

마음은 여전히 진정되지 않았다. 가브리엘은 2층 침실로 올라갔다. 집에 혼자 있는데도 군이 방문을 닫았다. 침대에 태아 자세로 누워 엄지손가락을 빨기 시작했다. 쑥스러운 자세이긴 하지만, 서홈을 되풀이해도 효과가 없을 땐 원초적인 유아기 행동으로 돌아가는 것도 좋은 방법이었다. 가브리엘은 무릎을 가슴까지 끌어올리고 조그맣게 울었다. 어느 정도 그러고 나서 휴대전화를 꺼냈다. 개인 정보 보호를 위해 VPN(가상사설망)을 이용했다. 완벽하게 사생활 보호가 되진 않지만 지금은 그 정도로 충분할 듯했다. 다시 한 번 명함을 들여다보았다.

변호사 애덤 프라이스

그가 가브리엘을 찾아냈다. 가브리엘을 찾아냈다는 건 그 전에 잉그리드를 찾아냈을 수도 있다는 얘기였다.

영화 〈어 퓨 굿맨〉에서 잭 니콜슨이 했던 대사처럼, 어떤 사람들은 진실을 감당하지 못한다.

가브리엘은 서랍장 맨 아래 칸에서 글록19 4세대 자동 권총 한 자루를 꺼내 침대에 올려놓았다. 머튼은 이 총을 가브리엘에게 주면서, 여자들이 쓰기에 딱 좋은 권총이라고 했다. 머튼은 가브리엘을 랜돌프 마을의 사격 연습장으로 데려가 총 쏘는 법도 가르쳐주었다. 이 권총은 장전되어 있어 바로 사용할 수 있었다. 처음에는 어린애들도 있는 집 안에 장전된 총을 두기가 꺼려졌지

만, 가정 내 표준 안전 규칙을 지키려다 위험한 일을 당할 수도 있
으니 어쩔 수 없었다.

이제 어떻게 하지?

간단하다. 절차대로 해야 한다. 가브리엘은 휴대전화 카메라로
애덤 프라이스의 명함 사진을 찍었다. 그 사진을 이메일에 첨부
하고 '보내기' 버튼을 누르기 전에 한 문장을 쳐 넣었다.

그가 알아냈어.

43

일찌감치 퇴근한 애덤은 세더필드 고등학교에 새로 조성된 잔디 깔린 경기장으로 차를 몰았다. 경기장에서 남자 라크로스 팀이 연습 중이었다. 애덤은 그 블록 아래쪽 눈에 띄지 않는 곳에 차를 세우고 관중석 뒤쪽에 서서 아들 토머스를 바라보았다. 전에는 이렇게 연습을 지켜본 적이 없었다. 지금 여기서 뭘 하고 있는 건지 분명히 표현하기 어려웠다. 그저 아들을 잠시 바라보고 싶었다. 그게 전부였다. 이 모든 일이 시작된 그날 밤, 미국재향군인회관에서 트립 에번스가 한 말이 떠올랐다. 그날 트립은 이런 마을에서 사는 게 믿기지 않을 만큼 대단한 행운이라며 이렇게 말했다.

"우린 꿈같은 삶을 살고 있어."

맞는 말이지만, 본인들이 사는 곳을 '꿈'이라 표현하다니 흥미로웠다. 꿈은 부서지기 쉽다. 꿈은 오래 지속되지 않는다. 언젠가 눈을 뜨면 꿈은 사라진다. 자다가 뒤척이기만 해도 꿈이 멀어져 가는 걸 느낄 수 있다. 연기처럼 희미한 꿈의 끝자락을 붙잡으려고 아무리 손을 뻗어도 소용없다. 꿈은 녹아내려 영원히 사라진다. 여기 서서 아들이 좋아하는 운동을 하는 모습을 보고 있자니,

얼마 안 있어 모두가 꿈에서 깨어날 것 같은 느낌이 들었다. 낯선 자의 방문을 받은 후 쭉 속에 담아왔던 느낌이었다.

코치가 호루라기를 불면서 오늘 연습은 여기까지라고 말하며 마무리 동작을 취하게 했다. 쿼터백이 무릎 꿇는 동작을 취하는 것으로 경기는 끝났다. 몇 분 후 소년들은 헬멧을 벗고 탈의실로 터덜터덜 걸어갔다. 애덤은 관중석 뒤쪽에서 앞으로 나섰다. 애덤을 본 토머스가 걸음을 우뚝 멈췄다.

"아빠?"

"괜찮아." 엄마가 집에 돌아온 걸로 오해할까 봐 애덤은 얼른 덧붙였다. "새로운 소식은 없어."

"여긴 웬일이세요?"

"일이 일찍 끝나서. 너 태우고 집에 가려고."

"샤워해야 되는데."

"그래, 하고 와. 기다릴게."

토머스는 고개를 끄덕이고는 탈의실 쪽으로 걸어갔다. 애덤은 라이언에게 답장이 왔는지 휴대전화를 들여다봤다. 라이언은 학교가 끝나자마자 맥스네 집에 놀러 가 있었다. 애덤은 연습이 끝난 토머스를 차에 태우고 맥스네 집에 들러 라이언을 같이 태우고 집으로 가도 되는지, 그렇게 아버지의 수고를 덜어줄 의향이 있는지 라이언에게 문자로 물어봐놓은 터였다. 라이언은 "당근이죠"라고 답장을 보내놓았다. 애덤은 잠시 생각한 후에야 "당근이죠"가 "당연히 문제없어요"라는 뜻임을 알았다.

차에 타고 10분이 지나서야 토머스는 경찰이 왜 찾아왔었냐고 물었다.

"지금은 설명하기가 힘들어. 너희를 보호하기 위해서란 말은 굳이 안 하마. 일단은 아빠가 알아서 해볼 테니까 지켜봐주면 좋겠다."

"엄마랑 관계된 일이에요?"

"잘 모르겠어."

토머스는 더 캐묻지 않았다. 애덤은 맥스네 집 앞에서 라이언을 차에 태웠다. 라이언이 뒷좌석에 재빨리 올라타며 물었다.

"웩, 이게 무슨 냄새야?"

토머스가 대답했다.

"내 라크로스 장비에서 나는 냄새야."

"냄새 완전 심해."

"그렇긴 하구나." 애덤은 라이언의 말에 동의하며 차창을 내렸다. "학교는 어땠니, 라이언?"

"좋았어요. 엄마 소식은 없어요?"

"아직 없어." 애덤은 더 얘기해줘야 하나 갈등하다가, 진실을 조금이라도 말해주는 게 위안이 되겠다 싶어 덧붙였다. "좋은 소식은, 이제 경찰이 이 일을 맡기로 했다는 거야."

"왜요?"

"경찰도 엄마를 같이 찾아줄 거야."

"경찰이 왜요?"

애덤은 어깨를 반쯤 으쓱했다.

"어젯밤에 토머스가 얘기한 것처럼, 이러는 건 엄마답지가 않잖아. 그래서 경찰들이 우릴 도와 엄마를 찾아주기로 했어."

아들들이 질문을 해대리라 생각했다. 그런데 차가 집 앞 거리에 들어서자 라이언이 엉뚱한 걸 물었다.

"엇, 저 사람 누구예요?"

그들 집 현관 앞에 조해너 그리핀이 앉아 있었다. 애덤이 진입로로 들어서자 조해너는 초록색 바지의 주름을 펴며 일어서면서, 마치 설탕을 빌리러 들른 이웃처럼 친근한 미소를 지으며 손을 흔들었다. 애덤이 차를 세우자 조해너는 웃는 얼굴로 아무렇지 않게, 위협적이지 않은 모습으로 그들에게 걸어왔다.

"안녕하세요."

그들은 모두 차에서 내렸다. 아들들은 조해너를 경계하는 모습이었다.

"나는 조해너라고 해."

조해너는 아들들의 손을 잡고 악수를 했다. 토머스와 라이언은 의아해하는 눈빛으로 애덤을 쳐다보았다.

"경찰이셔."

애덤이 설명했다.

"음, 여기 있는 동안에는 공식적으로 그렇지는 않아. 오하이오주 비치우드시에서는 그리핀 서장으로 알려져 있지만, 여기는 내 관할 구역도 아니니까 그냥 조해너 아줌마란다. 만나서 반갑구나."

조해너는 계속 미소를 지었는데, 애덤은 그게 애들을 안심시키기 위해서라는 걸 알았다. 아들들도 눈치챈 듯했다.

"안으로 들어가서 얘기해도 될까요?"

조해너가 애덤에게 물었다.

"그러시죠."

토머스는 차 뒷문을 열고 라크로스 가방을 꺼냈다. 라이언은 교과서를 잔뜩 넣어 터질 것 같은 배낭을 등에 멨다. 아들들이 현관으로 가는 동안 조해너는 그 자리에서 기다렸다. 애덤도 그 옆에 서 있었다. 아들들에게 소리가 들리지 않을 정도가 되자 애덤이 물었다.

"여긴 무슨 일로 오셨죠?"

"부인의 차를 찾았어요."

44

애덤과 조해너는 거실로 들어가 앉았다.

아들들은 주방에 가 있었다. 토머스는 파스타 삶을 물을 끓였고, 라이언은 냉동 채소를 전자레인지에 넣어 돌리고 있었다. 당분간 거실 쪽으로 올 일은 없을 듯했다.

"커린의 차를 어디서 찾았습니까?"

"우선 자백부터 하고 시작할게요."

"무슨?"

"아까 밖에서 했던 말대로, 뉴저지주에서 나는 경찰이 아니에요. 뭐, 내 본거지에서도 제대로 된 경찰은 아니었지만요. 원래 살인 사건은 다루지도 않아요. 카운티 경찰의 소관이죠. 원래 살인 사건을 다뤘다고 해도 여긴 내 관할 구역이 아니고요."

"그래도 카운티 경찰이 저를 심문하라고 서장님을 비행기에 태워 여기로 보낸 거잖습니까."

"아뇨, 내 돈으로 표 사서 온 거예요. 뉴저지주 버겐 카운티에 아는 경찰이 있는데, 그 경찰이 에섹스 카운티 경찰에 전화를 해 줬어요. 그 덕에 나는 당신을 불러다가 심문할 수 있었고요."

"그런 얘길 왜 하시죠?"

"왜냐하면 내가 사는 곳의 카운티 경찰들이 그 얘기를 듣고 열을 받았거든요. 그래서 공식적으로 나는 이 사건에서 손을 뗀 상태예요."

"이해가 안 됩니다. 본인이 맡은 사건도 아니면서 왜 여기까지 오신 거죠?"

"희생자들 중 한 명이 내 친구라서요."

애덤은 그제야 이해가 됐다.

"하이디라는 분요?"

"예."

"유감입니다."

"고마워요."

"커린의 차는 어디 있었습니까?"

"화제 전환이 참 빠르시네요."

"그 일로 오셨잖아요."

"그렇죠."

"대답은요?"

"뉴어크시 공항 인근의 호텔 주차장에서 발견됐어요."

애덤은 미간을 찌푸렸다.

"왜요?"

"이해가 안 돼서요."

"어째서죠?"

애덤은 휴대전화 위치 찾기 앱에서 커린의 차가 피츠버그시에 있는 걸로 나왔다고 얘기했다.

"뉴어크 공항 근처에 차를 세워놓고 비행기를 타고 어딘가로 가서 차를 렌트했을 수도 있잖아요."

"굳이 공항에서 비행기를 탔는데 차를 또 렌트해 피츠버그시를 지나갔다는 게 이상합니다. 커린의 차가 호텔 주차장에 있었다고 하셨죠?"

"공항 근처에 있는 호텔요. 차가 견인되기 직전에 발견했어요. 견인차 회사에다 차를 이리로 갖고 와달라고 얘기해뒀어요. 한 시간 안에 올 거예요."

"이해가 안 됩니다."

"뭐가요?"

"비행기를 탔으면 호텔 주차장이 아니라 공항 주차장에 주차했어야 합니다. 우린 늘 그렇게 했거든요."

"자기 행선지에 대해 아무한테도 알리고 싶지 않아서 그랬을 수도 있어요. 당신이 공항 주차장을 찾아볼지도 모른다고 생각했겠죠."

애덤은 고개를 저었다.

"내가 공항 주차장에 가서 커린의 차가 있는지 찾아본다고요? 그건 말이 안 됩니다."

"애덤?"

"예."

"나를 믿을 이유가 없다는 거 알아요. 그래도 잠시만 우리 비공개를 전제로 얘기하도록 하죠."

"서장님은 경찰이지 기자가 아닌데, 무슨 비공개를 전제로 얘길 합니까."

"내 얘기 잘 들어요. 두 여자가 사망했어요. 하이디가 내게 얼마나 특별한 사람이었는지 굳이 얘기 안 할게요. 지금…… 아는 걸 다 말해주면 좋겠어요." 조해너는 그의 시선을 굳건히 붙잡았다. "약속할게요. 내 죽은 친구의 영혼을 걸고, 이 자리에서 들은 얘기를 당신이나 당신 부인에게 불리하게 이용하지 않겠다고요. 하이디를 위해 정의를 구현하고 싶어요. 그게 다예요. 이해돼요?"

애덤은 앉은 자리에서 초조하게 몸을 움찔거렸다.

"경찰이 서장님께 지금 이 자리에서 들은 얘기에 대해 증언을 하도록 강요할 수도 있잖습니까."

"할 테면 해보라죠." 조해너는 앞으로 몸을 기울였다. "제발 도와줘요."

애덤은 길게 생각하지 않았다. 지금 그에게는 선택의 여지가 없었다. 조해너가 옳았다. 이미 두 여자가 죽었고, 커린도 심각한 상황에 처해 있을지 모른다. 그는 가브리엘 던바에 대한 불안한 느낌 외에 이렇다 할 단서를 확보하지 못했다. 그는 먼저 조해너에게 정보를 요구했다.

"우선 알고 계신 걸 말씀해주시죠."

"거의 다 얘기했어요."

"잉그리드 프리스비와 돌아가신 친구 분이 어떻게 연락이 닿았는지부터 말해주세요."

"단순해요. 잉그리드와 그 남자가 레드랍스터 식당에 나타났어요. 그들은 하이디와 얘기를 나눴고, 다음 날 하이디가 죽었어요. 그리고 그다음 날 잉그리드가 죽었고요."

"잉그리드와 같이 있던 남자를 의심하십니까?"

"그 남자를 찾으면 이 사건을 해결하는 데 도움이 될 거라고 봐요. 그들이 당신한테도 접근했죠? 미국재향군인회관에서요."

"그 남자가 접근했었습니다."

"그자가 자기 이름을 말했나요?"

애덤은 고개를 저었다.

"본인을 낯선 자라고만 지칭했습니다."

"그들이 떠난 후, 당신은 그 남자의 소재를 파악하려고 했어요. 아니면 그 남자와 여자 둘 다거나요. 당신은 주차장 직원에게 그 두 사람이 타고 온 차의 차량 번호를 받아냈죠. 그리고 그 여자를 추적했고요."

"여자의 이름을 알아냈을 뿐입니다."

"미국재향군인회관에서 그 남자가 당신한테 뭐라고 얘기했나요? 그 낯선 자가요."

"제 아내가 가짜로 임신한 척을 했던 거라고 했습니다."

조해너는 눈을 두 번 깜박였다.

"뭐라고요?"

애덤은 그간 있었던 일을 털어놓았다. 한번 입을 열자 모든 얘기가 술술 흘러나왔다. 그가 얘기를 마치자 조해너는 뻔한 것 같으면서 의외인 질문을 던졌다.

"그 얘기가 사실일까요? 부인께서 정말 가짜로 임신한 척했었다고 보세요?"

"예."

그랬다. 망설일 것도 없었다. 더 이상은. 처음부터 그는 진실을 알고 있었는지도 모른다. 낯선 자가 가짜 임신 얘기를 꺼낸 순간부터. 그동안 흩어진 조각들을 모아놓고 나니 비로소 진실을 인정하게 됐다.

"왜죠?"

"왜 그자의 얘기를 사실로 생각하냐고요?"

"아뇨. 왜 부인이 그런 일을 했을까요?"

"제가 아내를 불안하게 만들었기 때문일 겁니다."

조해너는 고개를 끄덕였다.

"그 샐리 페리먼이라는 여자 때문에요?"

"아마도요. 당시 커린과 제 사이가 좀 소원했습니다. 커린은 저를 잃을까 봐, 이 모든 걸 잃을까 봐 두려웠겠죠. 샐리와는 별일도 아니었는데."

"별일이었을 수도 있죠."

"무슨 뜻이죠?"

"가볍게 들어요. 커린이 그 가짜 임신 웹사이트에 접속했을 때 부부 사이는 어땠나요?"

애덤은 조해너가 왜 그런 걸 묻는지 알 수 없었지만 굳이 말 못할 이유도 없었다.

"아까도 말했다시피, 우리 사이가 소원했었습니다. 이미 지난 얘기지만요. 아들들 문제, 가사일 때문에 좀 그랬죠. 누가 식료품 쇼핑을 할 거냐, 누가 설거지를 할 거냐, 누가 청구서 납부를 할 거냐 같은 자질구레한 일상사 때문에요. 그때 제가 중년의 위기를 겪고 있기도 했고요."

"아내에게 인정받지 못하는 기분이었나요?"

"글쎄요. 제가 더 이상은 진짜 남자가 아닌 것 같았습니다. 이 말이 어떻게 들릴지 압니다. 저는 그저 가족을 부양하는 사람이고 아버지고…….”

조해너는 고개를 끄덕였다.

“그런데 갑자기 샐리 페리먼이 당신에게 관심을 보인 거군요.”

“갑자기는 아니었지만 관심을 보인 건 맞습니다. 그때 샐리와 큰 사건을 맡아 같이 진행하고 있었거든요. 샐리는 아름답고 열정적이고, 예전에 커린이 저를 보던 그런 시선으로 저를 봐줬습니다. 멍청한 소리 같지만요.”

“정상이에요. 멍청한 게 아니고요.”

진심인지 놀리는 건지 알 수 없었다.

“어쨌든 커린은 제가 자기를 버릴까 봐 걱정했던 것 같습니다. 그때 저는 커린이 그런 걱정을 하는 줄도 몰랐어요. 아니, 아무래도 상관없었던 것 같기도 하고. 모르겠습니다. 그런 와중에 커린이 제 휴대전화에 휴대전화 위치 찾기 앱을 설치한 겁니다.”

“커린이 피츠버그에 있다는 걸 알려준 그 앱 말인가요?”

“예.”

“그동안은 그 앱이 휴대전화에 깔려 있단 걸 몰랐나요?”

애덤은 고개를 끄덕였다.

“토머스가 알려주기 전까지 몰랐습니다.”

“아이고.” 조해너는 고개를 절레절레 흔들었다. “부인은 당신을 몰래 지켜보고 있었군요?”

“모르겠습니다. 그 후에 일어난 일을 보면 그랬던 것 같긴 합니다. 당시 늦게까지 일한다고 아내에게 말한 날이 많았습니다. 아내는 그 휴대전화 위치 찾기 앱을 통해 제가 정도 이상으로 샐리의 집에 자주 가 있다는 걸 알았겠죠."

"어디 있었는지 부인께 말을 안 했나요?"

그는 고개를 저었다.

"일 때문에 늦는다고만 했습니다."

"왜 말을 안 했는데요?"

"역설적으로 들리겠지만, 아내가 걱정할까 봐요. 아내가 어떻게 반응할지 아니까. 어쩌면 어느 정도는 제가 잘못하고 있다는 걸 알았기 때문일 수도 있고요. 사무실에서 일했어야 하는데, 샐리의 집에 머무는 게 좋았습니다."

"커린이 그 사실을 알았군요."

"예."

"하지만 당신과 샐리 페리먼 사이에는 아무 일도 없었고요?"

"예." 그는 잠시 생각 끝에 덧붙였다. "어떤 일이 일어날 뻔은 했죠."

"무슨 뜻인가요?"

"모르겠습니다."

"육체적인 관계를 맺었나요? 2루? 3루까지 갔어요?"

"예? 아뇨."

"키스는요?"

"안 했어요."

"그런데 왜 죄책감을 갖죠?"

"원하기는 했으니까요."

"맙소사. 나도 휴 잭맨의 몸을 스펀지로 목욕시켜주고 싶다는 생각은 해요. 그래서 뭐요? 원할 수도 있는 거잖아요. 그러니까 인간이죠. 그만 마음에서 놔버려요."

애덤은 아무 말도 하지 않았다.

"그래서, 부인이 샐리 페리먼을 만났나요?"

"전화는 했습니다. 직접 만났는지는 모르겠고요."

"커린이 그 얘길 당신한테 안 했어요?"

"예."

"커린이 샐리에게 전화해서 어떻게 된 거냐고 묻긴 했지만, 남편에겐 아무 말도 하지 않았다. 맞나요?"

"그렇죠."

"그 후에는 어떻게 됐죠?"

"그리고, 음, 커린이 임신을 했습니다."

"그러니까, 임신한 척을 했군요."

"예, 뭐."

조해녀는 고개를 흔들었다.

"아이고."

"생각하시는 그런 거 아닙니다."

"아니, 맞는 것 같은데요."

"아내가 임신을 해서 놀라긴 했습니다. 하지만 좋은 쪽으로 풀렸죠. 결국 저는 제자리로 돌아왔으니까요. 뭐가 중요한지 깨달았고요. 이것도 역설적이긴 한데, 커린의 그 방법은 효과가 있었습니다. 커린이 옳았던 거죠."

"아뇨, 애덤. 옳지 않았어요."

"덕분에 저는 현실로 돌아왔습니다."

"아뇨, 그렇지 않아요. 부인은 당신을 조종했어요. 그대로 됐으면 당신이 알아서 현실로 돌아왔을 수도 있어요. 만약 돌아오지 않았다고 해도 그건 당신이 현실로 돌아오고 싶은 마음이 없기 때문일 테고요. 미안하지만 커린은 나쁜 짓을 한 거예요. 정말 나쁜 짓이었어요."

"급해서 그랬을 겁니다."

"그건 변명이 안 돼요."

"커린이 만든 세상입니다. 커린의 가족이고요. 커린의 인생 전부가 걸려 있었어요. 이걸 이루기 위해 커린은 너무도 힘겹게 싸워왔는데, 무너질지 모른다는 생각이 들었겠죠."

조해너는 다시 고개를 저었다.

"당신 같으면 그런 짓을 하지 않았을 거예요, 애덤. 알잖아요."

"그래도 전 죄인입니다."

"죄가 아니에요. 결혼 생활을 하다 보면 배우자를 의심할 수 있어요. 다른 사람에게 눈이 돌아갈 수도 있고요. 다른 사람과 살면 어떨까 상상을 할 수도 있어요. 그런 감정을 갖는 게 당신이 처음은 아니에요. 현재의 삶에 의심을 품으면서 본인이 나아갈 방향을 찾을 수도 있고 아닐 수도 있는 거예요. 그런데 커린은 당신이 선택할 기회조차 주지 않았어요. 당신을 속여서 거짓된 삶을 살게 만들었죠. 당신 입장을 변호하거나 비난하려는 게 아니에요. 어떤 결혼 생활이든 나름의 사정이 있어요. 당신은 그 결혼 생활에서 빛을 찾지 못했고요. 그런데 본인 스스로 찾아야 할 그 빛을 커린이 당신 눈에 대고 손전등으로 쏜 거나 마찬가지예요."

"제가 원했던 걸 수도 있습니다."

조해너는 고개를 저었다.

"그런 식은 아니죠. 잘못된 거예요. 그 점은 분명히 알아야 해요."

그는 생각해보았다.

"저는 커린을 사랑합니다. 커린이 임신한 척한 걸로 모든 게 바뀌었다고는 생각 안 합니다."

"그건 모르는 일이죠."

"아뇨. 이 문제로 생각을 많이 해봤습니다."

"그래도 이 결혼을 유지했을 거라고 확신해요?"

"예."

"애들을 위해서요?"

"부분적으로는요."

"다른 이유는 뭐죠?"

애덤은 앞으로 몸을 기울이고 잠시 바닥을 내려다보았다. 그와 커린이 워릭에 있는 골동품점에서 구입한, 파란색과 노란색이 섞인 동양풍 카펫이 깔려 있었다. 10월의 어느 날 애덤과 커린은 워릭에 사과를 따러 갔었는데, 결국 사과는 못 따고 사과주만 마신 뒤에 매킨토시 사과를 사 들고 골동품점으로 향했었다.

"그때 커린과 저는 참 뭐 같은 일상을 살고 있었고 이런저런 불만이라든지 실망이나 분노도 있었지만, 그래도 하루가 끝날 무렵 생각해보면 커린이 없는 인생은 상상이 안 됐습니다. 커린 없이 늙어가는 것도 상상할 수 없었고요. 커린이 만든 세상의 일부가 아닌 것도 견딜 수 없었습니다."

조해너는 고개를 끄덕이며 턱을 문질렀다.

"그래요. 이해돼요. 내 남편 리키도 코를 심하게 골아서 같이 자고 있으면 꼭 헬리콥터 옆에서 자는 기분이거든요. 그래도 그 사람 없는 인생은 상상이 안 되죠."

그들은 잠시 조용히 앉아 감정을 가라앉혔다.

조해너가 다시 물었다.

"그 가짜 임신에 대해 낯선 자가 왜 당신에게 말을 했을까요?"

"모르겠습니다."

"그가 당신한테 돈을 요구했나요?"

"아뇨. 저를 위한 일이라고 했습니다. 마치 거룩한 성전이라도 치르는 것처럼 굴더군요. 서장님 친구인 하이디라는 분은 어땠습니까? 그분도 가짜로 임신한 척했습니까?"

"아뇨."

"이해가 안 되네요. 낯선 자가 그분에겐 무슨 말을 했을까요?"

"아직 알 수가 없어요. 무엇 때문인지 몰라도 그것 때문에 하이디는 죽임을 당했어요."

"아시는 거 없습니까?"

"없어요. 그런데 그걸 알 만한 사람이 있는 것도 같네요."

45

그가 알아냈어.

크리스 테일러는 이 문자를 받고, 도대체 이 일이 어디서부터 어떻게 잘못됐는지 다시 고민에 빠졌다. 프라이스 부부 건은 다른 데서 의뢰를 받아 진행한 일이었다. 의뢰를 받은 것부터가 잘못이었는지 모른다. 하지만 그렇게 의뢰를 받아 진행한 일은, 몇 건 안 되긴 하지만 대체로 안전도가 높은 편이었다. 대금도 프라이스 부부에게 아무 감정 없는 제삼자인 최상급 조사 회사로부터 지급받았다. 굳이 협박을 통해 돈을 받지 않아도 되니—크리스는 협박이란 단어를 쓰는 걸 꺼리진 않았다—승승장구 중인 이 사업에 보탬이 될 일이었다.

그들이 평소에 따르는 규약은 간단했다. 특정 인물에 관한 끔찍한 비밀을 웹을 통해 알아낸다. 그 사람에겐 두 가지 선택지가 있다. 돈을 내고 비밀을 묻든가, 돈을 안 내고 비밀이 폭로되게 두든가. 크리스는 어느 쪽이든 만족이었다. (협박을 받은 사람이 돈을 지불할 경우) 회사에 이익이 되거나, (돈을 지불하지 않아 죄가 까발려질 경우) 속이 후련해지거나 둘 중 하나니까. 어떤 의미에서 그들에게는 이 두 가지 선택을 하는 사람들이 모두 필요했다. 돈을 받아야 이 사업을 계속할 수 있고, 진실이 까발려져야 애초의 설립 취지에 맞게 정당하고 선한 일을 하는 회사라는 명분을 챙길 수 있으니까.

폭로된 비밀은 더 이상 비밀이 아니다.

의뢰를 받아 진행한 일은 그래서 애초에 문제의 소지가 있었는지도 모른다. 의뢰받은 일을 하자고 강력히 밀어붙인 사람은 에드와도였다. 에드와도는 엄선된 고소득 보안 회사들의 의뢰만 받으면 문제없다고 주장하며, 안전하고 편하고 늘 이득이 될 거라고 했다. 작업은 믿기지 않을 만큼 단순했다. 보안 회사가 어떤 이름을 내놓고 조사를 의뢰하면, 에드와도는 보유한 데이터뱅크에 그 이름을 넣어 관련 자료가 있는지 확인하면 그만이었다. 이번 경우에는 커린 프라이스가 가짜 임신 용품 사이트를 이용한 내역이 조사 결과 드러났다. 그들은 의뢰받은 회사로부터 대금을 지불받았고 규약에 따라 비밀을 폭로했다.

커린 프라이스는 비밀을 지킬지 드러낼지 선택할 수 없었다. 조사 회사로부터 돈을 받았기에 그들은 커린을 협박할 필요가 없었고, 크리스는 규약에 따라 애덤 프라이스를 찾아가 비밀을 폭로해버렸다. 이 경우에 크리스는 오직 돈만 좇았다. 비밀을 지키려던 커린은 속죄할 기회조차 얻지 못했다.

이는 옳지 않았다.

크리스는 '비밀'이라는 광범위한 용어를 사용했지만 엄밀히 말해 단순한 비밀은 아니었다. 사람들이 지키려는 비밀은 거짓말이고 부정한 짓이며 심히 추악한 언행이기도 했다. 커린 프라이스는 남편에게 임신했다는 거짓말을 했다. 킴벌리 댄은 대학에 다니면서 필요한 돈을 어떻게 조달하는지에 관해, 근면하게 사는 부모에게 거짓말을 했다. 케니 몰리노는 스테로이드를 복용해 부정하게 성과를 냈다. 미케일라의 약혼자 마커스는 리벤지 포르노 동영상으로 룸메이트와 미케일라를 궁지에 몰아넣는 몹시도 끔찍한 짓을 저질렀다.

비밀은 암 덩어리다. 그대로 두면 곪아버린다. 내장을 야금야금 먹어치워 결국 얄팍한 껍질만 남겨놓는다. 비밀이 어떤 폐해를 유발하는지 크리스는 가까이서 보았다. 열여섯 살 때 크리스는 그가 사랑하는 아버지, 그에게 자전거 타는 방법을 가르쳐주고 학교까지 걸어서 데려다주고 그의 어린이 야구 팀 코치로 활동했던 아버지에 관한 오랫동안 곪아온 끔찍한 비밀을 알게 되고 말았다.

그가 크리스의 생물학적 아버지가 아니라는 것.

크리스의 모친은 결혼 몇 주 전에 전 남자친구와 마지막으로 한 번 즐겼다가 임신을 했다. 크리스의 모친은 늘 혹시나 하는 생각만 갖고 살았는데 크리스가 교통사고를 당해 입원을 하면서 크리스의 아버지가, 사랑하는 아버지가 크리스를 위해 수혈을 하려다가 진실을 맞닥뜨린 것이다.

아버지는 크리스에게 "내 인생 전체가 커다란 거짓말이었어"라고 말했다.

그래도 크리스의 아버지는 '옳은 행동'을 하려고 했다. 아버지의 의미는 단순한 정자 제공자가 아니라, 자식을 위해 존재하고 자식을 부양하며 사랑하고 돌보고 키우는 존재라고 여겼다. 그러나 너무 오랫동안 곪아온 거짓말인 까닭에 결국 탈이 나고 말았다.

크리스는 3년째 아버지와 만나지 않고 있다. 이게 바로 비밀이 사람들과 가족과 삶에 저지르는 짓이다.

크리스는 대학을 졸업하고 타우닝플레이스라는 신생 인터넷 업체에 취업했다. 마음에 드는 회사였다. 마치 집을 찾은 듯했다. 그러나 타우닝플레이스가 아무리 그럴듯하게 홍보를 해도 결국 가장 추악한 비밀을 지켜주는 협력자일 뿐이었다. 어느 날 크리스는 페이크어프레그넌시닷컴이라는 사이트 관련 업무를 맡게 됐다. 이 사이트는 스스로를 속였고 사람들에게도 거짓말을 했다. 실리콘으로 만든 가짜 임신 배를 '장난'을 위한 소품, 변장 파티를 위한 장식, '신기하고 재미난' 곳에 쓸 물건인 것처럼 사기를 쳤다. 하지만 다들 진실을 알고 있었다. 물론 임신한 것처럼 꾸미고 파티에 가려고 이 실리콘 배를 구매하는 사람도 있기는 할 것이다. 하지만 가짜 초음파 사진은? 가짜 임신 테스트기는? 그런 걸로 대체 누구를 속이려는 걸까?

분명 잘못된 짓거리였다.

그러나 그 사이트를 운영하는 회사의 정체를 세상에 폭로한다고 해서 달라질 게 없음을 크리스는 곧 깨달았다. 회사에 대한 폭로는 규모가 너무 큰 일이기도 했다. 기묘하게도 페이크어프레그넌시닷컴과 경쟁하는 사이트들은 한두 개가 아니었다. 그리고 그 사이트들과 경쟁하는 사이트들이 있었다. 그중 한 사이트를 없애면 다른 사이트들이 그만큼 더 강력해졌다. 역설적이게도, 크리스는 그때 어린 시절 '아버지'에게 배운 교훈을 떠올렸다. 네가 할 수 있는 일을 해라. 한 번에 한 명씩 구하다 보면 세상을 구할 수 있다.

비슷한 일을 하는 사람들 속에서 마음이 맞는 이들을 몇 명 찾았다. 다들 크리스처럼 비밀에 접근이 가능한 위치에 있었다. 그 중에는 비밀 폭로 사업이 올릴 수 있는 수익에 유독 관심이 많은 이도 있고, 옳고 정당한 사업임을 이해하는 이도 있었다. 크리스는 그 일을 무슨 종교적인 성전처럼 만들고 싶지는 않았지만, 그 일 자체에 세상의 윤리를 수호하려는 면이 있는 것은 사실이었다.

핵심 멤버는 다섯 명으로 추려졌다. 에드와도, 가브리엘, 머튼, 잉그리드 그리고 크리스. 에드와도는 모든 일을 온라인으로 처리하고 싶어 했다. 협박도 온라인으로 하고, 비밀 폭로도 추적 불가능한 이메일로 하고, 모든 걸 완벽하게 익명으로 하려 했다. 크리스는 동의하지 않았다. 그들이 하는 일은 좋든 싫든 사람들에게 큰 충격을 주게 돼 있다. 단숨에 남의 인생을 변화시키는 일이다. 어떤 말로 꾸며도, 사람들의 삶은 그의 방문을 받기 전과 후로 완전히 나뉜다. 그런 일은 서로 얼굴을 보고 하는 게 맞다. 상대에 대한 연민을 갖고 인간미 있게 해야 한다. 사람들의 비밀을 지키는 웹사이트, 기계, 로봇은 얼굴 없이 활동한다.

그러나 사람들의 비밀을 누설하는 크리스의 회사는 얼굴을 내놓고 사람들과 대면하면서 활동해야 한다.

크리스는 애덤 프라이스의 명함과 가브리엘의 짧은 문자를 다시 읽어보았다.

그가 알아냈어.

어떤 의미에서 이제 입장이 바뀌었다. 크리스는 비밀을 갖게 됐다. 하지만 크리스는 달랐다. 그의 비밀은 사람들에게 사기를 치기 위한 게 아니라 사람들을 보호하기 위한 것이었다. 어쩌면 그런 말로 스스로를 납득시켜왔을 뿐일까? 지금까지 만나온 수많은 사람들처럼 크리스 역시 자신이 가진 비밀을 합리화하고 있나?

크리스는 그들이 하는 일이 위험하다는 것, 적을 만들고 있다는 것, 어떤 이들은 이 일의 공익성을 이해하지 못하고 복수를 하려 들거나 자신들이 만든 '비밀'의 거품 속에서 계속 살려고 한다는 것을 잘 알았다.

이제 잉그리드가 죽었다. 살해당했다.

그가 알아냈어.

어떻게 대응해야 할지는 분명했다. 그를 막아야 한다.

46

킴벌리 댄의 기숙사 방은 겉보기엔 꽤 세련된 뉴욕시 맨해튼 그리니치빌리지 지역에 위치해 있었다. 그리니치빌리지 근방의 교외 지역인 힉스빌시만 해도 비치우드시와 무척 달랐다. 힉스빌 거주민들은 뉴욕시에서 살다가 대도시의 혼잡을 피해, 부동산 가격이 낮고 과세도 적어 재정적 부담이 덜한 곳에서 살고자 넘어온 사람들이 대부분이었다. 대도시인 맨해튼은 비치우드시와는 비교도 되지 않았다. 조해너는 이 맨해튼을 벌써 여섯 번째 방문하는 터라 이런 섬은 세상 어디에도 없다는 걸 잘 알았다. 맨해튼에서도 사람들은 잠을 자고 휴식을 취하며 생활하지만, 감각은 늘 깨어 있다. 마치 코드를 플러그에 꽂아놓은 것처럼. 강렬한 감정이 끝없이 밀려들고 전기가 탁탁 튀었다.

조해너가 노크를 하자마자 문이 열렸다. 마치 킴벌리가 문 뒤에서 손잡이를 잡고 기다리고 있었던 것 같았다.

"아, 조해너 아줌마!"

킴벌리의 볼을 타고 눈물이 흘러내렸다. 킴벌리는 무너지듯 조해너의 품에 안겨 흐느꼈다. 조해너는 당장이라도 쓰러질 것 같은 킴벌리를 품에 안고 울게 두고서, 생전에 하이디가 했던 것처럼 그녀의 머리카락을 계속 쓰다듬어주었다. 조해너는 하이디가 그러는 걸 열 번 넘게 보았다. 킴벌리가 동물원에서 넘어져 무릎이 까졌을 때, 집 근처에 사는 머저리 프랭크 벨이 킴벌리에게 고등학교 졸업 무도회에 같이 가자고 해놓고 니콜라 신들러로 '업그레이드' 하기로 했다며 킴벌리와의 약속을 깼을 때에도 하이디는 딸의 머리카락을 쓰다듬으며 달랬다.

친구의 딸을 품에 안자 조해너의 가슴이 또다시 무너져 내렸다. 눈을 감고 가만가만, 조용히, 쉬이쉬이 소리를 내며 킴벌리를 달랬다. "괜찮아질 거야" 같은, 사실이 아닌 말로 섣불리 위로하지 않았다. 그저 킴벌리를 안고 울게 두었다. 그러다 같이 울었다. 울지 못할 이유도 없지 않나? 이 상황에 괴롭지 않은 척을 해봐야 무슨 소용이 있을까?

잠시 후에는 해야 할 일이 있다. 그동안이라도 실컷 우는 편이 나았다.

시간이 흐르고 킴벌리는 조해너의 품에서 한 걸음 떨어졌다.

"가방 챙겨뒀어요. 몇 시 비행기예요?"

"잠깐 앉아서 얘기부터 하자, 응?"

그들은 앉을 곳을 찾아보았다. 하지만 기숙사 방이라 앉을 만한 곳이 없어서 조해너는 침대 귀퉁이에 앉고, 킴벌리는 고급스러운 빈백 의자에 주저앉았다. 조해너가 자비로 애덤 프라이스를 심문하러 갔던 것은 사실이었다. 그러나 그 이유가 사건 조사 때문만은 아니었다. 조해너는 하이디의 장례식 날짜에 맞춰 킴벌리를 데리고 집으로 가겠다고 마티에게 약속했다. "킴벌리가 충격이 클 겁니다. 혼자 집으로 오게 두고 싶지 않아요"라고 마티가 조해너에게 부탁했다.

조해너는 그 심정을 이해했다.

"물어볼 게 있어."

킴벌리는 눈물을 닦으며 대답했다.

"말씀하세요."

"엄마가 살해당하기 전날 밤에 둘이 전화 통화를 했지?"

그 말에 킴벌리는 다시 눈물을 흘렸다.

"킴벌리?"

"엄마가 너무 보고 싶어요."

"그래, 알아. 우리도 보고 싶어. 그런데 지금은 잠시만 집중하자. 알겠니?"

킴벌리는 눈물범벅인 채로 고개를 끄덕였다.

"엄마랑 무슨 얘길 했어?"

"이제 와서 그게 무슨 소용인데요?"

"엄마를 살해한 자가 누구인지 조사하고 있는 중이야."

킴벌리는 다시 울음을 터뜨렸다.

"킴벌리?"

"엄마가 강도를 막아섰던 건 아니죠?"

카운티 경찰들이 염두에 둔 추측 중 하나였다. 돈에 눈이 벌건 마약 중독자들이 집에 침입했는데, 그들이 값나가는 물건을 손에 넣기 전에 하이디가 방해해서 죽인 것이라고.

"아니야, 킴벌리. 그런 일은 없었어."

"그럼 뭐예요?"

"지금 알아내려고 노력 중이야. 킴벌리, 아줌마 얘기 잘 들어.

같은 살인범에게 죽임을 당한 여자가 한 명 더 있어."

킴벌리는 각목으로 세게 얻어맞은 것처럼 멍하게 눈을 깜박였다.

"뭐라고요?"

"그러니까 너와 네 엄마가 그날 밤에 무슨 얘길 나눴는지 아줌마한테 말해줘야 돼."

킴벌리의 눈동자가 마구 흔들렸다.

"별 얘기 아니었어요."

"못 믿겠구나, 킴벌리."

킴벌리는 다시 울기 시작했다.

"통화 기록 살펴봤어. 너와 네 엄마는 평소에 문자는 많이 주고받는데 통화는 이번 학기 통틀어서 세 번밖에 안 했어. 첫 번째 통화는 6분, 두 번째 통화는 고작 4분이었지. 그런데 네 엄마가 살해당하기 전날 밤 둘이 두 시간 넘게 통화한 걸로 나왔어. 무슨 얘길 나눴니?"

"제발요, 조해너 아줌마. 그런 건 이제 중요하지 않잖아요."

"중요하지 않을 리가 없잖아." 조해너의 목소리에 강철 같은 의지가 담겨 있었다. "어서 말해보렴."

"말할 수 없어요……."

조해너는 침대에서 일어나 킴벌리 앞에 무릎을 굽히고 앉아, 킴벌리의 얼굴을 두 손으로 잡고 자신을 바라보게 했다.

"아줌마 똑바로 봐."

잠시 머뭇거렸지만 킴벌리는 조해너와 눈을 맞추었다.

"엄마한테 일어난 일은 네 잘못이 아니야. 알겠니? 엄마는 널 사랑했고, 네가 앞으로 최고로 멋진 삶을 살기를 바라실 거야. 아줌마가 옆에서 지켜봐줄게. 항상. 네 엄마도 그러길 바랄 테니까. 무슨 말인지 알지?"

킴벌리는 고개를 끄덕였다.

"그럼, 이제 그날 엄마와 무슨 얘길 나눴는지 말해봐."

47

애덤은 눈에 띄지 않길 바라며 나름 안전한 거리를 두고 지켜보았다. 가브리엘 던바는 서둘러 여행 가방을 들고 나와 자동차 짐칸에 싣고 있었다.

30분 전, 애덤은 출근길에 가브리엘을 한 번 더 찾아가보기로 결심했다. 그런데 그 여자의 집 근처 도로로 차를 운전해 들어가면서 보니 가브리엘 던바가 자동차 짐칸에 가방을 던져 넣고 있었다. 각각 열두 살, 열 살로 보이는 그 여자의 두 아이도 집에서 조그만 가방을 하나씩 들고 나오고 있었다. 애덤은 길 한옆에 차를 세우고 안전하게 거리를 둔 채 그들을 주시했다.

이제 뭘 어떻게 할 것인가?

어젯밤 애덤은 앤디 그리블이 찾아낸 또 다른 세 명에게 연락했다. 가브리엘 던바의 페이스북 페이지에 있던 사진 속 사람들의 신원과 주소를 앤디가 파악해 알려준 것이었다. 그런데 그 세 사람은 낯선 자에 대한 쓸 만한 정보를 내놓지 않았다. 놀랄 일도 아니었다. 애덤이 어떤 줄을 건드렸는지 몰라도 그들은 단체 사진에 찍힌 친구 혹은 직장 동료였을 어떤 남자에 대해, 그들에게 '낯선 자'인 애덤이 묻자 당연히 경계했다. 그리고 그 세 사람은 부근에 사는 가브리엘과는 달리 직접 찾아가 만나기에는 상당히 먼 곳에 살고 있었다.

그래서 애덤은 다시 가브리엘 던바를 파보기로 했다.

가브리엘은 분명 무언가를 숨기고 있다. 어제 분명히 그런 기미를 보였다. 그리고 지금 세 개째 여행 가방을 들고 집 밖으로 허둥지둥 나오고 있었다.

우연일까?

그럴 리 없었다. 애덤은 차에 앉아 지켜보았다. 가브리엘은 세 번째 여행 가방을 짐칸에 던져 넣고 문을 세차게 닫은 뒤에, 아이 둘을 뒷좌석에 몰아넣고 안전벨트를 매게 했다. 운전석 문을 열던 가브리엘은 멈칫하더니 저 아래 서 있는 애덤의 차를 바라보았다.

제기랄.

운전석에 앉아 있던 애덤은 얼른 엎드렸다. 가브리엘이 그를 봤을까? 그럴 리 없었다. 만약 그를 봤다고 해도 거리가 먼데 누구인지까지 알아봤을까? 그냥 있자. 알아봤으면 뭐 어쩔 건데? 애덤은 어차피 가브리엘을 만나려고 왔다. 그는 천천히 허리를 펴고 일어나 앉았다. 가브리엘은 더 이상 애덤의 차 쪽을 보고 있지 않았다. 그녀는 운전석에 앉아 차를 출발시켰다.

젠장, 애덤은 이런 일에는 소질이 없었다.

가브리엘의 차가 블록을 따라 달리기 시작했다. 애덤은 다음 수를 어떻게 놓을지 잠시 생각했다. 시작했으니 끝까지 해보자. 결론을 내린 애덤은 기어를 드라이브에 놓고 차를 출발시켰다.

거리를 어느 정도 띄워야 가브리엘이 그를 주시하지 않고 그도 가브리엘의 차를 놓치지 않을지 감이 오지 않았다. 미행에 관해 그가 아는 바는 텔레비전으로 본 게 다였다. 텔레비전이 아니면 미행이 뭔지 누가 어떻게 알까? 가브리엘이 우회전을 했다. 애덤은 그 뒤를 따라갔다. 그들은 208번 도로를 달리다가 287번 주간고속도로로 올라섰다. 애덤은 연료 잔량을 확인했다. 거의 가득 차 있다. 그래, 좋다. 그런데 이 여자를 얼마나 오래 뒤따라가야 할까? 끝까지 따라가 정확히 뭘 어떻게 해야 할까?

한 번에 하나씩만 생각하자.

휴대전화가 울렸다. 흘끗 내려다보니 화면에 '조해너'라는 이름이 떠 있었다.

어젯밤 조해너가 다녀가고 나서 애덤은 휴대전화에 조해너의 전화번호를 저장해두었다. 조해너를 완전히 믿어도 될까? 그래도 될 것 같다는 생각이 들었다. 조해너의 의도는 단순 명료했다. 친구를 죽인 살인범을 찾는 것. 그 살인범이 커린만 아니라면 조해너는 그에게 정보 제공자이자 조력자 역할을 해줄 수 있을 터이다. 만약 살인범이 커린이라면, 그것은 오하이오주에서 온 경찰을 믿느냐 마느냐보다 훨씬 더 큰 문제일 것이다.

"여보세요?"

"비행기를 타려는 참이에요."

조해너의 목소리였다.

"집으로 돌아가는 중입니까?"

"벌써 돌아와 있어요."

"오하이오주에요?"

"예, 지금 클리블랜드 공항이에요. 하이디의 딸을 집으로 데려다주려고 왔어요. 지금 다시 비행기를 타고 몇 시간 안에 뉴어크 공항에 도착할 거예요. 지금 뭐 해요?"

"가브리엘 던바를 미행하고 있습니다."

"미행요?"

"누군가를 쫓아갈 때 경찰들이 쓰는 용어 아닙니까?"

애덤은 가브리엘 던바를 만나러 왔다가 그 여자가 짐을 차에 싣는 걸 봤다고 빠르게 설명했다.

"어떻게 할 계획이에요, 애덤?"

"모르겠습니다. 가만히 넋 놓고 있을 수는 없죠."

"그렇기는 해요."

"전화하신 용건은요?"

"어젯밤에 알아낸 게 있어요."

"말씀하세요."

"지금 이 일에는 웹사이트 한 곳만 관련돼 있는 게 아니에요."

"이해가 안 됩니다."

"그 낯선 자 말이에요. 가짜로 임신한 척한 아내들에 대해서만 남편들에게 비밀을 폭로한 게 아니었어요. 다른 사이트에서도 정보를 빼낼 수 있는 것 같아요. 일단 한 군데는 더 있는 걸로 확인했어요."

"어떻게 알아냈습니까?"

"하이디의 딸과 얘기했어요."

"그쪽은 무슨 비밀이었는데요?"

"말하지 않겠다고 그 애와 약속했어요. 당신이 굳이 알 필요 없는 내용이고요. 정말이에요. 중요한 건, 그 낯선 자가 가짜 임신뿐만 아니라 온갖 다양한 비밀을 손에 쥐고 수많은 사람을 협박했을 가능성이 있다는 거예요."

"정확히 무슨 일이 일어나고 있는 거죠? 낯선 자와 잉그리드는 사람들이 온라인에서 한 짓을 빌미 삼아 협박을 해온 겁니까?"

"그런 것 같아요."

"그런데 제 아내는 왜 실종된 거죠?"

"모르겠어요."

"당신 친구를 죽인 건 누구고요? 잉그리드를 죽인 건요?"

"그것도 모르겠어요. 협박을 하다가 뭔가 잘못됐을 수도 있어요. 하이디는 강한 여자였으니까 협박범들에게 대들었을 수도 있고요. 아니면 낯선 자와 잉그리드의 사이가 틀어졌거나요."

가브리엘은 고속도로를 벗어나 23번 도로로 방향을 바꾸었다. 애덤도 깜빡이를 켜고 가브리엘의 차를 따라갔다.

"돌아가신 친구분과 제 아내 사이에 어떤 연결점이 있습니까?"

"낯선 자와 관계가 있다는 것 말고는 아직 모르겠어요."

"잠깐만요."

"무슨 일인데요?"

"가브리엘이 어느 집 진입로로 올라가고 있습니다."

"거기가 어디에요?"

"페콴녹 마을 록우드가요."

"뉴저지주에 있는 마을인가요?"

"예."

이대로 뒤쫓아 가다가 갑자기 차를 세울지 아니면 그 집 앞을 지나 길 옆에 차를 대놓고 있을지 고민하던 애덤은 후자를 택했다. 그는 알루미늄 벽널과 붉은 셔터를 갖춘 노란색 난평면 주택(반 층마다 높이를 달리한 건물로 미국 교외의 전형적 주택 형태—옮긴이) 앞을 천천히 지나갔다. 한 남자가 현관문을 열고 미소 지으며 가브리엘의 차를 향해 느긋하게 걸어 내려왔다. 페이스북에서 본 얼굴은 아니었다. 차 문이 열리고 여자아이가 먼저 차에서 내렸다. 남자는 그 여자아이를 어색하게 품에 안았다.

"어떻게 돼가고 있어요?"

조해너가 물었다.

"당장 위험한 상황은 아닙니다. 가브리엘이 전남편의 집에 애들을 맡기는 것 같아요."

"알았어요. 탑승 안내 방송이 나오네요. 이따 도착하면 전화할게요. 그동안 어리석은 짓 하지 말아요."

조해너는 전화를 끊었다. 가브리엘의 아들이 차에서 내렸다. 남자는 그 아이와 또 어색하게 포옹했다. 전남편인 듯한 남자는 가브리엘에게 손을 흔들었다. 가브리엘이 마주 손을 흔들었는지, 애덤이 있는 곳에서는 보이지 않았다. 현관문으로 어떤 여자가 나왔다. 가브리엘보다 젊은 여자였다. 훨씬 젊은 여자. 흔해빠진 스토리였다. 가브리엘은 차에서 내리지 않았고, 전남편인 듯한 남자가 짐칸 문을 열고 여행 가방 하나를 꺼낸 후 문을 닫았다. 남자는 어리둥절한 표정으로 운전석 쪽으로 걸어 올라갔다.

가브리엘은 남자가 운전석 옆으로 다가오기도 전에 차를 후진해 진입로를 빠져나갔고 그대로 다시 도로로 내려가 차를 출발시켰다.

가브리엘의 차에는 아직 짐이 많이 실려 있었다.

그 짐을 싣고 어디로 가는 걸까?

시작했으니 끝까지 가보자.

가브리엘을 계속 쫓아가지 않을 이유는 없었다.

48

　가브리엘의 차는 스카이라인 드라이브 도로를 타고 라마포 산맥 속으로 달려 올라갔다. 맨해튼에서 불과 45분 떨어진 곳에 있는 도로인데 완전히 다른 세상 같았다. 이 지역에는 토착 부족에 얽힌 전설이 여전히 전승되고 있다. 그 부족을 라마포산맥 인디언이나 레나페족 혹은 루나페 델라웨어족이라 부르는 이들도 있고, 원래 미대륙에 살고 있던 아메리칸 원주민이라 믿는 이들도 있으며, 그 부족의 조상이 네덜란드 정착민이라 주장하는 이들도 있고, 미국 독립전쟁(1775~1783년에 벌어진 본국 영국과 아메리카 식민지의 전쟁—옮긴이) 때 영국 편에서 싸웠던 헤센 군인들 혹은 뉴저지주 북부의 척박한 숲에 뿌리를 내린 해방 노예들의 자손이라 여기는 이들도 있었다. 그리고 많은 이들이, 아주 많은 이들이 그 부족을 '잭슨 화이트족'이라는 다분히 경멸적인 호칭으로 불렀다. 잭슨 화이트족이라는 명칭의 연원은 알려져 있지 않지만, 아마도 그 부족의 다인종적인 외모와 관련이 있을 것이다.

　그 부족 주변에는 늘 무서운 이야기가 따라다녔다. 10대들은 스카이라인 드라이브 도로를 타고 차를 운전해 산으로 올라가면서 이 도로 부근에서 납치당한 사람, 숲으로 끌려간 사람, 복수해

달라고 울부짖는 유령 얘기를 하며 서로를 겁주었다. 물론 죄다 소문이나 괴담일 뿐이지만 그 힘은 여전히 강력했다.

가브리엘은 도대체 어디로 가는 걸까?

그들은 산속 깊숙이 숲이 우거진 곳으로 들어가고 있었다. 고도가 높아지면서 귀가 먹먹해졌다. 가브리엘은 다시 23번 도로를 타고 달렸다. 애덤은 거의 한 시간째 가브리엘을 미행하고 있었다. 가브리엘은 비좁은 딩먼 페리 승강용 배다리를 건너 펜실베이니아주로 진입했다. 오가는 차량이 아까보다 확연히 줄었다. 애덤은 가브리엘의 눈에 띄지 않으려면 어느 정도 거리를 두고 따라가야 할지 또 고민했다. 그러다 조심해야 한다는 마음의 경고는 일단 한옆으로 치우기로 했다. 너무 조심하다가 차를 놓치느니 차라리 눈에 띄어 대면하는 게 나았다.

휴대전화를 확인했다. 배터리가 얼마 남지 않았다. 애덤은 자동차 앞좌석 사물함 안의 차량용 충전기에 휴대전화를 연결했다. 가브리엘은 1.6킬로미터쯤 가다가 우회전했다. 숲이 점점 울창해졌다. 가브리엘은 속력을 늦추고 어느 집 진입로처럼 보이는 긴 흙길로 방향을 틀었다. 집은 보이지 않고, 닳아빠진 돌 이정표에 '샤메인 호수─사유지'라고 적혀 있었다. 애덤은 우회전 후 상록수 뒤에 차를 세웠다. 흙길이 정말 어느 집 앞 진입로일 수도 있으므로 그리로 차를 운전해 갈 수는 없었다.

이제 어떻게 하지?

애덤은 앞좌석 사물함을 열고 휴대전화를 확인했다. 충전 시간이 짧아 배터리가 많이 채워지진 않았다. 10퍼센트 정도. 그만하면 충분했다. 애덤은 휴대전화를 주머니에 넣고 차에서 내렸다.

이제 어쩌지? 샤메인 호수까지 걸어 올라가 초인종을 눌러야 하나?

흙길과 나란히 뻗어 있는 잡초 무성한 숲길이 보였다. 그 길을 따라가면 될 듯했다. 머리 위에 아름다운 청록색 하늘이 펼쳐졌다. 애덤은 길 앞으로 뻗은 나뭇가지들을 밀치며 나아갔다. 애덤이 내는 소리를 제외하면 숲은 고요하기만 했다. 그는 한 번씩 걸음을 멈추고 혹시 무슨 소리가 들릴까 싶어 귀를 기울였다. 숲속 깊이 들어와서인지 도로를 지나는 차 소리도 더는 들리지 않았다.

공터로 들어선 애덤은 잎사귀를 씹어 먹고 있는 수사슴을 보았다. 수사슴은 머리를 들어 애덤을 한번 쳐다보고는 해 끼칠 놈으로는 보이지 않았는지 다시 고개를 숙이고 잎사귀를 우물거렸다. 계속 걸어가자 전방에 호수가 보였다. 다른 때 같으면 여기 오길 잘했다고 느낄 만한 곳이었다. 거울처럼 잔잔한 호수는 초록색 숲과 청록색 하늘을 고스란히 담아냈다. 보는 이를 도취시키는 듯, 위로하는 듯 무척 평화로운 풍경이었다. 아, 이대로 여기 앉아 이 풍경을 잠시라도 감상할 수 있으면 좋으련만. 커린은 호수를 사랑했다. 커린은 바다를 무서워했는데 때로는 폭력적이고 예측불가능하기까지 한 파도 때문이었다. 그러나 호수는 고요한 천국이었다. 아들들이 태어나기 전 애덤과 커린은 퍼세이익 카운티 북부에 있는 호숫가 집을 빌려 한동안 머물렀다. 한가로이 보내던 나날. 커다란 그물 침대에 함께 누워 애덤은 신문을 읽고 커린은 책을 읽었다. 책을 읽던 커린의 모습, 오롯이 집중한 표정으로 눈을 가늘게 뜨고 페이지를 가로지르던 모습이 기억났다. 커린은 한 번씩 책에서 눈을 떼고 그에게 미소를 지었다. 그도 마주 보며 미소 지었다. 그리고 어느새 그들의 시선은 함께 호수를 향하곤 했다.

바로 이런 호수였다.

오른쪽에 집 한 채가 서 있었다. 앞에 주차된 차만 아니면 영락 없는 버려진 집이었다.

가브리엘의 차였다.

진짜 통나무집일 수도 있고, 통나무집을 본 떠 지은 조립식 집 일 수도 있었다. 여기서는 분간하기 어려웠다. 애덤은 나무와 관 목 뒤에 몸을 숨기고 조심스럽게 언덕을 내려갔다. 깃발 뺏기나 페인트볼 놀이를 하고 있는 어린아이 같아서 쑥스럽기도 했다. 전에 이렇게 해본 적이 있는지, 누군가에게 몰래 접근한 적이 있 는지 기억을 더듬어봤다. 여덟 살 때 YMCA 여름 캠프에서 해본 적이 있긴 했다.

저 집에 다가가 뭘 어떻게 해야 할지 아직 판단이 서지 않았다. 문득 무기라도 들고 올 걸 싶었다는 생각이 들었다. 그는 수중에 권총 한 자루 없었다. 아무것도 안 가져온 게 실수였다. 20대 초 반 시절 그는 그레그 삼촌에게 이끌려 몇 번 사격장에 가본 적이 있었다. 사격은 재미있었고 덕분에 무기를 다룰 줄 알게 됐다. 돌 이켜 생각해보니 총을 가져왔어야 맞았다. 그는 지금 위험한 사 람들을 상대하고 있다. 어쩌면 살인자들일지도 모른다. 주머니에 손을 넣어 휴대전화를 만지작거렸다. 전화를 해야 할까? 하지만 누구에게 전화해 무슨 말을 한단 말인가? 조해너는 아직 비행기 를 타고 오는 중일 것이다. 앤디 그리블이나 린스키에게 문자나 전화를 할 수는 있겠지만, 뭐라고 말하지?

'현재 위치만이라도 알려주자.'

휴대전화를 손에 쥐고 화면을 두드리려던 그는 무언가를 보고 그 자리에 얼어붙었다.

가브리엘 던바가 공터에 홀로 서서 애덤을 똑바로 쳐다보고 있었다. 애덤의 속에서 분노가 치밀어 올랐다. 그는 가브리엘에게 한 걸음 다가갔다. 달아나거나 무어라 말을 할 줄 알았는데 가브리엘은 그러지 않았다.

그저 가만히 서서 그를 쳐다볼 뿐이었다.

"내 아내 어디 있어?"

애덤이 소리쳤다.

가브리엘은 그를 계속 쳐다보기만 했다.

애덤은 공터를 향해 한 걸음 더 다가갔다.

"방금 내 말……"

무언가가 애덤의 뒤통수를 세게 후려쳤다. 그 충격에 뇌가 주르르 흘러내리는 듯했다. 애덤은 털썩 무릎을 꿇었다. 눈앞에 별이 번쩍였다. 본능적으로 고개를 돌려 위를 쳐다보려 했으나 야구방망이가 도끼처럼 그의 정수리로 떨어졌다. 애덤은 고개를 숙이거나 옆으로 피하거나 팔을 들어 머리를 보호하거나 해야 했다.

하지만 이미 늦었다.

야구방망이는 둔탁한 퍽 소리를 내며 머리로 떨어졌다. 눈앞이 캄캄해졌다.

49

조해너 그리핀은 천성적으로 규칙을 준수하는 사람이었다. 그녀는 이륙하기 전에 휴대전화를 비행기 모드로 설정했다가 비행기가 활주로에 내려 완전히 멈춘 뒤에야 비행기 모드를 해제했다. 승무원이 "뉴어크 공항에 오신 것을 환영합니다. 현재 날씨는……"이라는 표준화된 안내 방송을 시작할 때쯤 조해너의 휴대전화로 문자와 이메일이 우르르 쏟아져 들어왔다.

애덤 프라이스에게서 온 연락은 없었다.

지난 24시간은 무척 힘에 부쳤다. 킴벌리는 정신없이 울어댔고, 그런 킴벌리에게 끔찍한 사정 얘기를 전해 듣는 일은 고통스럽고 시간 소모도 컸다. 조해너는 이해해보려고 애썼지만 들을수록 기가 막혔다. 이 아이는 도대체 무슨 생각으로 그런 짓을 했을까? 가여운 하이디. 딸이 그 소름끼치는 웹사이트를 통해 한 짓에 대해 들었을 때 하이디는 마음이 어땠을까? 조해너는 레드랍스터 식당의 주차장에서 찍힌 하이디의 영상을 떠올렸다. 그 영상에 나타난 하이디의 몸짓이 이해가 됐다. 어떤 면에서 하이디는 당시 공격을 받고 있었다. 그 남자, 그 빌어먹을 낯선 자는 말로 하이디를 공격했고, 더러운 비밀을 폭로해 하이디의 가슴을 찢어놓았다.

그는 그게 상대에게 얼마나 큰 피해를 주는 짓인지 알았을까?

딸의 행실에 대해 듣고 하이디는 집으로 돌아갔다. 딸에게 전화를 걸어 어찌 된 일인지 들었다. 속이 아무리 썩어 문드러졌어도 하이디는 이성적으로 침착하게 행동하려 했을 것이다. 어쩌면 속으로도 담담하게 버텼을 수 있다. 조해너가 알기로 하이디는 남을 비난하는 성격이 아니었다. 그러니 나쁜 소식을 듣고도 어떻게든 이겨내려 했을 것이다. 그 속을 누가 알까? 하이디는 딸을 다독이면서, 딸이 스스로 걸어 들어간 끔찍한 소굴에서 구해내기 위한 방법을 강구하려 했을 것이다.

아마 그러다 죽임을 당했겠지.

조해너는 하이디에게 정확히 무슨 일이 일어났는지 아직 파악하지 못했다. 다만 딸 킴벌리가 세 남자를 위해 창녀—슈거 베이비라는 허울 좋은 용어는 집어치우자—노릇을 하고 있다는 얘기를 전해 들은 것과 관계가 있으리라 짐작할 뿐이었다. 조해너는 그 부분을 파헤치기 시작했지만 시간이 걸릴 듯했다. 킴벌리가 그 남자들의 실명을 알지 못하기 때문이었다. 어이없지만, 남자들이 그런 관계에서 가명을 쓰는 게 이해 못 할 일은 아니었다. 조해너는 슈거 베이비 웹사이트를 운영하는 사장과 통화했다. 그 여자는 자기네 사업을 합리화하는 얘기를 실컷 늘어놓았다. 전화를 끊은 후 조해너는 혐오감에 뜨거운 물로 한참 샤워를 하고 싶은 심정이었다. 그 사이트를 운영하는 여자는—이 분야에도 페미니스트 바람이 부는지 운영자가 여성이었다—자기네 회사의 '업무 기밀'과 고객들의 '사생활에 대한 권리'를 지켜야 한다며 법원 명령 없이는 어떤 정보도 내줄 수 없다고 못 박았다.

게다가 그 회사의 소재지가 매사추세츠주라서 조사하려면 시간이 걸릴 게 뻔했다.

얼마 후 이 엿 같은 사건을 조사하던 카운티 경찰 소속 강력계 형사들이 조해너에게 연락을 해왔다. 그들은 조해너가 멋대로 뉴저지주에 다녀온 걸 알고 열을 내면서, 지금까지 알아낸 내용을 자세히 보고하라고 요구했다. 조해너 입장에선 자존심을 내세울 때가 아니었다. 친구를 죽인 개새끼를 반드시 잡아야 했다. 그거면 됐다. 조해너는 킴벌리에게 들은 얘기를 비롯해 그동안 알아낸 모든 정보를 카운티 경찰에 알렸다. 이제 카운티 경찰은 법원 명령을 받아내는 것은 물론, 낯선 자의 정체 및 그자와 살인 사건의 관계를 알아내기 위해 본격적으로 인력을 배정할 것이다.

카운티 경찰이 일을 잘 진행하고 있었지만, 그렇다고 조해너는 이 사건에서 손을 뗄 생각이 없었다.

조해너의 휴대전화가 울렸다. 모르는 번호인데 지역 번호는 216이었다. 조해너의 거주지 근방에서 걸려온 전화였다. 조해너는 전화를 받았다.

"대로 폰테라입니다."

"누구시죠?"

"레드랍스터 식당의 보안팀장요. 전에 보안카메라 영상을 요청하셨을 때 뵀었는데요."

"아, 예. 무슨 일이시죠?"

"다 보시고 나서 DVD를 돌려달라고 부탁드렸는데 안 주셔서 연락드렸습니다."

이 남자 진심으로 하는 소리인가? 조해너는 헛소리 말고 꺼지라고 하려다가 생각을 가다듬고 말했다.

"조사가 아직 끝나지 않았습니다."

"그럼 복사 뜨시고, 저희한테서 가져가신 DVD는 돌려주시겠습니까?"

"급하신가요?"

"규칙이라서요." 절차깨나 따지는 말투였다. "저희는 DVD 사본을 하나만 제공하는 것을 규칙으로 하고 있습니다. 추가로 또 가져가신 거라…….."

"하나만 가져갔는데요."

"아뇨, 서장님이 두 번째로 가져가셨습니다."

"무슨 말이죠?"

"서장님보다 먼저 와서 사본을 가져간 경찰이 있었습니다."

"잠깐만요. 다른 경찰이라뇨?"

"신분증을 스캔해놨는데……. 뉴욕 경찰국 소속인데 은퇴한 경찰이라고 했습니다. 그리고…… 아, 잠시만요. 여기 있네요. 이름은 쿤츠입니다. 존 쿤츠."

50

처음에는 통증이 느껴졌다.

몇 분 동안은 통증 외에 아무것도 느낄 수 없었다.

여기가 어딘지, 무슨 일이 일어난 건지 알기 어려울 정도로 통증이 극심했다. 머리뼈가 박살 나 들쭉날쭉하게 깨진 파편들이 떠다니며 뇌 조직을 찢어놓는 듯했다. 애덤은 눈을 감은 채로 견디려고 안간힘을 썼다.

주변에서 목소리가 들려왔다.

"언제 깨어날까?" …… "그렇게 세게 치면 어떻게 해." …… "혹시 몰라서." …… "너 총 갖고 있지?" …… "깨어나지 않으면 어떻게 하지?" …… "야, 이놈은 우릴 죽이러 왔어. 까먹었냐?" …… "잠깐, 이 사람 지금 움직인 거 같은데……."

통증과 마비된 감각 사이로 아득바득 정신이 들기 시작했다. 애덤은 오른쪽 뺨을 거칠고 딱딱하고 차가운 바닥에 댄 채 쓰러져 있었다. 콘크리트 바닥 같았다. 눈을 뜨려고 했지만, 눈꺼풀에 거미들이 그물을 잔뜩 쳐놓은 듯 떠지질 않았다. 억지로 눈을 껌벅이자 새로운 통증이 훅 밀려와 비명을 지를 뻔했다.

애덤은 마침내 눈을 떴다. 눈앞에 아디다스 스니커즈 운동화를 신은 발이 보였다. 무슨 일이 있었는지 기억해내려 애썼다. 가브리엘을 미행하고 있던 건 기억이 났다. 그 여자를 쫓아 호숫가로 왔고…….

"애덤?"

아는 목소리였다. 전에 한 번 들었을 뿐이지만 그 후 그 목소리는 애덤의 머릿속을 줄곧 맴돌았다. 콘크리트 바닥에 뺨을 댄 채로 애덤은 힘겹게 시선을 위로 들었다.

그 낯선 자였다.

그자가 물었다.

"왜 그랬어요? 왜 잉그리드를 죽였어요?"

교실 인터폰이 울렸을 때 토머스 프라이스는 AP(대학 과목 선이수 제도—옮긴이) 영어 수업 시간에 시험을 치르고 있었다. 론 코위츠 선생님이 전화를 받아 잠시 듣고 있다가 말했다.

"토머스 프라이스, 교장실로 가봐."

토머스가 책을 챙겨 가방에 넣고 교실을 나서자 급우들은, 전세계 수백만 명의 급우들이 수백만 번 해온 대로 "야, 너 이제 망했다"는 식으로 웅성거렸다. 복도에는 아무도 없었다. 고등학교의 텅 빈 복도는 유령 마을이나 귀신 나오는 집처럼 늘 기묘한 기분이 들게 했다. 서둘러 교장실로 걸어가는 동안 발소리가 복도에 메아리쳤다. 좋은 일인지 나쁜 일인지 알 수 없지만, 아무것도 아닌 일로 교장실로 불려가는 경우는 거의 없다고 봐야 한다. 엄마가 갑자기 떠나고 아빠는 신경이 곤두서 있으니 아들의 머릿속에는 온갖 끔찍한 시나리오가 마구 떠오르고 있었다.

토머스는 부모님에게 무슨 문제가 있는지 여전히 알 수 없었다. 다만 좋지 않은 일이 있는 것 같기는 했다. 그것도 아주 좋지 않은 일. 아빠는 그에게 진실을 전부 얘기해주지 않았다. 부모들은 항상 그것이 자식들을 '보호'하는 방법이라고 이야기한다. 그 '보호'가 결국 '거짓'을 뜻하더라도 말이다. 부모들은 자식이 상처받지 않게끔 막아준다고 생각하지만 은폐는 상황을 악화시킬 뿐이다. 산타클로스처럼. 산타클로스가 존재하지 않는다는 걸 알았을 때 토머스는 '내가 다 컸다'거나 '산타클로스는 꼬맹이들이나 믿는 거다'라고 생각하지 않았다. 더 근본적인 생각을 했다. '부모님이 내게 거짓말을 했어. 엄마 아빠가 내 눈을 똑바로 보면서 몇 년이나 거짓말을 했어.'

그런 거짓이 부모에 대한 장기적인 신뢰에 어떤 영향을 미칠까?

토머스는 산타클로스라는 개념 자체가 싫었다. 산타클로스라는 게 왜 필요하지? 어른들은 왜 아이들에게 북극에 사는 이상한 뚱보 할배가 항상 지켜보고 있다는 얘기를 할까? 그런 얘기는 소름이 돋을 뿐이다. 어렸을 때 토머스는 쇼핑몰에서 산타의 무릎에 앉았던 적이 있다. 그때 산타의 몸에서 풍기는 지린내를 맡으며 토머스는 생각했다. '이 아저씨가 나한테 장난감을 가져다준다고?' 왜 부모들은 아이들에게 산타클로스 얘기를 할까? 소름 돋는 낯선 자가 아니라 열심히 일한 부모님이 선물을 주는 거라 생각하는 편이 낫지 않나?

어떤 상황이 벌어지고 있든, 토머스는 아빠가 솔직하게 다 말해주길 바랐다. 아빠가 어떤 얘기를 하더라도 토머스와 라이언이 상상하는 것보다 더 끔찍하지는 않을 것이다. 토머스와 라이언은 바보가 아니었다. 토머스는 엄마가 사라지기 전부터 아빠의 신경이 곤두서 있었다는 걸 알았다. 무슨 이유 때문인지는 알 수 없지만, 엄마가 애틀랜틱시티의 교사 회의에 갔다 온 후부터 집안 분위기가 몹시 이상했다. 그들이 사는 집은 살아 있는 생명체 같았다. 과학 시간에 쓰는 용어로, 하나의 섬세한 생태계와도 비슷했다. 그런데 이질적인 무언가가 집 안을 온통 휘저어놓고 있었다.

토머스는 교장실 문을 열었다. 전에 본 경찰 아줌마 조해너가 고먼 교장 옆에 서 있었다. 교장이 물었다.

"토머스, 아는 분이냐?"

토머스는 고개를 끄덕였다.

"아빠 친구세요. 경찰이시기도 하고요."

"그래, 신분증을 보여주긴 하셨다만 그래도 널 이분과 단둘이 여기 두고 나갈 수는 없구나."

그러자 조해너는 "괜찮아요"라고 말하며 토머스에게 한 걸음 다가와 물었다.

"토머스, 아버지 어디 계신지 아니?"

"일하러 가셨을 텐데요."

"오늘 출근 안 하셨어. 휴대전화로 전화했더니 곧장 음성 메시지로 넘어가더라."

토머스의 가슴속에 피어난 작은 두려움이 점점 커지기 시작했다.

"누가 휴대전화 전원을 끄면 그래요. 그런데 아빠는 전원을 끈 적이 없으세요."

조해너는 토머스에게 더 가까이 다가왔다. 조해너의 눈에 걱정이 담겨 있었다. 그 눈빛에 토머스는 더럭 겁이 났다. 하지만 이런 걸 원하지 않았나? 보호받기보다는 진실을 제대로 대면하기를?

"토머스, 네 어머니가 아버지 휴대전화에 설치했다는 그 휴대전화 위치 찾기 앱 말이야, 전에 네 아버지한테 들은 적이 있는데……."

"휴대전화가 꺼져 있으면 작동을 안 해요."

"그래도 휴대전화가 꺼졌을 때 네 아버지가 있던 위치는 알 수 있지 않을까?"

토머스는 무슨 말인지 알아들었다.

"예."

"그럼 컴퓨터를 사용해서—"

토머스는 주머니에 손을 넣으며 고개를 저었다.

"제 전화로 확인하면 돼요. 2분만 기다려주세요."

51

"왜 잉그리드를 죽였어요?"

애덤은 몸을 일으키려 했다. 콘크리트 바닥에 얼굴이 벗겨지더라도 어떻게든 일어나 앉으려 했다. 그런데 움직이자 머리에 어마어마한 통증이 밀려왔다. 여긴 어디지? 그 통나무집인가? 두 손으로 머리를 감싸 쥐려 했지만 손을 움직일 수가 없었다. 혼란스러운 가운데 다시 손을 끌어당기자 덜커덕덜커덕 소리가 들렸다.

손목이 결박돼 있었다.

뒤를 돌아보았다. 그의 손목을 칭칭 감은 자전거 체인이 바닥에서 천장까지 뻗은 파이프에 연결돼 있었다. 애덤은 주변 상황을 파악하려 안간힘을 썼다. 여기는 지하실이었다. 그리고 지난번에 봤을 때와 똑같은 야구 모자를 쓴 낯선 자가 바로 앞에 서 있었다. 가브리엘은 낯선 자의 오른쪽에, 토머스 또래로 보이는 어린놈은 왼쪽에 서 있었다. 그 어린놈은 삭발한 민머리에 몸에는 문신이 있고 피어싱을 잔뜩 했다.

그리고 손에 권총을 들고 있었다.

그들 셋 뒤에는 긴 머리에 턱수염이 거뭇거뭇한 30대 남자가

서 있었다.

"너 뭐야?"

애덤의 물음에 낯선 자가 대답했다.

"전에 말하지 않았나요?"

애덤은 일어나 앉으려 했다. 강렬한 통증에 몸이 마비될 지경이었지만 간신히 견뎠다. 일어설 수가 없었다. 머리의 통증과 손목을 결박한 자전거 체인 사이에서 그는 어쩔 줄 몰랐다. 겨우 앉아서 파이프에 등을 기댔다.

"낯선 자로군."

"맞아요."

"우리한테 원하는 게 뭐야?"

권총을 든 어린놈이 앞으로 나서며 애덤에게 총구를 겨눴다. 저급한 깡패 영화에서 보고 배웠는지 권총을 모로 눕혀 들었다. 어린놈이 말했다.

"말 안 하면 대가리 날려버린다."

그러자 낯선 자가 말렸다.

"머튼."

"아니, 됐어. 이럴 시간 없잖아. 이 새끼 입 열게 해야 돼."

애덤은 총을 올려다보았다. 그리고 머튼의 눈을 보았다. 쏘고도 남을 눈빛이었다. 일단 쏘고 두 번 생각 안 할 눈빛이었다.

가브리엘도 말리고 나섰다.

"총 저리 치워."

머튼은 들은 척도 않고 애덤을 내려다보며 내뱉었다.

"잉그리드는 내 친구였어." 그는 총을 애덤의 얼굴에 겨눴다.

"왜 잉그리드를 죽였냐고?"

"아무도 죽인 적 없어."

"개소리 마!"

머튼의 손이 부들부들 떨렸다.

가브리엘이 말했다.

"머튼, 총 치우라니까."

애덤의 얼굴에 총을 겨눈 채로 머튼은 한 발을 뒤로 뺐다가 장거리 슛을 차듯이 앞으로 쭉 뻗었다. 발끝에 철판을 넣은 장화로 애덤의 흉곽 아래 연약한 부분을 힘차게 걷어찼다. 애덤은 허억 소리를 내며 쓰러졌다.

낯선 자가 날카롭게 말했다.

"그만해."

"이 새끼가 아는 걸 털어놓게 해야 돼!"

"말할 거야."

가브리엘이 몹시 당황한 목소리로 낯선 자에게 물었다.

"우리 이제 어떻게 해? 쉽게 돈 버는 일이라고 했잖아."

"그런 일 맞아요. 우린 무사할 테니까 진정 좀 해요."

긴 머리 남자가 중얼거렸다.

"이런 거 정말 별로야. 마음에 안 들어."

가브리엘이 따졌다.

"난 이 사업에 참여하면서 납치까지 하겠다고 동의한 적 없어."

그러자 낯선 자가 날이 선 목소리로 말했다.

"다들 가만히 좀 있어. 잉그리드한테 무슨 일이 일어났는지 알아내야 돼."

애덤이 움찔거리며 말했다.

"잉그리드라는 여자한테 무슨 일이 일어났는지 난 몰라."

모두의 시선이 애덤에게 쏠렸다.

머튼이 말했다.

"거짓말하고 있네."

"내 얘기부터 듣고―"

머튼이 애덤의 갈비뼈를 또 한 차례 걷어찼다. 애덤은 단단한 콘크리트 바닥에 얼굴을 처박고 꿈틀거리며 몸을 잔뜩 움츠렸다. 극심한 두통에 머리를 감싸 쥐기 위해 자전거 체인에 묶인 손을 풀려고 안간힘을 썼다.

"그만해, 머튼!"

애덤은 다시 말했다.

"난 아무도 안 죽였어."

"그래, 퍽이나 그렇겠다."

머튼은 애덤의 말을 믿지 않았다. 애덤은 또 발길질이 날아올까 봐 몸을 더 바짝 움츠렸다.

"가브리엘에게 크리스에 대해 묻지도 않았고 말이지, 응?"

크리스. 드디어 낯선 자의 이름을 알았다.

"물러서."

크리스, 낯선 자가 머튼에게 말했다. 그는 애덤에게 다가서며 물었다.

"잉그리드와 나에 대해 묻고 다닌 건 맞죠?"

애덤은 고개를 끄덕였다.

"잉그리드를 먼저 찾아냈고요."

"이름만."

"뭐요?"

"이름만 알아냈어."

"어떻게요?"

"내 아내는 어디 있지?"

크리스는 미간을 찌푸렸다.

"뭐라고요?"

"내 말은……."

"아니, 뭐라고 했는지 들었어요."

크리스가 뒤에 서 있는 가브리엘을 흘끗 돌아보며 물었다.

"당신 아내가 어디 있는지 우리가 왜 알고 있어야 하죠?"

"네가 이 짓거리를 시작했잖아."

애덤은 힘겹게 다시 일어나 앉았다. 그는 몹시 곤란한 지경에 처했고 목숨이 위험했지만, 이들이 아마추어라는 걸 간파했다. 다들 두려워하는 기색이 역력했다. 손목을 묶은 자전거 체인이 점점 느슨해졌다. 애덤은 자전거 체인에서 손목을 조금씩 풀어내기 시작했다. 머튼과 그가 가진 총에 가까이 다가갔을 때 손이 자유로워야 뭐든 해볼 수 있을 것이다.

"네가 먼저 나를 찾아왔어."

"그래서 뭐, 복수라도 하려고요? 그러려고 온 거예요?"

"아니. 그런데 너희가 무슨 짓을 하는지는 알겠다."

"아, 그래요?"

"남의 삶을 위태롭게 만들 수 있는 비밀을 캐내 협박하는 짓을 하고 있지.”

“틀렸어요.”

“너희는 가짜 임신을 놓고 수잰 호프를 협박했어. 그 여자가 돈을 주지 않자 남편에게 비밀을 누설했고. 나한테 한 것처럼.”

“수잰 호프에 대해선 어떻게 알았어요?”

제일 크게 겁을 먹은 만큼 제일 위험한 존재인 머튼이 악을 썼다.

“저 새끼가 우릴 염탐하고 있었어!”

애덤이 대답했다.

“수잰은 아내와 친구 사이였어.”

크리스는 고개를 끄덕였다.

“아, 그건 몰랐네요. 수잰 호프가 커린에게 그 사이트에 대해 알려줬나 보죠?”

“그래.”

“수잰이 한 짓도, 당신 부인이 한 짓도 정말 역겹지 않나요? 인터넷 덕분에 남을 기만하는 게 참 쉬워졌어요. 익명으로 거짓말을 하고, 사랑하는 사람들의 마음을 찢어놓는 끔찍한 비밀을 간직하는 것도 참 쉬워졌죠.”

크리스는 그의 패거리를 향해 손을 뻗으며 덧붙였다.

“우린 게임 판을 살짝 조정해서 공평하게 만들고 있을 뿐이에요.”

애덤은 어이가 없어 헛웃음이 나올 뻔했다.

“그런 식으로 너희가 하는 짓을 정당화하나?”

“그게 진실이에요. 당신 아내를 예로 들어보죠. 페이크어프레그넌시닷컴은 그런 종류의 사이트들이 원래 그렇듯이 구매자들에게 비밀을 보장한다고 약속해요. 당신 아내는 온라인 쇼핑몰인 데다 사이트 측이 아무도 모를 거라고 약속까지 하니까 믿었겠죠. 그런데 온라인상에서 완전히 익명으로 활동하는 게 가능하겠어요? 기분 나쁜 국가안보국의 음모 따윌 말하는 게 아니라, 인간들에 대해 말하는 거예요. 모든 게 그 정도로 자동화돼 있을 거라고, 당신의 신용카드 정보라든지 인터넷 검색 기록에 접근할 수 있는 직원은 하나도 없을 거라고 생각해요?" 크리스가 싱긋 웃으며 덧붙였다. "완전한 비밀이라는 게 과연 있을까요?"

"크리스? 그게 네 이름이지?"

"맞아요."

"완전한 비밀이 있든 없든 관심 없어. 내 관심은 아내뿐이야."

"그래서 아내 분에 대한 진실을 말해줬잖아요. 내가 당신 눈을 뜨게 해줬다고요. 그런데 고마워하기는커녕 우릴 추적하다니. 게다가 잉그리드를 찾아서……"

"아까도 말했지만 난 그 여자를 찾은 게 아니야. 내가 쫓고 있던 사람은 바로 너였어."

"왜요? 내가 알려준 사이트 들어가봤어요?"

"그래."

"비자카드 결제 내역도 봤을 테니 내 말이 진실이었다는 걸 알겠군요. 그렇죠?"

"그래."

"그러면……"

"실종됐어."

"누가요? 당신 아내요?"

"그래."

"잠깐만요. 아내가 실종됐다고 했는데, 내가 알려준 얘기에 대해 아내한테 따졌나요?"

애덤은 대답하지 않았다.

"그런데 그 얘기를 듣고, 아내가 어딘가로 내뺐다고요?"

"커린은 내뺀 게 아니야."

머튼이 끼어들었다.

"이건 시간 낭비야. 이 새끼가 시간을 끌고 있어."

크리스가 머튼을 쳐다보며 물었다.

"이 사람이 타고 온 차, 눈에 안 띄는 곳에 갖다 놨지?"

머튼은 고개를 끄덕였다.

"이 사람 휴대전화에서 배터리도 빼놨어. 긴장 풀어. 시간 있으니까."

크리스는 다시 애덤에게 고개를 돌렸다.

"모르겠어요, 애덤? 당신 아내가 당신을 기만했어요. 당신은 그걸 알 권리가 있었고요."

"그럴지도 모르지. 그렇지만 너한테서 들을 필요는 없었어."

애덤은 오른쪽 손목을 사슬에서 빼내기 시작했다.

"네 친구 잉그리드는 너 때문에 죽은 거야."

머튼이 악을 썼다.

"네가 죽였구나!"

"아니. 누군가 그 여자를 죽이긴 했는데, 그 여자만 죽인 게 아니야."

크리스가 물었다.

"무슨 소리죠?"

"네 친구를 죽인 자가 하이디 댄도 죽였어."

그 말에 모두들 얼음이 됐다. 가브리엘이 중얼거렸다.

"맙소사."

크리스가 눈을 가늘게 뜨며 물었다.

"지금 뭐라고 했어요?"

"몰랐나 보네? 잉그리드만 살해당한 게 아니야. 하이디 댄도 총에 맞아 죽었어."

가브리엘이 그를 불렀다.

"크리스?"

"생각 좀 해봐야겠어."

애덤은 계속해서 말했다.

"하이디가 먼저 살해됐고, 그다음이 잉그리드였어. 내 아내는 실종됐고, 네가 남의 비밀을 폭로하고 다닌 결과가 이거야."

"입 닥쳐요. 일단 확인부터 해보자."

긴 머리 남자가 말했다.

"이 사람이 한 말, 사실인 거 같은데."

머튼이 총을 들어 다시 애덤을 겨누며 소리쳤다.

"사실 같은 소리 하네! 사실을 말한 거라고 해도 이놈은 우리한테 위험한 존재야. 우리에겐 선택의 여지가 없어. 이놈이 우리에 대해 묻고 다니면서 우릴 추적했잖아."

애덤은 최대한 차분하게 말했다.

"난 아내를 찾아다녔을 뿐이야."

가브리엘이 말했다.

"우린 당신 아내가 어디 있는지 몰라요."

"그럼 내 아내에게 무슨 일이 일어난 건데?"

크리스는 어안이 벙벙한 얼굴로 서서 물었다.

"하이디 댄이 죽었다고요?"

"그래. 내 아내가 다음 차례일지도 몰라. 그러니까 내 아내한테 무슨 짓을 했는지 말해."

"우린 아무 짓도 안 했어요."

손목이 자전거 체인에서 거의 다 풀려났다.

"아까 네가 한 말처럼, 처음부터 따져보자. 내 아내를 언제 협박했어? 아내는 어떤 반응을 보였지? 아내가 너희에게 돈 주기를 거부했나?"

크리스는 뒤에 선 긴 머리 남자를 흘끗 쳐다보았다. 그리고 다시 애덤을 돌아보며 그의 옆으로 와 무릎을 굽혔다. 애덤은 손목을 계속 풀었다. 이제 거의 다 됐다. 손목을 자전거 체인에서 완전히 풀어내고 나면 그다음은? 머튼은 한 걸음 뒤로 물러나 있었다. 애덤이 크리스를 붙잡으면 머튼은 크리스를 피해 조준하느라 시간이 걸릴 것이다.

"애덤?"

"왜?"

"우린 당신 아내를 협박한 적 없어요. 말을 건 적도 없고요."

애덤은 이해가 되지 않았다.

"수잰을 협박했잖아."

"그랬죠."

"하이디도."

"예. 그런데 당신 부부는 경우가 좀 달랐어요."

"어떻게 달랐는데?"

"다른 데서 의뢰받아서 비밀을 캐낸 거였어요."

잠시지만 애덤은 몹시 혼란스러워 두통까지 잊었다.

"누가 너희들을 고용해서 비밀을 알아내 나한테 말해주라고 했다고?"

"맞아요. 당신 아내에 관한 거짓말과 비밀을 캐내 누설하라고 했어요."

"누군데?"

"고객의 이름은 모르고, 우릴 고용한 회사가 있어요. CBW라는 기업 조사 회사예요."

애덤은 심장이 바닥까지 떨어지는 심정이었다.

"왜요?"

"내 손목 풀어."

머튼이 다가오며 말했다.

"웃기지 마. 넌 절대……."

그 순간 방 안에 총성이 울려 퍼졌다. 머튼의 머리가 터지며 피를 뿜었다.

52

쿤츠는 잉그리드를 통해 에드와도의 차고 주소를 알아냈다.

그는 조용히 차를 타고 기다렸다. 오래 걸리지 않았다. 차고에서 나온 에드와도는 산속으로 차를 달려 딩먼 페리 승강용 배다리를 건넜다. 쿤츠는 그 뒤를 따라갔다. 에드와도가 호숫가의 통나무집에 도착했을 때, 스킨헤드족을 꿈꾸는 것 같은 대머리 놈이 먼저 와 있었다. 그 대머리가 머튼 술스일 것이다. 그리고 가브리엘 던바로 추정되는 여자가 나타났다.

아직 한 명이 더 와야 했다.

쿤츠는 계속 숨어서 기다렸다. 그런데 어떤 남자가 숲 사이로 살그머니 걸어왔다. 쿤츠가 모르는 남자였다. 잉그리드가 깜박하고 저 남자에 대해 언급을 안 했을까? 그럴 리 없었다. 모진 고문을 당한 잉그리드는 결국 모든 것을 털어놨다. 그리고 제발 죽여달라고 애원했다.

그럼 저 남자는 누구란 말인가?

쿤츠는 숨죽이고 현장을 지켜봤다. 야구방망이를 손에 쥔 머튼이 나무 뒤에 숨어 있었다. 가브리엘은 공터에 나와 서서 남자를 유인했다. 쿤츠는 머튼이 남자의 등 뒤로 몰래 접근하는 것을 보고 조심하라고 소리칠 뻔했다. 하지만 소리치지 않았다. 기다려야 했다. 저들이 모두 이곳에 모일 때까지.

머튼이 야구방망이를 휘둘러 남자의 뒤통수를 후려쳤다. 남자는 비틀거리다 쓰러졌다. 머튼은 쓸데없이 남자를 야구방망이로 한 번 더 내리쳤다. 남자를 아예 죽일 작정인 것 같았다. 이상하면서도 흥미로웠다. 잉그리드는 저들이 절대적으로 비폭력적인 사람들이라고 했는데.

저들 눈에 저 남자가 위협적인 존재로 느껴졌던 모양이다.

아니면…… 혹시 저들은 저 남자를 쿤츠로 착각한 걸까?

쿤츠는 그럴 가능성에 대해 생각해보았다. 저들은 자기네가 위험한 상황에 처해 있음을 알까? 지금쯤은 저들도 잉그리드가 살해당했다는 사실을 알았을 것이다. 쿤츠는 잉그리드 일 때문에 저들이 한자리에 모이리라 예상했고, 예상은 적중했다. 쿤츠가 보기에 저들은 더러운 비밀을 폭로해 세상을 더 나아지게 만든다는 헛소리에 도취한 아마추어에 불과했다.

잉그리드가 죽었으니 저들도 위험한 지경에 처했다는 건 알 것이다.

그래서 저 남자를 공격했을까?

아무래도 상관없었다. 쿤츠는 아직 저들보다 우세한 입장이었다. 인내심을 갖고 기다리기만 하면 되었다. 그래서 그는 기다렸다. 그들은 쓰러진 남자를 질질 끌고 집으로 들어갔다. 쿤츠는 계속 기다렸다. 5분쯤 지나 차 한 대가 굴러왔다.

크리스 테일러였다. 저들의 대장.

마침내 놈들이 한자리에 모였다. 쿤츠는 크리스 테일러를 지금 처리할까 하다가, 다른 놈들이 소리를 듣고 도망치면 안 되기에 그만두었다. 좀 더 기다려야 했다. 다른 누군가가 또 나타날 수도 있었다. 저들이 왜 남자를 공격했으며 그 남자를 어떻게 처리하려고 하는지도 알아야 했다.

쿤츠는 살그머니 집을 빙 돌아 1층 창문을 들여다보았다. 아무도 없었다. 이상했다. 최소한 다섯 명이 집 안에 있을 텐데. 혹시 2층으로 올라갔거나 아니면······?

그는 집 뒤쪽 지하실 창문을 들여다보았다.

빙고.

야구방망이에 맞은 남자는 의식을 잃은 채 바닥에 쓰러져 있었다. 누군가 남자의 손목을 자전거 체인으로 감고 파이프에 그 체인을 동여맨 후 다시 다른 손목을 묶어놓았다. 쓰러진 남자를 제외한 나머지—에드와도, 가브리엘, 머튼, 크리스—는 우리에 갇혀 도살을 기다리는 짐승들처럼 초조하게 서성였다. 어떤 의미에서는, 도살을 기다리는 게 맞았다.

한 시간, 그리고 두 시간이 지났다.

쓰러진 남자는 꼼짝하지 않았다. 머튼이란 놈이 저 불쌍한 남자를 아예 죽였나 하는 생각이 드는 순간, 남자가 몸을 약간 움직였다. 쿤츠는 소지한 시그사우어 P239 권총을 확인했다. 9밀리 탄환을 사용하므로 여덟 발이 장전돼 있었다. 이 정도면 충분하다. 그래도 만일을 대비해 9밀리 탄창을 주머니에 더 넣었다.

권총을 들고 집 현관 쪽으로 살금살금 접근했다. 현관문 손잡이를 잡고 움직여보았다. 잠겨 있지 않았다. 더할 나위 없다. 문을 밀고 안으로 들어가 지하실로 소리 없이 발을 옮겼다.

지하실로 내려가는 계단 맨 위에 서서 귀를 기울였다.

대체로 좋은 소식이 들려왔다. 요약하면 크리스 테일러와 그 동료들은 누가 자기네 친구 잉그리드를 죽였는지 모르고 있다. 한 가지 나쁜 소식은, 이제 와서 어쩔 수 없긴 하지만 야구방망이에 맞은 남자가 잉그리드의 죽음과 하이디의 죽음이 연결되어 있다는 사실을 알고 있다는 거였다. 큰 문제는 아니었다. 결국 누군가가 두 여자의 죽음 사이의 관계를 알아내리라 예상했다. 다만 너무 빨리 알아냈다는 게 약간 신경이 쓰였지만.

하지만 아무래도 상관없다. 야구방망이에 맞은 남자를 포함해 전부 죽여버리면 그만이니까. 쿤츠는 병원에 누워 있는 로비를 생각하며 결심을 다졌다. 어쩔 수 없었다. 저들이 계속 법을 어기고 사람들을 협박하게 내버려둬야 할까? 아니면 내 가족의 고통을 덜기 위해 아버지로서 해야 할 일을 할까?

선택이랄 것도 없었다.

계단 맨 위에 웅크리고 앉아 바브와 로비 생각에 잠시 빠져 있는데 에드와도가 고개를 돌려 그를 보았다.

쿤츠는 주저하지 않았다.

총을 갖고 있는 머튼의 머리에 제일 먼저 총알을 박았다. 그리고 곧장 에드와도 쪽으로 총구를 돌렸다. 에드와도는 손을 번쩍 들었다. 그렇게 하면 총알이 날아오지 않을 줄 아는 모양이다.

아무 소용도 없는 것을.

가브리엘이 비명을 질렀다. 쿤츠는 가브리엘을 향해 총을 돌리고 세 번째 탄환을 발사했다.

비명이 멈췄다.

세 명 잡고, 두 명 남았다.

쿤츠는 마무리를 짓기 위해 서둘러 지하실 계단을 내려갔다.

토머스는 휴대전화 위치 찾기 앱을 이용해 아빠의 휴대전화가 꺼지기 직전 위치가 펜실베이니아주 딩먼 마을의 샤메인 호숫가라는 사실을 알아냈다. 조해너는 토머스에게 걱정 말고 교실로 돌아가 있으라고 했고, 교장도 그러는 게 좋겠다고 했다. 교장은 조해너가 토머스를 데리고 가게 놔둘 사람이 아니었다.

조해너는 몇 번 전화한 끝에 펜실베이니아주 쇼홀라 마을 경찰서의 무선통제실과 연락이 닿았다. 딩먼 마을은 그 경찰서 관할이었다. 조해너는 휴대전화 위치 찾기 앱을 통해 알아낸 GPS 좌표를 불러주고 상황을 설명했다. 그러나 무선통제실 직원은 상황의 긴박성을 이해한 것 같지 않았다.

"뭔데 이 난리를 치십니까?"

"당장 그리로 경찰을 보내세요."

"알겠습니다. 로웰 보안관이 그쪽으로 가본다고 하네요."

조해너는 차에 올라타 가속 페달을 밟았다. 가다가 경찰이 속도위반이라고 잡으면 바로 경찰관 배지를 보여줄 작정이었다. 차를 세우지 않고 경찰차로 하여금 옆으로 오게 해 배지를 보여주면 될 것이다. 30분 후, 조해너는 출발 전에 통화했던 무선통제실 직원에게 전화를 받았다. 애덤의 차가 근방에 보이지 않는다고 했다. 애당초 휴대전화 위치 찾기 앱은 현재 애덤의 정확한 위치를 알려준 게 아니고, 호숫가에 있는 집은 한 채뿐이 아니었다. 이 상황에서 쇼홀라 마을 경찰들이 뭘 더 어떻게 할 수 있을까?

"집집마다 방문하라고 하세요."

"죄송합니다만, 누구 지시로 이 일을 해야 하는 겁니까?"

"내 지시요. 당신 지시로 하든지. 아무래도 상관없어요. 두 여자가 살해당했고, 이 남자의 아내는 실종됐어요. 이 남자는 실종된 아내를 찾으러 그리로 갔고요."

"최선을 다하겠습니다."

53

한순간에 얼마나 많은 일이 일어날 수 있는지, 생각하면 그저 놀라웠다.

첫 총성이 울렸을 때 애덤의 심신은 열두 방향으로 흩어지는 듯했다. 자전거 체인에서 오른손만 겨우 풀어냈지만 그 정도면 충분했다. 왼 손목에는 아직 체인이 감겨 있었으나 결박은 풀린 것이나 마찬가지였다. 총성이 들리자마자 애덤은 머리와 갈비뼈의 통증도 잊고 피할 곳을 찾아 몸을 굴렸다.

축축한 덩어리가 얼굴에 확 튀었다. 부연 시야 속에서 그것이 머튼의 뇌 파편임을 알아챘다.

동시에 머튼의 머리를 박살 낸 총성이 어디에서 비롯되었는지에 관한 여러 가지 가능성을 떠올렸다. 처음에는 긍정적인 쪽으로 추측했다. 경찰이 그를 구하러 온 걸까?

긴 머리 남자가 돌덩이처럼 무겁게 쓰러지는 순간 그 추측은 크게 흔들렸다. 그리고 1초 후 가브리엘도 쓰러지자 그 추측이 맞을 가능성은 완전히 사라졌다.

이건 도살이다.

'계속 움직여야 돼……'

하지만 어디로? 여기는 지하실이다. 젠장. 숨을 곳이 별로 없다. 애덤은 특공대처럼 포복해서 오른쪽으로 이동했다. 시야 한 옆으로 크리스 테일러가 창문으로 뛰어오르는 모습이 보였다. 총잡이가 계단을 내려오며 크리스에게 총을 쐈다. 크리스는 놀라울 정도로 재빨리 훌쩍 뛰어 창문을 넘어가더니 시야에서 사라졌다.

하지만 창밖에서 크리스의 비명이 들렸다.

총에 맞은 걸까?

그럴지도 모른다. 확실히는 알 수 없었다.

총잡이는 남은 계단을 달려 내려왔다.

애덤은 꼼짝없이 갇혔다.

항복할까? 어떤 의미에서 총잡이는 애덤과 같은 편이었다. 크리스에게 당한 사람 중 한 명일 테니까. 그러나 총잡이가 살인을 목격한 그를 살려주리란 보장은 없었다. 잉그리드와 하이디를 죽인 자도 저 총잡이일 것이다. 총잡이는 머튼과 긴 머리 남자도 죽였다. 바닥에 쓰러져 신음을 흘리는 가브리엘은 아직 살아 있는 듯했다.

총잡이가 계단 맨 아래 칸에 섰다.

애덤은 오른쪽으로 몸을 굴려, 방금 총잡이가 내려온 계단 밑으로 들어갔다. 총잡이는 크리스 테일러의 행방을 확인하려는지 창문 쪽으로 걸어갔다. 그러다 신음 소리를 듣고 걸음을 멈추더니 가브리엘 쪽으로 다가갔다.

가브리엘이 피투성이 손을 들어 올렸다.

"제발."

총잡이는 총을 쐈 가브리엘의 목숨을 끊어놓았다.

애덤은 비명을 지를 뻔했다. 총잡이는 망설임 없이 곧장 크리스가 도망친 창문 쪽으로 걸어갔다.

그때 머튼의 권총이 애덤의 시야에 들어왔다.

방 저쪽, 창문에서 멀지 않은 곳에 떨어져 있었다. 총잡이는 그에게 등을 보이고 있었다. 애덤의 선택지는 두 가지였다. 첫째, 계단을 달려 올라간다. 하지만 그러다 보면 총잡이에게 너무 오래 노출될 터이다. 쉬운 표적이 되고 마는 것이다. 그렇다면 둘째, 머튼의 권총을 향해 빠르게 이동한다. 총잡이가 딴 데 정신이 팔려 있는 동안 달려가 권총을 손에 넣는다면…….

잠깐, 생각해보니 세 번째 선택지도 있었다. 지금 이 자리에 계속 머무는 것. 괜찮지 않을까? 계단 밑에 계속 숨어 있으면?

그래. 그거다. 눈에 띄지 않게 있자. 저 남자가 그를 못 봤을 수도 있으니까. 어쩌면 그가 여기 숨어 있는 줄도 모를 테니까.

아니, 그럴 리 없었다.

저 남자는 머튼을 제일 먼저 쐈다. 그리고 머튼은 총에 맞을 당시 애덤 바로 옆에 서 있었다. 그러니 총잡이가 머튼만 보고 그를 못 봤을 리가 없다. 총잡이는 아무도 도망치게 두지 않을 것이다. 전부 죽일 것이다.

살아남으려면 무기를 손에 넣어야 한다.

이런 계산을 하기까지 몇 초밖에 걸리지 않았다. 10억 분의 1초도 걸리지 않았다. 이 모든 사고 과정—세 가지 선택지, 계산, 제외, 계획—이 순식간에 이루어졌다. 세상의 시간이 얼어붙은 동안 혼자 생각을 정리한 것처럼.

권총. 권총이 필요하다.

권총만이 유일한 희망이었다. 총잡이가 뒤돌아 서 있는 동안 애덤은 권총을 향해 뛰었다. 자세를 낮추고 있다가 훌쩍 몸을 날렸다. 그러나 권총을 불과 몇 센티미터 앞둔 상태에서 갑자기 튀어나온 검은 신발이 권총을 발로 차버렸다.

콘크리트 바닥에 쿵 떨어진 애덤은 지하실 구석에 놓인 서랍장 밑으로 쑥 들어가는 권총을 망연히 바라보았다.

총잡이가 그를 내려다보며 가브리엘에게 했듯이 총구를 겨눴다.

끝이었다.

애덤은 다 끝났음을 직감했다. 그의 뇌는 옆으로 몸을 굴려 총잡이의 다리를 붙잡고 공격을 하는 등 이런저런 선택지를 제시했지만, 행동으로 옮길 시간이 없었다. 애덤은 눈을 감고 몸을 움츠렸다.

그때 창밖에서 들어온 발이 총잡이의 머리를 걷어찼다.

크리스 테일러의 발이었다.

총잡이는 옆으로 휘청댔지만 빠르게 균형을 되찾았다. 그리고 창문을 향해 총을 두 발 쏘았다. 목표물에 명중했는지는 알 수 없었다. 총잡이는 다시 애덤에게 시선을 돌렸다.

하지만 이번에는 애덤도 준비가 돼 있었다.

애덤은 벌떡 일어섰다. 왼 손목에 여전히 자전거 체인이 감겨 있었다. 애덤은 총잡이를 향해 그 체인을 채찍처럼 휘둘렀다. 체인은 총잡이의 얼굴에 묵직하게 떨어졌다. 총잡이가 고통스러운 비명을 내질렀다.

사이렌 소리. 경찰차 사이렌 소리가 들렸다.

애덤은 멈추지 않았다. 체인을 뒤로 당기고 오른 주먹을 앞으로 뻗었다. 그 주먹도 총잡이의 얼굴에 명중했다. 총잡이의 코에서 피가 쏟아졌다. 총잡이는 애덤을 밀어내고 몸을 빼내기 위해 안간힘을 썼다.

어림없었다.

애덤은 그의 몸뚱이를 바짝 끌어안아 가속도가 실린 상태로 쭉 밀고 나갔다. 그들은 콘크리트 바닥에 거칠게 쓰러졌다. 그 충격으로 애덤은 손을 놓았다. 총잡이는 그 틈을 타 애덤의 머리를 팔꿈치로 가격했다.

눈앞에 또 별이 번쩍였다. 온몸이 마비되는 듯한 통증이 밀려왔다.

실제로 *거의* 마비가 왔다.

총잡이는 몸을 굴려 애덤과의 간격을 벌려서 권총 든 손을 자유로이 쓰려고 애썼다.

권총. 애덤은 생각했다. 권총에만 집중하자.

사이렌 소리가 점점 가까워지고 있었다.

총잡이가 권총을 쓰지 못하게 막으면 목숨만은 부지할 수 있다. 통증은 잊어버리자. 몸뚱이든 머리든 어디에든 이 총잡이가 죽은 자들에게 박아 넣은 총알은 생각하지 말자. 하나만 하면 된다. 상대의 손목을 붙잡아 총을 사용하지 못하게 하는 것.

총잡이는 애덤에게 발길질을 하며 놓여나려 했지만 애덤은 놓지 않았다. 그들은 바짝 뒤엉켜 있었다. 그가 다시 애덤을 걷어찼다. 그를 붙잡은 애덤의 손에 힘이 빠지면서 총잡이는 거의 결박에서 풀려났다. 총잡이는 바닥에 엎드린 채로 애덤의 손아귀에서 빠져나가고 있었다.

손목만 놓치지 말자.

애덤은 갑자기 놈을 품에서 놓았다. 풀려났다고 여겼는지 놈은 서둘러 몸을 피하기 시작했다. 준비하고 있던 애덤은 권총을 쥔 놈의 손을 향해 달려들었다. 두 손으로 그 손목을 붙잡아 콘크리트 바닥에 대고 찧었고, 그러느라 스스로를 공격받기 쉬운 위치에 두고 말았다.

총잡이는 기회를 놓치지 않았다.

놈은 애덤의 아랫배 신장 부위를 주먹으로 강타했다. 헉 하고 폐에서 숨이 빠져나갔다. 뜨거운 통증이 신경 말단을 타고 치솟았다. 그러나 애덤은 놈의 손목을 놓지 않았다. 놈은 애덤을 더 세게 주먹으로 쳤다. 애덤은 버티려고 했지만 몸이 말을 듣지 않았다.

한 번만 더 맞으면 더는 놈의 손목을 붙잡고 버티지 못할 것 같았다.

선택의 여지가 없었다. 좀 더 주도적으로 공격해야 한다.

애덤은 권총을 쥔 놈의 손을 향해 턱을 낮추고 입을 한껏 벌린 후 놈의 손목 안쪽을 미친개처럼 물었다. 놈이 울부짖었다. 애덤은 놈의 손목에 이빨을 박아 넣고 힘껏 뒤틀어 얇은 피부를 뜯어냈다.

놈이 드디어 권총을 떨어뜨렸다.

애덤은 물에 빠진 사람이 구명구를 향해 달려들 듯이 그 권총을 향해 필사적으로 몸을 날렸다. 애덤이 권총을 손에 쥔 순간 놈의 주먹이 다시 애덤의 몸에 꽂혔다.

하지만 간발의 차이로 늦었다. 권총은 이미 애덤의 수중에 들어가 있었다.

총잡이가 애덤의 등으로 뛰어올랐다. 애덤은 손에 쥔 권총으로 크게 호를 그리며 놈을 향해 몸을 돌렸다. 시그사우어 권총의 손잡이가 이미 깨진 놈의 코에 또다시 거세게 꽂혔다.

애덤이 일어서서 놈에게 총을 겨누며 물었다.

"당신, 내 아내에게 무슨 짓 했어?"

54

30초 후 경찰들이 도착했다.

이 지역 경찰들이었다. 얼마 안 있어 조해너도 왔다. 조해너가 토머스를 찾아가 애덤의 위치 정보를 알아내 이 마을 경찰에게 전화로 알려줬다고 했다. 애덤은 아들이 자랑스러웠다. 나중에 토머스에게 전화해 상황 설명을 해줘야겠다고 생각했다.

지금은 아니다.

먼저 경찰에게 상황 설명을 해야 했다. 시간이 좀 걸렸지만 무난하게 이루어졌다. 그는 경찰에게 설명하는 한편, 앞으로 어떻게 할지 계획을 짰다. 목소리를 차분하게 유지하고 경찰의 질문에 전부 대답했다. 최대한 변호사다운 말투로. 변호사로서 고객들에게 조언해주던 방식을 그대로 따랐다. 묻는 말에만 대답할 것.

그 이상도 그 이하도 하지 말 것.

조해너는 총잡이의 이름이 존 쿤츠라고 알려주었다. 모종의 사건으로 인해 해직당한 전직 경찰이었다. 조해너는 단서들을 모으고 있는 중인데, 현재까지 조사한 바로 쿤츠는 주식 상장을 앞둔 어느 인터넷 신생 기업의 보안팀에서 일하고 있고, 이런 짓을 한

동기는 돈, 그리고 아픈 자식 때문이었다.

　애덤은 조해너의 설명을 들으며 고개를 끄덕였다. 그는 응급 구조 대원에게 치료를 받았지만 병원에 가는 건 거부했다. 응급 구조 대원은 마뜩잖아 했지만 본인이 싫다는데 어쩔 것인가. 상황이 정리되면서 서서히 긴장이 풀렸다. 조해너가 애덤의 어깨에 손을 얹으며 말했다.

　"의사한테 가서 치료받아요."

　"괜찮습니다. 정말이에요."

　"내일 아침에는 경찰들이 질문을 더 많이 하려고 할 거예요."

　"그러겠죠."

　"언론사도 잔뜩 몰려들 거고요. 시신이 세 구나 나왔으니까."

　"예, 그것도 알고 있습니다." 애덤은 손목시계를 들여다보았다. "이만 가봐야겠습니다. 아들들한테 전화를 해두긴 했는데 제가 집에 도착하기 전까지는 계속 불안해할 것 같아서요."

　"경찰차를 타고 가는 건 원치 않을 것 같아서 말인데, 내 차로 데려다줄게요."

　"아뇨, 괜찮습니다. 제 차도 여기 있어요."

　"경찰이 당장은 못 가져가게 할 거예요. 증거물이라서요."

　미처 거기까지는 생각지 못했다.

　"타요. 내가 운전할게요."

　차가 출발하고 그들은 잠시 말이 없었다. 애덤은 휴대전화를 만지작대며 이메일을 작성하고 등받이에 기대었다. 응급 구조 대원이 통증을 가라앉히라고 준 약 때문인지 몸이 노곤하게 늘어졌다. 그는 눈을 감았다.

"좀 쉬어요."

조해너가 말했다.

쉬기는 하겠지만 잠이 올 것 같지는 않았다. 애덤이 물었다.

"언제 돌아갈 생각입니까?"

"글쎄요. 며칠 더 있을 것 같네요."

"왜요?" 애덤은 애써 눈을 뜨고 조해너의 옆얼굴을 바라보았다. "친구 분을 죽인 범인을 잡았잖습니까."

"그렇죠."

"그걸로 충분하지 않습니까?"

"충분할 수도 있어요. 하지만······." 조해너는 고개를 살짝 기울였다. "우린 아직 할 일을 다 하지 않았어요. 안 그래요, 애덤?"

"다 한 것 같은데요."

"아직 마무리가 되지 않았잖아요."

"말씀하신 것처럼 이제 꽤 큰 사건이 됐으니 경찰들이 나서서 그 낯선 자를 잡겠죠."

"그자 얘기를 하는 게 아니에요."

애덤은 무슨 뜻인지 알아들었다.

"커린 걱정을 하시는군요."

"걱정 안 돼요?"

"크게 걱정은 안 합니다."

"어째서요?"

애덤은 뜸을 들이며 신중하게 단어를 골랐다.

"말씀하신 대로 언론들이 잔뜩 몰려들겠죠. 다들 자길 찾고 있다는 걸 알면 커린은 아마 집으로 돌아올 거예요. 생각을 거듭할

수록, 처음부터 답은 간단했다는 생각이 들어요."

조해너는 한쪽 눈썹을 치켜올렸다.

"무슨 뜻이죠?"

"저는 이 일이 제 탓이 아니길 바랐어요. 아내의 가출이 단순히 겉으로 보이는 게 전부가 아닐 거라고 생각했죠. 크리스 테일러 패거리 같은 자들과 연관된 어떤 큰 음모 때문일 거라고요."

"그런데 더는 그렇게 생각을 안 한다?"

"예."

"그럼 어떻게 생각하는데요?"

"크리스 테일러는 아내의 가장 내밀하고 고통스러운 비밀을 폭로했습니다. 그런 폭로가 한 인간에게 어떤 영향을 미치는지는 다들 아는 바고요."

"당신 생활도 엉망이 됐잖아요."

"그랬죠. 제가 그 정돈데 하물며 그 비밀을 갖고 있던 사람은 발가벗겨진 느낌이겠죠. 그 정도로 큰 비밀이 공개되면요. 가슴이 무너지고, 삶을 바라보는 관점도 흔들릴 겁니다." 애덤은 다시 눈을 감았다. "그런 일을 겪고 나면 시간이 필요해요. 다시 일어설 시간. 앞으로 어떻게 살아야 할지 생각할 시간요."

"그래서 커린이……?"

"오컴의 면도날이죠. 제일 단순한 가설이 진실일 가능성이 높다. 커린은 얼마간 떨어져 있을 시간이 필요하다고 문자를 보냈습니다. 이제 겨우 며칠 지났어요. 준비가 되면 돌아오겠죠."

"확신하는군요."

애덤은 대답하지 않았다.

조해너는 깜빡이를 켜고 계속 운전을 하며 물었다.

"집에 가기 전에 어디 들러서 씻어야 되지 않겠어요? 피가 잔뜩 묻었는데."

"괜찮습니다."

"애들이 놀랄 텐데요."

"아뇨. 걔들은 보기보다 강합니다."

몇 분 후 조해너는 애덤을 그의 집 앞에 내려주었다. 애덤은 조해너의 차가 멀어질 때까지 손을 흔들며 기다렸다. 그는 집 안으로 들어가지 않았다. 아들들은 집에 와 있지 않았다. 호숫가에서 혼자 따로 떨어져 있을 때, 애덤은 크리스틴 호이에게 전화를 걸어 학교가 끝나면 아들들을 그녀의 집에 데리고 가 하루만 재워달라고 부탁해두었다.

"그럴게요. 괜찮아요, 애덤?"

"괜찮습니다. 부탁 들어줘서 고마워요."

호텔 주차장에 있다던 커린의 미니밴이 그의 집 진입로에 세워져 있었다. 애덤은 운전석에 들어가 앉았다. 운전석에서 커린의 기분 좋은 체취가 풍겼다. 진통제 기운이 떨어지면서 통증이 홍수처럼 밀려왔지만 상관없었다. 통증은 견뎌낼 수 있었다. 다만 정신을 바짝 차려야 했다. 손에 휴대전화를 쥐었다. 경찰은 범죄현장에서 애덤이 그의 휴대전화를 챙겨가게 허락해주었다. 애덤은 처음에 경찰들에게 크리스 테일러가 그의 휴대전화를 낡은 서랍장 밑으로 던진 것 같다고 말했다. 경찰의 허락을 받아 애덤은 서랍장 밑으로 손을 넣었다. 물론 그의 휴대전화는 거기 없었다.

거기 있던 건 머튼의 권총이었다.

그때 위층에 올라간 경찰이 애덤의 휴대전화를 찾았다고 소리 쳤다. 휴대전화는 배터리가 분리된 상태였다. 애덤은 배터리를 다시 끼우며 휴대전화를 찾아준 경찰에게 고맙다고 말했다. 서랍 장 밑에서 꺼낸 머튼의 권총은 몰래 허리띠 안에 숨겨두었다. 경찰은 애덤의 몸수색을 다시 하지 않았다. 굳이 그럴 이유가 없었을 것이다.

조해너의 차를 타고 오는 내내 그 권총은 애덤의 옆구리에 숨겨져 있었다. 애덤은 권총을 내놓지 않았다.

권총이 꼭 필요했다.

집으로 오는 동안 작성한 이메일을 앤디 그리블에게 보냈다. 제목은 이러했다.

내일 아침까지 열지 말 것.

일이 잘못되면—물론 그리될 가능성도 있었다—그리블은 아침에 그 이메일을 읽고 조해너 그리핀과 린스키에게 전달할 것이다. 그들에게 미리 얘기할지 말지 고민했는데, 미리 말했다간 그를 막고 나설 게 분명했다. 만일 그들이 경찰에 연락을 하면 용의자들은 공격에 대비해 입을 다물고 애덤 같은 변호사를 고용해 자기네 입장을 방어할 것이다. 그러면 진실은 영원히 묻히게 된다.

이런 식으로 처리할 수밖에 없었다.

애덤은 미니밴을 몰고 베스 루터교 교회로 향했다. 교회 체육관 출구에 차를 세우고 기다렸다. 일이 어떻게 돌아갔는지 어느 정도 파악했다고 생각했지만 머릿속에서 계속 신경 쓰이는 부분이 있었다. 처음부터 뭔가 딱 맞아떨어지지 않는, 찜찜한 느낌이었다.

휴대전화를 꺼내 커린의 문자를 다시 읽어보았다.

우리 얼마간 떨어져 있는 게 좋겠어. 아이들을 부탁해. 나한테 연락하려고 하지 말아줘. 괜찮을 거야.

그 문자를 다시 읽으려는데 밥 '개스톤' 베임이 체육관에서 느긋하게 걸어 나왔다. 같이 있던 남자들과 하이파이브를 하고 주먹을 맞대면서 잘들 자라고 인사를 나누는 모습이었다. 밥은 지나치게 짧은 반바지를 입었고, 목에는 수건을 둘렀다. 애덤은 꾹 참고 기다리다가 밥이 본인 차에 가까이 갔을 때 차에서 내렸다.

"안녕하세요, 밥."

밥이 고개를 돌려 애덤을 쳐다보았다.

"아, 애덤. 어휴, 깜짝 놀랐습니다. 무슨 일로……?"

애덤은 밥의 입을 주먹으로 쳐서 그를 운전석으로 고꾸라뜨렸다. 밥의 눈이 충격으로 휘둥그레졌다. 애덤은 밥의 차 문으로 다가가 얼굴에 총을 겨눴다.

"움직이지 마."

밥은 흘러내리는 피를 막느라 손을 입에 갖다 댔다. 애덤은 차 뒷문을 열고 뒷좌석에 올라타 밥의 목에 총구를 갖다 댔다.

"이게 뭐 하는 짓입니까, 애덤?"

"내 아내가 어디 있는지 말해."

"뭐요?"

애덤은 그의 뒷목에 총구를 대고 눌렀다.

"이유를 대봐."

"당신 아내가 어디 있는지 난 모릅니다."

"CBW 회사 말이야, 밥."

정적이 흘렀다.

"당신이 그 회사에 의뢰했지?"

"무슨 소린지……."

애덤은 권총 손잡이로 밥의 튀어나온 어깨뼈를 내리찍었다.

"으억!"

"CBW사에 대해 말해."

"젠장, 아프잖아. 너무 아파."

"CBW사는 당신 사촌 대즈가 운영하는 조사 회사지. 당신은 대즈를 통해 커린의 뒤를 캐게 했어."

밥은 눈을 감고 앓는 소리를 냈다.

"했지?"

애덤이 다시 권총으로 그를 내리쳤다.

"솔직하게 말 안 하면 총으로 쏴 죽여버린다."

밥은 고개를 숙였다.

"미안하게 됐습니다, 애덤."

"무슨 일이 있었는지 말해."

"일부러 그런 건 아니고. 그게…… 나도 자료가 필요했어요."

애덤은 밥의 목에 대고 총구를 눌렀다.

"무슨 자료?"

"커린에 대한 자료요."

"왜?"

밥은 입을 다물었다.

"내 아내에 대한 자료가 왜 필요했냐고?"

"쏴요, 애덤."

"뭐?"

밥이 고개를 돌려 그를 마주 보았다.

"방아쇠 당기라고요. 그래 주면 좋겠어. 난 이제 가진 게 아무 것도 없어요. 직장도 못 구했고, 집은 은행에 압류당했습니다. 멜라니는 나를 떠날 거예요. 그러니까 그냥 쏴요. 칼한테 얘기해서 보험금이 많이 나오는 보험에 들어놨으니까 내 아들들은 그 돈으로 잘 살 수 있을 겁니다."

또다시 찜찜한 기분이 치밀어 올랐다.

아들들……

애덤은 그대로 굳은 채 커린의 문자를 다시 떠올렸다.

아들들……

"어서요, 애덤. 방아쇠를 당기라고요."

애덤은 고개를 저었다.

"왜 내 아내에게 흠집을 내려 했지?"

"당신 아내가 먼저 나를 흠집 내려 했으니까요."

"무슨 소리야?"

"공금 횡령 건 말입니다, 애덤."

"그게 뭐?"

"커린이 그걸 내 잘못으로 뒤집어씌우려 했어요. 커린이 정말 그렇게 하면 내가 커린에게 맞서 이길 수 있을까요? 생각해봐요. 커린은 평판 좋은 학교 선생님이고 다들 커린을 좋아하는데, 나는 집까지 압류당한 실직자란 말입니다. 사람들은 내가 아니라 커린을 믿겠죠."

"그래서 커린이 당신을 잡기 전에 먼저 커린을 잡았다?"

"반격을 해야 되잖아요. 그래서 대즈한테 말했어요. 조사를 좀 해달라고. 그런데 아무것도 안 나온 겁니다. 당연히 그렇겠죠. 커린은 완벽한 여자니까. 그래서 대즈는 커린에 대한 조사를……." 밥은 손가락으로 허공에 쌍따옴표를 그리며 말을 이었다. "'비정통적인 정보원들'에게 맡겼다고 했어요. 그리고 그중에 어떤 이상한 패거리한테서 정보를 얻었죠. 그런데 그 패거리는 자기네만의 규칙이 있다고 했습니다. 비밀을 밝히는 일은 꼭 자기네가 해야 한다나."

"당신이 공금을 훔쳤어, 밥?"

"아뇨. 그런데 누가 내 말을 믿겠어요? 커린이 무슨 짓을 꾸미는지에 대해 트립이 말해줬습니다. 커린이 나한테 다 뒤집어씌울 계획이라고요."

애덤의 머릿속에서 찜찜하게 맴돌던 것이 멈췄다.

아들들…….

애덤의 목이 바짝 말랐다.

"트립이 그랬다고?"

"예."

"커린이 당신한테 뒤집어씌우려 한다는 얘길 트립이 했다고?"

"그렇다니까요. 트립은 반격할 수단이 필요할 거라고 했어요.

그게 답니다."

　　트립 에번스. 트립 에번스의 다섯 아이들. 아들 셋에 딸 둘.

　　아이들……

　　아들들……

　　애덤은 커린의 문자를 다시 한 번 떠올렸다.

　　우리 얼마간 떨어져 있는 게 좋겠어. 아이들을 부탁해. 나한테 연락하려
　　고 하지 말아줘. 괜찮을 거야.

　　커린은 토머스와 라이언을 "아이들"이라 부른 적이 없었다.
　　늘 "아들들"이라고 했었다.

55

머리를 찌르는 통증이 무서울 정도로 심해졌다.

한 발짝 뗄 때마다 머릿속에서 번개가 치는 듯했다. 응급 구조 대원에게 받아둔 진통제 몇 알이 있긴 했다. 견디다 못해 그 약을 먹을까 생각했지만 약을 먹으면 몸이 축축 늘어져 먹을 엄두가 나지 않았다.

어떻게든 버텨야 한다.

이틀 전처럼 그는 메트라이프 스타디움 앞을 지나 싸구려 사무용 건물로 들어갔다. 뉴저지주 습지대의 끔찍한 악취가 이번에도 면전에 훅 올라왔다. 조립식 고무바닥이 발밑에서 삐걱거렸다. 애덤은 전에 찾아왔던 1층 사무실 문을 두드렸다.

트립은 문을 열며 지난번과 똑같이 말했다.

"애덤?"

애덤도 그때와 똑같이 물었다.

"그날 아침에 내 아내가 너한테 왜 전화했어?"

"뭐? 맙소사, 꼴이 그게 뭐냐. 무슨 일 있었어?"

"커린이 너한테 왜 전화했냐니까?"

"전에 말했잖아." 트립은 한 걸음 물러섰다. "들어와서 앉아.

셔츠에 묻은 그거 피야?"

애덤은 사무실로 들어갔다. 이 사무실에는 처음 들어와봤다. 지난번에 찾아왔을 때 트립은 애덤을 사무실 안으로 들이지 않으려 했다. 그럴 만했다. 사무실은 흡사 쓰레기장 같았다. 방 하나짜리 사무실 안의 카펫은 잔뜩 낡았고 벽지는 여기저기 일어나 있었다. 컴퓨터마저 구식이었다.

세더필드 마을에 거주하려면 돈이 많이 든다. 그동안 애덤은 어째서 이런 이면의 진실을 몰랐을까.

"다 알고 왔어, 트립."

"뭘 알아?" 트립은 애덤의 안색을 살폈다. "너 의사한테 가봐야겠다."

"라크로스 위원회 공금을 훔친 건 너잖아. 커린이 아니라."

"맙소사, 네 온몸에 피가 묻었어."

"모든 게 네가 나한테 했던 얘기와 정반대였어. 네가 커린에게 시간을 좀 더 달라고 부탁한 거였어. 커린이 부탁한 게 아니라. 그리고 넌 그동안 커린을 함정에 빠뜨렸지. 정확히 어떻게 했는지는 모르겠지만. 아마 회계 장부를 조작했겠지. 훔친 돈은 어디 숨겨놨을 테고. 그리고 위원회 위원들을 커린한테 등 돌리게 만들었어. 밥에게는 커린이 공금 횡령을 밥한테 뒤집어씌우려 한다고 말했고."

"내 말 들어, 애덤. 일단 앉아, 응? 천천히 얘기하자."

"내가 처음 가짜 임신 얘기를 꺼냈을 때 커린의 반응을 계속 생각해봤어. 커린은 굳이 아니라고 부정하지 않았어. 그저 내가 어떻게 그 사실을 알게 됐는지 알고 싶어 했지. 아마 네가 뒤에서 조종했다고 생각했을 거야. 네가 자기한테 경고한 거라고. 그래서 커린은 너에게 전화를 했겠지. 이제 더는 못 참는다 말하려고. 그 때 통화하면서 커린한테 뭐라고 말했어, 트립?"

트립은 대꾸하지 않았다.

"한 번만 더 기회를 달라고 애원했나? 다 설명할 테니까 만나 자고 했어?"

"상상 어지간히 해, 애덤."

애덤은 현혹되지 않으려 고개를 흔들었다.

"십일조 헌금을 훔친 사람 좋은 할머니, 스포츠 위원회 공금에 손을 댄 위원에 대해 나한테 지껄였던 네 개똥철학 말이야. 처음 엔 조그맣게 시작한다고 했지. 휘발유 값 정도를 훔치고, 식당에 서 커피 한 잔을 마시면서 공금을 쓰기 시작한다며." 애덤은 트립 에게 한 발짝 다가갔다. "그거 네 얘기였지?"

"도대체 무슨 소릴 하는지 모르겠다."

애덤은 힘겹게 숨을 삼켰다. 눈에 눈물이 고였다.

"커린을 죽였지?"

트립은 대답하지 않았다.

"네가 내 아내를 죽였어."

"진심으로 하는 소린 아니리라 믿는다."

하지만 커린의 죽음을 직감한 애덤은 온몸이 부들부들 떨렸다.

"우린 꿈같은 삶을 살고 있다며? 네가 늘 하던 말이잖아, 트립. 우린 굉장한 행운을 누리고 있다고, 정말 감사해야 한다고. 넌 고 등학교 때 사귄 베키와 결혼했어. 예쁜 아이들도 다섯이나 낳았 고. 넌 가족을 지키기 위해 무슨 짓이든 할 놈이야, 안 그래? 네가 공금이나 훔친 도둑이라는 사실이 드러나면 네가 누리는 꿈같은 삶은 어떻게 될까?"

트립 에번스는 자세를 바로 하고 손으로 문을 가리켰다.

"내 사무실에서 나가."

"너 아니면 커린이 의심받는 상황이었어. 넌 그걸 간파했고. 네 가족이 망가지느냐 내 가족이 망가지느냐의 문제였겠지. 너 같은 놈은 별 고민 없이 선택했을 거야."

트립이 차가워진 목소리로 말했다.

"나가."

"네가 커린인 척 보낸 문자. 그걸 바로 알아챘어야 했는데."

"무슨 소리야?"

"네가 커린을 죽였잖아. 그리고 시간을 벌려고 커린인 척 나한테 문자를 보냈지. 난 그 문자를 읽고 커린이 어디 가서 스트레스를 좀 풀고 오려나 보다 했어. 만약 그때 내가 그 문자를 곧이곧대로 믿지 않고 커린에게 무슨 일이 생겼을 거라 생각했어도, 경찰은 바로 나서려고 하지 않았겠지. 네가 보낸 그 문자 때문에. 그리고 경찰은 우리 부부가 크게 싸웠다는 사실을 알아냈겠지. 경찰은 별일 아니라고 판단해 조사 보고서조차 쓰지 않았을 테고. 넌 상황이 그렇게 흘러가리라고 예측했겠지."

트립은 고개를 저었다.

"잘못 짚었어."

"나도 잘못 짚은 거면 좋겠다."

"넌 증명 못 해. 어떤 것도 증명할 수 없어."

"증명? 그래, 못 할지도 모르지. 하지만 난 사실을 알아." 애덤은 휴대전화를 들어 보였다. "'아이들을 부탁해.'"

"그게 뭐?"

"문자 내용이야. '아이들을 부탁해.'"

"그래서?"

"커린은 토머스와 라이언을 아이들이라고 부른 적이 없어." 애덤은 심장이 무겁게 가라앉았지만 애써 미소 지었다. "늘 아들들이라고 불렀지. 둘 다 아들이니까. 아이들이 아니야. 아들들이지. 커린은 그 문자를 작성하지 않았어. 네가 한 거야. 네가 커린을 죽이고 그 문자를 나한테 보냈어. 사라진 커린을 바로 찾지 못하도록."

"그게 증거야?" 트립은 웃음을 터트릴 듯한 표정이었다. "그런 정신 나간 얘기를 누가 믿겠냐?"

"안 믿겠지."

애덤은 주머니에서 권총을 꺼내 트립에게 겨눴다.

트립의 눈이 휘둥그레졌다.

"어이, 진정하고 내 얘기 들어."

"네 거짓말은 더 들을 필요도 없어, 트립."

"이따가…… 몇 분 안에 베키가 나를 만나러 여기로 올 거야."

"잘됐네." 애덤은 트립의 얼굴을 향해 권총을 더 가까이 가져갔다. "지금 이 상황에 대해서 또 개똥철학을 늘어놔보지그래? 눈에는 눈 이에는 이, 뭐 그렇게."

처음으로 트립 에번스의 가면이 벗겨지고 그 안의 어둠이 드러났다.

"베키를 다치게 할 생각은 마."

애덤은 트립을 노려보았다. 트립도 그를 매섭게 쏘아보았다. 잠시 동안 그들은 서로를 마주 보며 가만히 서 있었다. 트립이 뭔가 달라졌음을 애덤은 감지했다. 트립은 고개를 끄덕이더니 팔을 뒤로 뻗어 차 키를 손에 쥐었다.

"가자."

"뭐?"

"베키가 도착했을 때 너와 마주치게 하고 싶지 않아. 그러니까 가자."

"어디로?"

"진실을 알고 싶다며?"

"지금 뭔가 속임수를 쓰려는 거면……."

"그런 거 아니야. 진실을 보여줄게, 애덤. 그러고 나서 하고 싶은 대로 해. 베키를 다치게 하고 싶지 않아서 그래."

그들은 사무실을 나섰다. 애덤은 한 걸음 뒤에서 따라가며 트립의 뒤에 대고 권총을 겨누다가, 지나가는 사람 눈에 어떻게 보일지 깨닫고 곧 총을 재킷 주머니에 집어넣었다. 주머니 속에서 권총을 손에 쥐고 트립을 계속 겨눴다. 주머니에 손을 넣고 손가락을 세워 총을 가진 척하는 시답잖은 영화의 등장인물처럼.

그들이 건물 밖으로 나가자마자 익숙한 닷지 듀랑고 차량이 주차장으로 들어왔다. 베키가 차를 운전해 오는 모습을 보면서 두 남자는 그 자리에 굳었다. 트립이 나지막하게 말했다.

"베키의 머리카락 한 올이라도 건드렸다간……."

"다른 데로 보내기나 해."

특유의 명랑한 미소를 머금은 베키 에번스는 지나치다 싶을 만큼 열정적으로 손을 흔들며 그들 옆에 차를 세웠다.

"안녕하세요, 애덤."

여전히 쾌활 그 자체였다.

"안녕하세요, 베키."

"여기서 뭐하세요?"

애덤은 트립을 쳐다보았다. 트립이 대신 대답했다.

"6학년 남자애들 경기와 관련해서 일이 좀 생겼어."

"경기는 내일 저녁이잖아."

"그게 좀, 등록 절차에 문제가 생겨서 우리가 토너먼트 경기에 참여를 못 하게 될 수도 있어. 그래서 애덤하고 같이 거기 가서 해결을 보려고."

"아, 어떡해. 우리 같이 저녁 먹으러 나가기로 했잖아."

"저녁 먹으러 갈 거야, 여보. 한두 시간 넘게 걸리지는 않아. 이따 집에 갔다가 바움가르트 식당에 가자. 우리 둘이서만."

베키는 고개를 끄덕였다. 처음으로 베키의 미소 띤 얼굴이 흔들렸다.

"알았어." 베키가 애덤을 돌아보며 인사했다. "건강 잘 챙겨요, 애덤."

"당신도요, 베키."

"커린한테도 안부 전해주세요. 우리 넷이 조만간 같이 외출해요."

애덤은 애써 대답했다.

"그래야죠."

베키는 또다시 쾌활하게 손을 흔들며 차를 몰고 떠났다. 그 모습을 바라보는 트립의 눈이 촉촉이 젖어 있었다. 베키가 시야에서 사라지자 트립이 다시 걷기 시작했고 애덤은 그 뒤를 따라갔다. 트립이 주머니에서 차 키를 꺼내 차 문을 열었다. 트립은 운전석에 앉았고 애덤은 조수석에 탔다. 애덤은 주머니에서 권총을 꺼내 다시 트립에게 겨눴다. 트립은 한층 침착해진 모습으로 가속 페달을 밟아 3번 도로를 달리기 시작했다.

"어디로 가는 거야?"

애덤이 물었다.

"말론 디커슨 국립 보호 구역."

"호팟콩 호수 근처?"

"그래."

"커린의 가족이 예전에 그쪽에 집을 갖고 있었지. 커린이 어렸을 적에."

"알아. 베키와 커린이 3학년이었을 때 둘이 같이 거기 놀러 갔다고 했어. 내가 그곳을 고른 이유이기도 해."

애덤의 몸에서 아드레날린이 서서히 사그라졌다. 둔탁하게 쿵쿵 치는 두통이 더욱 강하게 밀려왔다. 어지럽고 진이 쭉 빠졌다. 트립은 방향을 돌려 80번 주간고속도로로 올라섰다. 애덤은 눈을 껌벅이며 권총을 쥔 손에 힘을 주었다. 아는 길이었다. 이대로 달리면 30분 안에 국립 보호 구역에 도착이었다. 어느덧 해가 저물기 시작했지만 적어도 한 시간은 햇빛이 남아 있을 것이다.

애덤의 휴대전화가 울렸다. 발신자를 보니 조해너 그리핀이었다. 애덤은 전화를 받지 않았다. 그들은 잠시 침묵했다. 15번 도로로 빠져나갈 수 있는 출구를 향해 달리며 트립이 입을 열었다.

"애덤?"

"어."

"다시는 그러지 마."

"뭘?"

"내 가족을 위협하지 말라고."

"네 입에서 그런 말이 나오다니 역설적이네."

트립은 고개를 돌려 애덤의 눈을 똑바로 쳐다보면서 다시 말했다.

"내 가족을 위협하지 마."

그 말투에 애덤의 등골이 서늘해졌다.

트립은 다시 도로를 향해 시선을 돌렸다. 트립의 두 손은 운전대를 잡고 있었다. 그는 웰던 로를 타고 가다가 방향을 돌려 숲을 향해 난 흙길로 들어섰다. 잠시 후 나무 옆에 차를 세우고 시동을 껐다. 애덤은 권총으로 계속 트립을 겨눴다.

트립이 차 문을 열며 말했다.

"내려. 어서 끝내자."

트립이 먼저 차에서 내리고 애덤도 따라 내렸다. 그 와중에도 권총으로 트립을 겨누는 걸 잊지 않았다. 숲에 단둘이 있으니 만약 트립이 그를 해치려 마음먹었다면 지금이 가장 좋은 기회일 것이다. 그런데 트립은 주저 없이 곧장 숲으로 들어갔다. 그들은 길 없는 숲에서 나무 사이로 나아갔다. 트립은 확고한 목적을 가진 사람처럼 안정적으로 걸었다. 애덤은 뒤처지지 않으려 애썼지만 몸 상태가 좋지 않아 따라가기가 쉽지 않았다. 혹시 트립의 계략이 아닐까? 이렇게 점점 빨리 걷다가 어느 순간 도망친 후, 날이 어두워졌을 때 애덤을 습격하려는 계략.

"천천히 가."

"진실을 원한다며?" 트립은 콧노래를 부르는 듯한 말투였다. "따라와."

"네 사무실 말이야."

"거기가 뭐? 아, 거지 소굴 같다고?"

"매디슨가의 광고 회사에 다닐 때 꽤 잘나간 줄 알았는데."

"그 회사에 들어간 지 5분 만에 정리 해고 당했어. 아버지의 스포츠 용품점에서 일할 땐 거기가 내 평생직장이라고 늘 생각했지. 그래서 내가 가진 달걀 전부를 그 바구니에 담았는데 스포츠 용품점에 망조가 들면서 모든 걸 잃었어. 그래도 어떻게든 간판이라도 지켜보려고 했지. 결과가 어떻게 됐는지는 너도 알잖아."

"파산했지."

"그래."

"그런데 마침 라크로스 위원회에 꽤 많은 공금이 있었던 거군."

"큰 정도가 아니었지. 시드니 갤런드라고 알아? 나하고 세더필드 고등학교 동창인데 엄청 부자야. 그런데 라크로스엔 젬병이라 학교 때 허구한 날 벤치만 지켰어. 내가 그 녀석을 잘 구워삶아서 라크로스 위원회에 10만 달러를 기부하게 했지. 바로 내가 했다고. 그 녀석 말고 다른 기부자들도 있어. 내가 처음 라크로스 위원회에 들어갔을 때 공금은 겨우 골대 하나 살 수 있을 정도밖에 안 됐어. 그런데 지금은 공금으로 잔디 깔린 경기장도 만들고 유니폼도 구입했지……." 트립은 잠시 뜸을 들이다 덧붙였다. "넌 내가 합리화하고 있을 뿐이라고 여기겠지만."

"합리화 맞잖아."

"그럴지도 몰라, 애덤. 그런데 너도 세상을 흑백 논리로만 볼 정도로 어리숙하진 않잖아."

"글쎄."

"세상살이라는 건 늘 우리와 그들의 대결이야. 산다는 건 다 그래. 우린 그런 이유로 싸움을 하는 거야. 사랑하는 사람들을 지키기 위해 결정을 내리지. 그 과정에서 다른 이들에게 고통을 주더라도 어쩔 수 없어. 네가 네 아들을 위해 라크로스 경기용 스파이크 운동화를 사준다고 치자. 그 돈으로 아프리카에 사는 기아를 구할 수도 있지만 넌 그렇게 하지 않아. 아프리카 아이가 굶어죽게 내버려두고 아들에게 줄 운동화를 사지. 그런 거야. 우리와 그들의 대결. 누구나 그렇게 살아."

"트립?"

"왜?"

"지금은 개소리 늘어놓을 때가 아니야."

"하긴 그러네."

트립은 숲 한가운데서 걸음을 멈추고 무릎을 꿇더니 땅을 더듬기 시작했다. 그는 바닥에 깔린 잔가지와 나뭇잎을 손으로 치웠다. 애덤은 언제든 권총을 쏠 준비를 하고 두 걸음 뒤로 물러섰다.

"널 공격할 생각 없어, 애덤. 그럴 필요도 없고."

"뭐 하는 거야?"

"뭘 좀 찾고 있어……. 아, 여기 있네."

트립이 일어섰다.

손에는 삽을 쥐고 있었다.

애덤은 다리에 힘이 풀렸다.

"아, 안 돼⋯⋯."

트립은 그 자리에 서서 지껄였다.

"네 말이 맞아. 결국엔 내 가족이냐 네 가족이냐의 문제더라고. 한 가족만 살아남을 수 있는 상황이었어. 대답해봐, 애덤. 너 같으면 어떻게 했겠어?"

애덤은 고개를 흔들었다.

"이럴 순 없어⋯⋯."

"네 추측이 거의 맞았어. 내가 공금을 갖다 쓰긴 했는데 전부 갚을 생각이었어. 내 행동을 정당화하려고 꾸며낸 얘기가 아니야. 그런데 커린이 내가 공금을 쓴 걸 알아냈지. 커린한테 입을 다물어달라고, 입을 열면 내 인생이 망가질 거라고 애원했어. 일단 시간을 벌려고 했어. 그런데 아무리 생각해도 그 돈을 메꿔 넣을 방법이 없더라고. 당장은 힘들었어. 그런데 내가 회계장부를 좀 다룰 줄 알거든. 아버지의 스포츠 용품점 일을 도우면서 수년 동안 해온 일이라 말이야. 그래서 장부를 조작해 커린이 돈을 해먹은 것처럼 만들었어. 커린은 전혀 몰랐어. 그냥 내 얘기를 듣고 입을 다물어줬지. 커린은 너한테도 그런 얘길 안 했지?"

"안 했어."

"난 밥과 칼을 찾아갔고, 몹시 안타까운 척하면서 렌도 찾아가 만났어. 그들에게 커린이 라크로스 위원회 공금을 훔쳤다고 말했지. 웃긴 게 밥은 커린이 그런 짓 했다는 걸 믿지 않더라. 그래서 이렇게 말해줬지. 커린한테 공금 문제를 따지고 들었더니 커린은 밥 당신이 한 짓이라고 하더라고."

"그래서 밥이 사촌 대즈를 찾아갔군."

"그렇게까지 할 줄은 몰랐어."

"지금 커린은 어디 있어?"

"네가 서 있는 그 자리에 묻었지."

너무도 갑작스러웠다.

애덤은 발밑을 내려다보았다. 현기증이 덮쳐왔다. 그는 애써 몸을 가누려 하지 않았다. 발밑의 땅은 최근에 갈아엎은 듯했다. 애덤은 옆으로 쓰러져 나무에 기댔다. 숨이 제대로 쉬어지지 않았다.

"괜찮아, 애덤?"

애덤은 숨을 삼키며 권총을 들었다.

'정신 차리자, 정신 차리자, 정신 차리자……'

애덤이 말했다.

"땅 파."

"파서 뭐 하게? 커린이 여기 묻혀 있다고 말했잖아."

여전히 눈앞이 핑핑 도는 채로 애덤은 트립에게 비틀비틀 걸어가 얼굴에 총구를 겨눴다.

"당장 땅 파."

트립은 어깨를 으쓱하고는 옆으로 지나갔다. 애덤은 눈도 깜박이지 않으려 안간힘을 쓰면서 계속해서 트립에게 총을 겨눴다. 트립은 땅을 삽으로 쑤시고 파서 흙덩어리를 옆으로 던졌다.

"그다음엔 어떻게 했는지 말해."

"알잖아? 네가 가짜 임신 문제를 들고 나오니까 커린은 정말로 화가 났어. 더는 못 참게 된 거지. 내가 한 짓을 사람들한테 알리겠다고 하더라. 그래서 내가 말했지. 좋다, 내가 그리로 가겠다. 점심시간에 만나서 해결을 보자. 어차피 우린 둘 다 이 문제를 해결하고 싶어 하는 사람들 아니냐. 커린은 내켜하지 않았지만, 뭐, 내가 워낙 설득을 잘하잖아."

트립은 삽으로 흙을 퍼냈다. 푸고 또 펐다.

"어디서 만났어?"

트립이 흙덩어리를 옆으로 던지며 대답했다.

"너희 집. 너희 집 차고로 들어갔어. 커린은 집 밖에 있는 차고에서 나를 맞이했어. 집 안에 들이려 하질 않더라고. 마치 집 안은 가족만을 위한 공간이라는 듯이."

"너, 무슨 짓 했어?"

"무슨 짓을 했을 것 같냐?"

트립은 땅을 내려다보며 미소 지었다.

그리고 뒤로 물러나 애덤에게 보여주었다.

"커린을 총으로 쐈지."

애덤은 트립의 발을 지나 땅을 내려다봤다. 심장이 바스러졌다. 흙 속에 커린이 누워 있었다.

"아, 안 돼……."

애덤은 다리에 힘이 풀려 커린 옆에 주저앉았다. 그녀의 얼굴에서 흙을 쓸어냈다.

"안 돼……."

커린은 눈을 감은 채로도 여전히 아름다웠다.

"안 돼……. 커린…… 아, 맙소사……."

애덤은 견딜 수가 없었다. 생명이 꺼진 차가운 커린과 뺨을 맞대고 흐느껴 울었다.

머릿속 한구석에서는 트립의 존재를 인지하고 있었다. 손에 삽을 든 트립이 언제든 그를 공격할 수 있다는 사실도. 애덤은 고개를 들고 트립에게 총을 겨눴다.

트립은 그 자리에서 꼼짝하지 않았다.

옅은 미소를 지으며 가만히 서 있었다.

"이제 준비됐어, 애덤?"

"뭐라고?"

"집으로 돌아갈 준비됐냐고."

"무슨 소리야?"

"사무실에서 약속했잖아. 진실을 알려주겠다고. 다 봤으니 이제 다시 커린을 묻어야지."

애덤은 혼란스럽고 현기증이 났다.

"미쳤어?"

"아니, 친구. 너야말로 미친 거 같다."

"도대체 무슨 소리를 하는 거야?"

"커린을 죽인 건 미안하게 됐어. 진심이야. 그런데 다른 방법이 없었어. 정말이야. 아까도 말했다시피 우린 가족을 위해서라면 살인도 할 수 있어. 네 아내는 내 가족을 위협했어. 너 같으면 어떻게 했을까?"

"나 같으면 공금을 훔치지도 않았어."

"그건 이미 저질러진 일이고." 트립의 목소리는 세게 닫은 쇠문처럼 단호했다. "이제 우리 둘 다 앞으로 나아가야지."

"돌았구나."

"이렇게까지는 생각을 안 해본 모양이네." 트립의 입가에 다시 미소가 번졌다. "라크로스 위원회 회계장부는 개판이야. 복잡하게 뒤엉킨 장부상의 숫자들을 풀 수 있는 사람은 아무도 없어. 경찰이 뭘 어쩌겠냐? 넌 커린이 임신한 척 널 속였다는 사실을 알고 그 문제로 크게 부부 싸움을 했어. 그리고 다음 날 커린은 너희 집 차고에서 총에 맞았지. 내가 차고에 묻은 피를 닦아 치우긴 했지만 과연 그걸로 될까? 경찰은 혈흔을 발견할 거야. 난 핏자국을 지우면서 너희 집 싱크대 밑에 있던 세제를 사용했어. 피 묻은 걸레는 너희 집 쓰레기통에 던져 넣었고. 이제 상황 파악이 돼, 애덤?"

애덤은 커린의 아름다운 얼굴을 내려다보았다.

"시신은 커린의 차 트렁크에 집어넣었어. 내가 들고 있는 이 삽, 눈에 익지? 익숙할걸. 너희 집 차고에서 가져온 거니까."

애덤은 아름다운 아내를 망연자실하게 내려다보았다.

"이 정도 증거로 충분치 않다면 내 사무실 복도에 있는 보안 카메라에 찍힌 영상도 있어. 네가 나를 총으로 위협해 내 차에 태우는 영상. 내 옷의 섬유 조직이나 유전자가 커린의 시신에서 발견되더라도, 뭐, 네 강요에 의해 시신을 파낼 때 묻었다고 하면 그만이야. 넌 커린을 죽이고 여기다 묻었어. 그리고 커린의 차를 공항 근처 호텔 주차장에 갖다놨지. 공항 주차장에는 보안 카메라가 잔뜩 설치돼 있어서 넌 공항으로는 들어갈 수가 없었거든. 넌 네 휴대전화로 커린인 척 얼마간 떨어져 있자는 문자를 보내 시간을 벌었어. 그리고 상황을 더 혼란스럽게 만들기 위해, 베스트바이 매장에 서 있던 배달 트럭 짐칸에 커린의 휴대전화를 던져 넣었지. 그 휴대전화를 추적한 사람들은 커린이 어디 멀리 떠났다고 생각했겠지. 배터리가 다 될 때까지 배달 트럭과 함께 이동할 테니까. 그렇게 더 혼선을 빚게 만든 거야."

애덤은 고개를 저었다.

"경찰은 그런 얘기에 넘어가지 않아."

"아니, 넘어갈걸. 안 넘어가더라도 뭐, 얘기가 너무 뻔하잖아. 솔직히 말해보자. 넌 커린의 남편이야. 내가 커린을 죽였다는 것보다 남편인 네가 죽였다고 보는 게 논리적이지 않겠어?"

애덤은 아내를 돌아보았다. 입술이 보라색이었다. 죽어서도 평화로운 모습이 아니었다. 어쩔 줄 몰라하는 겁먹고 외로운 얼굴이었다. 애덤은 손으로 커린의 얼굴을 쓰다듬었다. 트립의 말이 옳을 수도 있었다. 지금까지 일어난 일의 경위가 어찌 되었든, 이미 다 끝났다. 커린은 죽었다. 애덤은 인생의 동반자를 영원히 빼앗겼다. 그의 아들들, 라이언과 토머스는 결코 예전과 같은 삶을 살 수 없을 것이다. 그의 아들들, 아니, *커린의* 아들들은 어머니의 위로와 사랑을 다시는 받지 못한다.

"지나간 일은 어쩔 수 없는 거야, 애덤. 긴장 풀어. 사태를 더 악화시킬 생각 말고."

애덤의 심장이 다시 한 번 산산조각 났다.

커린의 귓불.

커린의 귓불이…… 허전했다. 47번로의 보석 판매점, 중국 요리점, 귀고리를 접시에 담아 들고 온 웨이터, 커린의 얼굴에 피어나던 미소, 잠자리에 들기 전 귀고리를 조심스럽게 빼서 침대 옆

탁자에 놓아두던 그녀의 모습.

트립은 커린을 죽였을 뿐 아니라, 그녀의 시신에서 다이아몬드 귀고리까지 훔쳤다.

"하나 더."

트립이 말했다.

애덤은 그를 쳐다보았다.

"내 가족에게 접근하거나 위협했다간 내가 무슨 짓을 할 수 있는지 똑똑히 봤겠지."

"그래, 잘 봤다."

애덤은 권총을 들어 트립의 가슴 한가운데를 겨누고 방아쇠를 세 번 당겼다.

56

6개월 후

'슈퍼돔'이란 듣기 좋은 별칭으로 불리지만, 실은 신축성 있는 공기막으로 둘러싸인 스포츠 시설에서 라크로스 경기가 열렸다. 토머스는 동계 시즌 동안 실내 라크로스 리그에서 뛰고 있었다. 라이언도 함께 왔다. 라이언은 다른 두 아이와 경기장 구석에서 캐치볼을 하면서 형이 경기하는 모습을 보다 말다 했다. 그리고 애덤 쪽을 계속 흘끗거렸다. 요즘 라이언은 아버지가 어디 있는지 자주 확인했다. 마치 어느 순간 애덤이 허공으로 사라지기라도 할 것처럼. 애덤은 그 마음을 이해했다. 라이언을 안심시키고 싶었지만, 무슨 말로 그게 가능할까?

그는 아들들에게 거짓말을 하고 싶진 않지만 아들들이 행복하고 안전하다 느끼기를 바랐다.

부모라면 누구나 그 둘 사이에서 균형을 잡아야 한다. 커린이 죽었어도 부모가 그런 역할을 해주어야 한다는 사실에는 변함이 없었다. 다만 커린의 죽음을 통해 거짓에 기반을 둔 행복은 찰나에 불과함을 깨달았다.

애덤은 조해너 그리핀이 유리문을 밀고 들어오는 모습을 보았다. 조해너는 골대 뒤를 지나 애덤 옆으로 와 서서 함께 경기장을 바라보았다.

"토머스가 11번 선수 맞죠?"

"맞습니다."

"잘하고 있어요?"

"아주 잘해요. 보든 대학의 코치가 그 애를 데려가고 싶어 합니다."

"어머. 거기 명문대잖아요. 지원하겠대요?"

애덤은 어깨를 으쓱했다.

"자동차로 여섯 시간이나 떨어진 학교라서요. 이런 일이 있기 전이었다면 가겠다고 했겠지만, 지금은……."

"집 가까운 데서 살고 싶어 하나 보네요."

"예. 어쩌면 이사를 갈지도 모르고요. 이 마을엔 우리를 위한 게 아무것도 남아 있지 않거든요."

"그런데 왜 계속 여기 살고 있죠?"

"모르겠습니다. 아들들은 이미 너무 많은 걸 잃었어요. 아들들은 여기서 어린 시절을 보냈죠. 학교도 여기서 다녔고 친구들도 여기 있고요."

경기장에서 토머스는 루스볼(어느 편에도 속하지 않은 공—옮긴이)을 스틱 그물에 담아 경기장 저쪽으로 이동하고 있었다.

"애들 엄마의 흔적도 여기 있고요. 우리 집, 이 마을에요."

조해너는 고개를 끄덕였다.

애덤이 그녀를 돌아보며 말했다.

"다시 보니 정말 좋네요."

"나도요."

"언제 도착하신 겁니까?"

"몇 시간 전에요. 내일이 쿤츠에게 형이 선고되는 날이잖아요."

"종신형을 선고받으리라는 거 이미 아시면서."

"맞아요. 그래도 직접 보고 싶어서요. 당신이 공식적으로 무죄 확정된 걸 확인하고 싶기도 했고요."

"확정됐습니다. 지난주에 그렇게 얘기 들었어요."

"알아요. 그래도 내 눈으로 보고 싶어서요."

애덤은 고개를 끄덕였다. 조해너는 밥 베임을 비롯한 다른 학부모들이 모여 있는 자리를 바라보았다.

"항상 이렇게 사이드라인 쪽에 혼자 있어요?"

"지금은요. 저 사람들이 개인적인 감정 때문에 저런다곤 생각 안 합니다. 전에 꿈같은 삶을 사는 것에 대해 말씀드린 적 있죠?"

"그래요."

"그 꿈이 언제든 부서질 수 있다는 걸 보여준 산증인이 바로 접니다. 꿈이 그렇다는 건 다들 알지만, 그 사실을 계속 일깨워주는 사람 옆에 있고 싶진 않은 거죠."

애덤과 조해너는 선수들이 경기하는 모습을 잠시 말없이 바라보았다.

조해너가 다시 입을 열었다.

"크리스 테일러에 대해 추가로 들어온 정보는 없어요. 아직 도주 중이에요. 그놈이 이 나라에서 최고로 흉악한 공공의 적이 아니긴 하죠. 그놈은 사람들을 협박했지만, 협박받은 사람들은 비밀이 드러날까 봐 그놈을 고발하질 않았으니까. 나중에 붙잡힌다고 해도 보호관찰 이상의 처분을 받지도 않을 거예요. 그렇게 돼도 괜찮겠어요?"

애덤은 어깨를 으쓱했다.

"그 문제를 계속 머릿속으로 곱씹고 있습니다."

"어떻게요?"

"제가 커린을 다그치지 않고 비밀을 계속 갖고 있게 했으면 이런 일은 안 일어났을지도 모르죠. 그래서 스스로에게 물어봤습니다. 낯선 자가 내 아내를 죽였나? 아니면 가짜 임신을 하기로 한 커린의 결정 때문에 이렇게 되었을까? 아내를 얼마나 불안하게 만들었는지 깨닫지 못한 내 잘못은 아닐까? 그런 생각을 계속하다 보면 미쳐버릴 것 같아요. 생각의 파문을 끝없이 응시하고 있게 되죠. 하지만 이 사단을 만든 사람은 이미 죽었습니다. 제가 죽였죠."

토머스는 공을 패스하고 골대 뒤쪽, 라크로스 용어로 X구역이라 불리는 곳으로 뛰어갔다. 트립을 검시한 검시관의 보고서에 따르면 첫 총알로도 충분했다. 그 총알은 트립의 심장을 관통해 그 자리에서 목숨을 거뒀다. 애덤은 그때 쥐고 있던 권총의 감각을 아직 떨치지 못했다. 방아쇠를 당겼을 때의 반동도 아직 손에 남아 있었다. 눈앞에서 쓰러지던 트립 에번스의 몸뚱이, 고요한 숲에 길게 울려 퍼지던 총성도 잊을 수 없었다.

총을 쏘고 몇 초 동안 애덤은 아무것도 할 수 없었다. 그저 멍하니 그 자리에 앉아 있었다. 향후에 닥칠 일은 생각도 못 했다. 그저 아내 곁에 있고 싶었다. 고개를 숙이고 아내의 뺨에 입을 맞추었다. 눈을 감고 흐느껴 울었다.

그리고 얼마 후 그는 조해너의 목소리를 들었다.

"애덤, 서둘러야 돼요."

조해너가 그의 뒤를 쫓아온 것이었다. 조해너는 애덤의 손에서 조심스레 권총을 빼내 트립 에번스의 손에 올려놓았다. 그리고 트립의 손을 손가락으로 감아쥔 뒤 권총 세 발을 쏘았다. 그만큼의 화약 잔여물을 트립의 손에 묻히기 위해서였다. 그리고 트립의 손톱 밑에 애덤의 유전자를 묻히기 위해, 트립의 다른 손을 들어 손톱으로 애덤의 피부를 긁었다. 애덤은 멍하니 조해너가 시키는 대로 했다. 두 사람은 정당방위로 인정받기 위해 말을 맞췄다. 완벽하지는 않았다. 여기저기 빈틈과 의심스러운 부분들이 있었다. 그렇지만 엄연히 증거가 있는 데다 트립 에번스의 자백을 들었다는 조해너의 증언 덕분에 애덤은 기소당하지 않았다.

애덤은 자유였다.

하지만 자신이 한 짓을 마음에 짊어지고 살아야 했다. 사람을 죽였는데, 마음까지 완전히 자유로울 수는 없었다. 밤에도 그 생각이 자꾸 떠올라 애덤은 잠을 설쳤다. 숲에서 달리 선택의 여지가 없기는 했다. 트립이 살아 있는 한 애덤의 가족에게 위협이 되었을 것이다. 게다가 애덤은 아내의 죽음에 복수하고 아들들을 지키기 위해 트립을 죽이길 잘했다고 본능적으로 느끼고 있었다.

"뭐 하나만 물어봐도 되겠습니까?"

"그럼요."

"잠은 잘 주무세요?"

조해너는 미소 지었다.

"아뇨, 별로."

"죄송합니다."

조해너는 어깨를 으쓱했다.

"잘 못 자고 있긴 한데, 만약 당신이 남은 평생을 감옥에서 썩게 됐으면 지금보다 더 못 잤을 거예요. 숲에서 당신을 보고 난 선택했어요. 그나마 잠을 편안히 잘 수 있는 쪽으로요."

"고맙습니다."

"걱정 접어둬요."

계속 신경 쓰이는 부분이 있었지만 애덤은 입 밖에 내지 않았다. 트립 에번스는 정말 계획이 먹힐 거라고 생각했을까? 아내를 죽인 그를 애덤이 순순히 보내줄 거라고 여겼을까? 손에 권총을 쥐고 아내의 시신 옆에 무릎을 꿇고 앉은 애덤에게, 애덤의 가족을 위협하는 말을 하는 게 현명한 짓이었을까?

트립이 죽고 나서 트립의 가족은 엄청난 금액의 사망 보험금을 수령했다. 트립의 가족은 마을에 남았고 이웃들의 지원도 받았다. 세더필드 마을 사람들은, 트립이 살인자라고 생각하는 사람들까지도 베키와 그의 아이들과 교류를 이어갔다.

트립은 이렇게 될 줄 알았을까?

애덤이 자신을 죽여주길 바랐을까?

1분을 남겨두고 경기는 동점을 기록하고 있었다.

조해너 그리핀이 말했다.

"재미있네요."

"뭐가요?"

"이게 다 비밀 때문에 일어난 일이잖아요. 크리스와 그 패거리가 저지른 짓 말이에요. 그들은 세상에서 비밀을 없애고 싶어 했어요. 그런데 지금 당신과 내가 제일 큰 비밀을 짊어졌네요."

그들이 경기장을 바라보고 서 있는 동안 시간은 째깍째깍 줄어들었다. 경기 종료까지 30초가 남은 상황에서 토머스가 골을 넣자 관중의 환호가 터졌다. 애덤은 좋아서 방방 뛰지는 않았지만 입에 미소가 걸렸다. 라이언을 돌아보니 그도 웃고 있었다. 헬멧 속 토머스의 얼굴도 아마 웃고 있을 것이다.

"이러려고 내가 여기 왔나 봐요."

조해너가 말했다.

"예?"

"당신 가족 모두가 웃는 모습을 보려고요."

애덤은 고개를 끄덕였다.

"그럴지도 모르겠네요."

"종교가 있나요, 애덤?"

"아뇨, 딱히."

"상관없어요. 당신 부인이 아들들의 웃는 모습을 보고 있을 거라고 굳이 믿지 않아도 괜찮아요." 조해너는 애덤의 볼에 입을 맞추고 저만치 걸어가며 덧붙였다. "다만 당신 부인이 그런 모습을 늘 보고 싶어 한다는 건 믿으세요."

감사의 말

　정확히 누가 어떤 부분에 도움을 주셨는지 기억을 못 하는 까닭에, 특별한 순서 없이 이하의 모든 분들에게 감사를 드리고자 한다. 앤서니 델라펠, 톰 고먼, 크리스티 수들로, 조 스캔런과 낸시 스캔런, 벤 시비어, 브라이언 타트, 크리스틴 볼, 제이미 냅, 다이앤 디세폴로, 리사 에르바흐 반스, 리타 윌슨께 감사드린다. 언제나 그렇듯이 이 책에 실수가 있다면 이분들을 탓하시길. 이분들이 전문가인데 내가 왜 앞장서서 욕을 먹어야 하는지?

　그리고 존 보너, 프레디 프리드내시, 레너드 길먼, 앤디 그리블, 조해너 그리핀, 릭 구셔로스키, 헤더 하월과 찰스 하월 3세, 크리스틴 호이, 존 쿤츠, 노버트 펜더개스트, 샐리 페리먼, 폴 윌리엄스 치안판사에게도 감사드린다. 이분들(혹은 이분들을 사랑하는 분들)은 이 소설에 이름을 올린 대신 내가 선택한 자선단체에 넉넉하게 기부를 해주셨다. 향후 내 작품에 참여하고 싶으신 분들은 HarlanCoben.com을 방문하거나 giving@harlancoben.com으로 연락주시면 자세한 내용을 알려드리겠다.

옮긴이_ 공보경

고려대 영어영문학과를 졸업하고 현재 소설, 에세이, 인문 번역가로 활동하고 있다. 옮긴 책으로 파울로 코엘료의 《아크라 문서》, 애거서 크리스티의 《커튼》, 칼렙 카의 《셜록 홈즈 이탈리아인 비서관》, 나오미 노빅의 〈테메레르〉 시리즈, F. 스콧 피츠제럴드의 《벤자민 버튼의 시간은 거꾸로 간다》, 찰리 어셔의 《찰리와 리즈의 서울 지하철 여행기》, 레이 얼의 《마이 매드 팻 다이어리》, 크리스토퍼 무어의 《우울한 코브 마을의 모두 괜찮은 결말》, 아이라 레빈의 《로즈메리의 아기》, 켄 그림우드의 《다시 한 번 리플레이》, 앤 개서린 에머리히의 《패션 오브 크라이스트》, 데이브 배리와 리들리 피어슨의 〈피터팬〉 시리즈, J. G. 밸러드의 《하이-라이즈》, 《물에 잠긴 세계》 등이 있다.

스트레인저

초판 1쇄 인쇄 2017년 9월 6일
초판 1쇄 발행 2017년 9월 11일

지은이 | 할런 코벤
옮긴이 | 공보경
발행인 | 강봉자, 김은경

펴낸곳 | (주)문학수첩
주소 | 경기도 파주시 회동길 192(문발동 513-10) 출판문화단지
전화 | 031-955-4445(마케팅부), 4500(편집부)
팩스 | 031-955-4455
등록 | 1991년 11월 27일 제16-482호

홈페이지 | www.moonhak.co.kr
블로그 | blog.naver.com/moonhak91
이메일 | moonhak@moonhak.co.kr

ISBN 978-89-8392-668-5 03840

「이 도서의 국립중앙도서관 출판예정도서목록(CIP)은 서지정보유통지원시스템 홈페이지(http://seoji.nl.go.kr)와 국가자료공동목록시스템(http://www.nl.go.kr/kolisnet)에서 이용하실 수 있습니다.(CIP제어번호: CIP2017020806)」

* 파본은 구매처에서 바꾸어 드립니다.